剑来

1 少年起微末

◎ 烽火戏诸侯 著

浙江文艺出版社
Zhejiang Literature & Art Publishing House

第一章
惊蛰

二月二，龙抬头。

暮色里，小镇名叫泥瓶巷的僻静地方，有个孤苦伶仃的清瘦少年。此时，他正按照习俗，一手持蜡烛，一手持桃枝，照耀房梁、墙壁、木床等处，用桃枝敲敲打打，试图借此驱赶蛇蝎、蜈蚣等。他嘴里念念有词，是这座小镇祖祖辈辈传下来的老话：二月二，烛照梁，桃打墙，人间蛇虫无处藏。

少年姓陈，名平安，爹娘早逝。

小镇的瓷器极负盛名，本朝开国以来，就承担起"奉诏监烧献陵祭器"的重任，有朝廷官员常年驻扎此地，监理官窑事务。无依无靠的陈平安，很早就成了烧瓷的窑匠。起先只能做些杂事粗活，跟着一个脾气糟糕的半路师傅，辛苦熬了几年，刚刚琢磨到一点烧瓷的门道，结果世事无常，小镇突然失去了官窑造办这张护身符，小镇周边数十座形若卧龙的窑炉，一夜之间全都被官府勒令关闭熄火。

陈平安放下新折的那根桃枝，吹灭蜡烛，走到屋外，坐在台阶上，仰头望去，星空璀璨。

他至今仍然清晰记得，那个只肯认自己做半个徒弟的老师傅姓姚。去年暮秋时分的一个清晨，姚老头被人发现坐在一张小竹椅上，正对着窑头方向，闭了眼。不过如姚老头这般钻牛角尖的人，终究是少数。

世世代代都只会烧瓷一事的小镇匠人，既不敢僭越烧制贡品官窑，也不敢将库藏瓷器私自贩卖给百姓，只得纷纷另谋出路。十四岁的陈平安也被扫地出门，回到泥瓶巷后,继续守着这栋早已破败不堪的老宅,面对着差不多家徒四壁的惨淡场景,便是他想要当败家子,也无从下手。

当了一段时间飘来荡去的孤魂野鬼,陈平安实在找不到挣钱的营生,靠着那点微薄的积蓄,只能勉强填饱肚子。前几天听说几条街外的骑龙巷,来了个姓阮的外乡铁匠,对外宣称要收七八个打铁的学徒,不给工钱,但管饭,陈平安就赶紧跑去碰运气,不承想那中年汉子只是斜瞥了他一眼,就把他拒之门外。当时陈平安就纳闷,难道打铁这门活计,不是看臂力大小,而是看面相好坏?要知道陈平安虽然看着孱弱,但力气不容小觑,这是他这些年拉坯烧瓷锻炼出来的身体底子。除此之外,陈平安还跟着姓姚的老人,跑遍了小镇方圆百里的山山水水,尝遍了四周各种土壤的滋味,任劳任怨,什么脏活累活都愿意做,毫不拖泥带水。可惜姚老头始终不喜欢陈平安,嫌弃他没有悟性,是榆木疙瘩不开窍,远远不如大徒弟刘羡阳。这也怪不得老人偏心,师父领进门,修行在个人,同样是枯燥乏味的拉坯,刘羡阳短短半年功力,就抵得上陈平安辛苦三年的水准。

虽然这辈子都未必用得着这门手艺,但陈平安仍是像以往一般,闭上眼睛,想象自己身前搁置有青石板和轱辘车,开始练习拉坯,熟能生巧嘛。

大概每过一刻钟,他就会歇息少许时分,抖抖手腕,如此循环反复,直到整个人彻底精疲力尽,才起身,一边在院中散步,一边缓缓舒展筋骨。从来没有人教过陈平安这些,是他自己瞎琢磨出来的门道。

天地间原本万籁俱寂,陈平安却听到一阵刺耳的讥讽笑声。他停下脚步,果不其然,看到那个同龄人蹲在墙头上,咧着嘴,毫不掩饰他的鄙夷。

此人是陈平安的老邻居,据说更是前任督造大人的私生子。那个大人唯恐清流非议、言官弹劾,最后孤身返回京城述职,把孩子交由颇有私交情谊的接任官员,帮着看管照拂。如今小镇莫名其妙地失去官窑烧制资格,负责替朝廷监理窑务的督造大人,自己都泥菩萨过江自身难保了,哪里还顾得上官场同僚的私生子,所以丢下一些银钱,就火急火燎赶往京城打点关系去了。

不知不觉已经沦为弃子的邻居少年,日子倒是依旧过得优哉游哉,成天带着他的婢女在小镇内外逛荡,一年到头游手好闲,却从来不曾为银子发过愁。

泥瓶巷家家户户的黄土院墙都很低矮,其实邻居少年完全不用踮起脚,就可以看到这边院子的景象,可每次跟陈平安说话,他偏偏喜欢蹲在墙头上。

相比陈平安这个名字的粗浅俗气,邻居少年的就要雅致许多,叫宋集薪,就连与他相依为命的婢女,也有个文绉绉的称呼——稚圭。

稚圭此时就站在院墙那边,她有一双杏眼,怯怯弱弱。

院门那边,有个嗓音响起:"你这婢女卖不卖?"

宋集薪愣了愣，循着声音转头望去，是个眉眼含笑的锦衣少年，站在院外，一张全然陌生的面孔。锦衣少年身边站着一个身材高大的老者，面容白皙，脸色和蔼，轻轻眯眼打量着两座毗邻院落中的少年少女。老者的视线在陈平安身上一扫而过，并无停滞，但是在宋集薪和婢女稚圭身上，多有停留，笑意渐渐浓郁。

宋集薪斜眼道："卖！怎么不卖！"

那锦衣少年微笑道："那你说个价。"

稚圭瞪大眼眸，满脸匪夷所思，像一头惊慌失措的年幼麋鹿。

宋集薪翻了个白眼，伸出一根手指，晃了晃："白银一万两！"

锦衣少年脸色如常，点头道："好。"

宋集薪见那锦衣少年不像是开玩笑的样子，连忙改口道："是黄金万两！"

锦衣少年嘴角翘起，道："逗你玩的。"

宋集薪脸色阴沉。

锦衣少年不再理睬宋集薪，偏移视线，望向陈平安："今天多亏了你，我才能买到那条鲤鱼，买回去后，我越看越欢喜，想着一定要当面跟你道一声谢，于是就让吴爷爷带我连夜来找你。"

锦衣少年拿出一只沉甸甸的绣袋，抛给陈平安，笑容灿烂，道："这是酬谢，你我就算两清了。"

陈平安刚想要说话，锦衣少年已经转身离去。

陈平安皱了皱眉头。白天自己无意间看到有个中年人，提着只鱼篓走在大街上，捕获的一尾巴掌长短的金黄鲤鱼正在竹篓里蹦跳得厉害。陈平安只瞥了一眼，就觉得很喜庆，于是开口询问，能不能用十文钱买下它。中年人本来只是想着犒劳犒劳自己的五脏庙，眼见有利可图，就坐地起价，狮子大开口，非要三十文钱才肯卖。囊中羞涩的陈平安哪里有这么多闲钱，又实在舍不得那条金灿灿的鲤鱼，就眼馋地跟着中年人，软磨硬泡，想着把价格砍到十五文，哪怕是二十文也行。就在中年人有松口迹象的时候，锦衣少年和高大老者正好路过，他们二话不说，用五十文钱买走了鲤鱼和鱼篓，陈平安只能眼睁睁看着他们扬长而去，无可奈何。

死死盯住那对爷孙愈行愈远的背影，宋集薪收回恶狠狠的眼神，跳下墙头，似乎记起什么，对陈平安说道："你还记得正月里的那条四脚吗？"

陈平安点了点头。怎么会不记得，简直就是记忆犹新。

按照这座小镇传承数百年的风俗，如果有蛇类往自家屋子钻，是好兆头，主人绝对不要将其驱逐打杀。宋集薪在正月初一的时候，坐在门槛上晒太阳，然后就有条俗称四脚蛇的小玩意儿，在他的眼皮子底下往屋里蹿。宋集薪一把抓住就往院子里摔出去，不承想那条已经被摔得七荤八素的四脚蛇，愈挫愈勇，把从来不信鬼神之说的宋集薪给气得不行,一怒之下就把它甩到了陈平安院子里。哪里想得到,宋集薪第二天就在自己床底下看到了那条盘踞蜷缩起来的四脚蛇。

宋集薪察觉到稚圭扯了扯自己袖子。他与她心有灵犀,下意识就将已经到了嘴边的话语,重新咽回了肚子。

他想说的是,那条奇丑无比的四脚蛇,最近额头上有隆起,如头顶生角。

宋集薪换了一句话说出口:"我和稚圭可能下个月就要离开这里了。"

陈平安叹了口气:"路上小心。"

宋集薪半真半假道:"有些物件我肯定搬不走,你可别趁我家没人,就肆无忌惮地偷东西。"

陈平安摇了摇头。

宋集薪蓦然哈哈大笑,用手指点了点陈平安,嬉皮笑脸道:"胆小如鼠,难怪寒门无贵子,莫说是这辈子贫贱任人欺,说不定下辈子也逃不掉。"

陈平安默不作声。

各自返回屋子,陈平安关上门,躺在坚硬的木板床上,他闭上眼睛,呢喃道:"碎碎平,岁岁安;碎碎平安,岁岁平安……"

天微微亮,尚未鸡鸣,陈平安就已经起床。单薄的被褥,实在留不住热气,而且陈平安在烧瓷学徒的时候,已养成了早起晚睡的习惯。他打开屋门,来到泥土松软的小院子,深呼吸一口气后,伸了个懒腰,走出院子,转头看到一个纤弱身影,弯着腰,双手拎着一木桶水,正用肩膀顶开自家院门,正是宋集薪的婢女稚圭,她应该是刚从杏花巷那边的铁锁井打水回来。

陈平安收回视线,穿街过巷,向小镇东面一路小跑而去。泥瓶巷在小镇西边,最东边的城门那儿有个人负责小镇商旅进出和夜禁巡防,平时也收取、转交一些从外边寄回来的家书,陈平安接下来要做的事情,就是把那些信送给小镇百姓,酬劳是一封信一枚铜钱,这还是他好不容易求来的挣钱门路。陈平安已经跟那边约好,在二月二龙抬头之后,就开始接手这摊子买卖。

用宋集薪的话说就是天生穷苦命,哪怕有福气进了家门,他陈平安也兜不住留下。宋集薪经常说一些晦涩难懂的话语,约莫是从书籍上搬来的内容,陈平安总是听不太懂,例如前两天宋集薪念叨什么料峭春寒冻杀少年,陈平安就完全不明白。至于每年熬过了冬天,入春之后有段时日反而更冷,他倒是有切身体会。宋集薪说那就叫倒春寒,跟沙场上的回马枪一样厉害,所以很多人会死在这些个鬼门关上。

小镇并无城墙环绕,毕竟别说流寇匪徒,就是小偷毛贼都少有,所以名义上是城门,其实就是一排东倒西歪的老旧栅栏,马马虎虎有那么个让行人车辆通过的地方,就算是这座小镇的脸面了。

陈平安小跑路过杏花巷的时候，看到不少妇人孩子聚在铁锁井旁，水井辘轳一直在吱呀作响。

再绕过一条街，陈平安就听到不远处传来一阵熟悉的读书声。那里有座乡塾，是小镇几个大户人家合伙凑钱开的。教书先生是外乡人，陈平安小的时候，经常跑去躲在窗外，偷偷蹲着，竖起耳朵。先生虽然教书的时候极为严苛，但是对陈平安这些"蹭读书蹭蒙学"的孩子，并不呵斥拦阻，后来陈平安去了小镇外的一座龙窑做学徒，就再没有去过学塾。

再往前，陈平安路过一座石牌坊。由于牌坊楼修建有十二根石柱，当地人喜欢把它称为螃蟹牌坊。这座牌坊的真实名字，宋集薪和刘羡阳的说法很不一样。宋集薪信誓旦旦地说一本叫地方县志的老书上，称这里为大学士坊，是皇帝老爷的御赐牌坊，为了纪念历史上一位大官的文治武功。与陈平安一般土包子的刘羡阳，则说这就是螃蟹牌坊，咱们都喊了几百年了，没理由叫什么狗屁不通的大学士坊。刘羡阳还问了宋集薪一个问题："大学士的官帽子到底有多大，是不是比铁锁井的井口还大?"问得宋集薪满脸通红。

此时陈平安绕着十二脚牌坊跑了一圈，牌坊每一面都有四个大字，字体古怪，显得各不相同，分别是"当仁不让""希言自然""莫向外求"和"气冲斗牛"。听宋集薪说，除了某四个字，其余三处匾额石刻，都曾被涂抹、篡改过。陈平安对这些懵懵懂懂，从未深思，当然，就算他想要刨根问底，也是徒劳，他连宋集薪经常挂在嘴边的地方县志到底是什么书都不知道。

过了牌坊没多远，很快就看到一棵枝繁叶茂的老槐树。树底下，有一段不知被谁挪来此地的树干，略作劈砍后，首尾两端下边垫上两块青石板，这截大树便被当作了简易的长凳。每年夏天的时候，小镇百姓都喜欢在这边乘凉，家境富裕的人家，长辈还会从水井里捞出一篮子的冰镇瓜果，孩子们吃饱喝足，就拉帮结派，在树荫下嬉戏打闹。

陈平安习惯了上山下水，跑到栅栏门口附近，在那座孤零零的黄泥房门口停下，心不跳气不喘。

小镇外人来往得不多，照理说，如今官窑烧制这棵摇钱树都倒了，就更加不会有新面孔。姚老头在世的时候，曾经有次喝高了，就跟陈平安和刘羡阳这些徒弟们说，咱们做的是天底下独一份的官窑生意，是给皇帝陛下制作御用瓷器，其他老百姓哪怕再有钱，哪怕当的官再大，胆敢沾碰，那可都是要被砍头的。那天的姚老头，精气神格外不一样。

今天陈平安望向栅栏外，却发现好些人在等着开城门，不下七八人之多，男女老少都有，而且都是陌生人。小镇当地百姓的进进出出，无论是去烧瓷还是做庄稼活，都很少走东门，理由很简单，小镇东门的道路延伸出去，没有什么龙窑和田地。

此时陈平安和那些外乡人，隔着一道木栅栏，两两相望。

那一刻，穿着自编草鞋的陈平安，只是有些羡慕那些人身上穿着的厚实衣衫。肯定很暖和，能抗冻。

门外那些人，明显分作好几拨，并不是一伙人，但都望向门内的清瘦少年，大多脸色漠然，偶有一两人，视线早已越过陈平安的身影，望向小镇更远处。

陈平安有些奇怪，难道这些人还不知道朝廷已经封禁了所有龙窑？还是说他们正因为知道真相，所以觉得有机可乘？

有个头戴古怪高冠的年轻人，身材修长，腰间悬有一块绿色玉佩。他似乎等得不耐烦了，独自走出人群，想要去推开本就无锁的栅栏大门。只是在手指就要触碰到木门的时候，他猛然停下，缓缓收回手，双手负后，笑眯眯望向门内的陈平安，也不说话，就是笑。

陈平安的眼角余光，无意间发现年轻人身后的那些人，好像有人失望，有人玩味，有人皱眉，有人讥讽，情绪微妙，各不相同。

就在此时，一个头发乱糟糟的中年汉子猛然打开门，对着陈平安骂骂咧咧道："小王八蛋，是不是掉钱眼里了？这么早就来催命叫魂，你赶着投胎去见你死鬼爹娘啊?！"

陈平安翻了个白眼，对这些尖酸刻薄的言语，不以为意。一来生活在这个总共没几本书籍的乡野地方，如果被人骂几句就恼火，干脆找口水井跳下去得了，省心省事。二来这个看门的中年光棍，本身就是个经常被小镇百姓取笑打趣的对象，尤其是那些胆大泼辣的妇人，别说嘴上骂他，动手打他的都有不少。加上这人还极其喜欢跟穿开裆裤的小孩吹牛，比如什么老子当年在城门口，好一场厮杀，打得五六个大汉满地找牙，满地都是血，城门前整条两丈宽的道路，就跟下雨天的泥泞道路差不多！

他对陈平安没好气地说道："你那点破烂事，等会儿再说。"

小镇没谁把这个家伙当回事。但是外乡人能不能进入小镇，中年汉子却掌握着生杀大权。

中年汉子一边提着裤子，一边走向木栅栏门。

这个背对着陈平安的中年汉子打开门后，时不时跟人收取一个小绣袋，放入自己袖口，然后一一放行。

陈平安很早就让出了道路。八个人大致分作五批，走向小镇，除了那个头戴高冠、腰悬绿佩的年轻人，还先后走过两个七八岁的孩子，男孩穿着一件颜色喜庆的红色袍子，女孩长得粉粉嫩嫩，跟上好瓷器似的。

男孩比陈平安要矮大半个脑袋，跟陈平安擦身而过的时候，张了张嘴，虽然并没有发出声响，但是有明显的口型，应该是说了两个字，充满了挑衅。牵着男孩的中年妇人，轻轻咳嗽了一下，男孩这才稍稍收敛。

中年妇人和男孩身后的小女孩被一个满头霜雪的魁梧老人牵着，小女孩转头对着陈平安说了一大串话，还不忘对身前的同龄男孩指指点点。陈平安根本听不懂小女孩在说什么，不过猜得出，她是在告状。

魁梧老人斜瞥了一眼陈平安。

只是被人有意无意看了一眼，陈平安纯粹下意识地后退了一步。如鼠见猫。

看到这一幕后，原本叽叽喳喳像只小黄雀的小女孩，顿时没了煽风点火的兴致，转过头不再多看陈平安一眼，好像再多看一眼就会脏了她的眼睛。

陈平安的确没见过世面，但不等于看不懂脸色。

等到这行人远去，看门的中年汉子笑问道："想不想知道他们说了什么？"

陈平安点头道："想啊。"

中年汉子乐了，笑嘻嘻道："夸你长得好看呢，全是好话。"

陈平安扯了扯嘴角，心想："你当我傻啊？"

中年汉子看破陈平安心思，笑得更加开心："你要是不傻，老子能让你来送信？"

陈平安没敢反驳，生怕惹恼了这家伙，即将到手的铜钱就要飞走了。

中年汉子转过头，望向那些人，伸手揉着胡子拉碴的下巴，低声啧啧道："刚才那婆娘，两条腿能夹死人啊。"

陈平安犹豫了一下，好奇问道："那位夫人练过武？"

中年汉子愕然，低头看着陈平安，一本正经道："你小子，是真傻。"

陈平安一头雾水。

中年汉子让陈平安等着，大步走向屋子，回来的时候，手里多了一摞信封，不厚不薄，约莫十封。中年汉子递给陈平安后，问道："傻人有傻福，好人有好报。你信不信？"

陈平安一手拿信，一手摊开手掌，眨了眨眼睛："说好了一封信一文钱的。"

中年汉子恼羞成怒，将事先准备好的五枚铜钱，狠狠地拍在陈平安手心后，大手一挥，豪气干云道："剩下五文钱，先欠着！"

小镇不大不小，六百多户人家，镇上穷苦人家的门户，陈平安大多认得，至于家底殷实的有钱人家，门槛高，泥腿子少年可跨不进去，一些个大户扎堆的宽敞巷弄，陈平安甚至都没有踏足过。那边的街道，多铺以大块大块的青石板，下雨天，绝不会一脚踩下去泥浆四溅。那些质地绝佳的青石板，经过千百年来人马车辆的踩踏碾压，早已被磨得光滑如镜。

卢、李、赵、宋四个姓氏，在小镇这边是大姓，乡塾就是这几家出钱设的，他们在城外大多拥有两三座大龙窑。历任窑务督造官的官邸，就和这几户人家在一条街上。

不凑巧，陈平安今天要送的十封信，几乎全是小镇出了名的阔绰户。这也很合情合理，龙生龙凤生凤，老鼠生儿打地洞，能够寄信回家的远方游子，家世肯定不差，否则也没那底气出门远行。其中九封信，陈平安其实就去了两个地方，福禄街和桃叶巷。第一次踩在大如床板的青石板上，陈平安有些忐忑，放缓了脚步，竟然有些惭愧形秽，忍不住觉得自己的草鞋脏了街面。

陈平安送出去的第一封信，是祖上得到过一柄皇帝御赐玉如意的卢家。陈平安站在门口，越发局促不安。

有钱人家就是讲究多，卢家宅子大不说，门口还摆放着两尊石狮子，等人高，气势凌人。宋集薪说这玩意儿能够避凶镇邪，陈平安根本不清楚何谓凶邪，只是很好奇等人高的狮子嘴里，好像还含着一颗圆滚滚的石球，这又是如何雕琢出来的？陈平安强忍住去触摸石球的冲动，走上台阶，叩响那个青铜狮子门首，很快就有个年轻人开门走出，一听说是来送信的，面无表情，用双指拈住信封一角，接过那封家书后，便重重关上了贴有彩绘财神像的大门，转身快步走入宅子。

之后陈平安的送信过程，也是这般平淡无奇。桃叶巷街角有户名声不显的人家，开门的是个慈眉善目的矮小老人，收起信后，笑着说了句："小伙子，辛苦了。要不要进来歇歇，喝口热水？"

陈平安腼腆地笑了笑，摇摇头，跑着离开了。

矮小老人将那封家书轻轻放入袖子，没有着急回宅院，而是抬头望向远方，双目浑浊。最后视线由高到低，由远及近，凝视着街道两旁的桃树，貌似老朽昏聩的矮小老人这才挤出一丝笑意，转身离去。

没过多久，一只颜色可爱的小黄雀停到桃树枝头，喙啄犹嫩，轻轻啁鸣。

留到最后的那封信，陈平安需要送给在乡塾授业的教书先生，其间路过一个算命摊子。身穿老旧道袍的年轻道人，挺直腰杆坐镇桌后，他头戴一顶高冠，高冠像一朵绽放的莲花。

年轻道人看到快步跑过的陈平安后，赶紧打招呼："年轻人，走过路过不要错过，来抽一支签，贫道帮你算上一卦，可以帮你预知吉凶福祸。"陈平安没有停下脚步，不过转过头，摆了摆手。

年轻道人犹不死心，身体前倾，提高嗓门："年轻人，往日贫道替人解签，要收十文钱，今儿破个例，只收你三文钱！当然了，若是抽出一支上签，你不妨再多加一文喜钱；如果鸿运当头，是上上签，那贫道也只收你五文钱。如何？"

远处陈平安的脚步，明显停顿了一下，年轻道人已经火速起身，趁热打铁，高声道："大早上的，年轻人你是头位客人，贫道干脆就好人做到底，只要你坐下抽签，实不相瞒，贫道会写一些黄纸符文,可以帮你为先人祈福,积攒阴德。以贫道的能耐,不敢说一定让人投个大富大贵的好胎,可要说多出一两分福报,终归是可以尝试一下的。"

陈平安愣了愣,将信将疑地转身返回,坐在摊子前的长凳上。

一朴素道士,一寒酸少年,两个大小穷光蛋,相对而坐。

年轻道人笑着伸出手,示意陈平安拿起签筒。陈平安犹豫不决,突然说道:"我不抽签,你只帮我写一份黄纸符文,行不行?"

在陈平安的记忆中,好像这位云游至此的年轻道爷,在小镇已经待了至少五六年,模样倒是没什么变化,对谁也都和和气气的,平时就是帮人摸骨看相、算卦抽签,偶尔也能代写家书。有意思的是,桌案上那只簇拥着一百零八支竹签的签筒,这么多年来,小镇男男女女抽签,既没有谁抽出过上上签,也没有谁从签筒摇晃出一支下签,仿佛整整一百零八签,签签中上,无坏签。所以若是逢年过节,纯粹为了讨个好彩头,小镇百姓花上十文钱,也能接受,可真遇上烦心事,肯定不会有人愿意来这里当冤大头。若说这个年轻道人是彻头彻尾的骗子,倒也冤枉了人家。小镇就这么大,如果真只会装神弄鬼、坑蒙拐骗,早就给人撵了出去。所以说这个年轻道人的功力,肯定不在相术、解签两事上。倒是有些小病小灾,很多人喝了道人的一碗符水,很快就能痊愈,颇为灵验。

年轻道人摇头道:"贫道行事,童叟无欺,说好了解签加写符一起,收你五文钱的。"

陈平安低声反驳道:"是三文钱。"

年轻道人哈哈笑道:"万一抽出上上签,可不就是五文钱了嘛。"

陈平安下定决心,伸手去拿签筒,突然抬头问道:"道长是如何知道我身上恰好有五文钱的?"

年轻道人正襟危坐:"贫道看人福气厚薄,财运多寡,一向很准。"

陈平安想了想,拿起那只签筒。

年轻道人微笑道:"年轻人,不要紧张,命里有时终须有,命里无时莫强求,以平常心看待无常事,便是第一等万全法。"

陈平安重新将签筒放回桌上,神情郑重,问道:"道长,我把五文钱都给你,也不抽签了,只请道长将那张黄纸符文,写得比平时更好一些,行不行?"

年轻道人笑意如常,略作思量,点头道:"可。"

桌案上,笔墨纸砚早就备好,年轻道人仔细问过了陈平安爹娘的姓名籍贯生辰,抽出一张黄色符纸,很快就写完了,一气呵成。

至于写了什么,陈平安茫然不知。

搁下笔,提起那张符纸,年轻道人吹了吹墨迹:"拿回家后,人站在门槛内,将黄纸烧在门槛外,就行了。"

陈平安郑重其事地接过那符纸,小心翼翼地珍藏起来后,没有忘记把五枚铜钱放在桌案上,鞠躬致谢。年轻道人挥挥手,示意陈平安忙自己的事情去。陈平安撒开腿跑去送最后一封信。

年轻道人懒洋洋地靠在椅子上,瞥了眼铜钱,弯腰伸手将它们搂到身前。就在此时,一只小巧玲珑的黄雀,从高空飞扑到桌面上,轻啄了一下某枚铜钱,很快便没了兴致,振翅远去。

"黄雀始欲衔花来,君家种桃花未开。"年轻道人悠悠然念完这句诗后,故作潇洒地轻轻挥袖,叹气道,"命里八尺,莫求一丈啊。"

这一挥袖,就有两支竹签从袖子里滑落,掉在地上,年轻道人哎哟一声,赶紧捡起来,然后鬼鬼祟祟四处张望,发现暂时无人留心这边,这才如释重负,重新将那两支竹签藏入宽松的袖口。年轻道人咳嗽一声,板起脸,继续守株待兔,等待下一位客人。他有些感慨,果然还是赚女子的钱,更容易一些。

其实,年轻道人袖中所藏两支竹签,一支是上上签,一支是下下签,都是用来挣大钱的。不足为外人道也。

陈平安自然不清楚这些奥妙玄机,一路脚步轻盈,来到那座乡塾馆舍外,附近竹林郁郁,绿意欲滴。

陈平安放缓脚步,屋内响起中年人的醇厚嗓音:"日出有曜,羔裘如濡。"随后便有一阵齐整清脆的稚嫩嗓音响起:"日出有曜,羔裘如濡。"

陈平安抬头望去,旭日东升,煌煌泱泱。他不禁怔怔出神。

等他回过神,蒙学孩童正在摇头晃脑,按照先生的要求,娴熟背诵一段文章:"惊蛰时分,天地生发,万物始荣。夜卧早行,广步于庭,君子缓行,以便生志……"

陈平安站在学塾门口,欲言又止。两鬓微霜的中年儒士转头望来,轻轻走出屋子。

陈平安将书信双手递出去,恭敬道:"这是先生的书信。"

一袭青衫的中年儒士接过信封后,温声说道:"以后无事的时候,你可以多来这里旁听。"

陈平安有些为难,毕竟他未必真有时间来此听这位先生教书,他不愿欺骗先生。

中年儒士笑了笑,善解人意道:"无妨,道理全在书上,做人却在书外。你去忙吧。"

陈平安松了口气,告辞离去。

陈平安跑出去很远后,鬼使神差地转头回望。只见那个先生始终站在门口,身影沐浴在阳光中,远远望去,恍若神人。

如果没有去过福禄街或是桃叶巷,陈平安可能这辈子都不会意识到泥瓶巷的阴暗狭窄。不过他非但没有生出失落的感觉,反而终于感到心安。他笑着伸出双手,刚好掌心触碰到两边的黄泥墙壁,记得大概三四年前,他还只能双手指尖触及泥墙。

走到自家屋前，发现院门大开，以为遭贼的他连忙跑进院子，结果看到刘羡阳坐在门槛上，背靠上锁的屋门，正百无聊赖地打着哈欠。看到陈平安后，刘羡阳火烧屁股一般站起身，跑到陈平安身前，一把攥紧陈平安的胳膊，狠狠拽向屋子，压低嗓音道："赶紧开门，有要紧事要跟你说！"

陈平安没能挣脱开这家伙的束缚，只得被拉去开了屋门。比他年长两岁且身体健壮的刘羡阳，很快就甩开陈平安，蹑手蹑脚地摸上了陈平安的木板床，将耳朵死死贴在墙壁上，听起了隔壁的墙根。

陈平安好奇地问道："刘羡阳，你在干什么？"

刘羡阳对陈平安的问话置若罔闻，约莫半炷香后，终于恢复正常，坐在木板床边缘，脸色复杂，既有些释然，也有些遗憾。

刘羡阳此时才发现陈平安正在做一件古怪的勾当，蹲在门内，身体向外倾，用一截只剩下拇指大小的蜡烛，烧掉一张黄纸，灰烬都落在门槛外。貌似陈平安嘴里还念念有词，只是离得有些远，他听得不真切。

刘羡阳，正是一座老字号龙窑老师傅姚老头的关门弟子，至于资质鲁钝的陈平安，老人从头到尾根本就没真正认下这个徒弟。在当地，徒弟没有敬拜师茶，或是师父没有喝过那杯茶，就等于没有师徒名分。

陈平安和刘羡阳不是邻居，双方祖宅离得挺远，之所以刘羡阳当时向姚老头介绍陈平安，源于两个少年有过一段陈年恩怨。刘羡阳曾是小镇出了名的顽劣少年，爷爷去世前，家里好歹还有个长辈管着，等到爷爷病逝后，十二三岁就人高马大不输青壮男子的刘羡阳，成了令街坊邻居人人头疼的混世魔王。后来不知为何，刘羡阳惹恼了一伙卢家子弟，结果被人死死堵在泥瓶巷里，结结实实一顿毒打。对方都是年轻气盛的少年，下手从不计较轻重，刘羡阳很快被打得呕血不止，住在泥瓶巷的十多户人家，多是在小龙窑讨碗饭吃的底层匠户，哪敢蹚这浑水。

当时的宋集薪全然不怕，反而乐滋滋地蹲在墙头上看热闹，唯恐天下不乱。

到最后，只有一个枯瘦如柴的孩子，偷偷溜出院子后，跑到了巷口，对着大街撕心裂肺地喊道："死人啦！死人啦……"

听到"死人"二字，卢家子弟这才悚然惊醒，看到地上满身血污的刘羡阳已奄奄一息，那些富家少年郎总算感到一阵后怕，面面相觑后，便从泥瓶巷另一端跑掉了。

但是在那之后，刘羡阳非但没有感激那个救了自己命的孩子，反而隔三岔五就来这边捉弄戏耍。孤儿倔，不管刘羡阳如何欺负，就是不肯哭，让他愈发愤懑。只是后来有一年，刘羡阳眼见着那个姓陈的小孤儿，估计是实在扛不过冬天的样子，终于良心发现，于是已经在龙窑拜师学艺的他，便带着孤儿去往那座位于宝溪边上的龙窑。出了小镇往西走，大雪天的几十里山路，刘羡阳到现在还是没有想明白，那个长得跟木炭似的小家伙，两条腿分明细得跟毛竹竿子差不多，是怎么走到龙窑的？姚老头虽然最后还是留下了陈平安，但对待两人却是天壤之别，对关门弟子刘羡阳，也打也骂，但瞎子也能感受得到其中的良苦用心。例如有次下手重了，砸得刘羡阳额头渗出血来，刘羡阳皮糙肉厚，没觉得有什么，反而是当师傅的姚老头，很是后悔。这个在徒弟面前威严惯了的闷葫芦老头，碍于面子不好说什么，结果在自家屋子里兜圈子兜了大半夜，仍是不放心刘羡阳，最后只得喊来陈平安，给刘羡阳送去一瓶药膏。

陈平安这么多年，一直很羡慕刘羡阳。不是羡慕刘羡阳天赋高、力气大、人缘好，而是羡慕刘羡阳的天不怕地不怕，走到哪里都没心没肺，也从来不觉得独自活着，是什么糟糕的事情。刘羡阳不管到了什么地方，跟谁相处，都能很快地勾肩搭背，称兄道弟，喝酒划拳。刘羡阳因为他爷爷身体不好，很早就自力更生，成为孩子王一般的存在，捕蛇捉鱼掏鸟窝，无不娴熟；木弓鱼竿，弹弓捕鸟笼，好像什么都会做，尤其是在乡间田埂抓泥鳅和钓黄鳝这两件事，刘羡阳无疑是小镇上最厉害的。其实刘羡阳当年从乡塾退学的时候，那位齐先生还特意去找了刘羡阳病榻上的爷爷，说可以不收一文钱，但是刘羡阳死活不答应，说他只想挣钱，不想读书，齐先生说他可以出钱雇用刘阳羡当自己的书童，刘羡阳依然不肯点头。事实上，刘羡阳活得挺好，哪怕姚老头死了，龙窑被封禁，没过几天他就被骑龙巷的铁匠相中，开始在小镇南边搭建茅屋、炉子，忙碌得很。

刘羡阳看着陈平安将蜡烛吹灭，放在桌上，低声问道："你平时清晨有没有听到过古怪的声响，就像……"

陈平安坐在长凳上，静待下文。

刘羡阳犹豫片刻，破天荒微微脸红："就像春天猫叫一样。"

陈平安问道："是宋集薪学猫叫，还是稚圭？"

刘羡阳翻了个白眼，不再对牛弹琴，双手撑在床板上，缓缓弯曲手肘，然后伸直手臂，屁股离开床板，双脚离开地面。他的屁股悬在空中，撇嘴讥讽道："什么稚圭，分明是叫王朱，姓宋的从小就喜欢瞎显摆，不知道从哪里看到'稚圭'两个字，就胡乱用了，根本不管两个字的意思好不好。王朱摊上这么个公子，也真是上辈子作孽，否则不至于来宋集薪身边遭罪吃苦。"

陈平安没附和刘羡阳的说法。

一直保持那个姿势的刘羡阳冷哼道："你当真不明白？为什么你帮王朱那丫头提了一次水桶，那之后她就再也不跟你聊天说话了？保准是宋集薪那个小肚鸡肠的，打翻了醋坛子，威胁王朱不许跟你眉来眼去，要不然就要家法伺候，不但打断她的腿，还要丢到泥瓶巷子里……"

陈平安实在听不下去了，打断刘羡阳的话语："宋集薪对她不坏的。"

刘羡阳恼羞成怒道："你知道什么是好什么是坏？"

陈平安眼神清澈,轻声道:"有些时候她在院子里做事,宋集薪偶尔坐在板凳上,看他那本什么地方县志,她看宋集薪的时候,经常会笑。"

刘羡阳眼神呆滞。

骤然间,单薄木板床支撑不住刘羡阳的重量,从中断成两半,高大少年一屁股坐在了地面上。

陈平安蹲在地上,双手按住脑袋,唉声叹气,有些头疼。

刘羡阳挠挠头,站起身,也没说什么愧疚的话,只是轻轻踹了一脚陈平安,咧嘴笑道:"行了,不就一张小破床嘛。我今天来,就是给你带来一个天大的好消息,怎么都比你这破床值钱!"

陈平安抬起头。

刘羡阳得意扬扬道:"我家阮师傅出了小镇后,在南边那条溪边上,突然就说要挖几口井,原先人手不够,需要喊人帮忙,我就随口提了提你,说有个矮冬瓜,气力还凑合。阮师傅也答应了,让你这两天就自己过去。"

陈平安猛然起身,正要道一声谢,刘羡阳抬起一只手掌:"打住打住! 大恩不言谢! 记在心里就好!"

陈平安龇牙咧嘴。

刘羡阳环顾四周,墙角斜放着一根鱼竿,窗口躺着一只弹弓,墙壁上挂着木弓,他欲言又止,最后还是忍住没开口。刘羡阳大步跨过门槛,靴子明显故意绕过了那些符纸的灰烬。陈平安看着那个高大背影。

刘羡阳突然转过身,面对门槛内的陈平安,一矬腰,脚不离地,直冲数步后,重重挥出一拳,然后收拳挺腰,大声笑道:"阮师傅私底下跟我说,这拳法我只需要练一年,就能打死人!"

刘羡阳似乎觉得犹不过瘾,做了个稀奇古怪的踢腿动作,笑道:"这叫好腿必入裆,踢死闷倒驴!"

最后刘羡阳伸出拇指,指了指自己胸膛,趾高气扬道:"阮师傅传授我拳法的时候,我有些想法心得,便与他说了闲话,比如我对姚老头制瓷的独门绝学'跳刀'的感悟,阮师傅夸我是百年一遇的练武奇才。以后你只管跟着我混,少不了你吃香的喝辣的!"

刘羡阳眼角余光瞥见那隔壁丫鬟已经进了屋子,便一下子没了扮演英雄好汉的兴致,对陈平安随口说道:"对了,方才我经过老槐树的时候,那边多了个自称'说书人'的老头儿,正在摆弄摊子,还说他积攒了一肚子的奇人趣事,要跟咱们念叨念叨,你有空可以去瞅瞅。"陈平安点了点头。

刘羡阳大步离开泥瓶巷。

关于这个独来独往的桀骜少年,小镇流传诸多说法,但是刘羡阳喜欢自称祖上是带兵打仗的将军,所以他家才会有那件一代代传承下来的宝甲。说是宝甲,陈平安亲眼看过一次,其实模样丑陋,既像是人身上的瘊子,也像是老树的疤节。不过刘羡阳的同龄人,可不这么说。只讲刘羡阳的祖辈,是个逃兵,是逃到了小镇这边,给人做了上门女婿,运气好才躲过官府追捕。说得板上钉钉,好似亲眼见过刘羡阳的祖辈如何逃离战场,又如何一路颠沛流离到了这座小镇。

陈平安想了想,蹲在门槛旁边,低头吹散那些灰烬。

宋集薪不知何时站在院墙那边,身边跟着婢女稚圭,他喊道:"要不要跟咱们一起去槐树那边耍?"

陈平安抬起头:"不去了。"

宋集薪扯了扯嘴角:"没意思。"

他转头对自家丫鬟笑道:"稚圭,咱们走! 去给你买一整个将军肚子罐的桃花粉。"

稚圭羞赧道:"小小的蛐蛐罐就够了。"

宋集薪双手负后,昂首挺胸,大步前行:"我宋家人,钟鸣鼎食,世代簪缨,如何能够小家子气,岂非有辱家风?!"

陈平安坐在门槛上,揉了揉额头。这个宋集薪,其实不说那些怪话胡话的时候,给人感觉并不差,但是比如现在这种时候,刘羡阳在场的话,就一定会说他很想朝宋集薪的后脑勺一板砖敲下去。

陈平安斜靠着屋门,想着明天的光景,多半会像今天,后天的光景,则会像明天,如此反复,于是他陈平安这辈子就会一直这样走下去,直到最后跟姚老头差不多。

人吃土一生,土吃人一回。

最后闭眼,再睁开眼,可能就是下辈子的事情了。

他低头看着脚上的草鞋,突然就笑了起来。

踩在青石板上,跟踩在烂泥滩里,感觉是不太一样。

刘羡阳离开小巷,经过算命摊子的时候,那年轻道人招手道:"来来来,贫道看你气色如烈火烹油,绝非吉兆啊,不过莫怕便是,贫道有一法,可以帮你消灾……"

刘羡阳有些惊讶,记得这年轻道人以前给人解签算命,且不说准不准,但还真没有主动招徕过生意,几乎全都属于愿者上钩。难不成如今龙窑给朝廷官府关闭,这道士也要跟着倒霉,揭不开锅了,所以宁肯错杀不愿错放?

刘羡阳笑骂道:"你的法门就是破财消灾,对不对? 滚你大爷的,想从我兜里骗钱,下辈子吧!"

年轻道人也不恼火,对刘羡阳大声喊道:"指望今年百事昌,谁知命里有祸殃。无灾不肯念神仙,欲得安稳当烧香……应当烧香啊……"

刘羡阳冷不丁转身,快步如飞跑向算命摊子,一边摩拳擦掌,一边嚷着:"烧香是吧,我先烧了你的摊子!"

年轻道人显然被吓得不轻,起身后也顾不得摊子了,抱头鼠窜。

刘羡阳站在摊子旁边,看着年轻道人的狼狈身影,哈哈大笑,瞥见桌上的签筒,随意伸手将其推倒,竹签哗啦啦滑出签筒,最后在桌上呈现出扇形模样。

刘羡阳伸手指了指在远处停步的年轻道人:"以后见你一次打一次!"

年轻道人抱拳作揖,求情讨饶。刘羡阳这才罢休。

年轻道人等到刘羡阳走远,才敢重新落座,叹了口气:"世道艰辛,人心不古,害得贫道也糊口不易啊。"

就在此时,年轻道人眼前一亮,赶紧闭上眼睛,朗声道:"池塘盈满蛙声乱,刺人肚肠是人心。此处功名水上萍,只宜风动四方行!"

那对少年少女显然听到了年轻道人的话语,只可惜没有要停步的意思。

年轻道人微微睁开一丝眼缝,眼见着又要错过生意,只得一巴掌拍在桌案上,提高嗓门:"状元本是人间子,宰相无非世上人。学贯天人名动城,得意扬扬精气神!"

宋集薪和婢女稚圭只是继续前行。

年轻道人灰心丧气,低声咕哝道:"这日子没法过了。"

宋集薪毫无征兆地转过头,向年轻道人远远抛去一枚铜钱,灿烂笑道:"借你吉言!"

年轻道人匆忙接住铜钱,摊开手心一看,愁眉不展,只是最小额的一文钱。不过年轻道人将这枚铜钱轻轻放在桌上。转瞬之间,便有一只黄雀疾坠于桌面,低垂头颅,对着那枚铜钱轻轻一啄,之后将其衔在嘴中,抬头望向年轻道人,黄雀眼眸灵动,与人无异。

年轻道人轻声道:"去吧,此地不宜久留。"黄雀一闪而逝。

年轻道人环顾四周,最后视线停留在远处那座高高的牌坊楼,恰好对着"气冲斗牛"四字匾额,感慨道:"可惜了。"最后年轻道人补上一句:"若是能拿到外边去卖,怎么都有千八百两银子吧?"

宋集薪带着婢女稚圭来到老槐树下,发现树荫里人满为患,将近半百号人坐在自家搬来的板凳椅子上,陆陆续续还有孩童扯着长辈过来凑热闹。

宋集薪和稚圭并肩站在树荫边缘,看到一个老人站在树底下,一手托大白碗,一手负身后,神色激昂,正大声说道:"方才说过了大致的龙脉走向,我再来说说这真龙。啧啧,这可就真了不得了,约莫三千年前,天底下出了一个了不得的神仙人物,先是在某座洞天福地潜心修行,证了大道,便独自仗剑游历天下,手中三尺气概,锋芒毕露。不知为何,此人偏偏与蛟龙不对付,整整三百个春秋,有蛟龙处斩蛟龙,杀得世间再无真龙,这才罢休,最后不知所终。有人说他是去了极高的道法张本之地,与道祖坐而论道;也有说是去了极远的西方净土佛国,与佛陀辩经说法;更有人说他亲自坐镇酆都地府的大门,防止魑魅魍魉为祸人间……"

老人说得唾沫四溅,底下所有小镇百姓却都无动于衷,人人满脸茫然。

婢女稚圭低声好奇问道:"三尺气概是什么?"

宋集薪笑道:"就是剑。"

稚圭没好气道:"公子,这位老人家,也忒喜欢卖弄学问了,话也不好好说。"

宋集薪瞥了眼老人,幸灾乐祸道:"咱们小镇识字的没几个,这位说书先生算是媚眼抛给瞎子看了。"

稚圭又问道:"洞天福地又是什么?世上真有人能够活三百岁吗?还有那酆都地府,不是死人才能去的地方吗?"

宋集薪被问住了,却不愿露怯,便随口道:"尽是胡说八道,估计看过几本不入流的稗官野史,拿来糊弄乡野村夫的。"

这一刻,宋集薪敏锐地发现,那老人有意无意看了自己一眼,虽然只是蜻蜓点水的视线,很快就一掠而过,但宋集薪仍是细心地捕捉到了,只是他并没有上心,只当是巧合而已。

稚圭抬头望向老槐树,细细碎碎的光线透过树叶缝隙,洒落下来,她下意识眯起眼眸。宋集薪转头望去,突然愣住了。

如今自己这个婢女,有着一张刚开始褪去婴儿肥的侧脸,她好像跟记忆里那个瘦瘦小小、干干瘪瘪的小丫鬟,有了很大的出入。

按照小镇的习俗,女子嫁人时,便会聘请一位父母子女皆健在的福气齐全人,请她绞去新娘脸上的绒毛,剪齐额发和鬓角,谓之开面,或是升眉。

宋集薪还从书上看到过一个小镇没有的习俗,所以在稚圭十二岁那年,他便买了小镇上最好的新酿之酒,搬出那只偷藏的釉色极美、犹如青梅的瓷瓶,把酒倒入其中后,将其小心泥封,最后埋入地下。

宋集薪突然开口说道:"稚圭,虽说姓陈的家伙,按照我们读书人老祖宗的说法,属于'朽木不可雕也,粪土之墙不可圬也',但是不管怎么说,他这辈子总算还是做了一件有意义的事情。"

稚圭并未答话,低敛眼眉,依稀可见睫毛微微颤动。

宋集薪自顾自说道:"陈平安呢,人倒是不坏,就是性子太死板,做什么事情只认死理,虽说当了窑匠,但他再勤劳苦练,也注定做不出一件有灵气的好东西来,所以刘羡阳的师父,那个姚老头,对陈平安死活看不上眼,是有其独到眼光的,这叫朽木不可雕。至于粪土之墙不可圬嘛,大致意思就是说陈平安这种穷酸鬼,哪怕你给他穿上件龙袍,他照样是个土里土气的泥腿子……"宋集薪说到这里的时候,自嘲道:"我其实比陈平安还惨。"

稚圭不知道如何安慰自家公子。

宋集薪和他的婢女稚圭,在这座小镇上,一直是福禄街和桃叶巷的富人们,茶余饭后的重要谈资,这要归功于宋集薪的那个"便宜老爹"宋大人。

小镇没有什么大人物,也没有什么风浪,故而被朝廷派驻此地的窑务督造官,无疑就是戏本上的那种青天大老爷。历史上数十位督造官中,以上任督造官宋大人最得民心。宋大人不像之前那些高高在上的官老爷,他不但没有躲在官署,修身养性,也没有闭门谢客,一心在书斋治学,而是对官窑瓷器的烧造事必躬亲,简直比匠户窑工更像是乡野百姓。十余年间,这个原本满身书卷气的宋大人,皮肤被晒得黝黑发亮,平日里装束与庄稼汉无异,待人接物,从无架子。只可惜小镇龙窑烧造而出的御用瓷器,无论是釉色品相,还是大器小件的形制,始终不尽如人意,准确说来,比起以往的水准,甚至还要稍逊一筹,让老窑头们百思不得其解。

最后大概朝廷那边觉得兢兢业业的宋大人,没有功劳也有苦劳,将其调回京城的吏部敕令文书上,好歹得了个"良"的考评。宋大人在返京之前,竟然千金散尽,出资建造了一座廊桥。后来发现宋大人离去的车队当中,没有捎带某个孩子后,小镇几个大姓门庭便恍然大悟。可以说,宋大人与小镇积攒过一份不俗的香火情,加上现任督造官的刻意照拂,少年宋集薪这些年在小镇的生活,衣食无忧,逍遥自在。如今改名为稚圭的丫鬟,关于她的身世来历,众说纷纭。住在泥瓶巷的当地人,说是一个鹅毛大雪的冬天,有个外地女孩沿路乞讨至此,昏死在宋集薪家院门口,如果不是有人发现得早,女孩就要去阎王爷那边转世投胎了。官署那边做杂事的老人,有另外的说法,信誓旦旦地说是宋大人早年让人从别处买下的孤儿,为的就是给私生子宋集薪物色一个知冷暖的体己人,弥补一下父子不得相认的亏欠。不管如何,婢女被宋集薪取名为稚圭后,算是彻底坐实了两人的父子关系,因为小镇大族豪绅都晓得,宋大人最钟情的一方砚台,便刻有"稚圭"二字。

宋集薪回过神,笑脸灿烂起来:"不知为何,想起那条死皮赖脸的四脚蛇。稚圭你想啊,我都把它摔到陈平安的院子了,它依然要往咱们家蹿,你说陈平安的狗窝,得是多么不招人待见,才会寒酸到连一条小蛇都不愿意进去?"

稚圭认真想了想,回答道:"有些事,也讲缘分的吧?"

宋集薪伸出大拇指,开怀道:"正是这个道理!他陈平安就是个缘浅福薄之人,能活着就知足吧。"

稚圭没有说话。

宋集薪自言自语道:"咱们离开小镇后,屋子里的东西交由陈平安照看,这家伙会不会监守自盗啊?"

稚圭轻声道:"公子,不至于吧?"

宋集薪笑道:"哟,稚圭,监守自盗的意思也懂?"

稚圭眨了眨那双秋水长眸:"难道不是字面的意思?"

宋集薪笑了,望向南方,心神露出一抹向往:"我听说京城那个地方的藏书,比我们小镇的花草树木还要多!"

就在此时,说书先生说道:"世上虽已无真龙,龙之从属,如蛟、虬、螭等等,仍是真真正正、实实在在活在人世间,说不定就……"老人故意卖了一个关子,眼见听众们无动于衷,根本不懂得捧场,只得继续说道:"说不定就隐匿在我们身边,道教神仙称之为潜龙在渊!"

宋集薪打了个哈欠。头顶突然飘落一片槐叶,苍翠欲滴,刚好落在他的额头上。宋集薪伸手抓住树叶,双指拧转叶柄。

想着还是到城东门去一次讨下债的陈平安,在临近老槐树的时候,也看到了眼前有槐叶飘落,于是他加快步子,想要伸手去接住。只是一阵清风拂过,树叶从他手边滑过。

陈平安身形矫健,快速横移一步,想要拦截下这片树叶。偏偏树叶在空中又打了一个旋儿。

他不信邪,几次辗转腾挪,最后仍是没能抓住槐叶。陈平安无可奈何。

一个从乡塾逃学的青衫少年,与陈平安擦肩而过。青衫少年自己都不知道,肩头上不知何时停留了一片槐叶。

陈平安继续去往城东门,哪怕要不到钱,催一催也是好的。

远处算命摊子那边,年轻道人闭目养神,自言自语道:"是谁说天运循环无厚薄?"

陈平安来到东门,看到那中年汉子盘腿坐在栅栏门口的树墩上,懒洋洋晒着初春的日头,闭着眼睛,哼着小曲,双手拍打着膝盖。

陈平安蹲在中年汉子身边。对陈平安来说,讨债的事情,实在难以启齿。他只好安静地望向东边的宽阔大路,大路蜿蜒而漫长,像一条粗壮的黄色长蛇。

他习惯性抓起一把泥土,攥在手心,缓缓揉搓。

他曾跟随姚老头在小镇周边翻山越岭,背着沉甸甸的行囊,行囊里装有柴刀、锄头等各色物件,满满当当。在姚老头的带领下,他们会在各处走走停停。陈平安经常需要"吃土",抓起一把泥土直接放入嘴中,咀嚼,细细品尝滋味。久而久之,熟能生巧,陈平安哪怕只是手指研磨一番,就能清楚土壤的质地。以至于到后来,市面上一些老窑口的破碎瓷片,陈平安掂量一下,就能知道是哪座窑口,甚至是哪位师傅烧出来的。

姚老头性子孤僻,不近人情,动辄打骂陈平安。曾经有一次,姚老头嫌弃陈平安悟性太差,简直就是个不开窍的蠢货,一气之下就把他丢在荒郊野岭,独自返回了窑口。等到陈平安走了六十里山路,临近那座龙窑的时候,已是深夜时分。那天大雨滂沱,当在泥泞中蹒跚而行,终于遥遥看到一点光亮的时候,倔强的陈平安在独立讨生活后,第一次有想哭的冲动。可是他从未埋怨过老人,更不会记恨。

陈平安家世贫穷,没有读过书,但是他明白一个书本外的道理,世上除了爹娘,再没有人是理所应当对你好的。而他的爹娘,走得早。

陈平安耐得住性子发呆,邋遢汉子好像觉得多半是没法子蒙混过关了,睁眼笑道:"不就五文钱嘛,男人这么小气,以后不会有大出息的。"

陈平安满脸无奈:"你不就在计较吗?"

中年汉子咧嘴,露出一嘴参差不齐的大黄牙,嘿嘿笑道:"所以啊,如果不想以后变成我这样的光棍,就别惦记那五文钱。"

陈平安叹了口气,抬起头,认真道:"你要是手头紧,这五文钱就算了吧,可是事先说好,以后一封信一枚铜钱,不能再赖账的。"

浑身透着一股酸腐味的中年汉子转头,笑眯眯道:"小家伙,就你这种茅坑臭石头的脾气,将来很容易吃大亏的。难道没有听过一句老话,吃亏是福?你要是小亏也不愿意吃……"

他瞥见陈平安手中的泥土,略作停顿,促狭道:"就是面朝黄土背朝天的命了。"

陈平安反驳道:"我方才不是说了,不要五文钱吗?难道不算吃小亏?"

中年汉子有些吃瘪,神色恼火,挥手赶人:"滚滚滚,跟你小子聊天真费劲。"

陈平安松开手指,丢了泥土,起身后说道:"树墩子潮气重……"

中年汉子抬头笑骂道:"老子还需要你来教训?年轻人阳气壮,屁股上能烙饼!"

中年汉子转头瞥了眼陈平安的背影,歪歪嘴,嘀咕了一句,好像是骂老天爷的丧气话。

塾师齐先生今天不知为何,破天荒早早结束了授业。

学塾后头有个院子,北面开了一个矮矮的小柴门,能够通往竹林。

宋集薪和婢女稚圭在老槐树下听故事的时候,有人喊他去下棋。宋集薪不太情愿,只是那人说是齐先生的意思,想要看一看他们棋力有无长进。宋集薪对于不苟言笑的齐先生,有一种说不清道不明的观感,大概可以称之为既敬且畏,所以齐先生亲自下了这道"圣旨",宋集薪不得不赴约,但是他一定要等说书先生讲完故事,再去学塾后院。帮先生传话的青衫少年,只得先行打道回府,不忘叮嘱宋集薪千万别太晚到,絮絮叨叨,还是老调重弹那一套,什么我家先生是最讲究规矩的,不喜欢别人言而无信,等等。

宋集薪当时挖着耳朵,不厌其烦,说:"知道了,知道了。"

当宋集薪带着稚圭来到学塾后院时,凉风习习,文质彬彬的青衫少年郎如往常一般,已经在南边的凳子上,腰杆挺直,正襟危坐。宋集薪一屁股坐在青衫少年对面,坐北朝南。齐先生坐在西面,一向观棋不语。

婢女稚圭每逢自家少爷与人下棋,都会去竹林散步,以免打扰到三位读书人,今天也不例外。

偏居一隅的小镇,没有什么所谓的书香门第,所以读书人堪称凤毛麟角。

按照齐先生订立下来的老规矩,宋集薪和青衫少年要猜子,执黑先行。

宋集薪和对面的同龄人,几乎是同时开始学棋的,只是宋集薪天资聪颖,棋力进步神速,一日千里,所以被传授两人棋艺的齐先生视为高段者。猜子之时,由宋集薪先从棋盒中掏出一把白棋,数目不等,秘不示人。青衫少年随后拈出一枚或是两枚黑子,猜对白子奇偶后,就能够执黑先行,也就有了先行的优势。宋集薪在头两年的对弈当中,无论是执白后行,还是执黑先行,无一败绩。

不过宋集薪对下棋兴致不大,三天打鱼两天晒网,反观资质逊色的青衫少年,既是乡塾学生,又担任书童,与齐先生朝夕相处,哪怕只是旁观先生枯坐打谱,也是受益匪浅,所以青衫少年从执黑才能偶尔侥幸获胜,到如今只要执黑,胜负就能与宋集薪在五五之间,棋力手筋的进步,显而易见。对于这种此消彼长,齐先生不置一词,袖手旁观而已。

宋集薪刚要去抓棋子,齐先生突然说道:"今日你们下一盘座子棋,执白先行。"

两个少年一头雾水,皆不知"座子棋"为何物。

齐先生语速不急不缓,仔细解释了下规矩,规矩并不烦琐,只是在四星位分别放下黑白两子。

齐先生拈子、落子,动作娴熟,行云流水,让人赏心悦目。

平时最喜欢恪守规矩的青衫少年,听闻"噩耗"后,目瞪口呆,痴痴看着棋盘,最后小心翼翼说道:"先生,如此一来,好像很多定式用不上了。"

宋集薪皱眉思索片刻,很快眼前一亮,眉头舒展道:"是棋盘格局变小了。"

然后宋集薪邀功一般,抬头笑问道:"对吧,齐先生?"

齐先生点头道:"确实如此。"

宋集薪朝着对面的同龄人挑了一下眉头,笑问道:"要不要先让两子,否则你这家伙肯定输。"

对面的青衫少年顿时面红耳赤,嚅嚅嗫嗫,因为他心知肚明,自己获胜次数越来越多,除了棋力增长之外,其实真正的原因是宋集薪这两年下棋越来越心不在焉,甚至有些不胜其烦了。很多胜负手,宋集薪会故意放水,或是先手布局占优后,棋至中盘,会刻意为了屠大龙而兵行险着。

对于才华横溢的宋集薪来说,下棋好不好玩,有不有趣,才是首选。

对于青衫少年来说,从第一次拈子落于棋盘,他就执着于"胜负"二字。

齐先生望向自己的学塾弟子:"你可以执白先行。"

接下来青衫少年落子缓慢,谨小慎微,步步为营。宋集薪依旧是落子如飞,大开大合,羚羊挂角。双方性情,天壤之别。

不过八十余手,青衫少年就输得一塌糊涂,紧抿着嘴唇,垂头不语。

宋集薪手肘抵在桌面上,托着腮帮,一手双指拈子,轻轻敲击石桌,凝视着棋局。

按照齐先生的规矩,双方对弈,投子无声认输即可,绝对不可言"我输了"三字。

青衫少年尽管不甘心,仍是缓缓投子。

齐先生对青衫少年吩咐道:"练字去吧,不用收拾残局,写三百个'永'字。"

青衫少年赶紧起身,毕恭毕敬作揖告辞。

宋集薪在青衫少年身影消失后,才轻声问道:"先生也要离开这里了?"

双鬓霜白的儒雅文士点头道:"一旬之内,就会离开。"

宋集薪笑道:"那正好,我还能为先生送行。"

齐先生犹豫片刻,终于还是开口说道:"无须为我送行。宋集薪,你以后到了小镇之外,记得不要太过张扬。我身无别物,三本蒙学书籍,《小学》《礼乐》《观止》,你可以一并拿去,经常温习,须知读书百遍,其义自见。若是能读书破万卷,自是下笔如有神,此间真意……你以后自然会知晓的。至于三本闲杂书,术算《精微》,棋谱《桃李》,文集《山海策》,不妨闲暇时翻阅,也可怡情养性。"

宋集薪满脸惊讶,有些尴尬,壮着胆子说道:"先生像是在'托孤',让我好不适应。"

齐先生满脸笑意,柔声道:"没你说的这么夸张,人生何处不相逢,以后总有再见面的一天。"

齐先生微笑之时,让人如沐春风。

齐先生突然说道:"你去赵繇那边看看,就当提前道别。"

宋集薪起身笑道:"好嘞。那这棋局就劳烦先生收拾喽。"说完欢快跑去。

齐先生俯身收拾棋子,看似东一颗西一枚,杂乱无序,实则先黑后白,从宋集薪最后落子的那枚黑子开始捡起,顺序倒推开去,一子不差。

不知何时,婢女稚圭已经从竹林折返,只是站在柴门外,并不踏足院子。

齐先生没有转头,沉声道:"好自为之。"

在泥瓶巷长大的少女稚圭,此时满脸懵懂神色,柔柔弱弱怯怯,楚楚可怜。温文尔雅的儒士隐约露出一抹怒容,缓缓转头望去,眼神冷漠。少女稚圭依然是迷迷糊糊的模样,天真无邪。

齐先生站起身,玉树临风,望向稚圭,冷笑道:"孽障逆种!"稚圭缓缓收敛脸上的无辜神色,眼神逐渐冷冽,嘴角挂起讥讽笑意。她好像在说,你能奈我何?

她就这样与齐先生直直对视。小院内外,仿佛有一双蟒蛟在对峙。两者互视对方为仇寇。

远处,宋集薪高声喊道:"稚圭,回家啦。"

稚圭立即踮起脚尖,乖巧回了一句:"哎,好的,公子。"

她推开柴门,小跑着与教书先生擦身而过,跑出几步后,不忘转身,对那个背影施了个万福,嗓音婉约可人:"先生,稚圭先走了。"

许久过后,齐先生叹了口气。

春风和煦,竹叶摇曳,如翻书声。

头戴莲花冠的年轻道人收拾着摊子,唉声叹气,相熟的小镇百姓问起缘由,他也只是摇头晃脑不作答。

最后一个曾经在此算姻缘的新嫁妇人,路过此地,眼见着年轻道人如此反常,羞羞涩涩停下脚步,嗓音软糯,嘴上问着问题,那双会说话的水润眼眸,却在年轻道人的英俊脸庞上使劲徘徊。

年轻道人不露声色地瞥了眼女子,视线微微向下,是一幅鼓囊囊的风景。年轻道人咽了咽口水,说了一句神叨叨的卦语:"今日贫道给自己算了一签,下签,大凶啊。"

第二章
稗草

　　杏花巷有口水井，名叫铁锁井。一根粗如青壮手臂的铁链，年复一年，垂挂于井口内，何时有此水井有此铁链，又是何人做此无聊奇怪事，早已无人知晓真相，就连小镇岁数最大的老人，也说不出个子丑寅卯来。

　　传闻小镇曾经有好事者，不顾老人们的劝阻，试图检验铁链到底有多长。对于"拽铁链出井口者，每出一尺，折寿一年"这口口相传的老规矩，那人根本没当回事。结果使劲拉扯了一炷香后，拔出一大堆铁链，仍是没有看到尽头的迹象。那人已是精疲力尽，便任由那些拽出井口的铁链盘曲在水井辘轳旁，说是明天再来，他就偏偏不信这个邪了。那人回到家后，当天便七窍流血，暴毙在床上，而且死不瞑目，不管家人如何费劲折腾，尸体就是闭不上眼睛。最后有一个世世代代住在水井附近的老人，让那户人家抬着尸体到水井旁边，"眼睁睁"看着老人将那些铁链放回水井。等到整条铁链重新笔直没入井口深水中，那具尸体终于闭了眼。

　　一老一小缓缓走向那口铁锁井，小家伙，是个还挂着两条鼻涕虫的孩子，可是说起这个故事来，口齿清晰，有条不紊，根本不像是个才蒙学半年的乡野小娃娃。此时孩子正仰起头，大大的眼睛，像两颗黑葡萄，轻轻抽了抽鼻子，两条鼻涕小蛇就缩了回去。孩子望着那个一手托着大白碗的说书先生，努努嘴，说道："我说完了，你也该给我看看你碗里装着啥了吧？"

　　老人笑呵呵道："别急别急，等到了水井边上坐下来，再给你看个够。"

　　孩子"善意"提醒道："不许反悔，要不然你不得好死，刚到铁锁井旁边就会一头栽进去,到时候我可不会给你捞尸体;要不然就突然打个雷,刚好把你劈成一块焦炭,到时候我就拿块石头,一点点敲碎……"

老人听着孩子竹筒倒豆子,一大串不带重复的恶毒晦气话,实在有些头疼,赶紧说道:"肯定给你看。对了,你这些话是跟谁学的?"

孩子斩钉截铁道:"跟我娘呗!"

老人感慨道:"不愧是人杰地灵,钟灵毓秀。"

孩子突然停下脚步,皱眉道:"你骂人不是? 我知道有些人喜欢把好话反着说,比如宋集薪!"

老人连忙否认,然后岔开话题,问道:"小镇上是不是经常发生一些怪事?"

孩子点点头。

老人道:"说说看。"

孩子指了指老人,一本正经道:"比如说你托个大白碗,又不肯让人放铜钱进去。你还没说完故事的时候,我娘就说你讲得不坏,云里雾里,一看就是坑蒙拐骗惯了的,所以让我给你送几文钱,你死活不要,碗里到底有啥?"老人哭笑不得。

原来是先前在老槐树下说完故事的说书先生,让这个孩子领着自己去杏花巷看那口水井。孩子起先不乐意,老人就说他这大白碗可有大讲究,装着了不得的稀罕玩意儿。那孩子天生活泼好动,被爹娘说成是个投胎的时候忘了长屁股的,他很小就喜欢跟着刘羡阳那帮浪荡子四处瞎逛,但是为了钓上一条黄鳝或是泥鳅,这小屁孩也能够在太阳底下暴晒半个时辰,一动不动,耐心惊人。所以当老人说那白碗里装着什么时,孩子立即就咬饵上钩了。

哪怕老人一开始提了个古怪要求,说要试试提起他,看他到底有多沉,想知道有没有四十斤重,孩子毫不犹豫就点头答应了,反正给人提几下也不会掉块肉。但是让孩子一次次翻白眼的事情发生了:左手掌心托碗的老人,铆足劲用右手足足提了他五六次,可一次也没能把他成功提起来。孩子最后斜瞥了眼老人的细胳膊细腿,摇了摇头,心想同样是瘦杆子,陈平安那个穷光蛋的力气,就比这个老头子大多了。只是想着自己还没瞧见白碗里头的光景,仿佛天生早早开窍的孩子,就忍着没说一些会让老人下不来台的言语,要知道,在泥瓶巷杏花巷这一带,论吵架骂街,尤其是阴阳怪气说话,这个孩子能排第三,第二是读书人宋集薪,第一则是这个孩子他娘。

老人来到水井旁,但是没有坐在井口上。

古井由青砖堆砌,井口不大,老人一眼望去,竟是深不见底,不但如此,隐约之间,还让老人有种被他人凝视之感。

无形之中,老人呼吸沉重起来。

孩子走到水井旁,背对着井口,往后一蹦,屁股刚好坐在井口上。

这一幕看得老人冷汗直流,这要是一个不留神,兔崽子可就直接掉下去了啊,以这口古井的历史渊源,收尸都难。

老人缓缓向前几步,眯起眼,俯身审视着那条铁链,一端捆绑死结于水井辘轳底部。

"风水胜地,甲于一洲。"

老人环顾四周,百感交集,心想:"不知道此件重器,最后会花落谁家?"

老人伸出空闲的左手,凝视手心。掌心纹路,斑驳复杂。但是出现了一条崭新纹路,正在缓缓延伸,如同瓷器崩裂出来的缝隙。

神人观掌,如看山河。只不过这个老人,当下只是在看自身罢了。

老人皱起眉头,惊叹道:"不过短短半天,就已是这般惨淡光景,那几位岂不是?"

孩子已经站在井口上,一手叉腰,一手指着老人,大声催促道:"你到底给不给我看白碗?!"

老人无奈道:"你赶紧下来,赶紧下来,我这就给你看!"

孩子将信将疑,最后还是跳下井口。

老人犹豫片刻,脸色肃穆:"小娃儿,你我有缘,给你看看这碗的玄妙,也无不可,但是看过之后,你不许对外人提起,便是你那位娘亲,也不行。你若是做得到,我便让你见识见识,若是做不到,便是被你小娃儿戳脊梁骨,也不给你看半眼。"

孩子眨了眨眼睛:"开始吧。"

老人郑重其事地向前走到井口旁边,一低头,发现兔崽子这次换成双脚岔开坐在井口上,老人有些后悔自己招惹这个无法无天的小娃儿了。

老人收敛杂念,面朝井口,五指抓住大白碗的碗底,掌心开始微微倾斜,幅度微不可察。

孩子感觉等了挺久,也没见头顶那个白碗有丝毫动静,老头子始终保持着那个姿势。

就在孩子的两条鼻涕虫快要挂到嘴边,耐心耗尽的前一刻,只见手指粗细的一股水流,从白碗中倾泻而出,坠入水井深处,无声无息。

孩子龇牙,就要破口大骂,却突然闭上嘴巴,有些惊讶,片刻后,孩子的脸色已经从震惊变成茫然。再然后,孩子开始恐惧,猛然回过神,一下子跳下井口,往自己家逃去。

原来,老人用那只白碗倒入水井中水的分量,早已一大水缸都不止了。可是一直有水从白碗中向外倒出。

孩子觉得自己肯定是白天见鬼了。

刘羡阳随手从路边折了一根刚抽芽的树枝,开始练剑,整个人跟滚动的车轱辘似的，癫狂旋转，根本不心疼脚上那双新靴子，小路上扬起无数尘土。

刘羡阳出了小镇，一路由北向南，只要走过宋大人出钱建造的廊桥，再走三四里路，就到了阮家父女开办的那个铁匠铺。其实刘羡阳一向心高气傲，但是阮师傅只用一句话，就让他佩服得五体投地："我们来这里，只为开炉铸剑。"

铸剑好啊，刘羡阳一想到自己将来就能有一把真剑，就忍不住兴奋起来，丢了树枝，开始边跑边喊。

刘羡阳想着阮师傅私下传授的那几个拳架子，就开始练习起来，倒也有模有样，虎虎生风。

刘羡阳与廊桥越来越近。廊桥北端的台阶上，坐着四个人：姿态婀娜的丰腴美妇，怀里抱着一个身穿大红袍子的男孩，男孩高高扬起下巴，像是一位刚刚获得大捷的将军；台阶那一头，坐着个满头霜雪的高大老人，老人正在小声安慰一个气鼓鼓的小女孩。小女孩粉雕玉琢，宛如世上最精巧的瓷娃娃，她的稚嫩肌肤在阳光照耀下晶莹剔透，以至于能够清晰看到皮肤下的一条条青筋脉络。

两个孩子刚刚吵完架，小女孩泫然欲泣，小男孩愈发得意。

老人身材魁梧，如同一座小山，旁边的妇人投来一个致歉的眼神，威严老人对此却视而不见。

台阶底下，还站着个姓卢的年轻人，正是卢氏家主的嫡长孙，叫卢正淳。兴许真的是一方水土养育一方人，在小镇土生土长的人物，皮相总要生得比别处男女更好些。只不过卢正淳早就被酒色掏空了底子，落在台阶上坐着的四人眼中，就更是不堪入目。卢家拥有的龙窑，无论数目还是规模，都冠绝于小镇，卢氏也是族内子弟去外地开枝散叶最多的一个姓氏。可是以往在小镇威风八面的卢正淳，神色拘谨，脸色苍白，整个人都紧绷起来，好像稍有纰漏就会被人抄家诛九族。

男孩说着小镇百姓听不懂的话："娘亲，这个姓刘的小虫子，祖上真是那位……"

当他刚要说出姓名，妇人立即捂住男孩嘴巴："出门前，你爹与你叮嘱过多少次了，在这里，不可轻易对谁指名道姓。"

男孩掰开妇人的手，眼神炙热，压低嗓音问道："他家当真代代传承了宝甲和剑经？"

妇人宠溺地摸着男孩的脑袋，柔声道："卢氏用半部族谱担保，两件东西还藏在那少年家中。"

男孩突然撒娇道："娘亲娘亲，咱们能不能跟小白家换一下宝物啊，咱们谋划的那具宝甲实在太丑了。娘亲你想啊，换成那剑经的话，就能够梦中飞剑取人头颅，当真是神不知鬼不觉，岂不是比一个乌龟壳厉害太多？"

不等妇人解释其中缘由，旁边的女孩已经怒气冲冲道："就凭你也想染指我们失传已久的镇山之宝？此次我们来此，是名正言顺的物归原主，可不像某些不要脸的家伙，是做强盗、做小偷，甚至是做乞丐来着！"

男孩转头做了个鬼脸，然后讥笑道："臭丫头你自己也说了，是镇'山'之宝，山门辈分而已，了不起啊？"

男孩突然变换嬉笑脸色，从妇人怀中站起身后，眼神怜悯地俯视小女孩，像是学塾先生在训斥幼稚蒙童："大道长生，逆天行事，只在争字。你连这点道理都不懂，以后如何继承家业，又如何恪守祖训？你们正阳山后裔，历代子孙务必每隔三十年，就要拔高正阳山至少一百丈。臭丫头，你以为从你爷爷到你爹，做得很轻松不成？"

小女孩有些输了气势，神色萎靡，耷拉着脑袋，不敢正视男孩。

满头霜雪的魁梧老人沉声道："夫人，虽说童言无忌，但是万一害得我家少主道心蒙尘，你们自己掂量后果。"

妇人妖媚一笑，重将脸色阴沉的幼子拽回怀中，绵里藏针道："孩子吵架拌嘴而已，猿前辈何须如此上纲上线，莫要坏了咱们两家的千年友谊。"

不承想老人脾气刚烈至极，直接顶回去一句："我正阳山，开山两千六百年，有恩报恩，虽千年不忘；有怨报怨，从无过夜仇！"

妇人笑了笑，没有做意气之争。

此次小镇之行，人人身负重任，尤其是她，更是将自己的身家性命、儿子的前程、娘家的底蕴三者都孤注一掷，豪赌一场。

这个妇人，虽然衣裳朴素，却气度雍容，只是小镇百姓没有见过世面，不知其中关窍玄机。

从头到尾，卢正淳始终背对着廊桥台阶。

之前第一次在卢氏大宅见到这些贵客，自己的那个亲弟弟，不过是年轻气盛，定力不够，这才一时忘却祖父的告诫，忍不住偷瞄了一眼美妇人的胸脯，便被气得浑身发抖的祖父让人拖下去，活活杖杀在庭院中，好像行刑的时候嘴里塞满了棉布，所以继续陪着祖父在大堂议事的卢正淳，既听不到弟弟的凄惨哀号，也见不到血肉模糊的画面。等到商议完毕，一起出门寻找那个姓刘的少年，卢正淳跨出大堂门槛，才发现庭院当中，血迹早已清洗干净。那四位远道而来的客人，哪怕是如同金童玉女的那两个小孩子，对此竟也丝毫不以为异，仿佛这就是天经地义的事情。那一刻，卢正淳有些茫然。

死了一个人，怎么像是比死了一条狗还不如？何况那个人还姓卢，前一天深夜，与他这个哥哥喝酒壮胆的时候，无比雀跃，说是以后一定要飞黄腾达，光耀门楣，兄弟二人再不做井底之蛙了，要联手在外边闯出一片天地。直到走出卢家大宅后，卢正淳的脑子仍是一片空白。

卢正淳开始心生恐惧。陌生贵人们问话的时候，他说话嗓音会颤抖，带路的时候，走路步伐会飘忽。他知道自己这个样子,会贻笑大方,会让祖父失望,会让家族蒙羞,但是年轻人实在是控制不住自己的恐惧,好像全身都在从骨子里渗出寒气。

祖父在去年年关,带他们兄弟走入一间密室,告诉他们一个消息,卢家很快就要为某些贵人办事。这是天大的福分,一定要小心应对,做成了,卢家会将报酬变成栽培兄弟二人的敲门砖,只要贵人愿意点点头,那么以后他们兄弟脚下,就会出现一条阳关大道,他们就会平步青云,最终获得无法想象的荣华富贵。那个时候,他才明白自己和弟弟为何需要从小就学习那么多种稀奇古怪的方言。

卢正淳看着那个越来越靠近廊桥的刘羡阳,他突然开始无比仇恨这个人。这个曾经被自己带人堵在小巷里的穷光蛋,曾经死狗一般躺在地上,如果不是某个小王八蛋跑到巷口那边喊"死人了",他和几个死党原本按照约定,正要脱裤子,给地上那个不识抬举的少年当头降下一场甘霖。卢正淳直到现在,也不明白这些高高在上的贵人,为何会对刘羡阳刮目相看。至于他们所谓的什么宝甲、剑经,什么正阳山,什么长生大道,还有什么争机缘抢气运等等,卢正淳好像都听得懂,其实又都听不懂。但是卢正淳能够很确定一件事,就是他无比希望刘羡阳死在这里。至于真正的原因,卢正淳不敢承认,也不愿深思。

在内心深处,卢正淳绝对不希望卑贱如狗的刘羡阳,见到自己这个锦衣玉食的卢家大少,竟然沦落到跟他姓刘的一个鸟样。奇耻大辱,莫过于此。

美妇人望着刘羡阳喃喃道:"来了。"

刘羡阳一路打拳而来,到后来出拳迅猛,越打越快,以至于身形都被拳势裹挟,有些跟跄。

在行家眼中,粗具雏形的拳意当中,已经透出一丝刚柔并济的大成风范。

武道拳法一途,有句入门口诀:不得拳真意,百年门外汉。一悟拳真意,十年打鬼神。

美妇人如释重负,果不其然,这个姓刘的少年就是他们要找之人,确实天赋不俗,哪怕是在他们的那些仙家府邸里,根骨资质也不容小觑。当然了,在美妇人和魁梧白发老人的广袤世界里,数量最多的,也正是这种人。

美妇人站起身,对台阶底下的卢正淳吩咐道:"你去告诉那少年,问他想要什么,才愿意拿出铠甲和书籍这两样传家宝。"

卢正淳转过身的同时,就已经低头躬身,同样用小镇百姓绝对如同听天书的某种方言,回答道:"是,夫人。"

美妇人淡然道:"记住,你与那少年说话的时候,要和颜悦色,注意分寸。"

男孩伸出手指,居高临下,厉色道:"坏了大事,本公子就将你剥皮抽筋,再把你的魂魄炼制成灯芯,要让你灯灭之前,时时刻刻生不如死!"

卢正淳吓得打了个激灵，弯腰更多，惶恐不安道："小人绝不会误事！"

小女孩终于觉得扳回一城，嗤笑道："在这些凡夫俗子面前，倒是威风十足，不知道是谁在来的路上，被同道中人当面骂作野种，也不敢还手。"

魁梧老人对那对势利眼母子，其实一开始就观感极差，于是补了一句："小姐说错了，哪里是不敢还手，分明是不敢还嘴。"

一袭鲜艳红袍的男孩，咬牙切齿，死死盯住小女孩，脸色阴森，但是并没有撂什么狠话，最后反而展颜一笑，很是灿烂。

美妇人更是视线始终放在前方道路上，脸上云淡风轻，至于她是否心有芥蒂，天晓得。

小女孩冷哼一声，跑下台阶，蹲在溪边，低头望向水里的游鱼。偶尔有成群结队的鲤鱼在她视线里游弋而过，数目不等，红青两色皆有。

一些小镇上上了岁数的老人，在老槐树底下闲聊的时候，经常说在雷雨天气里，他们经过廊桥时，都曾看到桥底下游出过一尾金灿灿的鲤鱼。只是有老人说那条金色鳞片的鲤鱼，大小不过手掌长短；也有人说那条奇怪鲤鱼大得很，最少也有半人长，简直就是快成精了。众说纷纭，老人们争来争去，以至于听故事的孩子们谁也不愿意当真。

此时，小女孩凝视着那条清澈见底的小溪，双手托着腮帮，目不转睛。

魁梧老人蹲坐在她身边，轻声笑道："小姐，如果卢家没有说谎，这份大机缘已经落入别人口袋了。"

小女孩转过头，咧嘴笑道："猿爷爷，说不定有两条的！"于是她露出缺了一颗门牙的滑稽光景。小女孩很快意识到这一点，赶紧伸手捂住嘴巴。

魁梧老人忍住笑意，解释道："还未走江的蛟龙之属，最讲究划分地盘，不允许同类靠近。所以……"

小女孩哦了一声，重新转过头，双手托着腮帮发呆，喃喃道："万一有呢。"

在小女孩这边始终慈眉善目的老人，第一次流露出威严长辈的神色，伸手轻轻按住小女孩的脑袋，沉声道："小姐，切记，这'万一'二字，委实是我辈头号死敌，决不可心存侥幸！小姐你虽是金枝玉叶之身……"

小女孩抽出只手，使劲挥动，娇憨抱怨道："知道啦知道啦，猿爷爷，我的耳朵要起茧子啦。"

魁梧老人说道："小姐，我去盯着那边的动静了，对方虽然是咱们正阳山台面上的盟友，但是那一大家子人的秉性品行，呵，不提也罢，省得脏了小姐的耳朵。"

小女孩只是挥手赶人。

魁梧老人只好无奈离去。

这个身份像是家奴的魁梧老人，双手垂膝，走路之时，后背微驼，如负重而行。

岸边的小女孩,突然使劲揉了揉眼睛。她发现小溪里的水位,分明开始缓缓上涨,肉眼可见!

若是在小镇之外,例如在正阳山,或是在家乡任何地方,哪怕是整条小溪流水瞬间干涸,她也不会有半点惊奇。

小女孩疑惑道:"不是说在这里天然封禁一切玄术、神通和道法吗?而且越是修为高深,反噬越是厉害吗?猿爷爷就说过,哪怕是传说中的那个人,在这里待的时间久了,如今差不多也是泥菩萨过河的艰难处境,很难真正阻止谁动手争夺……"她最后晃了晃脑袋,懒得再想这个谜题。

小女孩转头望去,看着猿爷爷的高大背影。

她欢快想着,等到这里彻底开禁之后,她就请求猿爷爷将那座名叫披云山的山峰搬走。带回家乡后,当作她的小花圃。

陈平安回到院子后,眼皮就一直在跳,左眼跳财,右眼跳灾。

于是陈平安坐到门槛上,开始想象自己在拉坯,双手悬空,很快,就进入了忘我状态。勤勉是一方面,此举能够扛饿,也很重要,所以陈平安养成了一有心事就拉坯的习惯。

烧瓷一事,最讲天意,因为开窑之前,谁都不知道一件瓷器的釉色和器形最终是否契合心意,只能听天由命。不过在烧窑之前,拉坯无疑又是重中之重,只不过陈平安被姚老头认为资质差,多是做些练泥的体力活,而且他多是只能在旁边仔细观摩,然后自己练泥,自己拉坯,寻找手感。

隔壁院子响起柴门推开的声音,原来是宋集薪带着婢女稚圭从学塾返回,英俊少年一个冲刺,轻松跨上矮墙,蹲下后,松开手掌,手掌里全是指甲盖大小的石子,色彩多样,如羊脂、豆青、白藕等等。这种不值钱的石头,大小不一,在小镇溪滩里随处可见,其中以一种如同渗满鸡血的鲜红石头最为讨喜,学塾里的齐先生就为弟子赵繇雕刻了一枚印章,宋集薪觉得挺有眼缘,好几次想要拿东西跟那家伙换,可对方死活不肯。

宋集薪丢出一颗石子,力道不重,砸在陈平安的胸口,后者无动于衷。再丢,这一次丢中了陈平安的额头,陈平安仍是岿然不动。

宋集薪对此见怪不怪,噼里啪啦,一把石子七八颗,先后都丢了出去。虽说宋集薪有意让陈平安吃痛分心,但仍是没有直接砸陈平安的手臂、十指,因为宋集薪觉得那样做就是胜之不武了。

宋集薪丢完石子,拍了拍手掌。陈平安长呼一口气,抖了抖手腕,根本不理睬宋集薪,想了想,低下头,左手五指作握刻刀状。

跳刀这门技艺,在小镇老窑匠当中,并不算谁的独门绝活,但老姚头的跳刀手法,不管谁看到了，都会伸出大拇指。

老姚头先后收了几个徒弟，始终没有人能让他真正满意，到了刘羡阳这里，才认为找到了可以继承衣钵的人。以前刘羡阳练习的时候，陈平安只要手头没事，就会蹲在一旁使劲盯着。

刘羡阳最好面子，也知道陈平安口风紧，就经常拿老姚头的秘传口诀来震慑他，例如："想要刀的线路走得稳，手就要不能是死板的稳，归根结底，是心稳。"不过当陈平安追问什么叫心稳时，刘羡阳就抓瞎了。

宋集薪看了一会儿，觉得无趣乏味，就跳下墙头进了屋子。

婢女稚圭站在墙边，她若是不踮脚，刚好只露出上半张脸庞，即便如此，已经隐约可见是个美人坯子。

她想了想，轻轻踮起脚跟，视线落在陈平安四周，最后在地上找到了两颗心仪的石子，一颗色泽猩红且剔透，一颗雪白莹润，都是她家公子方才丢掉不要的。

她犹豫了一下，压低嗓音，怯生生道："陈平安，你能不能帮我把那两颗石子捡起来，我挺喜欢的。"

陈平安缓缓抬起头，手上动作并未停歇，依然很稳，眼神示意她稍等片刻。

稚圭嫣然一笑，如入春后的枝头第一抹绿芽儿，极美。

只是陈平安已经低下了头，错过了这幕动人景象。

稚圭嘴角翘起，一双眼眸流光溢彩，似有极微细的活物在其中悠然游弋。

等到陈平安停下手头事情，询问到底是哪两颗石子的时候，婢女稚圭的眼神便恢复正常了，一如既往，柔软得像是雨后春泥。

陈平安按照她手指指向的方位，捡起那两颗石子，走到墙边，稚圭刚抬起手，他就已经将石子放在墙头上了。

稚圭拿起两枚石子，紧紧握在手心。

有心人刻意寻觅此物，便是大海捞针，十年难遇。有缘人哪怕无心，却好似烂大街的破烂货，唾手可得，全看心情收不收了。

陈平安笑问道："就不怕鼻涕虫堵在你们门口骂半天？"

她没有承认自家公子偷拿别人东西，但好像也没脸皮否认事实，就笑着不说话。

泥瓶巷住着一对母子，两人的骂架功夫，小镇无敌，也就只有宋集薪能够与他们过过招。那孩子特别顽劣，常年挂着两条鼻涕虫，喜欢去溪滩里摸鱼、捡石子，抓来的鱼都养在一只大水缸里，石子就堆积在水缸旁边。宋集薪偏偏喜欢招惹这个小刺头，隔三岔五就去顺手牵羊几颗石子，一天两天看不出，可是经不住宋集薪经常摸走。一旦孩子确认自己少了宝贝，就会炸毛，跟踩中尾巴的小野猫似的，能够在院门外骂一个时辰，他娘亲也从不管劝，反而还会可劲儿煽风点火，专门故意挑破宋集薪是前任督造官私生子的事情。好几次把宋集薪气得牙痒痒,差点就要拎着板凳出门干架,婢女稚圭好说歹说,才劝阻下来。

蓦然间,一个尖锐嗓子响起:"宋集薪宋集薪,快来捉奸,你家婢女跟陈平安正眉来眼去,明摆着是勾搭上了! 你再不管管你家通房丫鬟,说不定今晚她就翻墙去敲陈平安的门了! 赶紧滚出来,啧啧啧,陈平安的手都摸上那小娘们的脸蛋了,你是没看到,陈平安笑得贼恶心人了……"

宋集薪根本没有露面,在屋里直接喊道:"这算什么,我昨晚还看到陈平安跟你娘亲拉拉扯扯,被我撞见后,陈平安才把爪子从你娘衣领里使劲'拔'出来。这也怪你娘亲,她那儿呀,实在太壮观太饱满了,可怜陈平安累得满头是汗……"

小巷里有人狠狠踹着宋集薪家院门,愤怒道:"宋集薪,出来,单挑! 你输了,就把稚圭送给我当丫鬟,每天给我喂饭铺床洗脚! 我输了,就把陈平安给你当下人杂役,咋样? 就问你敢不敢,反正谁不敢谁就是缩头乌龟!"

屋内宋集薪懒洋洋道:"一边凉快去! 你爹我翻了翻皇历,今天不适宜打儿子,顾璨,算你运气好!"

屋外的孩子使劲捶门:"稚圭,你跟着这么个孬种少爷,多憋屈啊,你还是跟刘羡阳私奔算了,反正那傻大个看你的眼神,就像是要吃了你。"

婢女稚圭转身走向屋子。屋内,宋集薪正在仔细擦拭一只翠绿葫芦,是年代不详的老物件,也是那位宋大人留下的"家产"之一。宋集薪起先并不上心,后来无意间发现每逢雷雨天,葫芦内便嗡嗡作响,可是宋集薪拔掉盖子后,不管如何挥动摇晃,也不见有任何东西滑出,往里头灌水、装沙子,倒出来还是水和沙子,一点不多,一点不少。宋集薪实在没辙了,加上有次被门外顾璨的泼辣娘亲,一口一个"有娘生没爹养的私生子"骂得心烦意乱,就拿刀对着葫芦一顿劈砍,结果让他瞠目结舌的是,刀刃已经翻卷,葫芦依旧完好无损,一丝一毫的痕迹都没留下。

早年被宋集薪烧掉的一封信上写道:"官署搬至小院的金银铜钱,保证你们主仆二人衣食无忧,闲暇时候,可以搜罗一些见之心喜的古董,权当陶冶性情。小镇虽小,粗粮可以养胃,书籍可以养气,景致可以养目,寂寥可以养心。今日起,尽人事听天命,潜龙在渊,日后必有福报。"

宋集薪虽然怨恨那个男人,但是有钱不花天打雷劈,在民风淳朴的小镇上,想要大手大脚都很难。这么多年来,宋集薪还真就喜欢上了收破烂的行当,满满当当一大朱漆箱子,全是翠绿葫芦这样的偏门玩意儿。只不过宋集薪有一种玄之又玄的直觉,一大箱子,五花八门,三十余件物件,这只葫芦最为贵重,其次是一只锈迹斑斑的紫金铃铛,摇晃起来,明明看见悬锤在撞击内壁,本该发出清脆声响,却是无声无息,让宋集薪既毛骨悚然,又心生惊奇。最后是一把落款为"山魈"的古朴茶壶,其余物件,宋集薪喜欢得粗浅,称不上一见钟情。

名叫顾璨的孩子站在门外,破口大骂,中气十足。没过多久,骂声戛然而止。然后陈平安看到顾璨猛然推开自己家院门,满脸惊慌,闩上门闩后,蹲在门旁,不断给自己使眼色,要自己也蹲到他身边。陈平安不明就里,但是猫着腰跑到顾璨身边,蹲下后轻声问道:"顾璨,你做什么? 又惹你娘发火了?"

顾璨使劲抽了抽鼻子,压低嗓音道:"陈平安,我跟你说,刚才我碰到个怪人,他手里那只白碗,能够一直往外倒水,你看啊,才这么点大的碗,我亲眼看到他倒水倒了一个时辰! 那家伙刚才路过咱们泥瓶巷巷口的时候,好像停了下来,该不是看到我了吧?惨了惨了……"

顾璨双手比画了一下白碗的大小,然后拍了拍胸口,感慨道:"真是吓死宋集薪他爹了。"

陈平安问道:"你是说那个槐树下的说书先生?"

顾璨使劲点头:"可不是,老头手上力气没几斤,连我也提不起,可那口破碗是真瘆人啊,瘆人得很!"

顾璨突然抓住陈平安的手臂:"陈平安,我这次是真没骗你! 我可以发誓,如果骗你,就让宋集薪不得好死!"

陈平安竖起一根手指,做了个嘘声的手势。顾璨立即闭嘴。

门外有一阵脚步声,渐渐响起,渐渐落下。

一物降一物。原本天不怕地不怕的孩子,一屁股坐在地上,伸手胡乱擦了一把脸,脸色发白。显而易见,这个名叫顾璨的鼻涕虫,是真的被吓得半死。

顾璨冷不丁问道:"陈平安,那家伙不会是去我家了吧? 咋办啊?"

陈平安无奈道:"我陪你回你家看看?"

顾璨大概就等着陈平安这句话了,猛然起身,又颓然坐下,哭丧着脸道:"陈平安,我腿软走不动路啊。"

陈平安站起身,弯腰扯住顾璨的后领口,一手拎着他,一手打开门闩,走出院子。

顾璨家离陈平安家不远,也就百来步路程。果不其然,顾璨看到那个老头子就在他家院子里,他娘亲竟然还给那老头子拿了一条凳子。那一刻,顾璨觉得天都塌下来了,所以他选择躲在陈平安身后,让高个子的顶上去。陈平安也没有让他失望,有意无意护在他身前。

熊孩子顾璨握住陈平安的袖口,没来由立即满腔豪气了。

老人对此不以为意,坐在板凳上,略作思量,手中那只白碗,凭空消失不见了。

顾璨立即又腿软了,整个人躲在陈平安身后,战战兢兢。

老人看了眼那个神色出奇平静的乡野村妇,又看了眼眉头紧皱的陈平安,最后对缩头缩脑的顾璨说道:"小娃儿,知不知道你家水缸里养着什么?"

顾璨在陈平安身后喊道:"还能有啥,我从溪里摸上来的鱼虾螃蟹,还有从田里钓上来的泥鳅黄鳝!你要是喜欢,就拿走好了,别客气……"孩子的嗓音越来越低,显然底气不足。

妇人捋了捋鬓角发丝,望向陈平安,柔声道:"平安。"

陈平安领会她的意思,揉了揉顾璨的脑袋,然后转身离去。

妇人眼神深处,对这个草鞋少年,隐藏有一抹愧疚。

她摒弃杂念,转头对老人问道:"这位远道而来的仙师,对于这份机缘,是要买,还是抢?"

老人摇头笑道:"买?我可买不起。抢?我也抢不走。"

妇人也摇头:"以前是如此,以后未必了。"

原本意态闲适的老人听闻此言,如遭雷击,猛然挥袖,五指掐动如飞。

老人喟然长叹道:"何至于此啊!"

妇人脸色冷漠,讥笑道:"仙长以为这座小镇,能有几个好人?"

老人站起身,深深看了眼懵懵懂懂的孩子,似乎下了一个天大的决定。他手腕一晃,白碗重新浮现。

老人走到半人高的大水缸旁,迅速用白碗舀了一碗水。

妇人虽然故作镇定,其实手心里全是汗水。

老人坐回凳子,朝顾璨招手道:"小娃儿,过来瞅瞅。"

顾璨望向娘亲,她点了点头,充满鼓励的眼神。

顾璨走近后,老人朝碗中水面轻轻吹了一口气,涟漪阵阵。

老人笑道:"张嘴。"与此同时,老人随手一抹,便从顾璨身上不知何处摸出一片槐叶。双指虚拈,并未实握。

顾璨下意识啊了一声。

老人屈指一弹,这片苍翠欲滴的槐叶没入顾璨嘴中。顾璨愣在当场,然后发现自己嘴中好像并没有任何异样。

老人不给他询问的机会,指了指掌心所托的白碗:"仔细看看有什么。"

顾璨瞪大眼睛,凝神望去,先是看到一个极其微小的黑点,然后渐渐变成一条稍稍醒目的黑线,最终缓缓壮大,好像变成了一条土黄色的小泥鳅,在白碗水面的涟漪中欢快翻滚。

脑子一团糨糊的顾璨灵光乍现,惊呼道:"我记得它!是我从陈平安那边……"

妇人一巴掌打在自己儿子脸上,怒道:"闭嘴!"

老人对此毫不意外,淡然道:"我辈修士,为证长生,大逆不道。这点争夺,不算什么。不用如此紧张,该是你儿子的,逃不掉;不该是那个少年的,也守不住。"

这个叫顾璨的孩子,体重不足四十斤。但是其"根骨"之重,匪夷所思。所以这个身负神通的托碗老人,之前破例施展祖传秘术,对其摸骨称重,却是拎不动。

这便是他收徒的前提。否则三岁小儿,持金过市,不是自找死路吗?

老人洒然一笑,眼神却冰冷,缓缓道:"当然了,就算原本是那少年的,又如何? 如今有老夫亲自坐镇,也就不是他的了。"

顾璨噤若寒蝉,牙齿打战。妇人如释重负。

老人重新换上那副慈祥和蔼的脸庞:"孩子,这只碗,装着整条江水,如今还养着一条小蛟。从现在起,你就是我的嫡传弟子了。

"老夫是一位'真君',只差半步就是'开宗'之祖,虽是下宗……总之,以后你自然会明白,真君和开宗这四个字的分量。"

老人哈哈笑道:"只会比这一碗江水更重。"

顾璨突然哭了起来:"这样不对! 它是陈平安的!"

妇人恼羞成怒,高高抬起手臂,又要教训这个猪油蒙心的蠢儿子。

老人摆摆手,笑了笑,轻描淡写道:"有此心肠,并非全是坏事。"

顾璨低下头,用手背擦拭泪水,以及鼻涕。

妇人悄然望向老人。老人会心一笑,点了点头。

同道中人,一切尽在不言中。

顾璨抬起头后,他的娘亲,和莫名其妙就从天上掉下来的半路师父,已是笑意淡淡。

顾璨转过头,陈平安离开的时候,没有忘记关上院门。

小镇就像是一块庄稼地,赶上了大年份,丰收的季节。

不过有些人,只是夹杂在稻谷之中的一株稗草,被人看过一眼,就再无第二眼。

例如孤孤单单走在泥瓶巷里的草鞋少年陈平安。

一男一女拐入泥瓶巷中。年轻男人头戴高冠,腰悬绿佩,比起小镇首富卢氏的子孙,更像是个富贵公子哥儿。女子年龄不好辨认,乍一看,少女模样,肌肤水嫩,尖尖的下巴,像是冬天挂在屋檐边上的冰锥子。又一看,三十来岁的风情,丹凤眼眸,身姿妖娆,从头到脚,有着一股倾泻直下的风流,走起路来,腰肢拧转,有着小镇女子绝没有的韵味。

女子左顾右盼,满是好奇,甚至伸手去触摸黄泥墙壁,实在察觉不出蛛丝马迹,好奇问道:"符南华,这里真是你说的隐蔽福地之一? 为何我家老祖之前给出的堪舆形势图上,对这条巷弄并未着重标注?"

符南华答非所问："若是你我真在此地得了意外之喜,你如何报答我?"

女子侧过身,十指交错放在身后,衬托得胸口风光愈发饱满丰硕,她半真半假柔声笑道："任君采撷,如何?"

符南华不承想她如此直白,反倒是没了章法,何况来此"访亲寻友",担负着整个家族百年兴衰,甚至是千年昌盛的重任,他再花花心肠,也绝不敢在"众目睽睽之下"的小镇,与眼前女子来一场露水鸳鸯姻缘。所以他很快转移话题,用手指向小巷深处,笑道:"蔡仙子,朋友归朋友,生意归生意。我不得不再重复一遍,按照之前的约定,这条泥瓶巷里的两户人家,一对主仆,一对母子,我可以由你先任选其一,押注的本钱,便是你们云霞山的特产云根石,每年送给我们老龙城十块。"

女子点头,笑意妩媚:"当然可以呀。"

符南华缓缓前行,继续说道:"接下来,你一旦在此获得家族预期之外的机缘,那件物品必须交由你我双方祖师鉴定,给出一个公道价格,之后你们云霞山就得拿出一半的等价云根石。蔡金简,你可有异议? 或者说,你能否确定,你在此时此地答应此事后,能够在利益得手、落袋为安的事后,也能够说服你们云霞山的那几位祖师爷们,点头认可这项赌约?"

女子已经变了脸色,肃穆端庄,与先前判若两人,像是沦落风尘的青楼花魁,摇身一变,成了母仪天下的皇后娘娘,这个被称为云霞山蔡金简的女子,斩钉截铁道:"可以!"

符南华眯起眼,脸色晦暗,停下脚步,正视身高不输自己的蔡金简:"丑话说在前头。你我今日能够结盟,互利互惠,可不是你我二人如何一见钟情,意气相投,只是老龙城与云霞山数百年来,历代祖师长辈们辛苦积攒下来的香火情。万一我们搞砸了,惹来那帮老头子们的雷霆震怒,别说我符南华,或是你蔡金简,就算是我们的父母师父,也一样担待不起!"

蔡金简笑道:"所以在小镇这段时日,我们一定要坦诚相见,精诚合作,对吧?"

符南华在这条阴暗巷弄,也尽显英俊风流,笑道:"除此之外……"

符南华转头看了一眼,收回视线后,压低嗓音道:"咱俩还需小心那两人才是,毕竟他们不是正阳山,称不上是有口皆碑的名门正派,而且听说那两个家伙,本来就路子极野,不太讲规矩。"

蔡金简眯起那双会说话的丹凤眸子,像是在娇滴滴说着:所以我蔡金简才会选中你符大公子嘛。

符南华轻声道:"走吧,虽说此地有圣贤镇压,平衡各方势力,但是还是小心为妙,阴沟里翻船就不好了。总之,你我能否鲤鱼跳龙门,在此一举。"

这位名动一方的天之骄子,道心愈发坚定,在心中默念道:"大道可期,阻我前路,仙佛可杀!"

他望向小巷深处,看到一个清瘦少年从对面遥遥走来。这是他们第二次见面了。

两人继续悠悠然前行,如同一对落在凡间的神仙眷侣。

蔡金简也看到了那个少年,打趣道:"门那边,小巷里,两次碰着了,你说这个少年会不会?"

她话只说了一半,符南华当然知道她的言下之意,哭笑不得道:"我的蔡大仙子,小镇六百户人家,加上十姓大族豢养的奴婢杂役,将近五千人,再是藏龙卧虎,也有个定数。何况这么多年来,那些个有根骨有福运有渊源的好坯子,早就被暗中瓜分殆尽了,我们这次之所以能够'捡漏',无非是那些心思难料的大神通人物,在故意卖漏而已。"

蔡金简也是自嘲一笑,为自己的天真想法感到赧颜。

犹豫一下,符南华仍是说道:"我不知你祖师如何传授天机,我爹倒是跟我说过一番言语:进入此地后,若是有人让你心生寒意,必须主动退避,敬而远之,绝不可轻易忤逆挑衅。毕竟此地藏龙卧虎,深不可测。心生恶感之人,多半就是此次小镇探幽寻宝的对手了。至于让你心生亲近之人,可能是此方地域的福禄厚重之人,并且有望转为自己的机缘,到时候只要别轻易杀人,不要坏了那几条雷打不动的老规矩,除此之外,是买是骗,还是强取豪夺,就看⋯⋯"

蔡金简嘴角翘起:"就看我们的心情了。"

她突然皱了皱眉头:"符公子,你为何不让我带上扎根本地的赵氏子孙,虽说我临行前也学了一些此地方言⋯⋯"

符南华打断蔡金简的话语,摇头道:"那些大姓门户,跟外边一直有藕断丝连的秘密渠道,能够在圣人眼皮子底下,传递一些不痛不痒的消息,而不被视为越过雷池。一代代积累下来,底蕴深厚。这些姓氏的真正靠山,我们老龙城和云霞山仍是略逊一等。再者假借外人之力,终究不美,容易横生枝节,贻误大事。等下你要是不愿说话,我来代劳便是。"

蔡金简笑道:"没关系,说些拗口话罢了,我还不至于如此娇气。"

符南华一笑置之,蔡金简也未多说什么。

归根结底,半路结盟的朋友,比不得一家人。更何况,在某些野心勃勃、志在证道的人眼中,祖孙父子夫妻兄弟,又算什么?

符南华笑容恬淡,雍容华贵,如人间头等豪阀的世家子。

他之所以泄露天机,将他爹秘传自己的"心法"说给蔡金简听,理由其实很简单。相较先前同行人中的其余两个——木讷的男子和冷峻的黑衣少女,符南华在踏入小镇栅栏城门的第一步,就对身边这个盟友女子云霞山的蔡金简,心生杀意!

符南华下意识伸手握住腰间那枚绿佩。

老龙布雨,巧夺天工。君子无故,玉不去身。

蔡金简想了想,闭上眼睛,片刻后睁眼说道:"宋集薪,顾璨……我选顾璨好了。"

符南华挑了一下眉头:"好。一言为定!"

两人视野中,那少年一路左拐右跳地走到了小巷一处,就要开锁推门而入。符南华带着蔡金简快步上前,笑道:"很巧,咱们又见面啦。"

寒酸少年正是从顾璨家出来的陈平安,听到声音后,转过身,点头问道:"有事吗?"

符南华用娴熟流畅的小镇方言说道:"这里是叫泥瓶巷吧?想问你这边是不是住着一个叫宋集薪的人,还有一个叫顾璨的小孩子。我是京城人氏,我们家与宋集薪父亲是世交,我身边这位姐姐,姓蔡,是顾璨他娘亲的娘家人,所以我们两个结伴而行,刚好都在一条巷子里。你说巧不巧,感觉什么都凑一起了,真是无巧不成书。"

符南华笑意从容,与市井底层的少年说话,身材修长的他为了照顾对方,微微弯腰,并始终保持这个姿态,既不显得矫揉造作,让人觉得居心不良,又会让旁人觉得温良恭俭让,谦谦君子。

仰着脑袋的陈平安嗯了一声,笑容腼腆,轻声道:"是很巧。"

符南华笑意更浓,温声道:"那么这两家人是住在?"

不承想陈平安摇头道:"我前不久还是一口龙窑的学徒,在小镇外边住了很多年,刚搬来这儿,还不熟悉街坊邻居,你要不要问问别人?"

符南华笑了笑,没有急于说话,似乎在酝酿措辞。

蔡金简笑道:"小弟弟,说谎可不好,你觉得我们像是坏人吗?退一万步说,光天化日之下,我们能做什么坏事?"

陈平安眨眨眼:"可是我真的不知道。"

蔡金简恢复了平时的言语,对符南华问道:"这孩子是不是想要报酬?"

符南华脸色如常:"不像。"

蔡金简眉眼间露出一抹隐藏得极浅淡的烦躁:"实在不行,我们挨家挨户问过去,一样能找到人。"

符南华对她摆摆手,耐着性子对陈平安循循善诱:"帮我们一个小忙,我就送你一样东西,如何?"

陈平安挠挠头,身形单薄,眼神清澈。

符南华猛然站直身体。结果看到一个满身书卷气的少年,蹲在不远处的墙头上,正在打量他们。

衣衫素雅的少年附近,站着一个少女,露出上半张脸庞,清清秀秀,干干净净,眉眼如黛。

那一刻,符南华心思大定。眼前少年,必然是自己的囊中之物了。

那少年站起身大声问道:"你们找人?"

符南华和蔡金简只得仰起头,前者说道:"对,我找你。我身边这位姐姐,要找顾璨,你能帮忙吗?"

少年皱眉道:"你认识我?"

符南华笑道:"我当然不认识你,但是我认识如今在礼部任职的宋大人。"

宋集薪开门见山问道:"帮你找鼻涕虫顾璨,可以。好处是什么?"

符南华二话不说,摘下腰间绿佩,高高抛给站在矮墙上的宋集薪:"归你了。"

宋集薪入手后,微微心惊,脸色却并无异样,低头对婢女稚圭说道:"你去吧。"

稚圭点了点头,出了院子,当少女安静站在狭窄巷弄中时,整条泥瓶巷仿佛刹那间鲜亮起来。

符南华对陈平安笑道:"小家伙,送你一句话,天雨虽宽不润无根之草。"

然后他率先走向稚圭那边。

蔡金简没有挪步,眼神玩味,对陈平安低声问道:"你知道是什么意思吗?"

她眼神熠熠,没来由来了兴致,不等陈平安回答,就开怀笑道:"其实就是告诉你,你错过了一桩大机缘。这位公子,只要从他指甲缝里抠出一点来,也足以让你这辈子里,在'山下'活得无比滋润。不过运气好的是,你应该这辈子都不晓得今天错过了什么,真是不幸中的万幸,要不然你得悔青肠子。"

符南华听在耳朵里,觉得她是在对牛弹琴。

小镇之外,人与人之间的差距,尤其是高低之分,比阴阳之隔还要巨大。

蔡金简倒退着走向那名婢女,所以是面朝陈平安:"天雨虽宽不润无根之草,记住哦。"

陈平安一直没有什么神色变化,只是蓦然大声道:"小心身后的……"

蔡金简猛然身体僵硬。

陈平安放低嗓音:"狗屎。"

蔡金简当时后退着行走,其实当那一脚踩下去后,她就已经意识到事情不妙了。

比踩中狗屎更加无法忍受的事情,当然是踩到了,结果还被别人看在眼中,而比这更惨烈的事情,无疑是看到的人,还开口告诉你,你真的踩到狗屎了。

蔡金简不是心性浅薄的女子,更不是吃不得苦的娇柔千金。她身为云霞山山主的众多子嗣之一,能够脱颖而出,赢得最终名额,就很能说明问题。云霞山总计大小十八峰,终年烟雾缭绕,盛产的云根石,是道家丹鼎派炼制外丹的一味重要材料,以"无瑕无垢"著称于世,独树一帜。所以云霞山上的人,必须讲究清洁素雅,故大多有洁癖,蔡金简当然也不例外。如果不是小镇牵连太大,蔡金简这辈子都不会踏足,更别提让她一脚一脚走在充满鸡粪狗屎的泥瓶巷。最尴尬的是,来此之后,他们这些原本高高在上的神仙中人,就像一条条被抛上岸的小鱼,突然之间失去了所有倚仗,占据某一处洞天福地的家族,搬山倒海、御风凌空的通玄修为,降妖伏魔、敕神驭鬼的玄妙法宝,全部都没了。然后,就有了蔡金简踩中狗屎这一幕。

符南华原本觉得有趣,纤尘不染的云霞山蔡仙子,一靴子黏糊糊的臭狗屎,说出去,谁敢相信?

但是下一刻,符南华就沉声喝道:"蔡金简,住手!"

站在泥墙上的宋集薪瞳孔微缩,攥紧手心的那枚雕龙绿佩。

只见巷弄之中,蔡金简好像一步就跨到了陈平安身前,她那只晶莹如羊脂美玉的纤手,迅猛拍向陈平安的天灵盖。在身后符南华出声阻止的瞬间,她骤然停下手掌,最后轻轻提起,柔柔拍下。做完这个仿佛长辈宠溺晚辈的亲昵动作后,她弯下腰,凝视着陈平安那双眼眸——像一汪清澈见底的清泉,蔡金简几乎能够从那里瞧见自己的脸庞。只可惜她当下心情糟糕至极,皮笑肉不笑道:"小家伙,我知道你说话的时候,故意放慢了速度。"

符南华松了口气,如果蔡金简果真胆敢在此悍然杀人,极有可能被逐出小镇,连累整座云霞山沦为天下的笑柄。

他脸色阴沉,用正统的官话雅言提醒她:"蔡金简,请你三思而后行,如果你接下来还是这么冲动,我觉得有必要放弃盟约,我不想被你害得竹篮打水一场空。"

背对着老龙城少城主的蔡金简,小声快速念道:"上品见佛速,下品见佛迟……实实有净土,实实有莲池……"

她很快转过头,对符南华歉意一笑:"是我失态了。我保证,之后绝对不会发生类似的事情。"

符南华冷笑道:"你确定?"

蔡金简一笑置之,没有跟符南华如何信誓旦旦,重新低头望向陈平安,以盛行一洲的官话雅言自顾自说道:"我云霞山源于佛门五宗之一,最讲求降伏心猿、拴住意马,可是我来此之前,连心猿意马到底为何物,也捉摸不透,家族长辈对此也从不愿拔苗助长,只是让我自行摸索。不承想今日在你们泥瓶巷,踩中了一坨狗屎,反而让我察觉到一丝端倪……"

陈平安提醒道:"这位姐姐,你踩中狗屎,已经大半天了,为啥还不赶紧刮蹭掉?"

蔡金简原本感觉自己已经跻身一种佛家净土心境,闻言之后,顿时破功,堕回俗世,脸色铁青。只是符南华的告诫还在耳畔回荡,只得泄愤一般,伸出一根手指在陈平安额头轻轻戳了一下,瞪眼道:"小小年纪,难道没人教过你,气性乖张是夭之相,尖酸刻薄是削福之人?!"

陈平安皮糙肉厚,没在意,只是看向不远处的宋集薪,也不说话。

后者跳脚大骂道:"陈平安,你看我干什么,真是晦气!"

符南华惊奇发现,自己竟然还没有跨入宋集薪的院子,便有些脸色不悦了,毫不掩饰自己的讥讽:"蔡金简!真是有意思,世上还有人为了一坨狗屎,耽误了长生大道的脚步。"

蔡金简破天荒没有恼火,深深看了眼貌不惊人的陈平安,转身就走。

突然,身后的陈平安轻声说道:"姐姐,你的睫毛很长。"

粗鄙至极的世俗蝼蚁,也敢调戏仙家神女?蔡金简勃然大怒,猛然转头。

打定主意,哪怕折损一些气数,也要教训这个貌似憨厚实则奸猾的村野贱坯子。虽说蔡金简他们进入此地,如犯人被拘押入牢笼,束手束脚,四处碰壁,一切术法器物,暂时都已经无法驾驭,可是自幼修行的神益,犹如登堂入室,得以反哺身躯,好似时时刻刻在淬炼筋骨,虽然效果并不显著,远远比不得专注于此道的武道中人,但是凭此底子,对付一个在市井泥泞里摸爬滚打的少年,信手拈来,随手一掌,在某些重要窍穴上动点手脚,使其种下病根,折其阳寿,还是轻而易举。但是略显昏暗的巷弄里,她只看到一张黝黑的脸庞,和一双明亮的眼眸。

海上生明月。

蔡金简先是眼前一亮,随即泛起些女子天生的怜悯情绪,最后她那双丹凤眼眸中,一点点褪去那些可惜,她愈发笑容灿烂,恍然大悟。

斩却心魔,正是机缘。

须知近佛远道的云霞山一脉,自开山鼻祖云霞老仙起始,就始终推崇一个观点:每次缘起缘灭,即是一次渡劫。当然,这渡劫之法,并无定理定数定势,一切需要当局者自行解谜破局。比如当下的蔡金简。

她觉得找到了需要镇压降伏的心猿意马,正是那个看似无辜、实则障碍的少年。于是她再次抬起一只手掌,覆盖在陈平安心口上,轻轻一按。这一切动作,行云流水,快若奔雷。哪怕陈平安有意识向后退出半步,仍是敌不过她的出手。

符南华死死盯着那个诱人心魄的婀娜背影,心中非但没有半点旖旎涟漪,反而杀意腾腾,几乎要凝聚成一副铁石心肠。他刻意掩饰自己的杀机,故意大声怒道:"先前你手指轻戳少年额头,使得他接下去常年疾病缠身,如此惩戒一次,就够了!为何还要……蔡金简,你是不是失心疯了?难道真想为了个贱种,连大道机缘也不管不顾?!"

蔡金简置若罔闻,符南华放低嗓音,恢复世家子弟雍容气度,啧啧笑道:"堂堂云霞山蔡金简,跟一个市井少年斤斤计较,传出去,不嫌丢人?"

蔡金简转过身,笑道:"这条小巷真是与我有缘,哪里想到这都能让我捞到一份机缘,虽然不大,可蚊子肉也是肉,好兆头啊。我对那个叫顾璨的小孩,更有信心了!"

符南华愕然。难不成这娘们当真有所顿悟?

蔡金简抬起一只脚,看到那份不堪入目的恶心污秽,笑呵呵道:"真是走狗屎运了。"

宋集薪脸色阴沉不定,看不出心思变化。

无人关注的婢女稚圭,站在原地,寂静无声,某个瞬间,她眼眸当中,浮现出两双淡金色的眼瞳,一眼双瞳。

符南华隐约间心生模糊感应,猛然间转头,快速张望,没有察觉到丝毫异样,最后上下打量了一番少女丫鬟,并无不妥之处,他只好将这股不适感,当作是蔡金简的所作所为,惹来了小镇上那位天人圣贤的凝视目光。

蔡金简心情舒畅,之前积攒诸多的种种凝滞念头,洪水决堤一般直流而下。

何止是小机缘?

若非内囊中空的云霞山,确实需要一件足够分量的"仙家重器",用来镇住不断外泄的山门气运,她也需要以此来奠定自己下任山主的地位,否则她蔡金简恨不得立即离开此地,回到云霞山闭关十年二十年。

蔡金简走向符南华身后的那个陋巷婢女。

身后的陈平安问道:"你是不是对我做了什么?"

蔡金简头也没回:"小家伙,你想多了。"

陈平安沉默下去。

蔡金简回眸一笑:"你最多半年时间就要死了。"

陈平安愣了一下。

蔡金简柔媚笑道:"还真信啊,姐姐骗你的!"

陈平安咧嘴一笑。

蔡金简和符南华这对仙家男女,几乎同时在心头冒出一个想法。井底之蛙,山下蝼蚁。

蹲在墙头上看戏的宋集薪,双手揉着太阳穴,脸色极其罕见地有些认真。

哪怕稚圭已经带着那个性情古怪的姐姐去找鼻涕虫顾璨了,而那个一言不合就一掷千金当冤大头的年轻家伙,也走进了自家院子,心思玲珑的宋集薪仍是蹲在那里发呆。天资卓绝的少年视线之中,有个清瘦少年,站在泥瓶巷当中,看了会儿高挑女子的背影,很快就收敛视线,走向自家院门,但是柴门久久不见推开。

宋集薪很讨厌这种感觉,有个家伙平时不显山不露水,可在某些时候,就像是一块茅坑里的石头,不搬,碍眼,搬走,嫌脏。以至于符南华在他身后的言语,他也未听清楚。

这位老龙城少城主,只得重复一遍:"宋集薪,你知不知道这世上有一种人,与你们大不相同?"

宋集薪终于回过神,转身继续蹲着,俯视着高冠风流、锦衣华服的符南华,平淡道:

"我知道。"

符南华只得把已经跑到嘴边的一句话，强行咽回肚子，不过仍是有些不甘心，笑问道："真知道?"

身世神秘的宋集薪，眼神冷漠，冷笑道："你是不是想说，他们生死人，肉白骨，长生久视，道法无边?!"

符南华点了点头，欣慰道："我们能算半个道友。"

宋集薪眼角余光瞥了一下隔壁院门，略显心不在焉，不合时宜。

符南华开诚布公道："那我就打开天窗说亮话了。不管你有什么，只要你肯开价，我砸锅卖铁，也要买下来!"

宋集薪疑惑道："我看得出来，你和那个女子之间，你的家世地位，要高出一筹，既然她都能够那么对待隔壁那家伙，为何你愿意对我如此……"

符南华主动接过话："平起平坐?"

宋集薪点了点头，夸奖道："你这人挺上道，和你说话不吃力。"

符南华没有在乎宋集薪的居高临下，无论是位置，还是说话的倨傲口气。

与蔡金简视陈平安为卑微蝼蚁截然不同，符南华对宋集薪不但心生亲近，对泥瓶巷这一片地带，始终心怀敬畏，说不清道不明。所以符南华的的确确，将眼前少年当作了同道中人。

这条大道之上，越是前行，身份贵贱，男女之别，年龄大小，皆是虚妄，毫无意义。

宋集薪跳下院墙，低声道："去屋里说。"

符南华点头道："好。"

宋集薪在跨入门槛的时候，漫不经心问道："随便问问，你跟那个一看就是好生养的姐姐，是什么关系?"

符南华毫不犹豫道："暂时是一伙的，但不是一路人。"

宋集薪哦了一声，说了些莫名其妙的话："那你们做事情也太拖泥带水了，一点都不爽利。我以前听说外头的那个世界，神仙妖魔，光怪陆离，但只要是修行中人，有了恩怨，不该是斩草除根永绝后患吗?"

符家大公子，终究是老龙城长大的仙家后裔，见惯了大风大浪，听到这番话后，脸上并未流露出什么情绪。

他笑问道："你们之间有仇?"

宋集薪睁大眼睛，故作惊讶道："你在说什么?"

似乎是发现眼前男人根本不信，于是宋集薪收敛了脸上浮夸做作的神色，率先在大堂椅子上落座，伸手示意符南华也坐下，然后认真说道："我跟隔壁很小就没了父母的陈平安，当了这么多年邻居，从来没吵过架，信不信由你。"

符南华瞬间就听明白了宋集薪的隐晦意思。

隔壁少年，无依无靠，无根浮萍罢了。

如果死了也就死了，不会有谁追究此事。

老龙城少城主哭笑不得，突然意识到这条小巷的风波，发生得有些荒诞滑稽。

隔壁那个贫寒少年，可以说，正是为了刻意隐瞒宋集薪主仆二人的地址，而惹来一场飞来横祸，甚至会为此遭殃丧命。

恰恰是方才，这个仿佛出身钟鸣鼎食之家的宋家少年，却要借刀杀人，置人于死地。一刀不够，再来一刀。

符南华不禁满心感慨，难怪《尸子》有云：虎豹之子，虽未成文，已有食牛之气。

顾璨家的院子里，顾璨已经被他娘锁在内屋房间，妇人和自称"真君"的老人相对而坐。

老人收起掌心纹路纵横交错的手掌，微笑道："大局已定。"

妇人疑惑道："敢问仙师刚才做了什么，才能让那陈平安……"

说到这里，她发现老人眼神骤然绽放锋芒，吓得她赶紧闭嘴不言。

老人望向院门那边，轻轻拂袖，带起一股清风。那股清风在小院旋转不定，徘徊不去，老人这才道："如我这般身份的人物，越是涉足此地，越是深陷于泥菩萨过河的无奈境地，虽然目前还谈不上自身难保，但是时间越久，就越……嗯，如宋集薪那少年所说，叫作拖泥带水，只能混一个沾惹满身因果的下场。好就好在那人，天怒人怨，哪怕已经作退一步想，仍是晚节不保，难逃灭顶之灾。可惜啊，原本有望享受千秋香火的局势，急转直下，惨不忍睹……趁此机会，我才能够为你儿子做些谋划，看看能否既了结那少年的性命，又掐断以后某些圣人仙师的顺藤摸瓜，免了秋后算账的后顾之忧，好让我这个新收弟子在未来登仙路上，挟风雷之势，最终化龙……"

妇人坐在一旁，断断续续，听得大汗淋漓。

老人笑问道："是不是很奇怪，分明是餐霞饮露、不理俗事的世外之人，为何潜心修道，修来修去，好像只修出了这般城府戾气？比你这眼窝子浅的无知村妇，也好不到哪里去？"

妇人连忙低头颤声道："万万不敢作此想！"

老人一笑置之，安静等待云霞山蔡金简敲门。

修行路上，术法无边，神通无穷。理有大小，道有高低。

蔡金简视你们如蝼蚁，本真君何尝不是视她与符南华为蝼蚁？

与脚下蝼蚁，讲甚道理？

　　一位双鬓如霜的儒士带着青衫少年郎，离开乡塾，来到那座牌坊楼下。这位小镇学问最大的教书先生，脸色有些憔悴，伸手指向头顶的一块匾额："'当仁不让'，四字何解？"

　　少年赵繇，既是学塾弟子，又是齐先生书童，顺着视线抬头望去，毫不犹豫道："我们儒家以仁字立教，匾额四字，取自'当仁，不让于师'，意思是说我们读书人应该尊师重道，但是在仁义道德之前，不必谦让。"

　　齐先生问道："不必谦让？修改成'不可'，又如何？"

　　赵繇相貌清逸，而且比起宋集薪的咄咄逼人、锋芒毕露，气质要更为温润内敛，就像是初发芙蓉，自然可爱。当先生问出这个暗藏玄机的问题后，他不敢掉以轻心，小心斟酌，觉得是先生在考教自己的学问，岂敢随意？

　　齐静春看着弟子如临大敌的拘谨模样，会心一笑，拍了拍赵繇的肩头："只是随口一问而已，不必紧张。看来是我之前太拘着你的天性了，雕琢过繁，让你活得像是文昌阁里摆放的一尊塑像似的，板着脸，处处讲规矩，事事讲道理，累也不累……不过目前看来，反倒是件好事。"

　　赵繇有些疑惑不解，只是齐静春已经带他绕到另外一边，仍是仰头望向那四字匾额。齐静春神色舒展，不知为何，这个不苟言笑的教书先生，竟是说起了许多趣闻公案，对弟子娓娓道来："之前'当仁不让'四字匾额，写此匾额的人，曾是当世书法第一人，引起了很多争辩，例如'格局''神意'的筋骨之争，'古质''今妍'的褒贬之争，至今仍未有定论。韵、法、意、姿，书法四义，千年以来，此人夺得双魁首，简直是不给同辈宗师半条活路。至于此处的'希言自然'，便有些好玩了，你若是仔细端详，应该能够发现，四字虽然用笔、结构、神意都相似相近，但事实上，是由四位道教祖庭大真人分开写就的，当时有两位老神仙还书信来往，好一番争吵来着，都想写玄之又玄的'希'字，不愿意写俗之又俗的'言'字……"

然后齐静春带着赵繇再绕至"莫向外求"下，左顾右盼，视线幽幽："原本你读书的那座乡塾，很快就会因为没了教书先生，而被几个大家族停办，或者干脆推倒，建成小道观或是立起一尊佛像，供香客朝拜，有个道人或是僧人主持，年复一年，直至甲子期限。其间兴许会'换人'两三次，以免小镇百姓心生疑惑，其实不过是粗劣的障眼法罢了。只不过，在这里完成一门芝麻大小的术法神通，如果搁在外边，兴许就等于天神敲大鼓、春雷震天地的恢宏气势了吧……"

到后边，齐静春说话的嗓音细如蚊蝇，哪怕读书郎赵繇竖起耳朵，也听不清楚了。

齐静春叹了口气，语气有些无奈和疲惫："很多事情，本是天机不可泄露，事到如今，才越来越无所谓，但我们毕竟是读书人，还是要讲一讲脸面的。更何况我齐静春若是带头坏了规矩，无异于监守自盗，吃相就真的太难看了。"

赵繇突然鼓起勇气说道："先生，学生知道你不是俗人，这座小镇也不是寻常地方。"

齐静春好奇笑道："哦？说说看。"

赵繇指了指气势巍峨的十二脚牌坊："这处地方，加上杏花巷的铁锁井，还有传言桥底悬挂有两柄铁剑的廊桥，老槐树，桃叶巷的桃树，以及我赵家所在的福禄街，每年张贴的谷雨帖、重阳帖等等，都很奇怪。"

齐静春打断赵繇："奇怪？怎么奇怪了，你自幼在这里长大，根本从未走出去过，难道你见识过小镇以外的风光景象？既无对比，何来此言？"

赵繇微沉声道："先生那些书，内容我早已烂熟于心，桃叶巷的桃花，就和书上诗句描述，出入很大。再有，先生教书，为何只传蒙学三书，重在识字，蒙学之后，我们该读什么书？读书，又为了做什么？书上'举业'为何？何谓'朝为田舍郎，暮登天子堂'？何谓'天子重英豪，文章教尔曹'？先后两位窑务督造官，虽然从不与人谈及朝廷、京城和天下事，但是……"

齐静春欣慰笑道："可以了，多说无益。"赵繇立即不再说话。

齐静春小声道："赵繇，以后你需要谨言慎行，切记祸从口出，所以儒家贤人大多守口如瓶。贤人之上的君子，则讲慎独，饬躬若璧，唯恐有瑕疵。至于圣人，比如七十二座书院的山主们……这些人啊，就能够如道教大真人、佛家金身罗汉一般，一语成谶，言出法随。这拨人与诸子百家里的高人，到达此境界后，大致统称为陆地神仙，算是一只脚迈入门槛了。不过这些人物，人人如龙，一些高高在上，像是道观寺庙里的神像，高不可攀，一些神龙见首不见尾，寻常人根本找不到。"赵繇听得迷迷糊糊，如坠云雾。

赵繇忍不住问道："先生，你今天为什么要说这些？"

齐静春脸色豁达，笑道："你有先生，我自然也有先生。而我的先生……不说也罢，总之，我本以为还能够苟延残喘几十年的，突然发现有些幕后人，连这点时日也不愿意等了。所以这次我没办法带你离开小镇，需要你自己走出去。有些无伤大雅的真相，也该透露一些给你，你只当是听个故事就行。只是希望你明白一个道理，天外有天，人上有人，不管你赵繇如何'得天独厚，鸿运当头'，都不可以志得意满，心生懈怠。"

井水下降，槐叶离枝，皆是预兆。

齐静春提醒道："赵繇，还记得我让你收好的那片槐叶吗？"

赵繇使劲点头："与先生赠送的那枚印章一起放好了。"

"天底下哪有树叶离开枝头的时候，如此苍翠欲滴，新鲜娇嫩？小镇数千人，得此'福荫'之人，屈指可数。那片槐叶，可以经常把玩，以后说不定还有一桩机缘。"

齐静春眼神深邃："除此之外，这些年来，我一直让你在小镇行善举结善缘，无论对谁都要以礼相待、以诚相交，以后你就会慢慢明白其中玄机。那些看似不起眼的琐碎小事，滴水穿石，最终收获的裨益，未必比抱着一部《地方县志》要差。"

赵繇发现有一只黄鸟停在石梁上，偶尔蹦蹦跳跳，叽叽喳喳叫着。

齐静春双手负后，仰头望着黄鸟，神情凝重。

赵繇看不出有任何异样。

齐静春突然望向泥瓶巷那边，愈发眉头紧皱。

他轻轻叹息道："蛰虫渐闻春声，破土而出。只是身为客人，在主人眼皮子底下鬼鬼祟祟，行那鬼蜮伎俩，是不是也太托大了？当真以为靠着自作主张的小半碗水，就能在这里为所欲为？"

赵繇忧心忡忡："先生？"

齐静春摆摆手，示意此事与他无关，只是带着他来到最后一面匾额下。

少年赵繇就好像骤然间听到一声春雷的蛰虫，猛然间停下脚步，眼神直直呆呆。

只见不远处，有一个头戴帷帽的黑衣少女，薄纱遮挡了容颜，身材匀称，既不纤细，也不丰腴，她腰间分别悬佩一把雪白剑鞘的长剑和一柄绿鞘狭刀。站在"气冲斗牛"匾额下的她，双臂环胸，扬起脑袋。

齐静春感到好笑，轻轻咳嗽一声。

赵繇只是呆若木鸡，根本没有领会先生"非礼勿视"的提醒。

齐静春会心一笑，竟是没有出声呵斥，反而不再大煞风景地咳嗽出声，任由身旁少年痴痴望向那个少女。

少女好像始终没有察觉到少年的视线。

她似乎格外欣赏"气冲斗牛"这四个大字,相较其余三块正楷匾额的端庄肃穆,这块匾额的大字独独以行楷写就,其中神韵,简直是近乎恣意妄为。她喜欢!

赵繇突然惊醒过来,原来是齐静春拍了一下他的肩头,笑道:"赵繇,你该回学塾搬东西回家了。"

赵繇涨红了脸,低着头,跟着先生一起返回学塾。

少女这才缓缓松开了握住刀柄的五指。

远处,齐静春打趣道:"赵繇啊赵繇,我可是救了你一命啊。"

赵繇震惊道:"先生?"

齐静春犹豫了一下,神色认真道:"以后见到她,你一定要绕道而行。"

温文尔雅的青衫读书郎,有些惊讶,也有些失落:"先生,这是为什么啊?"

齐静春想了想,说了一句盖棺定论的言语:"她虽锋锐无匹,但注定是一把无鞘剑。"

赵繇欲言又止。

齐静春笑道:"当然了,如果只是偷偷喜欢谁,道祖佛陀也拦不住。便是我们条条框框最多的读书人,咱们那位至圣先师,也不过告诫非礼勿言、视、听、动而已,没有说过非礼勿思。"

赵繇这一刻像是突然鬼迷心窍,脱口而出大声道:"她很香啊!"话一说出口,赵繇就蒙了。

齐静春有些头疼,倒不是生气,而是局面比较棘手,沉声道:"赵繇,转过身去!"赵繇下意识转身,背对先生。

牌坊楼下,少女转头,杀气冲天。

她先是双手下垂,两只手的拇指各自按在剑柄、刀柄之上。然后开始小步助跑,四五步后,手脚骤然发力,雪白剑鞘的三尺长剑,碧绿刀鞘的纤细狭刀,率先出鞘,上斜向前。与此同时,她身形弹地而起,双手迅速握住刀剑,二话不说,当头劈下!

黑衣少女和小镇那对师生之间,被两条并不粗壮的胳膊,拉伸、爆绽出两条光芒璀璨的弧月。

绝非神通,更非术法。纯粹是一个"快"字!

齐静春神色闲适,没有任何躲避的意思,只是轻轻一跺脚,一阵涟漪激荡而出。

下一刻,少女身体紧绷,杀意更重。

原本势如破竹的一刀一剑,彻底落空不说,她整个人站在了刀剑出鞘时的地方。

齐静春微笑道:"不错,狮子搏兔亦用全力。只不过话说回来,我这个弟子,确实冒犯了姑娘,可是罪不至死吧?"

少女故意将嗓音弄得成熟沉闷，将剑缓缓放入鞘内，变成单手握刀的姿态，以刀尖直指齐静春："你怎么'觉得'，那是你的事情，我不管。"

少女一步跨出："我怎么做，是我的事情。当然，你可以……管管看！"说完迅猛前冲。

她前后脚所踩的地面，顿时塌陷出两个小坑。

齐静春一手负后，一手虚握拳头，放于腹部，笑道："兵家武道，唯快不破。只可惜此方天地，哪怕分崩离析在即，可只要是在那之前，便是十位陆地神仙联手破阵，也不过是蚍蜉撼大树。何况是你？"

少女下一刻，再次无缘无故出现在了齐静春左边十数步外。

她略作思量，闭上眼睛。

齐静春摇头笑道："并非是你以为的障眼法，此方天地，类似佛家所谓的小千世界，在这里，我就是……"

"咦？"

他突然惊讶出声，便停下话语，瞬间来到少女身边，一探究竟，双指轻轻拈住刀尖。

齐静春问道："是谁教你的刀法和剑术？"

少女没有睁眼，左手握住刚刚归鞘的剑柄，一道寒光横扫齐静春腰间，试图将其拦腰斩断。

双指拈住刀尖的齐静春轻喝道："退！"

地面上响起一阵稀里哗啦的声响，尘土飞扬。片刻后，露出头戴帷帽少女的身影。少女双脚一前一后站定，她脚下，到齐静春身前，出现一条沟壑，就像是被犁出来的。

少女双手血肉模糊。

刀出鞘了，剑也出鞘了，但是她竟然沦落到被人空手夺白刃的地步。而且她心知肚明，敌人除了对此方天地的"构架"之外，一直将实力修为压制在与自己等同的境界上。

这是技不如人，而非修为不到。

她整个人像是处于暴走的边缘。

恐怕少女自己都没有意识到，以她为圆心的四周，光线都出现了扭曲。

这位学塾先生到底是最讲道理的人，善解人意地劝说道："你暂时最好别跟我比较，有可能会妨碍你的武道心境。武道登顶，循序渐进，至关重要。"

学塾先生此时的样子有些古怪，一手提着剑尖，一手横拿着剑身。

他突然笑了起来，模仿少女说话的口气，"老气横秋"道："听不听，是你的自由；说不说，就是我的事情了。"

少女沉默片刻，嗓音低沉道："受教！"

齐静春笑着点了点头,并非一味气焰跋扈的骄横女子,这就很好,他轻轻将刀抛给少女,说道:"刀先还你。"

他低头看着手指尖的长剑,微微颤鸣。

雏凤清于老凤声。

齐静春惋惜道:"这把剑的质地相当不俗,但距离顶尖,仍是有些差距,导致最多只能承载两个字的分量,其实都有些勉强了,否则以你的资质根骨,不说全部拿走四个字,三个字,肯定绰绰有余……"

他叹息的时候,顺便抬起手,轻喝道:"敕!"

两团刺眼光芒从"气冲斗牛"匾额上飞掠而出,被他挥袖连拍两下,拍入长剑之中。

匾额上,"气""牛"二字,气势犹在,"冲""斗"二字,仿佛是一个病榻上的迟暮老人,回光返照之后,终于彻底失去了精气神。

齐静春漫不经心地抖动手腕,那柄长剑眨眼间就回到了主人的剑鞘,因为已经归鞘,所以暂时无人知晓,剑身上有两股气息游走如蛟龙。

接下来的一幕,让历经沧桑的齐静春都感到了震惊。

少女缓缓摘下剑鞘,随手一甩,剑鞘倾斜着钉入黄土地面,帷帽垂落的薄纱后,她眼神坚毅:"这不是我追求的剑道。"

齐静春瞥了眼被少女舍弃的剑,内心深处感到一种久违的沉重,不得不问了个有失身份的问题:"你知道我是谁吗?"

少女点点头,又摇摇头:"我听说这里每隔甲子时光,就会换上一位三教中的圣人,来此主持一座大阵的运转,已经好几千年了。时不时有人从这里出去,要么身怀异宝,要么修为突飞猛进,所以我就想来看看。看到你的时候,我就确定你的身份了,不然当时我出手,就不会那么直截了当。"

齐静春又问道:"那你知不知道,刚才自己到底放弃了什么?"

少女默不作声。

地上那把剑鞘中,长剑颤抖不止,如倾国佳人在哀怨呜咽,苦苦哀求情人的回心转意。

少年读书郎赵繇早已偷偷转头,小心翼翼望着远处的少女。

齐静春不可谓不学识渊博,对此仍是百思不得其解,但总不好将那把蕴含巨大气数的长剑,强塞给少女,最后只好出声提醒道:"姑娘,最好收起那把剑。接下来,小镇会很不……太平。多一样东西防身,终归是好事情。"

少女也不说话,转身就走,仍是不愿带上那把剑。

齐静春有些无奈,挥了挥衣袖,将那柄剑钉入一根牌坊石柱高处,若是有人强行拔走,必然会惊扰到坐镇中枢的自己,就像之前"说书先生"一明一暗,两次出手,都没有逃过他的遥遥关注。

亲自将赵繇一路从学塾送到福禄街赵家大宅,齐静春缓缓而行,他每迈出一步,大街两侧庭院深深的高门大宅,有些隐蔽地方,便会有些不易察觉的流光,一闪而逝。

齐静春呢喃道:"奇了怪哉,哪里来的小丫头?莫不是本洲之外的仙家子弟?"

他回到学塾后,坐在案前,案上摆放着一柄玉圭,长约一尺二寸,在四角雕刻有四镇之山,寄寓四方安定,正面刻有密密麻麻的小篆铭文,不下百余字。

依循儒教礼制,原本唯有一国天子,可执镇圭。足可见这座小镇意义重大。

将其翻过来,玉圭背面只刻了寥寥两个字。字迹法度严谨,又丰神独绝。筋骨极壮,神意极长。

书案上,还有一封刚到没多久的密信。

双鬓霜白的齐静春眼眶微红:"先生,学生无能,只能眼睁睁看你受辱至此……"

他望向窗外,并无太多的悲喜,只是神色有些寂寞:"齐静春愧对恩师,苟活百年,只欠一死。"

当宋集薪从内屋拿出一样东西,放在桌上时,符南华不管如何掩饰,都藏不住脸上的狂喜。

一把不起眼的小壶,壶底落款为"山魈"。

宋集薪双手叠放在桌面上,身体前倾,笑眯眯问道:"这把壶值多少?"

老龙城少城主符南华好不容易从小壶上收回视线,抬头坦诚道:"放在世俗王朝贩卖,一两银子都不值。但是如果交由我来卖,能买回来一座城池。"

宋集薪问道:"几万人?"

符南华伸出三根手指。

宋集薪哦了一声,撇撇嘴:"原来是三十万。"

符南华愣了愣,哈哈大笑。

他原本以为宋集薪会说三万人。

杏花巷那边,有个木讷男子蹲在铁锁井旁边,盯着那根绑死在辘轳车底座上的铁链,像是在纠结如何搬走它。

黑衣帷帽、气质冷峻的少女,在小镇上随意走动,漫无目的,此时只悬佩了那柄绿鞘狭刀,双手只是用布条潦草包扎而已。

她刚刚走入一条不知名巷弄。嗖一下,某物破空而至,然后在少女身后乖乖停下,嗡嗡作响。

少女皱了皱眉头，头也不转，从牙缝里蹦出一个字："滚！"

又是嗖一下。那柄出鞘长掠至此的"飞剑"，吓得果真躲回了剑鞘。

骄傲的少女。乖巧的飞剑。

黑衣少女走向小巷深处，偶尔会有人家挂出喜庆的大红灯笼。相比其他人，帷帽少女没有什么家族的精心铺垫，没有什么草蛇灰线伏延千里，她就这么孑然一身，闯入小镇。

小巷不远处，站着一个锦衣少年，双手正高高捧起一方青色玉玺，稚童巴掌大小，雕刻有龙盘虎踞，在阳光的照射下，熠熠生辉，玉玺内隐约有丝丝缕缕的霞光亮起。锦衣少年抬头眯眼望着手中这方至宝，满脸陶醉。在他身边，有个高大老人单膝跪地，正在用袖口仔细擦拭少年靴子上的泥土。

锦衣少年的眼角余光，其实早早就已发现了奇怪少女。少女头戴浅露款式的帷帽，悬佩一柄绿鞘狭刀，步伐沉稳，显而易见，她绝不会是小镇本地人。

只不过锦衣少年毫不在意，仍然仔细端详着那方沉寂千年的古老玉玺，内心深处，他甚至希望那少女心生夺宝念头，要不然实在是太无趣了。

反正他已经两样东西到手，收获之丰，远超预想，如果再不找点事情做做，他就只能带着老奴就此离去。对这个锦衣少年而言，会觉得缺少了点什么。

就好比他在小镇万里以外的那个家里，身上穿着一袭金黄色的九蟒大袍子，只可惜，始终少了一爪。

来此小镇，每个选定之人，可携带三个信物，分别装入锦囊绣袋，之前交给看门人一只袋子，属于必须掏出来的过路费。不管那个看门人身份高低，不论城门如何破烂不堪，即便是一国君主，或者一宗祖师来此，也得老老实实按照这个规矩来。其余两只锦囊绣袋，意思是在此最多捞取两件宝物带出小镇，否则任你在这里搜刮到十件、百件宝贝，也要一一还回去。袋子里的信物，是三种形制特殊的铜钱，分别是市井百姓用以庆贺上梁的压胜钱，皇宫每年悬挂于桃符上的迎春钱，以及被城隍爷塑像托在掌心的供养钱。说是铜钱，其实质地是珍稀异常的金精。对于"山下"大多数凡夫俗子而言，连官家纹银都不常见，更何况是一袋子沉甸甸的"黄金"，确实足以让人心甘情愿来兜售传家宝。

锦衣少年对于三种不见于正史记载的铜钱，钻研了一路，也琢磨不出任何门道。

前方，浑身散发出一种冷峻气息的少女，笔直前行，将小巷主仆二人视若无物。

锦衣少年临时改变主意，收起了那方玉玺，装入一只早就准备好的布袋子，系挂在腰间，但是依然站在小巷中央，没有要让路的意思。

身材高大、皮肤白皙的老人也站起身，嗓音阴柔，细声细气道："殿下，此人是个登堂入室的练家子，不可掉以轻心。若是在小镇以外，自然不用在意。可是在此地，便是咱家这副走纯粹武道的体魄，也时时刻刻承受此方世界的压制，极为难受。一旦全力运转气息、窍穴大开，就会像是江海倒灌，经脉窍穴都会洪水泛滥，一发不可收拾。到时候咱家死了事小，殿下安危事大啊。如果由于咱家照顾不周，使得殿下修道的千秋大业出现丁点儿纰漏，回去之后，咱家如何跟陛下和娘娘交代？"

锦衣少年促狭道："吴爷爷，你出宫之后，话变得多了。以前在宫里头，你一年到头就是翻来倒去那几句话，比我姐饲养的那只笨鹦鹉还不如。"

老人自称"咱家"，处处骨子里透着卑躬屈膝，只能是忠心耿耿的宫中阉人。

他见这位小主人好像没有听明白自己的言下之意，只得更加直白说道："殿下，小巷此人在此地，已经有可能对殿下造成威胁。"

锦衣少年懒洋洋笑道："虽然我早就听闻修行路上，三教九流鱼龙混杂，许多邪门歪道，更多旁门左道。但是我和她不过一场萍水相逢，她这就要见财起意，杀人夺宝？不太可能吧？要是'山上'人人如此，岂不是早就天下大乱了？"

老人叹了口气，山下王朝和山上仙家，双方貌合神离，其实是相看两相厌的立场。

锦衣少年有些心灰意冷："算啦算啦，把这笔烂账算在一个丫头头上，不算大丈夫所为。"

黑衣少女走到他身前，左手按住刀柄。

锦衣少年笑了笑，侧过身，示意少女先行。

黑衣少女也稍稍放缓脚步，微微侧身，帷帽后的眼神，充满戒备警惕。

当年迈宦官发现少女用棉布包扎的受伤双手时，忍不住眉头紧皱。

"放肆！"

骤然间老宦官一声怒喝，如舌绽春雷，双脚好似一滑，高大身影便来到锦衣少年身前，老宦官后背轻轻一靠，以巧劲将锦衣少年推到小巷墙壁上，同时左手张开五指。手心处传来一记沉闷的撞击声。

原来是有人以石子作为暗器，砸向锦衣少年头颅侧面。声势惊人，力道几乎足以贯穿一堵墙壁。

老宦官砰然捏碎手心拳头大小的石子，却不是杀向那名刺客，而是右手一拳袭向那个黑衣少女。

悬刀少女略作犹豫，强行压抑下拔刀出鞘的本能，歪过脑袋，刚好躲过这势大力沉的刚猛一拳。拳风之烈，瞬间吹乱少女的帷帽薄纱。

老宦官变直拳为横扫，拳头正好砸向少女的脑袋。拳势圆转如意，毫无凝滞。

少女只得迅速抬起双臂，双手手背叠放在一起，护在耳畔之外，呈现出十字交错的防御姿态，挡在拳路前方。

下一刻，少女整个人侧滑出去十多步。少女轻轻吐出一口浊气，伸出手心鲜血渗透棉布更多的那只手，扶正了头顶有些歪斜的帷帽。她有些生气。

少女转过身，望着那个左右张望了一下的老宦官，一板一眼说道："如果不是我，他已经是个死人了。"

老宦官置若罔闻，只是相较之前，这个对于刺杀偷袭可谓经验丰富的老宦官，已经将少女的危害程度，下降为第二位，第一把交椅，则让位给了小巷另一侧的出手之人。

当然，小巷除了主仆二人，真正的外人，也就只有两个。

小巷那边，站着个高高瘦瘦的蒙面人。手臂却极其粗壮，隆起肌肉如铁球。

蒙面人腰间悬挂两只袋子，装着满满当当的圆状物体。

他就站在原地，好像在说，之前的偷袭，其实只是提醒罢了。

阴冷的视线，掠过少女身上的时候，男人偷偷咧了咧嘴角，眼神炙热。

少女呵呵一笑，说了两个字："回来！"

话音刚落，一剑过头颅。男人命丧当场。

莫名其妙的刺杀，莫名其妙的身死。天下杀敌最快者，剑修飞剑。

飞剑来到少女身边，环绕她急速旋转，如稚童撒娇。

她没好气道："滚！"飞剑一闪而逝。

主仆二人，呆若木鸡。

年老宦官并非震惊于这一手飞剑术本身。而是对于少女能够在此地随意驾驭飞剑，感到由衷的恐惧。这种感觉，让老人恍惚之间，像是回到了少年时代，初次入宫，战战兢兢，某天遥遥看着那位身穿大红蟒服、行走于宫墙下的前辈。当然不是敬畏那个连名字都不知道的宦官本人，而是害怕那一抹刺眼的猩红。

锦衣少年回过神后，笑了笑，充满自嘲，向前走出一步，关心问道："吴爷爷，没事吧？"

白发苍苍的老宦官脸色沉重，摇头道："小心为妙。实在不行，咱家就……"

锦衣少年赶紧摆手，问道："要不然咱们道个歉？"

老宦官有些措手不及，继而悲愤和自责。

主辱臣死。尤其是帝王家！

但是锦衣少年已经笑道："吴爷爷，做了错事，说句对不起，有什么难的。"

老宦官仍是觉得此举不妥，但锦衣少年已经向少女走去。

刹那之间，老宦官百感交集。原来锦衣少年后背并无半点泥屑。

帷帽少女没有理睬走向自己的锦衣少年，视线越过少年肩头，望向那个亦步亦趋的高大老人，她神色郁郁道："方才你一言不合就要杀人，虽然你有你的理由，但是我觉得这样不对。"

锦衣少年在冷峻少女七八步距离外，停下身形，眼神真诚道："我叫高稷，是大隋弋阳郡人氏。吴爷爷若有得罪之处，我愿意向姑娘道歉和补偿。"

老宦官站在锦衣少年身后，心情复杂。所谓的大隋弋阳郡高氏子弟，其实不过是个含蓄的说法罢了。大隋国祚一千二百年，坐龙椅的人都姓高，太祖皇帝便是龙兴于弋阳郡。

少女对此无动于衷，抬起双手系紧绷带，对老宦官说道："若是在外边，面对一位极有可能已经'御风远游'的武道大宗师，我绝非对手。但是此时此刻，我只要假借飞剑，你必死无疑。"

老宦官冷笑道："只要那名刺客事先知晓你的杀手锏，以他那副小宗师巅峰的体魄，只要护住要害，任你刺穿十剑又如何？他尚且如此，更何况我比他高出两个境界，其中一道门槛还被视为武道天堑。小姑娘，我不知道你哪来的底气，才说得出来'必死无疑'四个字。"

少女皱了皱眉头，一只手悄然扶住刀柄："我是很怕麻烦的人，更讨厌跟人吵架，不然我们出手试试真假？谁赢了谁有道理，如何？"

极少有机会被人威胁的老宦官有些恼火。如果不是身处于这个神憎鬼厌的诡谲地方，就少女这般修为，任她再天赋异禀，老人一只手也能碾压虐杀十个。退一步说，如果不是重任在身，需要照顾被大隋举国寄予厚望的少年殿下，老人哪怕拼着被此处自行循环的大道镇压重伤，也要好好教训一下这个不知天高地厚的少女。初生牛犊不怕虎，勇气可嘉，仅此而已，可这并不意味着猛虎就不会把牛犊吃得一干二净。

自称高稷的锦衣少年赶紧打圆场道："如果姑娘一定要追究，我愿意拿出此物作为弥补。"

高稷低头打开腰间那只布囊，掏出那方玉玺，单手托着，递向远处的帷帽少女："以表诚意，只求姑娘不要追究先前吴爷爷的无心冒犯，他毕竟是出于忠义，并无害人之心。"

眉发皆白的高大老宦官顿时悚然，单膝下跪，惶恐不安道："殿下不可！老奴何等腌臜，此方玉玺却是殿下机缘所在，是世间罕有的纯粹宝物，甚至能够承载民间香火，两者如何能够相提并论，殿下这是要活活逼死老奴啊！"

出身天潢贵胄的高姓少年脸色僵硬。

少女好似有些不耐烦，讥讽笑道："偏居一隅的井底之蛙，倒是人人都喜欢敝帚自珍。将那方玉玺收回去吧，我一直很喜欢一句话，叫君子不夺人所好。"

少女行事干脆利落，转身就走。

高稷如释重负："起来吧，吴爷爷，跪着多不像话。我大隋十二位大貔寺，素来只跪帝王。这要是被六科言官或是礼部的人瞧见，拿出来说事，咱们俩都要倒霉。行了，这赵小镇之行，我承蒙祖宗庇护，圆满完成，我们就不要横生枝节了，速速离开此地，而且在外头跟自己人接应后，也不可掉以轻心。要知道大骊王朝内的六大柱国，其中袁、曹两家虽是对立阵营，但是很不凑巧，这两根大骊砥柱，与我们大隋高氏有不共戴天之仇，一旦吴爷爷你在此有了意外，战力受损，我很难安然无恙地返回大隋。"

老宦官点点头，缓缓起身："老奴知晓事情的轻重缓急。"

当老宦官说到"急"这个字眼的时候，帷帽少女已经走出去二十余步。

高稹身边拂过一阵清风，鬓角发丝和锦衣袍袖都被吹得飘荡起来。

原来身边这位在大隋权柄煊赫的老人，根本就没有放过少女的心思，此时已经一冲而去，前三步重重踩踏在小巷地面上，声响沉闷，直透地面底下一丈有余，第四步的时候，老人已经高高跃起，一拳砸向少女后背。

帷帽少女腰肢猛然拧转，以左脚脚尖为支撑点，右手拔刀出鞘，小巷当中出现一抹比阳光更耀眼的雪白光辉。

老宦官以压顶之势扑杀而至，一拳直直砸在刀锋上，手背竟然只被锋芒气盛的刀口割出一条血痕。老宦官双脚轰然落地后，继续前冲，推得持刀少女一直向后倒退，随即轻描淡写伸出一掌，看似缓慢从容，实则闪电一般推在了少女额头。老宦官加重力道，打算一掌碎裂这颗隐藏在帷帽下的脑袋，连忙挪动脚步，身形横移一尺，扑哧一声，低头一看，有利器从后背穿透自己右边胸口，是剑尖。老宦官脸色不变，双指并拢夹住剑尖，向后一推，将那柄循着少女心意来此的凌厉飞剑，硬生生推出自己的胸口。

因为受到飞剑的阻滞，老宦官并没能一掌拍碎少女头颅，那个身体倒飞出去摔在小巷中的少女，借此喘息机会，起身后身形矫健如狸猫，很快消失在一条小巷岔道。

高稹脸色阴沉得可怕，双拳紧握，气势勃发，满脸怒容道："御马监掌印太监，吴钺吴貂寺！你为何不肯听从我的暗示，非要如此偏执行事，当真以为这座小镇就数你吴貂寺最为天下无敌？明明是我们做错在先，事后她也未曾咄咄逼人，已经愿意息事宁人，为何你还要如此毒辣，简直就是欺人太甚！"

老宦官从少女逃离小巷的方向，收回视线，转身走回，腰杆挺直，愈发显得气势巍峨。他一步一步缓缓走回，像是重重踩在心坎上。

高稹感受到那股令人窒息的威势，被一个奴才压迫，更是令他满腔怒火，遂瞪大双眼，咬牙切齿道："御马监吴貂寺，你这是死罪！"

老宦官淡然道："殿下，死罪活罪，需要陛下亲自定夺。在咱家看来，殿下的安危，是山岳之重，摆在最首要的位置。而小镇少女存在本身，在咱家看来，已经成为燃眉之急，所以真正想要万事大吉，只有对她痛下杀手。她死了，咱家才能安心。"

看到高稹眼眸中几乎压抑不住的熊熊怒火，老宦官叹了口气，轻声道："在皇宫大内任职六十余年，咱家见过太多太多的钩心斗角，血腥的，不沾血的，不计其数，对于人心,咱家实在是没有丝毫信心。仅是护驾途中的刺杀事件,大大小小,咱家就亲手解决了不下三十余起。殿下,那些刺客杀手的阴险狡诈,绝对出乎想象,尤其是一些丧心病狂的死士,根本不可理喻,就拿刚才的蒙面杀手和帷帽少女来说……"

高积伸出手指,指向脸色冷漠的老宦官,愤怒指责道:"闭嘴! 你这个老阉人! 我不想听你胡说八道! 我只确定你毁了我的精心拉拢。就是个瞎子,也知道那个能够驾驭飞剑的少女,是如何天赋异禀、惊才绝艳! 哪怕放于山上的修行之人当中,她也是最拔尖的天才! 这样的角色,莫说是大隋或是大骊,便是整个东宝瓶洲,她也是凤毛麟角的存在! 我只需要培养她十年,最多二十年,她就能够成为我身后影子里最厉害的刺客! 任你是陆地神仙,是武道大宗师,算得了什么?! 结果呢? 我是高积,是大隋王朝的未来太子! 是你这个吴老阉人的主子!"

很奇怪,饱经沧桑的年迈宦官,非但没有被一口一个"老阉人"惹恼,反而眼神愈发欣慰。等到高积发泄完毕,终于停下骂街行为,老人看着气喘吁吁的少年,微笑道:"殿下,虽然你可能因为有些事情,未曾亲身经历过,所以不知世道诡谲和人心险恶,但是殿下有件事做得很好,很有陛下当年的风采。"

气氛尴尬。高积冷静之后,应该是意识到自己大错特错了,在尚未被钦定成为太子之前,就对一位御马监掌印太监兼大隋皇宫三位看门人之一的老人,如此不敬,而且关键此人还深得父皇母后两人的信赖。皇子高积张了张嘴巴,却看到那个被自己骂作老阉人的权势宦官笑道:"殿下,记住一点,不要跟下人随随便便说对不起,没有必要,还白白作践了身份,下人也未必领情。哪怕心怀愧疚,也应该深深埋在心底,须知被誉为人间真龙的皇帝君王,是口含天宪的九五之尊……"

高积道:"吴爷爷,以我如今的身份,说这个太早了。"

老宦官突然身体紧绷,如临大敌,一把将锦衣少年拉到自己身后,自己则望向蒙面杀手尸体那边。

有个身材修长的中年儒士,突兀出现在小巷尽头处,缓缓走入,来到杀手尸体附近。儒士蹲下后,摘下杀手脸上的面巾,只看到一张奇怪的脸庞,无眉毛,被削鼻,脸上刻字。此人生前曾经是刑徒,这一点毋庸置疑。

儒士默然,果然是早有预谋,恐怕这场谋划,要从那座文庙井始算起。

高积眼神炽热,从老宦官身后走出来,弯腰作揖,不管如何,先行礼再说,然后才抬头恭敬问道:"敢问可是山崖书院的齐先生?"

齐静春站起身,对高积说道:"若非你率先占据了一份大机缘,你们两人今日无法如此轻松离开。"

外来人士在小镇上相互厮杀,按照最早四位圣人订立的规矩,惩罚并不重,但也不能算轻,相较于滥杀小镇凡夫俗子必然会被驱逐,外人之间的争斗,就存在一个明显的

"漏洞"，让人可以亡羊补牢。高积在内的三拨人，之所以都携带一名"扈从"，也正是为此做了最坏的准备，以便在关键时刻推出来做替罪羊。要不然仅仅是一个名额，就要耗费大隋高氏皇帝内库的一半积蓄，好歹是一位泱泱上国皇帝陛下的私房钱，整整一半家底子，金额之大，可想而知，所以谁肯无缘无故当这么个冤大头？其实说得通俗一点，就是花钱消灾罢了。只不过在这里的开销，用搬空一座金山银山来形容也不为过，世俗市井所谓的一掷千金，对比起来简直就是儿戏。

被下了逐客令的高积，继续自顾自说道："齐先生，以后有机会的话，能否去我大隋书院讲学？我大隋愿意专门为先生，将'国师'虚位以待！"

老宦官想了想，还是没有阻止少年的僭越言论。

如果真的能够说服这个读书人，日后为大隋高氏出谋划策，大隋皇帝肯定龙颜大悦。

齐静春笑了笑，不曾答话。

老宦官对待萍水相逢的帷帽少女，杀伐果决，心狠手辣，此时面对这位坐镇此处的定海神针，山崖书院的齐先生，就呈现出另一种极端姿态，低头抱拳道："齐先生，多有叨扰，还望海涵。方才对一个晚辈出手，实在是无奈之举，希望先生体谅咱家作为高家奴仆的苦心。"

齐静春一挥袖："速速离去。"

高积和老宦官只得告辞离去，刚好走了一条帷帽少女撤退的路线。

高积低声问道："她死了？"

老宦官摇头道："肯定命不久矣。飞剑无非是让她多活片刻，于事无补。"

高积犹豫了一下，好奇问道："吴爷爷是什么时候看出她驾驭飞剑，其实远远没有表面看上去那么轻松惬意？"

老宦官说道："过犹不及，她的早慧露了马脚。"

高积讶异不解。

老宦官带着高积拐出原先小巷，轻声道："咱家问殿下一个问题，殿下见多了世间富贵豪奢的珍奇物件，还会对小镇寻常瓷器感兴趣吗？"

高积拍了拍腰间口袋，笑道："当然不会，只有这方玉玺，或者跟它差不多水准的玩意儿，才能让我感到欣喜。"

老宦官点头道："正是此理。那个少女在御剑杀人的时候，心如止水，极其镇定从容，就像……常人的吃喝拉撒。而且事后察觉到我的真实武道修为后，便果断放弃争斗的念头，尤其是害怕我反过来看穿她的色厉内荏，才故意主动挑衅我们。她的真实意图，是好给双方各自找一个台阶下，是怕咱家心存杀心，宁肯误杀也不愿错放，对她斩草除根，所以她必须要破局。当然，事实证明她做得并不好。不过说到底，小小年纪，有此心思,已经很不简单。但越是如此,一旦放虎归山,任其茁壮成长,将来对殿下的威胁就越大。"

老宦官感慨道:"少年少女,正值意气风发,若是热血杀人,或是慷慨赴死,其实咱家都不奇怪,但是缓缓思量之后的从容赴死,或是生不起半点心湖涟漪的杀人,就很反常。甚至可以说,这只能是被阅历磨砺出来的性情,跟一个人的天赋高低、资质好坏,都没有太大关系。无论修士还是武夫,许多天才早夭,就在于性情短板太过明显,一遇坎坷就容易坏事。"

高穑哀叹道:"不管怎么说,都可惜了。"

老宦官半真半假玩笑道:"殿下,如果这样一个人物的生死,都要叹气一次,那么等到殿下以后真正站在山顶,应该会很忙的。"

高穑笑道:"我不信。"

老宦官突然说道:"不知是否错觉,咱家感觉到那位齐先生,虽一身通天修为,却好像出了不小的问题。"

这位大隋皇子满脸无所谓道:"反正原本只要能够拿到这方'龙门'玺,就算大功告成,哪里想到这方价值连城的宝玺,竟然'沦为'了大买卖的小添头,所以咱们是该见好就收了。一说起那条金色鲤鱼,我就忍不住想到那个草鞋少年……"

老宦官笑道:"殿下是想着以后找个机会,感谢一下那个少年?"

高穑摇头道:"哪里啊,我是心疼那一袋子铜钱。"

老宦官哑然失笑。

以后大隋说不定会有一位勤俭皇帝?

一条南北向的僻静小巷,唯有车轱辘声。

有个头顶莲花冠的年轻道人,今天早早不做生意了,正在推车前行,想着回到住处后,收拾收拾,赶紧打道回府,这个烂摊子,谁掺和谁倒灶。

有个身材苗条的黑衣人,突然从东西向的小巷岔口处,踉踉跄跄走出来,最后背靠着墙壁,缓缓移动,一手越过帷帽浅露薄纱,使劲捂住嘴巴,一手指向年轻道人。

年轻道人赶紧低头,默念道:"看不到我……看不到我……太上老君急急如律令……就算了吧,还是佛祖保佑,菩萨显灵……"

一个道士事到临头,不求三清老祖,反而去求佛拜菩萨,实在是有些不像话。果然,佛祖菩萨好像是不乐意搭理别教门下的徒子徒孙,那帷帽少女不知从哪里冒出的最后一点气力,摇摇晃晃冲向道人,扑通一声重重摔倒,但是一只手已死死攥住了道人的脚踝。

年轻道人双手捧住脑袋,一脸崩溃的凄惨模样,好像是在仰头问天:"这么大一个因果砸过来,不等于让贫道在额头刻上'一心求死'四个字吗?贫道这些年云游四方,风餐露宿,跋山涉水,经常走在街上被狗咬……很辛苦的好不好!干你娘的大隋高氏,还有姓吴的老狗,你们给贫道等着,这笔账没有五百年,根本算不清楚……贫道的道行修为这么浅,真的挑不起什么重的担子啊……"

已经语无伦次的年轻道人低下头,只差没有泪流满面了:"小姑娘,你发发慈悲心,放过贫道好不好,回头贫道就帮你找一处山清水秀的地方,风水极好,肯定能够福泽子嗣……哦,不对,姑娘还是黄花大闺女,那就……"

少女已经彻底晕死过去。年轻道人眼见四下无人,蹲下身就要悄悄掰开少女的五指。

嗖一下。飞剑凌空悬停,剑尖距离年轻道人眉心不过三寸。

年轻道人不露声色地松开手,满脸怜悯,大义凛然道:"人非草木,岂能没有恻隐之心?贫道这一生光风霁月,岂是那种见死不救之人?!"

年轻道人盘膝而坐,整张英俊的脸庞都快要皱成一团了:"接下来送往何处,也是麻烦啊。"

一直距离年轻道人眉心三寸的那把飞剑,迅猛前移一寸。

年轻道人耐心解释道:"想要让你主人活下来,贫道还需要一个帮手。对了,你去老槐树那边戳一片槐叶过来,贫道先替她吊住这一口元气。你家主人有些特殊,贫道不想为了救人而胡乱救人,到时候不小心耽误了她的修行前程,这一桩新因果……又他娘的让贫道想死了一了百了啊……"

飞剑好似在犹豫,剑尖微微颤抖。

年轻道人没好气道:"早去一分,你家主人就能从鬼门关早走回来一步。去晚了,大家一起完蛋!"

飞剑眨眼间便消失不见。

年轻道人低声气愤道:"郎有情妾有意,才成良人美眷,你齐静春齐大先生倒好,乱点鸳鸯谱,拉屎也不擦屁股!"

年轻道人一手托腮帮,一手掐指算卦:"容贫道来算算,将你送到小镇哪户人家,你既能活下来,对方也不至于家破人亡。先从卢家……卢家不行,跟赵家差不多,已经机缘在身,那就宋家?"

这边小巷里的年轻道人话音未落,福禄街上的宋家门庭,张贴在大小门扉上的所有门神,瞬间失去神采,黯淡无光,还有凡人肉眼不可见的缕缕青烟升起。

庭院深深处,有一个沧桑老人推门而出,赤脚站在院子里跳脚怒骂道:"是哪个王八蛋在谋害我宋氏基业?!出来一战!"

年轻道人咳嗽一声,自言自语:"福禄街的刘家,瞧着香火鼎盛,像是能扛事的主儿,试试看?"

刘家那块传承千年的家族厅堂匾额,砰然碎裂,出现一条条触目惊心的裂缝。

有老妪嗓音浑厚,以龙头拐杖重重敲击地面:"何方神圣,能否出来一见?!"

年轻道人假装什么都没有发生:"那就桃叶巷的魏家?一看你们家就是积善积德的,肯定承受得起这份因果。"

很快就有老人以秘术传音,向学塾那边怒吼道:"齐静春!你不管管?!你要是管不了,或是不敢管,就赶紧滚蛋,把位置让给阮邛!让他来收拾这个鬼鬼祟祟的家伙!还是说这一切,就是你齐静春本人在发泄私怨?"

有个男人在小镇廊桥以南的小溪畔,正在领着人挖井,站直身后,他面向北方嘴唇微动。仿佛一声声春雷,在福禄街和桃叶巷上空滚滚响动:"够了!不许对齐先生不敬,而且我阮某人也绝不会在春分之前,涉足小镇事务!"

一时间,天地寂寥,万籁寂静。

而那个小巷推车旁边坐着的罪魁祸首,正在抓起黑衣少女的一只手,然后将那片飞剑带来的翠绿槐叶,丢在她鲜血模糊的手心上。

槐叶触及少女手心伤口后,如冰雪消融,转瞬消散。

年轻道人感慨道:"每每见到此情此景,都要为这份天地造化之功,感到……"酝酿了半天,他也没能想出让自己满意的言语。

年轻道人最后低头,看着微微有些气色流转的少女,有些犯难:"既然你牵扯到的气数,比贫道想象的还要大,那就只能逆其道而行了。小镇之上,六百户人家,盘根交错,世世代代浸染此方秘境的气息,你要说让贫道找个有气数萦绕的家伙,轻而易举,可是找个穷光蛋,比登天还难啊。这就像是在朝会大殿上,找个当大官的,容易,找个乞丐,你让贫道怎么找?"

年轻道人咦了一声。还真找到这么一个可怜虫。

他没有丝毫惊喜,反而悚然,闭上眼睛,扪心自问。

年轻道人叹了口气:"不管怎么样,先看你会如何选择,贫道绝不强求,你若是不愿,贫道便自己担起这份因果好了。"

最后他学僧人双手合十:"佛祖保佑,菩萨显灵,一定要让贫道渡过此劫啊。"

泥瓶巷中。

年轻道人弯腰推着一辆双轮车,来到一处院门外停下,敲门后,问道:"陈平安在吗?"

推车上,角落缝隙里,放着一把雪白鞘的长剑,鞘内飞剑病恹恹的,像是在嫌弃年轻道人找了这么个破落户。

年轻道人已经想好一大堆措辞，来应对陈平安那个"是谁"的问题，但是出人意料，院门很快打开，显而易见，陈平安直接跳过了那个环节。

泥瓶巷是小镇最为狭窄逼仄的巷弄，年轻道人的双轮木推车不可能放在外头拦路，好在陈平安虽然看着骨瘦如柴，没几斤气力，事实上膂力不小，帮着年轻道人将颇为沉重的推车一起弄进了院子，并不怎么费劲。从头到尾，陈平安都没有说什么，这就让关上门后的年轻道人有些尴尬了。这就像一个人厚着脸皮去登门借钱，主人好茶好酒好肉殷勤招待着，客人但凡剩下点良心，都会愈发难以启齿。

年轻道人想着横竖是难堪，不如来个痛快，就掀开覆在推车上的一张棉布褥子，露出一个身体侧卧蜷缩的黑衣少女，歪歪斜斜却不掉落的帷帽，仍然倔强地遮挡着主人的容颜，不知为何，当掀开那层单薄被褥后，顿时有一股血腥气扑面而来，陈平安这时候才发现少女一身黑衣，隐约有鲜血渗透出来。陈平安倒是没有想到一块小小被褥，为何就能完全掩饰住这股浓重气味，只是后退数步，问道："道长，你要做什么？"

年轻道人说道："救人！她受了重伤，小镇上无人愿意救她，也怪不得他们各扫门前雪，所以贫道思来想去，觉得你有可能会是个例外。"

陈平安一语命中要害，问道："她怎么受的伤？"

年轻道人脸不红心不跳，道："贫道方才推车经过牌坊楼的时候，见这个外乡年轻女子，竟然说是去对'气冲斗牛'这幅匾额进行拓碑，带着拓包、刷子等物，噌噌噌就爬了上去。至于拓碑啊，怎么说呢，就是这么个临摹勾当，大体是读书人吃饱了撑的，一时半会儿贫道也说不明白，反正这个小姑娘爬上去后，低头弯腰坐在横梁上，看得贫道心惊胆战，只得停下来，时不时提醒她一声，哪里想到她最后仍是太过入神，冷不丁，啪叽一下，就结结实实摔在地面上了。你也知道，牌坊那边地面，不比你们泥瓶巷，硬得跟福禄街青石板差不多，这下可好，摔得估计五脏六腑都伤到了。贫道是出家人，必须要慈悲为怀啊，不能不管，对不对？这一路过来，家家户户都嫌弃她一身鲜血，刚过完年没多久，太晦气，哪里愿意抬着她进家门。贫道也知道这是人之常情，所以这不实在没法子，才找到你这里来。说句难听的，要是连你也不愿收留她，贫道也不是什么能够从鬼门关拉人的神仙，就只能等着这位姑娘咽下最后一口气，再尽力找处地方，挖个坑，立块碑，就当了事。"

年轻道人故意讲得语速极快，咬字也不清晰，显然是想着把陈平安给兜圈子兜迷糊了，先蒙混过关再说。万事开头难，只要起个开头，之后就能走一步算一步，天无绝人之路，总有柳暗花明的时候。

陈平安眼神复杂，看了眼满脸希冀的年轻道人，又瞥了眼死气沉沉的黑衣少女，一番天人交战后，点头道："怎么救？"

年轻道人顿时神采飞扬起来："得嘞！有你陈平安这句话，就算成了一半，别看她看着伤势可怕,感觉像是阎王爷在生死簿上勾去姓名了,其实没你想的那么夸张……当然了,方才贫道所说也句句是真,这其中涉及种种玄机。譬如这位姑娘的求生欲望极其强烈;另外,她身上好像也有些家传门道,能够护住她至关重要的心窍和丹室等;还有就是咱们小镇,是个很有意思的地方,奇奇怪怪的玩意儿很多,吃了,或者抓了,大有神益。"

年轻道人回过神,意识到自己泄露了很多天机,干笑道:"反正你也听不懂,对吧?"

陈平安认真道:"听不懂,但是大多记得住。"

年轻道人试探性问道:"所以你在屋子里一听敲门嗓音,就知道是贫道这个摆摊的算命先生了?"

陈平安犹豫了一下,说道:"对。"

年轻道人又好奇问道:"你记性很好? 有多好?"

陈平安看了眼奄奄一息的黑衣少女,年轻道人笑着解释道:"她现在处于一种比较玄之又玄的状态,不能随意挪动身体,最好稍等片刻。"

陈平安将信将疑:"我看东西,比听别人说话,更容易记得住。"

年轻道人追问道:"打个比方?"

陈平安想了想:"比如我们那座龙窑的窑头,姚师傅,他的'跳刀'技术,是小镇所有老师傅里最厉害的,我其实看一遍就记住所有细节了,但是……"

年轻道人笑着接过话题:"但是你的手脚始终跟不上,对不对?"

陈平安眼睛一亮,使劲点头。

年轻道人会心一笑:"那你有没有想过,姚老头的那手绝活,真正厉害在什么地方?"

陈平安脸色晦暗:"以前怎么都想不通,后来刘羡阳跟我说,姚老头说跳刀这门手艺,想要做到最好,一定要心稳,而不仅仅是手稳。我听到这些话后,就有些明白了。我之前太着急,越心急,手越乱,越乱就越容易出错,一出错,我看得一清二楚,知道自己哪里做得不像姚老头,接下去就更心急,所以在龙窑那边拉坯,我一直是最差的。"

年轻道人淡然道:"有句老话叫,师傅领进门,修行在个人。可人家当师傅的,根本就没想着把你领进门,你又如何修行?"

陈平安摇头道:"我手脚笨,不说跟刘羡阳比,就是一般的学徒,我也比不上。姚老头看不上我,不奇怪。"

年轻道人突然笑道:"陈平安,你知不知道'心稳'两个字,有多难悟? 很难想明白的,你不可妄自菲薄。"

陈平安仍是摇头道:"就像小溪里抓鱼,我站在水深不到膝盖的地方,弯个腰抓到鱼,是抓。有的人水性好,到大深坑里一个猛子扎下去,憋气很久抓到鱼,那也是抓。同样是抓到了鱼,道长,但是这两者不一样的,对吧?"

年轻道人哈哈大笑,不置可否,突然说道:"咱们可以救人了。"

陈平安愣在原地,年轻道人也愣了愣:"发什么呆,将这个姑娘抱到屋里床上啊!"

陈平安纹丝不动:"然后呢?"

年轻道人天经地义道:"当然是先帮姑娘换上一身洁净的衣裳,然后再去药铺抓几味补气养元的药材,到那个时候,就需要贫道亲自出山,一展身手了。"

陈平安黑着脸问道:"姑娘醒过来后,我会不会被她打死?"

年轻道人斩钉截铁道:"不会!你可是她的救命恩人,世间岂会有如此忘恩负义之人?!"

陈平安默不作声。

年轻道人咳嗽一声,气势骤降:"大概不会吧?"

陈平安叹了口气,试探性问道:"隔壁家有个姑娘叫稚圭,让她来做这些事情?"

年轻道人无奈道:"不可以,问题症结就在这里。"

陈平安也没有坚持,蹲在地上,双手挠着脑袋。

年轻道人突然问道:"你就没有想问的?你问出口的话,贫道未必可以全部解惑,但尽量挑一些可以回答的,如何?"

陈平安叹了口气,起身道:"先救人。"

年轻道人笑逐颜开:"善!"

他悄然拂袖,将一柄蠢蠢欲动的飞剑,死死压制在鞘内。

陈平安背起少女往屋内走,将她轻轻放在垫有被褥的木板床上。先前被刘羡阳一屁股坐塌的木板床,刚刚修好没多久,床底下垫了条板凳。

年轻道人跟在身后跨入门槛,环顾四周,家徒四壁,不过如此。

年轻道人一拍脑袋,出门去拿纸笔,准备开个方子让陈平安去抓药。

回到屋子后,年轻道人摇了摇头,故意不去看木板床那边,心想着这贫寒少年,板上钉钉是要吃不了兜着走了。原来坐在床沿上的陈平安,已经摘下黑衣少女的帷帽,露出一张满脸血污的苍白脸庞。

所谓的七窍流血,大概就是陈平安眼皮子底下这幅画面。

陈平安连忙起身,先从桌边拿了条凳子放在床边,然后快步跑去一处角落,那边搭了一个小木架,整齐地放着锅碗瓢盆,木架旁边,有一只覆以木板遮挡蚊蝇的小水缸,水缸里装满了从杏花巷铁锁井那边打来的井水。陈平安拿了只木盆和葫芦瓢,蹲在水缸旁,从陶缸里舀出清水快速倒入木盆,然后将一块干净棉布搭在盆沿上,端到床边放在凳子上,开始帮摘去帷帽的少女擦拭血污。

年轻道人转过头,扬起手里一张纸:"福禄街那边有家小药铺,你拿这个方子去抓药。”

陈平安疑惑道:“道长先前不是说……”

年轻道人一脸懵懂,眨眨眼道:“对啊,贫道是说让你抓药的时候小心一些,不要过于高调张扬,以免弄得满城风雨,坏了姑娘的名声。”

陈平安哦了一声,一边清洗棉布一边问道:“道长有没有抓药的钱?”

年轻道人顿时紧张起来:“你没有?”

陈平安将木盆放在桌上,把一枚不知从何处取出的金色铜钱,轻轻按在桌面上:“道长,我拿这个跟你换普通铜钱,至于怎么个换法,道长你说了算。”

年轻道人思量片刻:“桌上这枚铜钱,就够买药方上的东西了。贫道这就去给你取钱。”

很快,年轻道人就拿回一袋子普通铜钱,还有几粒碎银子,一股脑儿交给陈平安。

陈平安叮嘱道:“这盆水,回头我来倒,道长不用帮忙,住在隔壁的宋集薪,比较喜欢新鲜事情,让他瞧见了,不好。”

年轻道人郑重其事道:“陈平安,你难道就没有想问的问题?”

陈平安站在原地,大致掂量过铜钱和碎银子,做到心中有数后,小心翼翼收起来,眼神示意出去说话。两人走出门槛后,陈平安抬起头,缓缓道:“我知道你们都不是常人。姚老头很早喝醉酒时就说过,我们小镇不同寻常,哪里都奇怪,人人都奇怪,但是什么地方奇怪,姚老头也说不出个什么来,我当然就更不懂了。这次顾璨说那个说书先生,一只普普通通的大白碗,能倒出一大缸的水。顾璨虽然挺惹人烦,可这件事情,我知道他没有说谎。就像……”

他停顿了一下,继续说道:“就像今天有个子很高的女人,在门外这条巷子里,她用手指弹了我额头一次,手掌拍了我心口一下,最后她说我很快就要死了,我知道她说的话,是真的。”

年轻道人脸色沉重。

陈平安最后说道:“道长你说你写的符纸,烧了后,能够给我爹娘带去好运,我其实是相信道长的。所以道长找上门来,说让我救人,我刚才没有说什么,但是我希望道长答应我一件事情,如果答应,接下来道长不管要我做什么,都没有问题,如果道长不答应,这趟抓了药,再帮道长煎完,我就会赶人了。”

年轻道人问道:“什么条件,你说说看。”

给人印象一直很平稳老练的陈平安,竟是有些忐忑,回答道:“我爹娘去世得早,当时我很小,不知为什么,小时候很多事情,我都记得,就是我爹娘的模样,总是模模糊糊,记不真切。后来吃了一段时间的百家饭,是靠着街坊邻居才活下来的。有一次我无意间听人说起,我是五月初五那天出生的,听他们口气,应该不是一个怎么吉利的日子,隔壁有个人说得更直接坦白一些……"

陈平安一直在绕弯子，停了停，终于直奔主题，低下头，语气沉闷："帮道长救了人之后，如果，我是说如果，如果我有一天突然死了，道长能不能帮我下辈子投胎，还投胎做我爹娘的孩子？"

年轻道人沉默不言。

陈平安咧嘴一笑，挠挠头："不行就算了。确实，天底下哪有这样的事情，是我为难道长了。"

年轻道人苦笑道："那位姑娘咋办？"

陈平安猛然转过身，背对着年轻道人，扬起拳头挥了挥，破天荒开起了玩笑："她长那么俊俏，不救是傻子！"

年轻道人望着故作轻松、推门离去的草鞋少年。

走在泥瓶巷里的陈平安，好像想起了谁，一下子就泪流满面了。

陈平安走出泥瓶巷的时候，刚好碰到宋集薪的婢女稚圭，她在将蔡金简送去顾璨家后，没有急于回家，而是穿过巷弄那头，去逛了一遍杏花巷那边的小铺子，虽然没有购买什么物件，心情仍是不错，一路蹦蹦跳跳，欢快轻盈。

生长于乡野，好似带着一股青草香的少女，与那些高檐大宅、庭院深深的大家闺秀，做派到底是不一样的。

她见到陈平安后，没有像以往那般低敛眉眼，微微加快步伐侧身而过，反而停下了脚步，凝视着这个不经常打交道的邻居，欲言又止。

陈平安对她笑了笑，小跑着擦肩而过，然后跑得越来越快。

稚圭安安静静站在泥瓶巷口子上，转头望去，阳光下奔跑的寒酸少年，挺像一只生命力顽强的野猫，四处流窜，长得不咋样，但好像也饿不死。

稚圭在小镇上并不讨喜，受累于少年宋集薪的性情古怪，被取名稚圭的她不管是去铁锁井打水，还是赶集买东西，或是给少年添置文房用品，总给人一种不合群的感觉。她也没有什么同龄的玩伴，遇上熟人从来不爱多说话，对于偏好热闹喜庆的小镇百姓而言，这样的少女，实在是很难亲近起来。

在这方面，陈平安的境况和婢女稚圭，其实有些相似。不同的是，陈平安虽然也不爱说话，但其实本身性格绝对不惹人厌，相反，陈平安生性温和友善，从来没有什么刺人的锋芒，只是家境败落的关系，又早早去了龙窑烧瓷讨生计，才显得和邻里之间关系没有那么熟络。当然，泥瓶巷的街坊们，对于陈平安的生日，确实会有一些说不清道不明的忌惮。五月初五，在小镇乡俗里，属于五毒并出的"恶日"，陈平安在这一天出生，加上他爹娘的纷纷去世，他早早成了家里最后一根独苗，自然而然会让人心里头犯嘀咕。

尤其是上了岁数、喜欢在老槐树那边凑热闹的老人，对于这个泥瓶巷的少年，尤为疏远，私下也会告诫自家孩子不要接近，但是每当孩子满脸不情愿，刨根问底问为什么的时候，老人们又说不出个所以然。

此时一个修长身形从小巷走出，站在少女身边，婢女稚圭转过头，一言不发，只是向前走。那人便转身与她并肩走在泥瓶巷里，那人正是学塾先生齐静春，小镇唯一的读书人，正儿八经的儒家门生。

稚圭脚步不停，脸色冷漠："我们两个，井水不犯河水，不好吗？而且先生你别忘了，之前确实是你占据天时地利人和，我一个小小的贱籍奴婢，当然只能忍气吞声。但是从最近开始，先生你那座远在不知几千万里外的法脉道场，好像出了点问题，对吧？所以现如今先生只是井水，而我才是河水！"

泥瓶巷的不速之客齐先生微微一笑，道："王朱，罢了，暂且入乡随俗喊你稚圭便是。稚圭，你有没有想过，你虽是天地眷顾，应运而生，可是当真以为我没有压胜的手段？还是说你觉得几千年前，四位神龙见首不见尾的圣人，联袂莅临此地，亲自订立规矩，只是嘴上说说而已，没有留下半点后手？说到底，你只是坐井观天罢了。苍穹之高，大地广袤，远远不是井口那点光景模样啊。"

稚圭皱了皱眉头："齐先生，你也莫要拿话来唬我，我不是我家少爷宋集薪，对你那套冠冕堂皇的说辞，不感兴趣，也从来不信。先生不妨打开天窗说亮话，打生打死也好，好聚好散也罢，我都接着。"

齐静春缓缓道："劝你脱离此处樊笼后，不要得寸进尺。涸泽而渔，无论对谁都没有好处。尤其是你和他踏上修行大道之后，不管是否结为道侣，都应当收敛锐气，不可跋扈恣睢。这并非什么威胁，而是离别之际，我的一些肺腑之言，也算是善意的提醒。"

照理说，两人身份天壤之别，婢女稚圭却极为不卑不亢，甚至当下气势还要隐约压过齐静春半头。她讥笑道："善意？数千年来，你们这些了不得的修行中人，高高在上，画地为牢，拿此地作为一块庄稼地，今年割一茬明年拔一捆，年复一年，千年不变，怎么到了现在，才开始想起要同我这孽障'与人为善'了。哈哈，我听少爷说过一句话，被你们很多人奉为圭臬，叫作'非我族类，其心必异'，对吧？所以也怪不得齐先生，毕竟……"

齐静春继续前行，轻轻踏出一步，似笑非笑："哦？"

一步之后。婢女稚圭脸色微变。

两人不知何时站在了一处地方，四处漆黑，伸手不见五指，唯有遥遥的头顶上方，有无数孕育着神圣气息的光线洒落而下。

他们如同置身于一口深不见底的水井井底，那些金黄色的阳光从井口缓缓落下。

齐静春一袭青衫，衣衫上有阵阵流光，流转不息。浩然之气，正大光明。

稚圭先是面容狰狞，只是很快就恢复了脸色淡漠的麻木模样，呢喃道："六十年佛门梵音,如耳畔打雷,声声不歇。六十年道家符箓,如附骨之疽,竭力撕咬。六十年浩然正气,遮天蔽日,无处可躲。六十年兵家剑气,如地牛翻身,无处不被溅射。每一个甲子就是一次轮回,整整三千年了,永无宁日……我就是想知道你们所谓大道根柢,到底在哪里,先生书本上的白纸黑字,先生传道授业解惑时的微言大义,我看得到听得到,但是找不到……"

她痴痴望向那位正气凛然的中年男人,既是穷乡僻壤籍籍无名的教书匠,也是儒家山崖书院的齐静春,一个连大隋王朝权势大貂寺也要尊称一声"先生"的读书人。

稚圭突然笑了,问道:"先生何以教我,要如何劝我向善? 如果我没有记错,你们儒家那位至圣先师,以及道祖之一,都曾提出过'有教无类'?"

齐静春摇头道:"跟你讲一万句圣人教诲,也没用。"

稚圭看似在和这位儒士云淡风轻地闲聊,实则整个人就像一张紧绷的弓,眼角余光不断打量四周,寻找破局的蛛丝马迹。

齐静春对此视而不见,冷笑道:"我知道你其实有无穷无尽的愤怒、怨恨、杀意。我并非容不得异类,只是你要知道,随意起恻隐之心,泛滥施行慈悲之举,从来不是真正的三教教义。"

"我们家少爷经常念叨,跟读书人掰扯道理,最没意思了。"稚圭扯了扯嘴角,眯起那双诡异的黄金重瞳,"原来齐先生是真的回光返照了,自然比起以往更加不好惹……"

齐静春一笑置之:"道理讲不通无妨,但是只要我齐静春在世一天,还有资格坐镇此地一日,你这忘恩负义的孽障,就别想张牙舞爪!"

稚圭伸手指了指自己,笑问道:"我忘恩负义?"

齐静春怒色道:"当年在你最虚弱之时,不得不低头俯首,主动与人缔结契约,是谁在泥瓶巷的大雪天救了你?! 又是谁这么多年来,一点点蚕食掉他的仅剩气数?!"

稚圭笑道:"饿了,就要找东西吃,把肚子填饱,这不是一件天经地义的事情吗? 再说了,他本来就没什么大的机缘,早死早投胎,说不定下辈子还有点渺茫希望,若是任由他这种无根浮萍留在小镇,嘿,那可就真是……"

齐静春一挥大袖,轻声喝道:"住嘴!"

他怒斥道:"大道之玄,天理昭昭,岂是你可以一言断之?! 人生各有命数缘法,你有什么资格替他人做出选择?!"

稚圭头顶,凭空出现一只光芒璀璨的金色大手,气势威严,如佛陀一掌降伏天魔,又如道祖一手镇压邪祟,迅猛按在她脑袋上,迫使她瞬间跪下,额头重重磕在地面。磕头声,砰然作响。

低头的稚圭,双手撑在地上,挣扎着起身,不见容颜的她,发出一阵阴恻恻的笑声:"你们可以压我低头,但我绝对不认错!"

那只威势磅礴的金色大手，扯住稚圭的脑袋，一提起一按下，又是一次磕头。此次声响重如春雷。

齐静春沉声道："别忘了！这一线生机，是圣人们给你的，并非你争取而来！否则别说镇压你三千年，三万年又有何难?!"

始终被按住脑袋的稚圭嗓音沙哑："你们的狗屁大道，我偏不走！"

齐静春高高抬起手臂，对着身前虚空猛然拍下："放肆！给我镇！"

从井口投下的金黄光线中央，浮现出一方白玉印章，丈余长宽，方方正正，印章篆刻有八个古老文字，有极其鲜红刺眼的沁色，无数紫色雷电萦绕印章，滋滋作响。

随着齐静春一声令下，真可谓是传说中的言出法随，巨大印章从天而降，砸在本就跪在地上的稚圭的背脊。

这一枚蕴含天道威压的巨大印章，好像不是实物，没有将稚圭压得整个人匍匐在地，而是裹挟风雷迅速嵌入地面，再无踪迹，好似雨点大雷声小。但是一瞬间后，稚圭整个人像是被重物砸断了浑身骨肉，一摊烂泥般瘫在地上，无比凄惨。即便如此，少女有一只手五指如钩，使尽全力，五指指甲好像正在地面上刻字。

齐静春面无表情，冷声道："三次磕头，是要你分别礼敬天地！苍生！大道！"

稚圭眼神呆滞，没有回应。

齐静春轻轻挥袖，散去那股令人窒息的磅礴威严："我齐静春不过是圣人门下一介腐儒，就能压得你三磕头，你出去之后，一旦为所欲为，真不怕遇上比你更不讲理的存在，一根手指就将你碾碎?"

齐静春叹了口气："你在此地，确是被镇压拘押，不得自由，但是你有没有想过，世间哪里有绝对的自由。我儒家至圣制定种种礼仪，何尝不是在为万物苍生，谋取另一种自由？只要你不逾矩，不违制，只需恪守礼节，有朝一日，天大地大，何处去不得?"

稚圭抬起头，死死盯住齐静春。

齐静春走出一步。天地恢复正常，他和婢女稚圭重返泥瓶巷，阳光温暖，春风和煦。

稚圭摇摇晃晃站起身，笑容惨白，微微露出森森的牙齿："先生今日教诲，奴婢记下了。"

齐静春不再说话，转身离去。

稚圭突然问道："就算我对陈平安忘恩负义，但是先生身为出类拔萃的圣人门生，为何会袖手旁观？为何只对弟子赵繇和我家少爷，青眼相加，对于身世平常的陈平安，不过尔尔？这何尝不是与商贾做买卖无异，若是奇货可居，便精心栽培，对待粗劣货物，便敷衍应付，能否卖出好价钱，根本不在乎?"

齐静春笑了："天行健，君子以自强不息。"

稚圭茫然。

当齐静春身影消失在小巷尽头时，稚圭顿时浮现出满脸不屑，狠狠呸了一声。

她一瘸一拐返回自家院子，经过陈平安家的时候，皱了皱鼻子，拧了拧眉头，她有些犯迷糊。只是由于那个该死的读书人的道行崩坏，当下小镇已是处处天机泄露，就像一艘四处漏水的小船，她尚且自顾不暇，更要为将来仔细谋划一番，也就懒得去斤斤计较了。

当她推开院门后，一条粗看不起眼的四脚蛇，不知道从哪个旮旯角落蹿出，飞快爬到她脚边，被她气呼呼地一脚踢飞。

陈平安屋子里，年轻道人端坐在桌旁，眼观鼻鼻观心。

前不久还是将死之人的黑衣少女，竟然已经能够自己坐在床上，盘腿而坐，也没有戴上帷帽，露出一张让人记忆深刻的脸庞。

倒不是说少女如何倾国倾城，只是过于英气勃发，很大程度上让人忘记了她的出彩容貌。

少女双眉不似柳叶似狭刀。当她以一种充满审视的意味，凝视年轻道人的时候，后者有些难得的局促，分明没做任何坏事，却有些心虚。

年轻道人咳嗽一声，赶紧撇清自己："姑娘，事先说好，你是贫道救下的，但背你进屋子，帮你摘去帷帽，再给你洗脸等等，可都是另有其人。他叫陈平安，这栋破败宅子的主人，是个黑炭似的穷苦少年，父母双亡，当过烧瓷的窑匠，还跟贫道求过一张符纸来着。大体上就是这么多，姑娘你如果还有什么想问的，贫道一定知无不言言无不尽。"

陈平安这就给卖得一干二净了。

少女点了点头，没有恼羞成怒，只是大大方方诚心诚意说了句："感谢道长救命之恩。"

更加心里打鼓的年轻道人干笑道："无妨无妨，举手之劳，姑娘无恙就好。"

黑衣少女问道："道长不是东宝瓶洲人氏？"

年轻道人反问道："姑娘也不是，对吧？"

她嗯了一声。年轻道人也跟着嗯了一声。

头顶莲花冠的年轻道人笑道："贫道姓陆名沉，并无道号。平时称呼陆道人即可。"

少女轻轻点头，瞥了眼陆沉的道冠。

陆沉犹豫了一下，壮起胆子道："那少年虽然有些事情不合礼节，但是事急从权，加上贫道也不曾想到姑娘痊愈如此之快，故而有所冒犯的地方，希望姑娘不要怪罪。"

少女笑道："陆道长，我不是蛮不讲理的人。"

陆沉打哈哈道："那就好，那就好。"

少女挑了一下眉头，陆沉的笑容便随之刻板僵硬起来。

她环视四周，眼神平淡，随口说道："我听说此洲铸剑第一的'阮师'，打算在这里开炉铸剑，我就一路跟到这里，希望他能够帮我打造一把剑。"

陆沉感慨道："如果真是他的话，让他亲自铸剑可不容易。"

黑衣少女明显也有些烦恼："是很难。"

这个时候，陈平安左手拎着一兜兜草药包，右手拎着个小包裹，先象征性敲了敲房门，才快步跨过门槛，将药材放在桌上，轻声道："道长，你看看有没有抓错，如果有，我马上去换。"

陈平安始终拎着包裹，转身望向少女，盘膝坐在木板床上的黑衣少女，与陈平安对视。

黑衣少女平静道："你好，我爹姓宁，我娘姓姚，所以我叫宁姚。"

陈平安下意识道："你好，我爹姓陈，我娘也姓陈，所以……"他有些神色尴尬，但是很快就坦然笑道："我叫陈平安！"

宁姚倒是没什么，陆沉忍不住哈哈大笑。

陆沉突然意识到气氛有些不对劲，连忙转移话题："绿水潭龙鳞檬的嫩叶，哦，在咱们这儿就叫三春柳，它的叶子采摘时候不对，晚了七八天。还有这包龙飞草，俗名叫姑娘腰，研磨粉末的时候也太马虎了，还有这纸堆花，杨家铺子更是不像话，说好了三两，怎么少了一钱的分量？"

陆沉竹筒倒豆子，挑了一大堆毛病，几乎就没一样是满意的，感觉像是跟杨家药铺有什么私人恩怨，但最后来了一个大转折，盖棺定论道："这铺子掌柜的良心给狗吃了，不过桌上这些药材，煎药救人倒是够。当然了，这主要归功于这位宁姚姑娘的身体底子好，跟杨家铺子至多有半枚铜钱的关系。"

陆沉一拍脑袋，摊开一张素白纸张，一边提笔写字，一边叮嘱道："差点忘了，贫道这就再给你写一份煎药的方子，这是件实打实的细致活，陈平安你可马虎不得。贫道这药方既是疗伤，同时也能固本培元，是兵家在立于不败之地的前提下，以战养战的上乘路数。而且好就好在性子温，不伤人，顶多就是所耗时日多一些，多买些药材，无非是开销银子的事情。何时武火急煎，何时文火慢煎，贫道都已详细写在纸上，甚至什么时辰煎药，也有讲究。总之，接下来一句，陈平安你多辛苦。男人嘛，本就是扛担子的人，要不然怎么会有顶天立地大丈夫一说？切不可推脱责任，白白叫人家姑娘小看了去……"

说到"顶天立地"四字的时候，陆沉不易察觉地摇了摇头。

一服药方不过半张纸，如何煎药倒是用了两张纸，字体是很平常的小楷，方方正正，规规矩矩。

陈平安有些着急，问道："道长难道之后就不管了？这种生死大事，道长是不是亲自盯着更稳妥些?"

陆沉无奈道:"贫道这就要离开小镇了,南涧国境内有贫道这一脉的宗门,有个典礼要举行,贫道想去亲眼看看。"

陈平安更加无奈:"道长,可是我不识字啊!"

陆沉愣了愣,笑道:"没关系,宁姑娘认得字,煎药之前,你多问她相关事宜便是。"

少女点头。陈平安还想要说话,陆沉猛然记起一事,从袖中掏出一枚青玉印章,小巧玲珑,对着印面轻轻呵了一口气,然后对着书写药方的那张纸,重重按下,从纸面提起印章后,颇为满意。印章收入袖子后,陆沉连同两张纸一起递给陈平安:"好好收着,小镇上书籍多是私人家藏,你购买不易,如果真想学字,可以从贫道这服药方学起。"

陆沉向宁姚笑道:"一叶浮萍归大海,人生何处不相逢。宁姑娘,那咱们后会有期?"

宁姚正色道:"陆道长,后会有期! 大恩不言谢,将来只要需要在下帮忙,就可以飞剑传书至倒悬山,只是道长记得,千万别忘了署名'陆沉'二字,否则倒悬山未必会允许飞剑进入山门。"

听到"倒悬山"这个名称后,陆沉显然有些惊讶,欲言又止,宁姚微微摇头,他很快领会心意,不再刨根问底。有些事情,对屋内的陈平安而言,不知道更好。

陆沉率先离开屋子,不忘拉上陈平安的手臂:"陈平安,贫道最后与你说些话。"

陈平安先将那包裹放在床上,跟宁姚说是新买的衣裳。

之后两人来到院子,陆沉直接低声问道:"以你的记性,想必早已认得第一服药方上的字,再加上隔壁就住着个读书种子,'不识字'这个说法,不是你拦着贫道离开的真正理由。"

陈平安回答道:"以道长的本事,肯定知道原因。"

陆沉哑然失笑:"你是觉得自己必死无疑,所以怕无人照顾那个小姑娘?"

陈平安点头道:"当时我既然开了门,就要负责到底。"

陆沉站在推车旁边,双指并拢,悄然一抹,那柄被儒士齐静春按入两字剑气的白鞘长剑悄悄飞进屋内,应该是宁姚不愿吓到陈平安,便默认了这把飞剑的僭越之举。陆沉思量片刻,他思考问题的时候,会下意识伸出一根手指,敲击头顶的莲花冠,最后说道:"来此之前,听一位师兄说过,做事情要讲道理,做人要近人情……既然如此,贫道也不好太过死板苛刻,虽说世人各有各的缘法,可既然贫道所在宗门的根本教义,本就与一般道统宗门的法旨有所偏差……相逢已是缘,勉强还算一段善缘,贫道不妨顺势而为,那签筒和一百零八支签,无法赠送给你,因果太乱,一旦理不清,又斩不断,很是麻烦。至于那方私印,有点重啊,送给你,小镇一旦没了禁制,所有事物都暴露在光天化日之下,贫道不是害你是什么。唉,难不成要送点金银铜钱? 这未免也太不讲究,太俗气了些,贫道哪里好意思……"

不料陈平安斩钉截铁道："陆道长,送钱的话,很讲究,不俗气!"

陆沉玩味笑道："之前两样东西,你听不懂,但是肯定晓得意义不小,为何不开口讨要?"

陈平安缓缓道："能够最少装下一大缸水的白碗,可以烧符纸给阴间长辈的道长,受了重伤、奇奇怪怪的姑娘,还有那一袋子二十八枚金子做的铜钱,以前是姚老头嘴上说我们这里很奇怪,但是现在是我亲眼看到了。如果遇上那两个外乡男女之前,我肯定会躲着你们所有人,今天门也不会打开。"

陆沉斜靠在推车上,沉声道："那名外乡女子,用手指点了你的眉心,是一门强行开人窍穴的下作勾当,在武学上被称呼为'指点',手法有高低之别,用意也有好坏之分。打个比方,你家院门并不牢固,对不对,她便故意用铁锤敲打,门当然可以进,但其实坏了根基。试想一下,在以后风霜雨雪的天气里,那个开门之人,早就脚底抹油,但是你这个常年居住院中的主人,怎么办?"

陈平安犹豫了一下:"我还算能够吃苦。"

看着一点不像是说笑话的陈平安,陆沉气笑道:"这才是她第一次出手害你,若是筋骨强健、气血旺盛,你活到三四十岁不难;之后她以手掌拍打你心口之举,才是真正的致命伤,坏了你身躯本元不说,还断了你的长生之路……准确说来,你本来剩下一线机缘,借着此方天地翻覆、乾坤倒转的大运势,未必没有可能续上大道修行。这就像滚滚洪流直下,河中竟是蛟龙鱼虾无数,运气好的人,当然收获大,但是哪怕运气最不好的,别人捞起蛟龙蛇鼋,他说不定沾沾光,也能抓条小鱼小虾之类的。"

陈平安没有满脸骇然或是惊慌失措,安安静静站在那里,甚至没有丝毫故作镇定的迹象。

陆沉既无欣赏,也无贬低,轻声叹息道:"陈平安,年纪轻轻,看淡生死,可不是什么好事啊。你是不是觉得能活着是最好,但是如果真的没法子,老天爷实在不让自己活了,死就死,也不怕,对不对?因为死这件事,其实对你而言,反而是一次有希望重逢的机会?"陈平安没有否认。

陆沉突然骂道:"那你有没有想过,哪怕你能够在浩浩渺渺的阴冥之间,侥幸与你爹娘相逢,当他们看到你的时候,是什么心情?"

陆沉越说越气,伸出一根手指,使劲戳着陈平安的脑袋,像是要把这颗榆木脑袋给戳得开了窍:"稗官野史和志怪小说里的白无常,头顶高高的白帽子,每当他来到阳间拘押死人魂魄的时候,死人便能清晰看到白帽上头,写着四个大字:你也来了!陈平安!我问你,你爹娘见到你的时候,会不会很高兴地问你陈平安:'儿子,你也来了啊?'他们还能够安心去投胎吗?你真以为世间有几人,有那洪福齐天的气数,能够生生世世做子女或是夫妻?贫道明明白白告诉你,休想!便是那些一言可让山河变色的上宗掌教,也无此通天本事,更何况是你陈平安,一个朝不保夕、三顿饱饭都没有的穷光蛋?!"说到最后,陆沉疾言厉色,极为严肃。

陈平安茫然失措。这是他懂事后,生平第一次感到如此恐惧,手脚冰凉。

陈平安蹲下身,双手抱着头,这一次没有挠头。

陆沉低头看着那个瘦小的身影:"罢了罢了,为了救人,贫道欠你一个人情,本想着能赖账是最好,不然剩下点放在来世再说,如今看来,还是全部都还你,以后就两清了。贫道与你说三件事,你一一记清楚。第一件事,是等宁姑娘身体好些,带着她去小镇外南边溪边,找一对姓阮的父女。切记,是带着她一起去,否则你自己去一百趟都没用。去了之后,哪怕死皮赖脸撒泼打滚,你也要争取做他们的帮工学徒,挖井搬石也好,铸剑打铁也行,总归是找到了一处荫凉的落脚处。如此一来,宁姑娘也算是还清了你的人情,你也别觉得自己是占人家便宜。第二件事,是五月初五之后,你要经常去廊桥底下的小溪,捡石头也好,抓鱼摸虾也罢,随你,总之经常去,心烦意乱的时候去,心生感应的时候更要去,至于收获如何,以你的那点机缘,天晓得,但好歹是'勤能补拙'了。若是这样还一无所获,你小子就认命吧。"

陆沉说完两件事后,开始推车,看到陈平安仍然蹲着不动,只不过面朝自己。"起来帮忙!"陈平安起身后,去帮着推车,好奇问道:"不是说好三件事吗?"

陆沉冷哼一声:"早就跟你说了,自己想去!"陈平安愕然。

之后陆沉又叮嘱了一些事情。

"那些铜钱挺金贵,好好留着。

"接下来一段时间,少出门。

"多笑笑,总板着长脸,模样又不英俊,你小子给谁看呢?"

絮絮叨叨。

陆沉倒像是个长辈了。

将车子弄出院子,陈平安说他来推出泥瓶巷,陆沉也没有拒绝。

一前一后走在小巷里,陆沉最后说道:"有句话,还是说了吧。按照贫道推算的命数来看,你爹娘早逝,并非你的过错。"

陆沉停顿很久,直到推车马上要离开泥瓶巷,这才轻声说道:"不但如此,你此生命途坎坷,还是受累于你爹娘。"陈平安默不作声。

最后陆沉坚持不让陈平安送行,独自推车向东门远远离去。

回首望去,陈平安依然站在小巷口,朝自己使劲挥手,笑脸灿烂,全然不像是一个将死之人。

第四章
捕蛇鹰

　　老龙城的少城主符南华,此时端坐在宋集薪对面,双手小心握住那只底款"山魈"的小壶,仔细打量底款刻痕,如同欣赏一位倾城佳人的曼妙身躯,百看不厌。端详、摩挲、呵气,符南华已经翻来覆去折腾了小半个时辰,爱不释手。总有些人或物,会让人一见钟情,心生欢喜。对于眼光挑剔的符南华而言,这把养心壶,正是此类。虽说捡漏和打眼,只有一线之隔,可符南华坚信自己这次是前者,而且捡的漏还不小。他所在的老龙城,在东宝瓶洲南方众多宗门当中,名列前茅,所以符南华是真正见识过大富贵的仙家子弟,这也是先前蔡金简处处示弱的缘由。

　　宋集薪打了个哈欠,缩在椅子里,换了个更舒服的姿势,懒洋洋问道:"符兄,既然东西真假已经确认无误,那我们是不是该谈谈价钱了?"

　　很少被人称兄道弟的符南华,压下心头淡淡的不适感,恋恋不舍地放下山魈壶,笑道:"在下诚意如何,宋老弟肯定心里有数,要不然我绝对不会开诚布公,一见面就直接说破此壶的真实价值,更不会如此磨磨蹭蹭,直白显露我对此壶的志在必得,为的就是以免双方漫天要价坐地还钱,空耗光阴,还伤了兄弟情分。宋老弟,我符南华已经将你视为未来修行路上的知己,目前是可以放心做买卖,以后能否福祸相依,甚至是托付生死,就看咱们今天这第一步,走得踏实不踏实了。"

　　宋集薪伸出一根手指,点了点这位神情真挚的高冠公子,笑眯眯道:"符兄啊,我这人特俗气,浑身铜臭,当然了,朋友也会认。只是到了大家坐下来谈生意的时候,如果有人跟我讲兄弟情,我难免就会在心里问自己,这么一号人,会不会以后需要他讲兄弟情的时候,他其实在心里打小算盘做买卖?"

符南华脸色冷了下来,身体后仰,靠在椅背上,一根手指轻轻敲击桌面,动作轻柔,悄然无声。

对于符南华的态度变化,宋集薪好像浑然不觉:"喊你一声符兄,拿出这把壶给你过眼,就是我的诚意了。既然大家都想着做成买卖,那就干脆利落点。符兄你给出价钱,我点头或者摇头,我给你两次出价的机会,两次过后,等于过了这村儿没这店儿,任你许诺给我金山银海,对不住兄弟,我不卖了。"

"先前那块玉佩,算是我的见面礼,名为'老龙布雨',算不得什么威力巨大的仙家法宝,只是能够去暑、清心和避秽,尤其对冥想坐忘大有神益,如果有一门道家上宗秘传的口诀作为辅助,就可事半功倍。"

符南华笑容真诚,脸上并无半点倨傲施舍的神色。他将一只绣袋放在桌上,用手心推向宋集薪那边,郑重其事道:"我这袋子铜钱,叫供养钱,是世间诸多香火钱之一,一般供奉于城隍庙或是文昌阁的神像上,含在嘴里,藏在肚子里,托在手掌上,皆有可能,而且各有各的讲究和功用。但这些都不是最重要的,真正关键的地方,在于这些瞧着像是黄金的钱币,是远远比黄金贵重的'金精',仙人曾言'水碧或可采,金精秘莫论',便是说此物。这一袋子金精供养钱,作为买壶钱,不好说绰绰有余,终归是个公道价格,若是再加上那块老龙佩,我符南华敢说宋老弟你绝对是赚的。"

说完这些"肺腑之言",符南华静等回复。

宋集薪沉默片刻,眨眨眼,问道:"完啦?"

符南华苦笑道:"说完了。"

宋集薪骤然翻脸,一巴掌拍在桌面上:"姓符的,滚你大爷!当小爷是好糊弄的三岁稚童?!你们进入小镇之前,会有三袋铜钱,除去一袋子买路钱,之后每得手一份宝贝,无论大小,照理要送出一袋。一袋子铜钱,多则三十枚,少则二十枚,可你这只干瘪瘪的钱袋子,里头有没有十二枚?!做买卖,连这点诚信也不讲,也敢从小爷手里换机缘?"

符南华手指加重力道,由慢及快,一次次轻叩桌面。

宋集薪心口一颤,莫名其妙就呼吸困难起来,满脸涨红,眼眶泛出血丝。他赶紧伸出手,按住心口处,心跳剧烈如同擂鼓,咚咚咚,简直就像是要撞破胸腔。

符南华逐渐放缓手指敲击的速度,宋集薪脸色好转。符南华笑眯眯问道:"既然第一次开价,没谈拢,那我就再开一次价格,二十四枚金精供养钱,你这把山魈壶,卖不卖?"

大汗淋漓的宋集薪犹豫不决,眼见着对方有所动作,他正要设法缓和形势,那位习惯了众星捧月的老龙城少城主,已经再次加快敲打速度,如一场突如其来的夏日骤雨。

宋集薪双手按住胸口,英俊的脸庞早已扭曲,狰狞中带着一丝狠辣笑意。

符南华差点没忍住,想着将这头狼崽子敲死算了,但是最后关头,步步登天、证道长生的大诱惑,仍是压过了个人好恶,于是他停下手指动作,放了宋集薪一马。

宋集薪大口喘气,眼神炙热,沙哑笑着。符南华对此百思不得其解。宋集薪眼中似乎没有什么恨意,符南华倒是没觉得这是一件值得惊悚的事情,修行路上,光怪陆离,多的是怪胎奇人,只是疑惑问道:"你在笑什么?"

宋集薪呼吸越来越平稳,瘫靠在椅背上,抹去额头汗水,眼神熠熠道:"我一想到不久的将来,自己也能够拥有你这样的本事,弹指杀人,就无比开心。"

符南华一笑置之,不愧是让自己惺惺相惜的同道中人。

这种人,最好打交道,只要你位置比他好;也可能最不好打交道,一旦被他爬到头顶上去……

不过老龙城的少城主,可不觉得自己在此成功截获机缘后,会比不上一个九岁之前、始终没能被人带离小镇的少年。

宋集薪看了眼桌上的那把小壶,半袋铜钱,抬头道:"符南华,我有两个条件,只要你答应,我除了卖给你一把山魈壶,再拿出一件不输给它的老物件。"

符南华压下心中喜悦,尽量语气平淡道:"说说看。"

宋集薪也不卖关子兜圈子,语不惊人死不休:"第一,我要你给我三袋子金精钱币,而不是两袋!"

符南华毫不犹豫道:"可以!"

宋集薪死死盯着对方的眼睛。

符南华笑道:"信不信由你。同时,我今天出门之前,你必须拿出那件值两袋金精的东西,让我亲自掌眼。"

宋集薪也点头道:"当然!"

符南华问道:"那么第二个条件是?"

宋集薪缓缓道:"替我杀一个人。"

符南华摇头道:"你既然连一袋子有多少枚铜钱都晓得,也就应该知道我们这些'外乡人',是不可以在此随意杀人的,否则就要被立即逐出小镇,甚至有可能被削去一部分根骨,圣人会再以仙家手段剥掉相关机缘,惨不忍睹,更连累家族失去此地一切机缘。"

宋集薪嘴角翘起:"你先别急着拒绝,可以静观其变,如何?"

符南华笑问道:"我很好奇,你想杀谁?"

宋集薪半真半假道:"我也在想呢。"

符南华重新拿起那把小壶,感受着壶身的细腻肌理,随口道:"那我就拭目以待了。"

桌对面，宋集薪下意识揉了揉自己的脖子，脸色奇差无比。

之前稚圭将蔡金简送到顾家院门外，便自顾自逛街去了。蔡金简推门而入后，如遭雷击，站在原地不敢动弹。她望着那个坐在长凳上的老人，颤声问道："前辈可是在书简湖潜修的截江真君？"

老人问道："你是如何认得老夫？"

蔡金简恭敬道："晚辈云霞山蔡金简。十年前曾经跟随家父去往书简湖，观看老鼋驮碑出水的奇景，有幸远远看到前辈的风采，记忆犹新，至今难忘。"

老人点头道："知道了。"

蔡金简心情略微沉重："真君，晚辈是想……"

被称为"截江真君"的"说书先生"，瞥了她一眼，淡然道："看在云霞老祖的分上，老夫便不计较你的不请自来，下不为例。出了院子，记得关门。"

蔡金简只是沉默片刻，便点头道："晚辈先行告退。"

她还真就这么走了，而且没有忘记乖乖关上门，动作轻缓，滴水不漏。

院内，妇人望向院门那边，担忧问道："仙长，她不像是会善罢甘休的人，有没有麻烦？"

拥有"真君"尊号的老人嘻笑道："进了小镇，呼口气放个屁，可能都会有麻烦，难道为此就不要机缘了？"妇人无言以对。

老人笑了："我且问你，顾氏，如果你可以选择，是愿意让顾璨去往云霞山修行，还是跟随我去往书简湖？"

"莫急着回答。"老人摆摆手，让妇人不要急于表态，缓缓道，"云霞山，是我东宝瓶洲二流垫底的山门，不过你若是觉得这云霞山就不值一提，则是大错特错。云霞山出产的云根石，是真正的天材地宝，别说是在东宝瓶洲，便是整座天下，也只此一家，故而云霞山地位超然，大家都愿意敬他三分，尤其是道家丹鼎派的宗门道观，与云霞山更是香火绵延千年，有着很深的关系。而老夫，不过是书简湖的修士之一，只占据着一座湖心岛，弟子屈指可数，奴仆不足百人。"

妇人顾氏嫣然一笑，徐娘半老，风韵犹存："我与那云霞山女子的差距，便是她与仙长你的差距，我怎么可能让顾璨放着洞天福地不去住，却跟随那女子去田地里刨食吃？"

截江真君爽朗而笑，突然记起一事，沉声道："那少年身世如何？顾氏，你往细了说，以防万一。"

顾氏愣了愣，捋了捋鬓角发丝，这才轻声说道："那可怜孩子叫陈平安，爹娘都是镇上长大的人。他娘亲跟我关系还很好，模样一般，性子是真好，我好像从没有见她和谁红过脸。她男人那相貌，上不了台面，还真有点配不上她，不过烧瓷手艺不错，如果不是死得早，指不定熬个二十年，就能当上那座大龙窑的窑头。至于是怎么死的，有说是那个暴雨夜，怕断了窑火，匆忙赶路，一失足跌入了溪间；也有说是去砍柴烧炭，贪图小便宜，闯入朝廷封禁的山头，给野兽叼进深山老林了。总之，尸体都没找着。那男人，几棍子打不出个屁的闷葫芦脾气，对自家孩子倒是好，每次回镇上都要捎带些小礼物，小鼓、糖菩萨、老碎瓷，大体上说来，那一家三口，在男人死前，还算安稳。

"陈平安他爹死后，他娘大概是有了心病，精神气很快就撑不住了，本来就不结实的身子，说垮就垮，不到一年时间，就病倒了，瘦得皮包骨头，看得我们这些老邻居见了都发慌，完全认不出是当年那个顶水灵的俊俏女子。那个时候，就是陈平安那孩子照顾着她，那么点大的孩子，买药熬药、烧饭炒菜，什么都做，孩子当时个子太矮，烧菜还得踩在板凳上，还有，为了省钱给他娘亲买药，有些容易见着的药材，便漫山遍野找去，多了就卖给药铺。

"估摸着有次是吃错了药草，背着背篓回到泥瓶巷的时候，那孩子突然就摔在地上，口吐白沫，满地打滚。吓得我们以为这一家三口，就这么全没了。当时我婆婆还在世，就说这一家子都走了才好，省得留下谁吃苦，都走了，在阴间还能有个全家团圆。后来，孩子不知怎么的，自己就好了，扛过了那场病，只是孩子他娘还是没能熬过那个冬天。哦，对了，仙师，陈平安那孩子是五月初五生的，咱们小巷老一辈的街坊邻居都说，这算是一年当中最不吉利的一天了，很容易招来脏东西，还会连累家人。

"所以那孩子爹娘走了之后，家里已经找不出一枚铜钱了，甚至那些个他爹送的小物件，几乎都被他拿到小镇别处地方，找那些同龄人换了吃食……"

顾氏说到这里，截江真君终于开口说话："五月初五？有点意思，容我算算。"五指掐诀，袖有乾坤。

见顾氏发呆，截江真君笑道："你继续说便是。"

顾氏哦了一声："念在那么多年邻居情分上，我们这些住在泥瓶巷中的人，虽然不太敢把陈平安往自己家里带，但是时不时救济一下他，送几碗饭菜过去，这点小事情还是能做到的。人心都是肉长的，说实话，如果不是那孩子的生日实在让人犯怵，没谁不打心眼里心疼这个懂事的孩子。当然了，有一说一，街坊里也有不厚道的，一些个见不得别人好的家伙，就喜欢故意作践那个孩子，害得他最后只好去当了窑工学徒。要知道他娘亲临死前，可是要孩子答应她，将来哪怕当个乞丐，也绝对不许去龙窑做活的。那么孝顺听话一孩子，能够让他违背誓言，肯定不是一般的事情。"

截江真君问道："陈平安的爹娘，两人的姓名和生辰八字，你知不知道？"

顾氏只说知道名字，生辰八字就没人清楚了。截江真君说不碍事，片刻之后，冷笑道："雕虫小技，鬼蜮伎俩！"

顾氏一头雾水。

截江真君解释道："那男子死于非命，多半是无意间知晓了小镇的秘密，只可惜运

第四章 捕蛇鹰

气远不如你们家好,祖荫更比不得你家多,最后男人为了他儿子的安危,偷偷打碎了那只本命瓷瓶。如此一来,自然让小镇外的某座宗门落了空,这可是好大一笔投入,一个小窑工,哪里赔得起,就只好以命相抵,一条命不够,就加上他媳妇的。说来可笑,大概是那个窑工的死,对某些人来说太过轻巧,实在懒得耗费多余精力,故而用以瞒天过海的遮掩术法,竟然施展得如此简陋,也太不当回事了。"

顾氏脸色黯然。

截江真君一眼便洞穿了顾氏的心思,笑问道:"怎么,愧疚反悔了?"

顾氏惨然一笑:"是有愧疚,终究是我看着长大的孩子,肯定有。但是要说反悔,绝对没有!"

截江真君点头道:"看出来了。"

顾氏自言自语道:"如果换成陈平安他娘,处于我现在的位置,相信她也会这么做的。"

截江真君摇头道:"那倒未必。"

顾氏没来由大声道:"她肯定会!"

截江真君也未生气她的无礼,只是感慨道:"可怜天下父母心。"

陈平安坐在门槛上:"宁姑娘,我能不能问你一些事情?"

宁姚背靠墙壁,盘腿而坐,绿鞘狭刀横放膝前:"当然。但是涉及机密和隐私的话,我不回答。"

陈平安问道:"你们来这里,一般会待上多久才离开?"

宁姚皱了皱眉头:"不一定,有些人运气好,可能当天来回,有些人运气差,一辈子就交待在这里了。如果一定要我给出一个推断的话,也行,但是未必准,你自己看着办。比如我们这拨人,一行八人,两拨属于狗大户,人傻钱多,他们一看就不像是能来匆匆的,怎么都该在小镇上待个几天;那个戴高冠挂玉佩的公子哥,估摸着会相对顺利一些;有个傻大个儿,一门心思要对付那口水井,能不能得逞,就看老天爷赏不赏这碗饭给他吃了。"

陈平安追问道:"还有个人呢?"

"谁?"

"就是个子高高的、岁数不大的那个女人。"

"你喜欢她?"

门口的陈平安笑了笑,根本就没有当真。

宁姚大概也觉得自己说了个不好笑的笑话,神色沉重起来:"我其实听到你和陆道长的聊天了,你和她有恩怨,所以想……报仇?"

她叹了口气:"劝你一句,像你们这些半山腰上的人,在山顶那些人眼中,其实跟山脚的人没什么两样。不是人家眼高于顶，而是他们确实有资格看低你们，到了这个'末法之地'后，不说那个云霞山的女子，就是那个穿大红袍子的小孩子，他一拳打在你胸口上，也能要你呕血一大碗，反过来你使劲打他一拳，不敢说是挠痒，但最多也就是让他感到一阵气闷，绝对伤不到脏腑。至于原因，很难掰扯清楚，主要还是我不擅长讲这个。"

陈平安背对屋子，望向门口，道："我想知道，她为什么要杀我，我们明明才第一次见面。"

宁姚酝酿了半天，才开口道："她未必是那种滥杀无辜的人。怎么说呢，修行路上，跋山涉水，有宽有窄，有阳关道，有独木桥，走得快了，不小心踩死了蚂蚁，饿了从江河里抓几条鱼，道法有所小成，随意施展开来，误杀了鸟雀蛇鼠，皆有可能。我说得不太好，你听得懂我的意思吧？"

陈平安嗯了一声，道："大致懂了。"

然后他有些沉闷，重新望向院门口。其实他一点都不懂，不懂为什么那些人，可以如此无视别人的性命。

很久之后，陈平安转头笑道："要是姑娘不嫌弃，就住在这里好了。需要什么，只管说。"

"那你呢？"

"我认识一个人，这两天就去他那边住，你不用担心，他叫刘羡阳，是我的……朋友。好朋友！"

宁姚看着门槛上那个瘦弱背影，笑道："谢谢！"

陈平安咧嘴一笑，挠挠头，没说什么客套话。他犹豫片刻，最后终于鼓起勇气，再次转头道："宁姑娘，如果有一天我回不来了，你就把我那袋子金色铜钱交给刘羡阳，让他以后帮我照看这栋宅子，也不用打扫，偶尔修补一下，加些新瓦，不让它漏雨就行。还有就是墙别塌，院门也别太破了。如果能够在大年三十的时候，贴上门神和春联的话，是最好了！如果觉得这件事太麻烦，不做也没关系。"

宁姚看到陈平安说到门神和春联的时候，眼睛里闪着异样的光彩。

显而易见，这个泥瓶巷的孤儿，希冀着过年的时候，家门上能够有门神，门楣上能够有春字，已经想了很多很多年了。爹娘死后有多少年，便想了有多少年。

所以当这个了无牵挂也无心结的少年，轻轻吐出一口浊气，拍了拍膝盖，缓缓站起身的时候，搁置在屋内桌面上的鞘内飞剑，骤然嘶鸣。

符南华走出屋子的时候，发现那个清清秀秀的婢女，就坐在院子里的小板凳上，手里拿了一把玉米，正在喂鸡，老母鸡带着一群黄毛绒绒的鸡崽，低头啄食。

见到她后，符南华微微一笑，少女不知是性格腼腆，还是天生冷漠，扯了扯嘴角，就当是回礼了。

符南华拉开院门后，发现蔡金简竟然等在小巷，兴致不高。他转身关上门，透过渐渐狭窄的门缝，看到一张抬起头望过来的容颜。符南华突然发现这个丫鬟，这个本该满身泥土气息的贫贱少女，竟然有一双颇为不俗的眼眸，衬托得她宛如一抹初春绽放的嫩绿。不过符南华也未多想，姿色出众的女子，环肥燕瘦，风姿绰约，对于老龙城少城主的他而言，实在是看腻了。

和蔡金简并肩而行，符南华问道："怎么了，不顺利？机缘一事，本就好事多磨，未必能够次次一锤定音，不用灰心丧气。"

蔡金简天生风情柔媚，修行之后，洗髓伐骨，仅就身体而言，比起世俗女子当然更是净如琉璃。山下女子，一眼看去再惊为天人，归根到底，终究是一副臭皮囊罢了。

此时云霞山的仙子脸色不太好看，可见她的心情有多糟糕，否则也不至于如此明显摆在脸上，应该之前在小巷等待就憋了一肚子火气，实在是不吐不快："有位高人捷足先登了，是书简湖的地头蛇之一，截江真君刘志茂。连一点商量的余地都没有，见面就搬出我云霞山的掌门师祖，来压我一个晚辈，从头到尾我只说了几句话，就被他赶出了那个顾璨的院子。"

符南华若有所思，提醒道："出了泥瓶巷再聊。"

蔡金简疑惑道："此地不是一律术法禁绝吗？"

符南华笑道："能够来此地寻找机缘的人物，谁没有点压箱底本事？如你我这样的年轻人，可能还好。根据小镇的规矩，越是修为高深，被镇压的力度越大，圣人之下，境界越是临近圣人，照理说就越是孱弱如稚童，对吧？但是你有没有想过，若是有得道高人拼着道行折损，也要施展神通的话，难不成当真还不如我们这些后进之辈？"

蔡金简反驳道："有圣人在此，他截江真君还敢明目张胆对我出手？"

符南华劝说道："我们来此是找善缘的，不是来结怨的，哪怕没有性命之忧，跟前辈们恶了关系，终归不美。"

蔡金简并非钻牛角尖的人物，点头道："符兄所言甚是，是老成持重之论。"

她苦着脸，楚楚可怜："可是我真的不甘心啊，已经送给你十块云根石，若是竹篮打水一场空，回去如何跟祖师爷们交代？"

走出泥瓶巷后，符南华和蔡金简几乎同时精神一振，这绝非光线骤然明亮那么简单，两人面面相觑，然后视线迅速错开。

原本极为兴奋雀跃的符南华，也冷静了许多，他仔细思量这趟小巷之行，与蔡金简的结盟，没有露出任何马脚才对，跟少年宋集薪的交易，也无纰漏才是，本就是一桩符合规矩的公平买卖，那位坐看此地风来风去、水起水落的圣人，岂会有插手的闲情逸致？那么这股压力来自何处？难道是那个连名号也没听过的截江真君？相比符南华的心思深远,蔡金简的想法更加简单,以为是被符南华说中,截江真君确实动用了某种神通法术,对自己进行了监视。她一阵后怕,幸亏只是说了些埋怨言语,不曾放狠话说气话。

各怀心事的两人走在大街上,距离泥瓶巷越远,两人心头的沉闷感觉便越轻,符南华觉得那是机缘气数之重,蔡金简则感觉是家族负担之重。

抬头望着远处那座牌坊,符南华好奇问道:"书简湖的截江真君?我怎么根本没印象?即便我老龙城位于一洲极南之地,可是真君之位,何其煊赫,我再孤陋寡闻,也该有所了解啊。"

蔡金简压低嗓音,冷笑道:"什么真君,旁门里还算位置靠前的真人而已,最是道貌岸然,也根本没资格称为真君,好事之徒的阿谀之词罢了。想那元武帝何等精明,自然不会敕封此人为真君,一个萝卜一个坑,真君的头衔,给出去一个,很可能意味着两百年都拿不回来。何况加上元武帝祖辈们的大手大脚,到了他手里,就只剩下两个真君的名额,更不会随随便便给一个沽名钓誉的旁门野修。"

符南华恍然:"原来如此。"

每一位真君坐镇王朝,都可以为君主收拢、压制和增长国运。

道家真君之位,几乎可谓道教宗门中人在世俗王朝的庙堂顶点,兵家的上柱国,儒家的大学士,也在此列。

蔡金简看似随意问道:"那个宋集薪如何?"

符南华也随口回答道:"那个少年啊,野心勃勃,天生聪颖,靠山不小,就是格局……"

蔡金简笑道:"不大?"

符南华哈哈笑道:"不能说不大,只是不够大。"

两人走到牌坊下,符南华意气风发,喃喃道:"时来天地皆同力。"

蔡金简抬头望着"莫向外求"四字,心头空落落的,只觉得怅然若失,好像先前在泥瓶巷得到的顿悟,又全盘还给了这座小镇。这让她异常烦躁起来。

宋集薪的宅子,在泥瓶巷属于大户门庭,除了悬挂匾额的大堂,还有左右偏房。

大堂匾额为"怀远堂",并无署名,宋集薪总觉得仅凭字迹来看,不是什么大家手笔。

主仆二人此刻待在宋集薪的主屋,宋集薪在翻箱倒柜,稚圭站在门口,柔柔问道:"公子,生意没谈拢?"

宋集薪放下一串铃铛,坐回屋内唯一一张椅子上,双手抱着后脑勺,跷着二郎腿:"那个老龙城的符南华,不全是蠢货,一开始就没把我当作不谙世事的冤大头,只不过也聪明不到哪里去,想要与我套交情,真是好玩。他后来被我随便一诈,就露出了狐狸尾巴,以为故弄玄虚,来点雷霆手段,就能恩威并施,唬住少爷我,比起让人捉摸不透的齐先生,差了十万八千里。"

稚圭说道:"十万八千里。公子,你这个说法太夸张了。"

宋集薪做了个鬼脸,道:"那就差了十条泥瓶巷!"

宋集薪丢给自家婢女一个袋子:"瞧瞧,这就是那封密信上所说的铜钱了。之前隔壁姓陈的,也得了一袋子,我当时就估摸着,他有这份天大财运砸头上,未必是什么好事。果不其然,这不就惹恼了那对狗男女? 我看接下来,姓陈的还有苦头要吃。对了,稚圭,我跟你说,来咱们家的家伙,自称是老龙城的少城主,听他口气,再看做派,至少不是个绣花枕头,还有这枚玉佩,说是什么'老龙布雨',肯定值钱!"

宋集薪拍了拍那枚碧绿可人的玉佩,已经被他挂在自己腰间。宋集薪心底,觉得自己距离齐先生那种读书人,又近了一大步。

稚圭打开那只精美绣袋,轻声问道:"公子,能不能多挣些'铜钱'回来?"

宋集薪笑问道:"你喜欢?"

稚圭双指拈住一枚金色铜钱,摇了摇,开心笑道:"金晃晃的,瞧着多喜庆啊。"

宋集薪哑然失笑:"这也行? 行吧,既然你喜欢,我就多弄几袋子回来。这些钱在外边,分别是放在横梁上的压胜钱,桃符上的迎春钱,佛像肚子里或者手上的供养钱。不过呢,老百姓有老百姓的讲究,仙家有仙家的说法。"

稚圭笑眯起的眼睛像两条月牙儿,问道:"陈平安那袋?"

宋集薪皱了皱眉头:"他?"

稚圭察觉到自家公子的异样情绪,小心翼翼收起铜钱,系紧袋子,小声问道:"咋了?"

宋集薪撇撇嘴,双手捂住脖子,拧了拧,云淡风轻道:"没事,想起一些破烂事。姓陈的那边,不着急,省得惹祸上身。倒是赵繇那书呆子,多半也会得到铜钱,他好骗,公子我保管给你弄回一袋子来。"

看到稚圭有些奇怪,宋集薪也没有继续解释。见自家公子没有说话的兴致,稚圭也就不去打破砂锅问到底了。

稚圭走出屋子,来到院中,看到那条天生碍眼的四脚蛇,半死不活趴在地面上,晒着太阳,不时还打个滚,很享受的模样。一阵火大的她快步走去,一脚就踩在四脚蛇脑袋上,脚尖狠狠拧动。可怜的小家伙悲鸣不已。

稚圭抬起脚,四脚蛇嗖一下窜走,满院子飞奔,不断撞墙。

自家这条土黄的四脚蛇。

贪食误入鱼篓的金色鲤鱼。

被顾璨养在水缸里的黑色泥鳅。

金木水火土,五出其三了。

看着那条头顶生角的四脚蛇,稚圭咧嘴一笑,满脸鄙夷:"蠢东西!"

孩子顾璨家的院子里,截江真君刘志茂和顾氏仍是相对而坐,前者伸出手掌,看着掌心纹路蔓延的情况,心情并不轻松。

他收起手,抬头问道:"顾氏,像你这样嫁给外乡男子的妇人,小镇上多不多?"

顾氏摇头道:"应该不多,反正泥瓶巷、杏花巷这边,就我一个。"

刘志茂犹豫了一下,仍是泄露了一些天机给她:"女孩六岁、十二岁,男童九岁和十八岁,分别是两个大门槛,前者需要自己跨过去,后者尚且能够凭借外力推一把,之后还有一事,就能够有更多把握了,越是富贵之家,越有优势。开门,登堂,入室,三件事情,前两步,真正只能看机缘命数,尤其是第一步,成与不成,只看老天爷赏不赏饭吃。"

顾氏眼眸里满是笑意:"能够被仙长一眼看中,我家顾璨是能够自己走出第一步的人吧?"

刘志茂似笑非笑,道:"只要是留在小镇长大的孩子,就意味着根骨资质其实并不出众,你家顾璨虽然没有九岁,但也不例外。"

顾氏瞬间脸色难看至极。

刘志茂抬起脚,跺了跺地面,微笑道:"放心,根骨好坏,当然重要,却并不是首位的。老天爷看着顺眼,就是路边一条狗、一根野草,也能慢慢修成大道,最终登天凌云。此次小镇破例允许这么多外人进入,也是不得已而为之。一块庄稼地,水土再好,经过持续数千年的开垦、耕耘和收获,加上其间还有多次不计代价的涸泽而渔,也会没落衰败,总有彻底贫瘠的一天。此地风水底蕴,终于迎来了最后一个大年份,每当一个人将死之时,回光返照,那时候的精气神,会变得尤其雄壮,你家顾璨,正是受惠于此,机缘之大,远超想象,以至于远远超过之前那些天赋异禀的小镇孩子。"

顾氏嘴唇颤抖,竭力压抑自己的惊喜,一双眼眸水汪汪的,也流淌出了几分诱人韵味。

刘志茂瞥了她一眼,笑道:"当然,你也别贪心,有此大机缘之人,绝对不止你儿子一人。说句难听的,偌大一座东宝瓶洲,有资格独占这份气运的人,就算有,也一定还没生出来呢。"

顾氏双手捧在心口,呢喃道:"足够了,足够了。"

刘志茂想起那个云霞山的晚辈女子,讥讽道:"忙忙碌碌,殚精竭虑,只知道求一些身外物,真是捡了芝麻丢了西瓜,愚不可及。"

随即刘志茂笑了笑:"也对,云霞山那帮老东西,眼界从来不大,要不然也不至于让老夫得了这份先机。拥有一座几乎取之不尽用之不竭的宝山,本该财源滚滚,蒸蒸日上,竟然沦落到需要靠一个徒子徒孙来撑场面的地步。"

屋内,对着房门拳打脚踢许久的顾璨,站在一条凳子上,趴在窗口,苦着脸乞求道:

"娘亲,放我出去好不好,我保证听你的话!"

顾氏看了眼老仙长刘志茂,后者点点头。她这才去开了门,牵着顾璨的手一起走到院子里,板着脸轻声道:"小璨,不许捣乱,知不知道?! 娘亲从来没有打过你,你要是敢不听话,娘亲真的会打你一次。"顾璨哦了一声,耷拉着脑袋,病恹恹的。

顾璨搬来一条小板凳,自顾自坐下,跟娘亲和刘志茂,呈现三足鼎立之势。他双手托起腮帮:"娘,你刚才和说书先生到底说了啥,我在屋里头听不清楚,你们再说说呗。"

刘志茂咦了一声,略作思量后,手腕摇晃,那口大白碗重新出现在掌心,他低头凝神望去,眼神晦暗不明。只见白碗的水面上,涟漪阵阵,偶有水花溅起,一条黑线在白碗里飞快游弋,时不时撞击碗壁,他自言自语道:"罢了罢了,便随你去吧。"

为了收下这个徒弟,先前泥瓶巷中,刘志茂费尽心思,拼着折损数十年修为道行,才成功动了三次手脚。一次是让蔡金简踩中狗屎。最后一次是以秘术让其深信自己开悟。若是在小镇之外,当然绝无此可能,便是一位名副其实的道家真君,恐怕也不敢如此作为,可小镇之上,蔡金简无异于凡人,老人不惜付出巨大代价,便有了可乘之机。其中第二次,则最是精巧,甚至连他自己都觉得是神来之笔,便是让蔡金简误以为陈平安的善意提醒,实则是狡黠报复。他当时让陈平安开口出声,放慢了一些,又恰好让蔡金简捕捉到这个细节。不可谓不处心积虑。

修行路上,同道中人,善缘孽缘,一线之间。

此时,院中妇人顾氏一颗心悬了起来,生怕老仙长刘志茂说出什么坏消息。

刘志茂扯了扯嘴角,眼角余光之中,一个孩子蹑手蹑脚起身,然后撒腿就跑向院门。顾氏尖叫出声。

刘志茂手托白碗,不急不缓站起身:"徒弟,为师先给你看看何谓天地之大,省得你不知轻重,坏了你我师徒二人的千秋大业!"

顾氏眼前一黑,昏厥在地。

刘志茂猛然挥袖。下一刻,刚要碰到院门门闩的顾璨一个踉跄,摔倒在地,但是等到他发现不对劲后,茫然四顾,最后抬起头,看着站在自己身边的说书先生:"这是哪儿?"

刘志茂双手负后,淡然道:"碗中。"

顾璨愈发茫然,突然听到刘志茂暴喝一声:"起来!"

顾璨本能站起身,一动不动。

顾璨发现自己好像站在悬崖边上,正前方的远处,云海滔滔。

然后,他骇然瞪大眼睛,只见一片白茫茫之中,有一条巨大的躯干破开云雾,缓缓移动。但是它实在太大了,根本无法露出完整的面貌。

顾璨吓得就要后退一步,却很快被刘志茂以手掌按住脑袋,厉色道:"此时一退,以后修行路上,你就寸步难行! 给我站稳了!"

顾璨吓得泪水一下子就流出了眼眶,这个一向无法无天的顽劣孩子,竟是连哭都不敢出声了。

顾璨完全克制不住自己的身体,双腿打战,嘴唇抖动。

远处云海,沸腾起来。雾蒙蒙的白云,似乎在逐渐淡去。

于是天空中显现出更多的黑色,极长极大,就像……自家水缸里养着的那条小泥鳅,暴长之后。

顾璨脑海中,没来由蹦出这么个想法。

那一刻,顾璨魂不守舍,不由自主就向前跨出一步,伸出纤细的手臂,朝向天空。一颗巨大如山峰的头颅,从云海中缓缓游弋而至。

顾璨眼睛发亮,丝毫不惧,甚至还招招手,喊道:"快来快来!原来你长这么大了啊,难怪我总觉得丢到水缸里的鱼虾螃蟹,第二天总会少掉很多。"

站在顾璨身后的书简湖截江真君刘志茂百感交集,既有浓重的失落嫉妒,也有油然而生的欣慰。

虽然自己肯定已无此等天大福缘,但是有此徒儿,也算幸事,绝对不枉此行!

刘志茂亲眼看到那颗头颅临近,呢喃道:"天下奇观。"

陈平安突然跟宁姚说要进屋一趟,最后蹲在角落,背对着她,将一件东西藏在手心。

陈平安出门后,说是去给她买煎药的陶罐,家里缺这个。

宁姚在他快步离去后,瞥了眼角落阴暗处,立着一只老旧罐子。

其实她听力很好。陈平安手心之物,是一片碎瓷片,极其锋利。

在陈平安即将跑出院子的时候,宁姚突然喊道:"等等,我有些事情要跟你说。"

陈平安假装没听到,正要打开院门的时候,宁姚提高嗓门:"陈平安!"

陈平安只得转身跑回门槛那边,宁姚脸色已经比之前红润了几分,只是嗓音依旧有些沙哑。她道:"第一,我们这些外人来到小镇之后,虽然如之前跟你所说,体魄强健胜过常人,但是除此之外,跟你们没什么两样。第二,外人不可以在这里杀人,一旦违反,无论什么原因,都会被驱逐出去,注定一无所获,这个代价很大,大到超出你的想象。第三,你也要想清楚,我们这些外人,到了危急时刻,哪怕拼着两手空空,也一定会出手,毕竟有命活下去,才是最根本的事情。"

陈平安想了想,问道:"是不是说做事情,出手一定要快?"

宁姚咧嘴一笑,神采飞扬,熠熠生辉的眼神,仿佛使得整间屋子都亮堂起来,她拍了拍横在膝盖上的绿色刀鞘,点头道:"对!出手要很快,更快,甚至是最快!比如我,佩刀也佩剑,我就是要做到无论是拔刀,还是出剑,都是全天下最快的那个人!"

她停顿了一下，突然从一个慷慨激昂的远方女侠，变成了一个想要显摆的邻家少女，眯眼笑问道："喂，你知不知道这个天下到底有几座？"

陈平安一脸茫然。

宁姚好像也看出他不感兴趣，顿时索然无味，挥挥手赶人："最好把罐子买回来，我等着喝药呢。"

陈平安这次离开院子的脚步慢了些，也平稳了很多。

他离开泥瓶巷没多久，不曾上锁的院门便被人轻轻推开，屋内宁姚睁开眼睛，她刚才正以一种奇怪的方式进行呼吸吐纳，此刻她望向门口那边，如临大敌。

桌上雪白剑鞘内的飞剑，蓦然寂静无声，无形中却多出一股肃杀之气，仿佛当下的倒春寒，能够冻骨杀人。

婢女稚圭悠悠然走到门口，就像寻常走门串户的街坊邻居。她没有跨过门槛，而是向屋内探头探脑，四处张望，对于小床板上膝上横刀的宁姚，反而视而不见。

稚圭打量许久，才终于看到那个大活人，满脸天真无邪道："这位姐姐，你是谁呀？怎么坐在陈平安床上，我可没听说他有远房亲戚。"

宁姚看了不请自来的少女一眼，便闭上眼睛，不闻不问。

稚圭见她装聋作哑，也不生气，只是轻轻晃了晃脑袋，撇撇嘴，一脸嫌弃。

稚圭看了眼桌上那柄剑鞘雪白的长剑，眼眸深处隐藏着极深的恨意和惧意，隐约有金色丝线在瞳孔中疯狂游走。她犹豫了一下，仍是抬起一只脚，准备跨过门槛，突然又收回脚，咳嗽一声，装模作样道："我进来了哦。不说话就是不反对，对吧？也是，这本来就是陈平安的宅子，我跟他认识好多年了……你该不会听不懂我说的话吧？没关系，反正我们也没啥好聊的，我就是来看看这边，有没有缺什么东西，我们马上就要搬走了，很多物件都可以留给陈平安。你是不知道，这些年他过得很不容易啊。"絮絮叨叨，心心念念，让她和陈平安，像极了青梅竹马的少年少女。

稚圭走入屋子后，风平浪静，她径直走到小桌旁，坐在凳子上，眼角余光一直在那柄剑上打转。

与此同时，宁姚也掏出了陆沉留给陈平安的三张纸，细细揣摩，试图琢磨出一点门道来，只可惜翻来覆去仔细看了两遍，仍是不得其法，失望道："这些字，写得真是没有……味道。"

她清楚记得，家乡的那堵长墙之上，断断续续有十八个字，皆是有人以剑刻就，每一个字都蕴含着镇压万妖的磅礴气势。

在她还是稚童的岁月里，她最大的爱好，就是站在那些大字的某一笔画当中，举目眺望。故而对于小镇四字匾额"气冲斗牛"，她是真的看不上眼。

稚圭转过身，悄悄挺直纤细的腰肢，双手叠放在膝盖上，约莫是尽量让自己更像一位大家闺秀，面对着宁姚，笑眯眯柔声道："唉，姑娘你也太不小心了。"

宁姚忍不住问道："你是谁?"

稚圭哎呀一声，摸了摸自己胸口，故作惊讶："姑娘你会说咱们这边的方言啊?"

宁姚又问道："你有事?"

稚圭伸手指了指桌上的长剑："你的?"

宁姚皱眉不言语。

宁姚不说话，稚圭也无所谓，站起身走到墙角，看着木架上的瓶瓶罐罐，那些不值钱的家当，这个婢女看得很仔细。

当窑工学徒的时候，陈平安光脚走遍了小镇周围的山山水水，一个人去山上挖土、砍柴，上山下山跑得很快。只要别人肯教他东西，不管是粗浅入门的，还是晦涩难学的，他都会花十二分力气去做，至于最后能够做到什么程度，他不管，当然想管也管不着。就像姚老头教他烧瓷手艺，总是抠抠搜搜，从不愿意拿出真正的压箱底绝活，但只要是姚老头开口说过、出手做过，他就会做得异常认真。后来刘羡阳教他制作木弓、鱼竿等，他也同样学得一丝不苟。隔壁宋集薪说话向来刻薄，说他的这种习性，按照书上说的，叫作尽人事听天命，只可惜啊，他陈平安根本没有什么好命，既然如此，还不如混吃等死，破罐子破摔得了。

稚圭挥挥手，笑容灿烂道："走啦走啦，姑娘你好好养伤，有需要就喊一声。我叫稚圭，住在隔壁院子。"

宁姚面无表情。

稚圭离开屋子，走到院子后，以屋内宁姚刚好能听到的嗓音，嘀咕道："也没有多好看嘛。"

宁姚也有意无意轻轻说了一句："这名字真俗气。"

稚圭关上院门的时候，有些用力，砰然作响。

宁姚重新闭目养神。

对于奇怪少女的造访，宁姚心无波澜。

不过她是真的很不喜欢这座小镇，尤其不喜欢来此寻求机缘的修行中人，钩心斗角，蝇营狗苟，说是仙人高人，只是站在山上的缘故，并非自身有多高。

在宁姚心中，大道不该如此小。

陈平安走出泥瓶巷后，阳光有些刺眼，他伸出右手遮在额头，轻轻呼出一口气。然后他开始慢跑，脚步轻快，哪怕已经多次穿街过巷，仍然毫不疲惫，毕竟对于习惯了上山下水的他来说，这点路程实在太不值一提。真正称得上艰辛的事情，是上山烧炭，一座龙窑每年需要用掉木炭两三万斤，尤其是大雨天的时候，住在山上砍柴烧炭，那真是遭罪,他曾经差点就死于一座建造时坍塌的炭窑里。陈平安这些年所做的事情,几乎都是体力活,也讲些技巧,但是入门之后,就纯粹是靠力气吃饭了,所以表面上的瘦小羸弱,只是假象,他拥有一种内在经受过千锤百炼后的精悍。

陈平安在一处十字巷口停下脚步,背靠墙壁,蹲下身,一手始终握拳,一手系紧草鞋。

这一刻,他心如止水,只是有些想念小镇上唯一的朋友刘羡阳。

那个家伙曾经神神秘秘跟陈平安炫耀,说他爷爷讲过一个故事,他爷爷小时候,亲眼看到过有人站在溪畔,只是小跑几步,就一步跃过了整条小溪。后来刘羡阳和陈平安去尝试,挑了一处溪面最窄的地段,两人同时后退助跑,同时起跳,结果比陈平安还大几岁的刘羡阳一跃之后,很快力竭落水,然后发现头顶有个黑影,嗖一下,继续向前,最终落在很远处。那之后,刘羡阳就再也没提过什么一步跨溪的神仙了。

那之后的之后,刘羡阳知道陈平安会经常自己去溪边,助跑,起跳,腾空,飞跃,摔落。陈平安一次比一次接近对岸,乐此不疲。

有一次忍不住偷偷远观,当刘羡阳看到那震撼人心的一幕后,觉得那时候的黝黑少年,好像跟印象中的笨蛋不太一样。

陈平安飞跃溪水的时候,就像一只经常盘旋在小镇天空的捕蛇鹰。

符南华见蔡金简有些兴致低落,便带着她四处随便走走,两人并肩而行,权且当作散心,间或谈些关于东宝瓶洲南方的奇闻逸事。蔡金简仍然有些强颜欢笑,不过比起离开泥瓶巷后的烦躁,心情确实好了许多。

她对于这位老龙城的贵公子,印象渐好。要知道老龙城虽然底蕴深厚,英才辈出,距离顶尖宗门只有一线之隔,照理说比二流垫底的云霞山要高出许多,但是云霞山这类传承有序、根正苗红的正统仙家,对老龙城这类偏居一隅的南方蛮夷,拥有一种先天的优越感,若是以往遇见,不背后嘀咕一声南蛮子就算修养好的了。

蔡金简苦涩道:"符兄,云根石虽是我们云霞山的命根子,但既然事先说定,我便不会赖账,哪怕倾家荡产,也会偿还给符兄。"

符南华安慰道:"顾璨家的机缘,是否已是板上钉钉的局面,目前还不好说。"

蔡金简脸色黯然,摇头道:"截江真君刘志茂,声名狼藉不假,手段却不弱,否则也没办法在书简湖占有一席之地。这桩机缘,强求不得了。一旦惹恼刘志茂,我如何扛得住一个旁门大真人的威势。怕就怕已经被刘志茂记恨上,一旦离开小镇,没了圣人坐镇和规矩约束,天晓得刘志茂会做出什么过激举动。想必符兄在边境上,也看出了一些蛛丝马迹,山门这趟随我来此寻宝的扈从,实力不济,完全不是他的对手。"

符南华笑道:"放心便是,哪怕是为了那十块云根石,我老龙城也会护送你安然回到云霞山。"

蔡金简转头朝他嫣然一笑,剪水秋瞳,脉脉含情。

符南华颇为自得,习惯性地想要抚摸那块玉佩,却摸了一个空,才记起自己的老龙布雨佩,已经送给了那个叫宋集薪的少年。

蔡金简松了口气,走路的时候,脚步稍稍向左倾斜些许,于是她的肩头轻轻触碰了一下符南华。

泥瓶巷之行,蔡金简做了一次计划外的押注,属于临时起意,却也小心权衡过,只不过事实证明她赌输了,代价就是十块价值连城的云根石,这让她对接下来的小镇之行,充满了焦虑,无形中也对符南华产生了依赖感,或者说产生了赌徒心性,十块云根石是赌,五十块不一样是赌?赌赢了,狠狠赚一个盆满钵盈,赌输了……蔡金简觉得自己不会输,绝对不会,她可是云霞山修行天赋第一人蔡金简!修行路上,一帆风顺,境界提升,势如破竹,蔡金简不相信自己会在这条臭水沟翻船。

蔡金简心情好转的同时,感到大局已定的符南华,也有了真正欣赏蔡仙子容貌身段的闲情逸致,不可否认,她是天生妖媚的女子,一旦与这种女子结为道侣,朝夕相处,无论修行还是床笫,皆可渐入佳境。

蔡金简曾被一位德高望重的前辈大佬,亲口誉为"云根山风,飞天之姿",言下之意,其实是极为难得的道侣人选。靠山吃山、做惯了生意的云霞老祖们,这些年不计代价栽培蔡金简,未尝没有待价而沽的私心,仙家联姻的天作之合,比起世俗王朝豪阀大姓的嫁娶,要更为慎重,看得也更加长远。

只是符南华对云霞山实在没什么好感,将山门命运就放在蔡金简一个女人的肩头,实在不像话,这也是符南华对云霞山观感不佳的原因所在。

符南华提醒道:"万一宋集薪隔壁的少年,也是外边某方势力的选定之人,还留着那件本名瓷器,那么你这次出手,就会惹来麻烦,容易被人顺藤摸瓜,找到云霞山和你。再者,宋集薪主仆和截江真君刘志茂,都有可能察觉此事。"

蔡金简笑道:"符兄可能专注于机缘线索,不曾在意此地一些不成文的规矩,小镇当地出生之人,男孩在九岁的时候,若是没能被等了将近十年的'买瓷人'找机会带离小镇,就意味着根骨先天不行,已经不太值钱,往后岁数越大,越廉价。那些宗门帮派与其花一笔天价'领养钱',来当冤大头,显然远远不如用重金培养几个亲传子弟来得实惠。"

蔡金简一提起那个草鞋少年,就满心厌恶:"凡夫俗子就该有凡夫俗子的觉悟!"

符南华尽量小心措辞,劝说道:"理是这个理,可是那少年见识短浅,哪里晓得你云霞山蔡仙子的尊贵,便是有所冒犯,教训一次也够了,何须两次出手。"

符南华觉得蔡金简的悍然出手,事出反常必有妖,说不定暗藏玄机,与机缘有关,所以他希望套出些话来,看能不能找到一些蛛丝马迹,以免螳螂捕蝉黄雀在后,自己将她当作秋蝉，其实她才是黄雀。

老龙城历尽千辛万苦，加上给出远比正阳山、云霞山更加夸张的价格，只得到一些只言片语的零碎秘闻。也正是从这些只言片语中符南华才得以知道小镇三千年以来，所谓机缘，在那场荡气回肠的惨烈战事之后，除了那群天资卓绝的小镇孩子之外，确实一直只是前辈祖师们遗落此地的法宝器物而已。但是当这块福地面临彻底崩溃之际，就没有这么简单了。

末代王朝，山河破碎，必有神兵重器出世，以迎新王朝新气象。

蔡金简有些闷闷不乐："别提他了，想起来就恶心。"随即秋水长眸中流露出一抹罕见的戾气，只不过不愿坏了自己在符南华心目中的仙子形象，才没有将心中所想诉之于口。

如果将来在小镇之外遇上那贱种，她一定让他死个痛快，而不只是让他拖着一副病秧子身躯，继续苟活十几二十年。

蔡金简尤其讨厌少年那双眼眸。内心深处，她有个自己从未深思的执念。那种干干净净的眼神，她在以"无垢澄澈"著称的云霞山，修行这么多年，从头到尾都不曾见到过几次，生长于陋巷的贫寒少年，有什么资格日复一日、年复一年拥有这份美好？

蔡金简歪头揉着眼皮子，这个动作使得她的那双远山黛眉愈发纤长。

一直打量四周景象的符南华随意打趣道："在我们老龙城的井坊间，有个流传很广的说法，叫左眼跳财右眼跳灾，你是左眼跳还是右眼跳？"

蔡金简手指被烫似的赶紧缩回手，瞪了他一眼，她当下显然是右眼皮在跳。

自讨苦吃的符南华连忙亡羊补牢，笑道："凡夫俗子的瞎讲究，当不得真。"

蔡金简嘴角翘起，侧过身，凝望着符南华的侧脸，得意扬扬道："被骗了吧？"

符南华愣了愣，看着小女儿娇憨作态的蔡金简，他没来由有些心动。

符南华突然有些犹豫，对蔡金简的杀心开始摇摆不定，是不是与之成为一双神仙美眷，会更有利于老龙城势力北上的谋划？蔡金简一旦在此成功获得机缘，回到山门后，地位势力必水涨船高，运作得当，甚至不是没有机会成为云霞山的女主人。在历史悠久的云霞山祖谱上，也不是没有女子当家的先例。如此一来，老龙城就等于有了一块跳板，名正言顺渗透到东宝瓶洲的腹地版图，从此南北呼应，进可攻退可守，正是王霸基业，可使老龙城摆脱空有实力却只能偏安割据的尴尬局面，摆脱数百年来只能饱受排斥之苦。

前方不远处，几步外，就是横竖两条巷弄交错的十字路口了。

符南华看到那个岔口，猛然惊醒，似有所悟，眼神重新坚毅起来。

头戴高冠的符南华，额头瞬间渗出了细密汗珠。

乱我心志者，必杀之，以坚道心！

这一刻，符南华再看向蔡金简，他的眼神、气态和心境，便恢复了之前的洒脱，纯粹像是在欣赏一幅画面，美人美景，皆可以养目，如今能多看几眼就几眼，毕竟蔡金简在离开小镇后，注定要在他手上香消玉殒。

杀人放火金腰带，修路铺桥无骸骨。听听，有些市井底层的名言警句，真是放之四海而皆准啊。

符南华心胸豁然开朗。

蔡金简侧着身，嗓音柔媚，笑问道："南华，想到什么了，这么开心？"她悄悄换了个更亲昵的称呼。

符南华摇摇头笑了笑，正要说话，眼角余光瞥见一抹黑影。

一个身材消瘦的少年，仿佛只用了一步，就从那条横向巷弄跨到了蔡金简身前，左手迅猛上挑，与此同时，右手一拳已经砸在云霞山仙子蔡金简腹部，势大力沉，尺寸间的骤然发力，竟然隐约有呼啸风声，迫使蔡金简不得不弯腰低头。虽然少年右手劲道已经远超同龄人，但他其实是个左撇子，所以左手握住的利器，完完全全没入蔡金简的喉咙，直接刺透口腔下部。少年犹不罢休，右手一拳砸在蔡金简胸膛，左手仍是向上一抬。保证这场偷袭不会有丝毫意外。

那一刻，蔡金简原本纤细白皙的脖子上鲜血喷涌。

再接下去，少年腰肢、脚踝发力，以肩头撞向蔡金简心口，将其整个人狠狠撞入横向小巷中。

符南华双脚扎根地面，死死站在原地。这位老龙城少城主，头脑一片空白。

符南华回过神，环顾四周，连小巷屋顶都没有放过，没有察觉到任何异样，迅速深呼吸一口气，既没有向前迈出，也没有后退。他再次下意识去抓那枚祖传玉佩，落空后，赶紧默念了一段残篇断章的道家口诀。此诀不是术法神通，不过是帮助自己静心凝气。如果说心境如泛湖小舟，那么此诀就是船锚。

他开始侧身背向一堵墙壁，横步走到两条小巷的岔口上。他身体肌肉紧绷，做出防御姿势，不敢有丝毫掉以轻心，死死盯住那条小巷。只见视线中，草鞋少年站在蔡金简倒在血泊的身躯旁边，身体小幅度弓腰，保持着一种微妙的进攻态势，同样死死盯住符南华，双方虎狼对峙，一为解惑，一为求生，各有不同。横空出世的少年，目标应该只有蔡金简，对于符南华的出现，陌巷少年凭借本能展现出来的姿势，更多是一种你不犯我我不犯人的含义。

符南华问了一个很多余的问题："你杀了她？"

少年默不作声，始终手握杀人凶器，那是一片破碎瓷片，略小于他的手心，露出拳头的部分，极为锋利。少年满手鲜血淋漓，不知是蔡金简的鲜血，还是瓷器刺破手心的结果，滴落在小巷地面上。符南华在确定四周再无他人后，既觉得荒诞不经，又觉得如释重负。最后他便将视线投在蔡金简那具娇躯上，哪怕如此落魄场景，依然无损她的天生丽质，婀娜多姿，丰满的胸脯微微起伏，猩红血液不断从脖颈和嘴巴中涌出，生机即将彻底断绝，但是经过气机反复淬炼的强健体魄，使得她承受的痛苦，会比常人更加沉重和漫长。

符南华脸上有了些笑意，不过骨子里带着严酷寒意，问道："为什么要杀她？你和这位姐姐无冤无仇，难道就因为她跟你在泥瓶巷开了个玩笑，你就要杀人？小镇什么时候这么无法无天了？你知不知道，杀人偿命，欠债还钱，到哪里都是一样的啊。"

少年就像个哑巴，不言不语。符南华不在意少年所思所想，开始缓缓向前，步伐坚定。

符南华知道蔡金简死定了，这里不是仙气缭绕的神仙洞府云霞山，此处是术法禁绝的天道牢笼，除非出现一位修为通天的陆地神仙，或是金身罗汉，愿意拿大半修为来换取她的性命，才有可能镇压住魂魄，帮她起死回生。很可惜蔡金简绝对不会有这样的泼天福缘，小镇上那位圣人身负重任，俯瞰苍生，绝不会厚此薄彼，只会顺势而为。

修行路上，莫名其妙天折于阳关大道，或是死于争一线机缘的独木桥上，都有，虽说不算太多，但绝对不是稀罕事。若是证道长生，能够事事循序渐进，步步为营，无灾无厄，尽享好处而不担风险，那么市井百姓眼中的无忧仙人，好像也太不值钱了。所以符南华对于小镇此行，甚至做过一番搏命厮杀的最坏准备，但是要说在小镇里，在一方圣人的眼皮子底下，亲眼看到并肩而行的临时盟友，这么被人以迅雷不及掩耳之势宰掉，老龙城少城主是第一次。没有眼花缭乱的法宝对攻，没有惊天动地的仙家手笔，就这么给一个最低贱的乡野泥腿子杀了？符南华震惊之余，根本无法接受这个荒诞事实。如果不是这座小镇，草鞋少年这种命贱如野草的小人物，哪怕是遥遥看到云霞山蔡金简一面，都是遥不可及的天大奢望。

符南华脸色肃穆，沉声道："我虽然来不及救下蔡仙子，也无法杀你，为蔡仙子报仇，但是既然亲眼看到你行凶，不做点什么的话，一旦传出去，老龙城的金字招牌就要砸了。所以于情于理，我都该教训教训你，至于之后云霞山那边如何处置应对，如何给蔡仙子一个公道，那就是你的事情了。"

老龙城少城主这些冠冕堂皇的言语，是说给此方圣人听的，属于客套话，省得自己之后吃相太难看，惹来那位圣人的恶感。将来也有一个可能，是说给云霞山那帮老祖师听的，符南华无非是要一个摆在桌面上的仁至义尽。要不然，对蔡金简早已心存必杀念头的他，真想好好酬谢一番眼前的少年，误打误撞，鲁莽行事，省了他好大的周章，真可谓是自己的一员福将。

符南华一边前行，一边说道："见你方才杀人的手法，意味着你这副臭皮囊的瞬间爆发力，比起寻常青壮男子只大不小，这其实颇为难得，如果没有今天这场风波，你只要有机会投身行伍，敢杀敢拼，再有些机缘巧合，得到某位兵家大佬、沙场世家武将的青睐，丢给你一份兵家铸身口诀心法，慢慢打熬身体，二三十年后，你这小子未必没有一番新天地。"

在符南华向前走的时候，少年开始缓缓后退，面朝这位高冠大袖的老龙城少城主。

身材修长的符南华走在小巷中，玉树临风，有一种气质天成的富贵雍容。

符南华伸出一只手，掌心向下，垂放在腰间，笑道："可惜了。你的命不太好，要不然，依照我的说法，你就有机会达到这么高的成就……是不可能的。"

符南华被自己这个笑话逗乐，笑意更浓，向前跨出一步的时候，那只脚突然悬在离地面半尺的空中："不好意思，是这么高对。"

符南华很难不开心。进入小镇之后，先是和泥瓶巷少年宋集薪的交易，获利之巨，远超预期。然后是极有可能是自己大道阻碍的蔡金简暴毙于眼前，自己不但可以两手干净不染鲜血，还能白白得到她身上的两袋金精铜钱，说不定还能搜出一两件云霞山的秘宝，哪怕不是镇山之宝，也肯定差不到哪里去，他可不相信蔡金简全然没有护身符傍身。比如他符南华，除了那块仅是障眼法的老龙布雨佩，就还带着两件品相极好、品阶极高的小东西，几乎算是老龙城压箱底的宝物。故而在旁门左道的野路子修士当中，流传着一句脍炙人口的口头禅：替人收尸，必有好报。

符南华经过蔡金简尸体的时候，看都没有看她一眼。反倒是淡淡的血腥气，让他整个人处于一种莫名的亢奋状态。

一进一退，两人始终距离十余步。

符南华只需要确定少年跑不出小巷，否则到时候他再想要逮到一个在此土生土长的少年，无异于大海捞针，何况身后尚且温热的美人尸体，就是前车之鉴。一旦给少年足够喘息的机会，"惊喜"就可能砸在自己头上。

符南华看似在猫抓耗子，实则是在调整自己的身体节奏，毕竟他九岁正式踏足修行之后，从没有过纯粹依靠近身肉搏来分胜负的机会。

他当然不用跟少年分出生死，那会让自己得不偿失，连同蔡金简，就是两份唾手可得的机缘，但是务必要让这个出人意料的少年近期乖乖躺在床上，不给少年丁点儿整幺蛾子的可能性。

符南华突然笑问道："对了，你叫什么名字来着？"

满手鲜血流个不停的少年答非所问，黝黑的脸庞上，满是乡土野草似的坚韧："你和她可能都不清楚，我的眼力很好，所以在泥瓶巷里，她跟我聊天的时候，你看她的眼神，跟现在看我，其实一模一样。"

符南华愣了愣，这下是真的对少年刮目相看了，啧啧笑道："有点意思，真是有点意思。"

符南华的言行举止看似云淡风轻,其实他一直留意到少年的左手依旧在持续滴血。这说明少年的手劲一直没有放松,寻常人恐怕早就拗不过那份刺骨疼痛。

符南华这个时候才觉得先前"可惜了"这个随口评语,原来真是一语中的。

符南华觉得时机差不多了,问了最后一个感兴趣的问题:"你杀她杀得如此果决,肯定是有人跟你通风报信了,我倒是不好奇他的身份,我想不通的是,你一个在这里长大的孩子,怎么就那么快跨过了自己心里那个坎儿,杀人杀得如此……心安理得,这个说法,听得懂吗?要知道,就算是我,第一次杀人后,等到那股兴奋劲头退去,整个人就开始颤抖,念了很久的静心诀才好受些。哪像你,平平静静,跟吃饭喝水差不多,这不合理……"

一直面无表情的少年,突然露出惊骇的眼神和恐慌的脸色,视线直勾勾望向符南华身后,仿佛是那个死了的蔡金简活了过来。

谨小慎微的符南华下意识转头,脖子转到一半的时候,心头巨震。等到回转过去,因为身高悬殊的缘故,符南华正前方且偏低的视线中,竟然没了少年的踪迹!

千钧一发。

原来,在做出那种眼神和脸色后,刹那之间,草鞋少年毫不犹豫地开始爆发冲刺,三步之后,左脚骤然发力,整个人高高跳起,最终右脚踩在小巷一侧墙壁上,迅猛弹射转折之后,少年朝高冠男子高高举起左手……少年真像一只捕蛇鹰。

乡塾一座不挂匾额的草堂书屋内,中年儒士齐静春正在枯坐打谱,打的并非什么流传千古的名局,也不是棋坛国手之争的复盘。

他正要将一枚白子落在棋盘上,叹息一声,在原本早有定数的棋子生根处,他突然开始举棋不定。他收回手后,棋子却依旧悬停空中,距离棋盘仍有寸余高度。

齐静春依然正襟危坐,作为负责坐镇此地的当代圣人,儒家七十二书院之一山崖书院的前任山主,哪怕被贬谪至此戴罪立功,他仍是当之无愧的当世醇儒。

对于小镇普通百姓而言,草木一岁一枯荣,甲子春秋转瞬即逝,教书先生已经换了好几个,模样不同,岁数不同,唯有那股说不清道不明的读书人气质,如出一辙,古板,苛刻,寡言,总之,都很无趣。没有人想到那几位来来去去的乡塾教书匠,其实是同一人,不但如此,在小镇之外的广袤天地,深居简出的齐先生,曾经拥有超然的崇高地位,还身负正气浩然的无上神通。

下一刻,齐静春元神出窍远游,如一身雪白衣袂飘飘的仙人,从躯壳牢笼当中瞬间挣脱束缚,飘然去往小镇一条巷弄。

齐静春转瞬之间来到巷弄,他先去看了倒在血泊中的女子——云霞山的蔡金简,三魂七魄晃荡消散,如风中残烛。

齐静春停留片刻之后，终于来到符南华和陈平安两人身旁。

高冠大袖的老龙城少城主，身体有些后倾，目瞪口呆，肌肤如玉的英俊脸庞上，神色复杂，交织着震惊、疑惑和绝望。

陈平安保持那个高高跃起、向前扑杀的凌厉姿势，左手握有一片锐利如刀刃的瓷片，哪怕是这种你生我死一线间的关键时刻，身体腾空的他，依然眼神坚毅，脸色平静，根本不像是一个出生于陋巷小宅、成长于山野的无知少年。仅剩符合少年身份的，大概是隐藏在眼神深处的无奈。对于这种无奈，走出书斋和书院很多年的读书人，已经不陌生了，就像看着一个靠天吃饭的庄稼汉，蹲在旱季干裂的荒芜田垄上，抬头看着烈日，其实不会有撕心裂肺的情绪，而只会是深深的无奈，还有茫然。

作为一方天地的临时主人，齐静春当然知晓陈平安一家三口的来龙去脉，甚至往上追溯百年千年，他哪怕没有亲眼看到过陈平安的祖辈，大致上也能推演而出。道理很简单，就像是县衙的县太爷，真想要看治下百姓的身世传承，只需要去掌管户籍的户房，查询档案，便一目了然。

小镇经过三千余年的繁衍发展，枝叶蔓延于小镇之外，盘根交错，因为每一代都有几个惊才绝艳的人物，虽然不能衣锦还乡，却能够通过秘密渠道反哺家族，最终造就了如今小镇最为兴盛的四姓十族。

陈平安的这个家族，历史同样悠久，祖上也曾飞黄腾达、很是阔绰过，但是经过两次跌宕起伏的风云变幻之后，在藩国无数、王朝如林的东宝瓶洲，逐渐沉寂衰败，让位于其他姓氏。千年以降，江河日下，到了陈平安父亲这一辈，小镇陈氏这一脉，几乎算是在整个东宝瓶洲彻彻底底衰败了，更别提小镇所在的大骊王朝版图，仿佛是被君王敕令"世世代代不得出仕"的官员，家族再无起复的可能。

齐静春来此主持大阵运转后，六十余年，谨守"方正平和"四字师训，绝不以个人好恶，擅自更改小镇百姓的命运轨迹。否则在这位也曾疾恶如仇的读书人眼中，小镇高门大户里有太多的污秽，陋巷小户里也有太多的贫苦。不过齐静春在冷眼旁观之后，看到大姓大宅也有他们的徒劳无奈，小门小户也有他们的穷凶极恶。久而久之，齐静春如同高高在上的神像，既不享受香火，也不承人情，只是袖手端坐，对世事不闻不问。

齐静春微微讶异，上前一步，定睛望去，轻轻点头，原来气势如虹的陈平安，对于这次扑杀看似势在必得，不杀符南华决不罢休，但其实按照目前的姿态来看，最后他只是手腕重重砸在符南华脖子上，符南华比起蔡金简的下场，要好太多了。符南华应该是被重重一击，整个人横着摔向墙壁，然后被陈平安一手掐住脖子，一手以瓷片抵住腹部。

齐静春有些好奇，为何陈平安这次没有痛下杀手，大好机会，稍纵即逝，后患无穷。齐静春是醇儒，恪守礼节，却不会死守教条，不是那种只会摇头晃脑掉书袋的迂腐酸儒。他对于符南华之流，无论资质根骨还是性情脾气，实在再熟悉不过，哪怕在今日小巷中，被陈平安威胁得暂时放弃报复,但此事绝对会是符南华生平仅见的奇耻大辱,上纲上线到道心魔怔都不为过,到时候要跟陈平安斤斤计较的,可就不是符南华本人了,而是整座南海之主老龙城了。

齐静春之所以来此阻挠陈平安连续杀人,有一定的私心,更是为了公道。如今小镇就像一件出现裂纹的瓷器,迟早会爆裂炸开,齐静春必须要延缓这个大势不可挡的过程,要尽量为更多的人安排好退路,最好是能够安安稳稳交到那个铁匠"阮师"手上。撑过最后一个甲子时光,就能够勉强皆大欢喜,山上人得机缘,山下人得安稳。要知道以山上人绝大多数时候的一贯性子,每逢道路崩塌、新旧交替、机缘四起、长生可期之际,几百几千山脚蝼蚁的死活,算得了什么?!世俗王朝的天家无情,比起很多修士推崇的大道无私,实在不值一提。

齐静春思量片刻,悄然隐去身形。

天地运转,流畅无碍。之前止境,悄然破碎。

陈平安手腕"终于"重重砸在符南华脖子上,后者脑袋一晃,横摔向小巷墙壁,被巨大的劲道摔得七荤八素,落地后的陈平安,迅猛贴身靠近,一记肘击轰在符南华腹部。

符南华并未站直,背靠墙壁,陈平安肘击打得他几乎吐出苦水来,身体本能弯曲起来。

陈平安一手掐住符南华脖子,一手用瓷片抵住这个高冠公子哥的腹部。

符南华很难想象,比自己矮一个头的瘦弱少年,为何五指力道如此巨大,尤其是腹部瓷片的锋利和冰冷,让老龙城少城主再次感受到死亡的逼近,一线之隔,就是阴阳之隔。

符南华当然不会知道,一个年幼时分就需要漫山遍野去寻找草药的稚童,因为某个比自己求生更强烈的执念所迸发出来的无穷潜力,是何等惊人。

当那个少年误食草药而在小巷绞痛得满地打滚的时候,那种执念,甚至能够让一个原本该在乡塾蒙学的孩子想着便是爬也要爬回家中,要将那竹篓救命草药放回家中。

之后砍柴烧炭、拉坯烧瓷、挖泥尝土等等,没有哪件事情,不需要考验少年的体力和耐力。

在小镇之外,符南华随便施展一点仙家术法,就能够肆意碾压一百个、一千个少年,但是选择在小镇内与之生死相向,还真是好运气到了尽头,踢到了铁板。

符南华被剧痛和耻辱双重打击,冲昏了头脑,脸色狰狞道:"你杀了我,你是死路一条!你不杀我,还是难逃一死!小杂种,总归你是死定了!"

陈平安微微仰头,盯着这个满脸癫狂神色的男人,说道:"你知道,我不想杀你,我跟你无冤无仇,只是你想害我,我才还手的。"

符南华狞笑道:"小杂种,也配跟我符南华讲道理?!"

他竭力加重语气道:"你配吗?!"

陈平安沉默片刻,问道:"你是不是一定要杀我?"

当符南华看到黝黑少年的那双眼眸时,突然冷静下来。

被掐住脖子的符南华满脸涨红,很快变青再转紫,其实陈平安五指力道并未加重,但是足够让一个青壮男子窒息致死。

符南华艰难道:"我说我不杀你,你信不信?"他剧烈挣扎了一下。

但是陈平安几乎同时加重了力道,让符南华五指微动的一条手臂颓然下垂。

陈平安摇了摇头。

符南华愈发头晕目眩,虽然心中恨不得一巴掌拍碎这个杂种的头颅,但是表面上仍然尽量和颜悦色,补充了一句:"如果我对天发誓呢? 我们这种人,是不可以随便发誓的。"

符南华耍了一个心机,佛家发大宏愿,和修士心头起誓,确实有着极大约束力,但是显而易见,符南华只说了一半真话,他哪怕发誓,也只会在嘴上信誓旦旦,并非"不立文字,却无异于刻字丹室心壁"的沉重心誓,所以事后遵守与否,只看心情。再者,修行之人的心誓,也不是没有破解之法,代价大小而已。大体上,代价大小与修士境界高低、发誓内容轻重,有着绝对关系。

不料陈平安竟然还是摇头。

越来越呼吸困难的符南华,已经失去讨价还价的精气神,没来由有些神情恍惚。

就要死了吗? 跟蔡金简那个可怜虫一般无二,还是死在一个小贱种的手里? 那么当这个噩耗传回老龙城,会不会成为全城上下的笑谈? 他甚至都没有机会,伸手去触发腰间玉带的隐秘机关。他腰间所系的白玉腰带,实则是一条地蛟之属的残余精魄。

"可以了。"

一个嗓音在两人耳畔响起,对于符南华而言等于是天籁之音,只不过他正好晕厥过去,不确定是不是自己的幻觉。

陈平安愕然转头,结果看到一个满身雪亮、虚无缥缈的齐先生。后者微笑不语。

陈平安眼神复归坚定不移,右手五指始终没有松开。

齐静春既没有好心被当成驴肝肺的恼火,也没有仿佛看到一副可造之材的欣慰,只是朝着陈平安轻轻挥袖,像是"捞取"了一件物品到手中。

这位儒家圣人摊开手心一看,哑然失笑。一团污秽如墨迹。原来某人在陈平安身上种下的心意,黯淡无光,分明早已消亡。

再抬头望向少年陈平安,齐静春有些遗憾,感慨道:"难怪先生说世间成事者,超世之才不过其次,坚忍不拔之志,方为首要。陈平安,你替先生又给我上了一课。只可惜,我齐静春如今已经没有了收取关门弟子的机会。"

说完这句话后，齐静春自嘲一笑，如今他齐静春的弟子，有什么金贵值钱的？坐满一屋子的蒙学孩童，每人收取束脩，不过一年三百文钱，有些家境贫寒的孩子，不过是腊肉三条而已。

齐静春望向坚持己见不愿松手的陈平安，问道："你在内心深处，其实不愿意杀他，但问题是这个人看上去无论如何都要杀你，所以是杀了他，一干二净，暂时保全自身性命，明日事明日了？还是希冀着息事宁人，大事化小小事化了？对不对？"

经常旁听隔壁读书种子朗诵诗文的陈平安，脱口而出道："先生何以教我？"

齐静春笑道："陈平安，你不妨先松开右手试试看，再决定要不要随我四处走走。有些事情我难辞其咎，必须要给你一个交代。"

陈平安犹豫片刻，松开右手五指后，赫然发现符南华没有丝毫动静，眼神、发丝、呼吸，悉数静止。

在齐静春运转大阵后，小镇重返止境。

齐静春轻声道："跟紧我的脚步，尽量不要走出十步之外。"

衣袂飘飘、身躯空灵的齐静春率先走向小巷尽头，陈平安紧随其后，其间低头看了一眼左手手心，血肉模糊，可见白骨，但是那些肉眼可见的鲜血，偏偏不再流淌。

齐静春走在前边，微笑问道："陈平安，你信不信，这世上有神仙精灵、妖魔鬼怪？"

陈平安点了点头："信的，小时候我娘亲经常说些老故事，要我相信善有善报恶有恶报。这句话娘亲说得最多，所以我记得很清楚。其他像小溪里会有拖拽小孩的水鬼，城北破祠堂那边有专门在夜间审案的冥官老爷，我们张贴的门神其实到了晚上，就会活过来，帮我们保护宅子……这些东西，我以前其实不太信的，但是……现在，我觉得多半是真的。"

齐静春轻声道："她说的这些，有些真有些假。至于善有善报恶有恶报一说，则很难定论，因为对于善恶的定义，老百姓、帝王将相和长生仙家，三者是各有不同的，所以各自得出的结论，会很不一样。"

陈平安藏起瓷片，加快脚步，和齐静春并肩而行，抬头问道："齐先生，我能问一个问题吗？"

齐静春好似看穿他的心思，平静道："这座小镇，是世间最后一条真龙的葬身之所、埋骨之地。天底下不计其数的蛟龙之属，都认为此地气运最为鼎盛，注定要在某一天'出龙'的。事实上，三千多年来，'出龙'一事，迟迟不至，倒是这座小镇出生的孩子，根骨、性情和机缘，确实要远远好过外边的同龄人，东宝瓶洲许多大名鼎鼎的仙府道侣，他们结合生下的后代，也不过如此。当然了，也不是小镇每个孩子都有惊才绝艳的天赋。"

齐静春笑了笑，不在此事上深入解释，大概是怕伤了陈平安的心，遂转换话题："当初参与那场屠龙浩劫的前辈修士,几乎无人不身负重伤,很多人便在此定居,结茅修行,可谓从容赴死,也有双双侥幸活下来的道侣,也有的在并肩作战后,水到渠成地结成良缘。小镇经过三千余年的繁衍生息,便有了如今的规模,在大骊王朝版图上,此地最先被称为大泽乡,后来被一位圣人亲自提笔改为龙渊,再之后避讳某位大骊皇帝的'渊'字,又做修改……"

一直把话憋在肚子里的陈平安,终于忍不住了,轻声打断齐静春的言语,双手握拳,充满渴望和期待:"先生,其实我想问的问题,是我爹娘……他们到底是怎样的人……"

齐静春陷入沉思:"既然那远游道人陆沉已经对你泄露了天机,我也可以顺着他破开的口子,与你说些事情。在我的记忆里,你爹是个憨厚温和的人,天资平平,不值得被人带离小镇,自然就成了某些人眼中的鸡肋,被视为一笔亏本买卖。也许是一怒之下,也许是生活实在窘迫,总之小镇外的买瓷人,便在你爹的本命瓷上动了手脚。在那之后,不但他命途多舛,也连累你和你娘一起吃苦。后来他不知为何,无意间知晓了本命瓷的秘密,知道一旦被人开窑后带离小镇,就会一辈子沦为牵线木偶,他就偷偷砸碎了属于你的那只本命瓷,如果我没有记错的话,应该是一只瓷镇纸。"

齐静春沉声道:"你要知道,小镇每年出生的婴儿,都有个存入密档的代号,镇上也专门有人,会以独门秘术,抽取出一滴心头血,灌注于日后烧制的那只本命瓷当中。女孩本命瓷一烧就要烧六年,男孩的更久,窑火一日不可断,持续烧九年。孩子的天赋如何,就像是普通烧窑的瓷器品相如何,只能听天由命看运气,但是押注后进行'赌瓷'的出价,很大。虽然说如今你资质同样平平,但是在你爹毅然决然打碎那件瓷镇纸的时候,小镇外买瓷人的震怒,可想而知。

"至于你娘亲,是一位性情淑静的女子。"

齐静春说到这里,突然笑了:"当时你娘亲嫁给你爹的时候,小镇好些同龄人都很郁闷来着。不过说实话,真要我说你爹娘在世时的生活细节,是为难我了,来到这里后,我除了教书授业,还有很多事情要做。"

陈平安嗯了一声,轻轻扭过头,用手胡乱抹了一把脸,他大概是忘记了左手的糟糕情况,弄得满脸血污,又实在舍不得用衣袖擦拭。

两人经过了十二脚牌坊楼。

齐静春没有看陈平安,与他打开天窗说亮话:"当年真龙陨落于此,四位圣人亲自露面,在这里订立契约,规定每六十年,换一人坐镇此地,帮忙看顾那条真龙死去后留下的残余气数,其实当时是否斩草除根,也不是没有争执……不过与你说这些不可告人的天机,便是害了你。大体上,儒释道三教中人,加上一个兵家,四方为主,其余东宝瓶洲的诸子百家、洞天福地、仙家门第、豪阀大族等等,皆有一定的份额和机会,来分润这里的好处。说来可笑,百年内有无'买瓷'的名额,几乎成了界定一个宗门、世家是否一流地位的标志。"

陈平安说道："先生说这些，我听不懂，但都记下了。不过今天知道我爹娘是好人，我就知足了。"

齐静春笑道："我也不奢望你当下能听明白，只不过是些铺垫，否则简单劝你别杀符南华，你肯定听不进去。之所以要你别杀人，不是我齐静春物伤其类、兔死狐悲什么的，更不是我希望他符南华和老龙城因此感恩，以后我好要些好处，不是这样的。事实上，正好相反，我儒家门生弟子，推崇入世，对于修行中人的肆无忌惮，最是抵触，双方明争暗斗了无数年，若我齐静春是刚去山崖书院拜师求学的岁数，那截江真君刘志茂也好，老龙城少城主符南华也罢，现在哪里还有活命的机会，早给我一掌打得灰飞烟灭了。"

陈平安发现这个时候的齐先生，虽然说话语气依旧温和，走路姿势同样文雅，但是给人的感觉完全判若两人。

就像姚老头喝酒喝高了，说我们烧出的瓷器，是给皇帝老爷用的，谁能比？

齐先生说一掌打得别人灰飞烟灭的时候，虽跟那时候的姚老头语气不同，但是神色一模一样。

齐静春皱了皱眉头，抬头望向泥瓶巷那边，像是在听着别人说话，虽然没有流露出厌烦表情，但是眼神中的不悦毫不遮掩。他最后冷声道："速速离去！"

陈平安一脸茫然。

齐静春解释道："是那说书先生，本名刘志茂，道号截江真君，其实是旁门里的道人，修为尚可，品行低劣，蔡金简、符南华两人与你的恩怨，大半是他在兴风作浪，最后还在你心头种下了一道歪门邪道的符箓，那是一幅四字真言，将'一心求死'四字，偷偷刻于你心田，手段极为歹毒。"

陈平安默默记住了刘志茂这个名字。

齐静春叹了口气，问道："你就不好奇，为何我不出手？"

陈平安摇头。

齐静春自顾自说道："此方天地，如同风吹日晒三千年的老旧瓷器，支离破碎在即，你们终究是外人，又有大阵护持，如何作为，只要不要太过分，远远不至于让瓷器崩碎。可我是那个手捧瓷器的人，我的任何举动，都会牵扯到这件瓷器的裂缝，事实上不管我做什么，只会让那些纹路加速蔓延。若只是瓷器碎了，也就罢了，可是这小镇五六千人今生来世的命运，尽在我手，我如何能掉以轻心？"

只是这些积郁多年、不吐不快的言语，齐先生说得太小声，陈平安竖起耳朵也听不清楚。

齐静春看着时不时用右手擦拭脸庞的陈平安，两人已经走到杏花巷铁锁井附近，那边有妇人正在弯腰汲水，齐静春问道："若有陌生人掉进水井，你若救人，就会死，你救不救？"

陈平安想了想，反问道："我想知道，真的救得了那个人吗？"

齐静春没有回答陈平安的问题，只是笑道："记住，君子不救。"

陈平安愣了愣，疑惑道："君子？"

齐静春犹豫了一下，蹲下身，先帮陈平安正了正衣襟，然后用手帮他擦去血迹，柔声道："遇见不幸事，先有恻隐心，但是君子并不是迂腐人，他可以去井边救人，但绝对不会让自己身陷死地。"

似乎被这个问题勾起了心思。陈平安认真问道："先生，我现在还能活下去吗？如果能，那么我还能活多久？"

齐静春仔细想了想，缓缓站起身，斩钉截铁道："你要是不怕前路坎坷，吃大苦头，就肯定能活下去。"

陈平安顿时笑容灿烂，天经地义道："我可不怕吃苦！"

齐静春想着这一路行来，陈平安的泰然处之，便释然了："走，带你去一个地方。虽然我齐静春不能帮你什么，但事已至此，让你渡过此劫，绝不算破坏规矩，其实本来就该补偿你一份机缘才对。"

陈平安懵懵懂懂。

两人来到老槐树下，不知为何，小镇内外寂静无声，唯有这棵老槐像是唯一的例外，树叶微晃，摇曳生姿。

齐静春站定后，脸色凝重，作揖后，抬头问道："齐静春能否向你们求一片槐叶，让陈平安日后能够安安稳稳离开小镇，最少三年内，不受那反扑而来的横祸灾厄？"

千年老槐，无声无息。

齐静春又问道："齐静春坐镇此地五十九年，没有功劳也有苦劳，难道还求不来一片祖荫槐叶？何况陈平安本就是你们小镇人氏，诸位先贤，何以如此吝啬？"

老槐仍是没有回响。

此刻的寂静如同无声的讥讽。你齐静春神通广大，可到底是这天地方圆中的一个，更是主持大阵枢纽的那个可怜人，我们就是不愿白白施舍这份香火情，你能奈我何？

齐静春脸色阴晴不定，最后唯有叹息一声，低头望去，满怀愧疚。

陈平安咧嘴一笑，反过来安慰道："陆道长说我只要去小镇南边，找到一个姓阮的铁匠，当他的学徒，就有希望活下去。齐先生，没有这……槐叶，相信也没啥问题的！"

齐静春笑问道："真心话？"

陈平安挠挠头，腼腆道："假的。"

齐静春会心一笑。

突然，一片苍翠欲滴的鲜嫩槐叶，从树冠极高处，飘然坠落。

陈平安只是伸出手掌，树叶便自行落在他手心。

树叶上，有一个金色字体，一闪而逝。

齐静春有些惊愕，片刻之后，沉声道："此字为姚，陈平安，你可愿意为姚家报恩，无论生死?! 实不相瞒，哪怕没有这片树叶，你也未必没有一线生机，这一点，我可以明确告诉你。所以你千万要想清楚!"

陈平安问道："是姚师傅的那个'姚'字吗?"

齐静春点了点头："正是。"

陈平安双手合十，将槐叶轻轻夹在手心，抬头大声道："只要我活着一天，只要是跟你有关的姚姓人，就像齐先生之前所说，哪怕他坠入井中，哪怕救人必死，但我陈平安必救之!"

天籁寂静。

齐静春笑道："走吧。"

带着陈平安离去之时，齐静春悄然转头，望向槐树最高处，面露讥讽。

姓"陈"的槐叶并非没有，事实上还不止一两片，可是到最后，明知道此地即将崩坏，宁肯另寻宿主，哪怕不姓陈也无所谓，也仍是没有一份香火祖荫，愿意看好泥瓶巷的草鞋少年。

齐静春转回头，摸了摸陈平安的脑袋，打趣道："如果是宋集薪、赵繇、顾璨这些人，像你之前那般发此宏愿，说不定就要引发天地共鸣了。"

陈平安笑容阳光："那我可管不着，我只做好自己的事情。"

齐静春又问道："这次是真心话?"

陈平安笑道："是!"

桃叶巷的一栋宅子里，有位慈眉善目的老人，坐在廊下的藤椅上，身边坐着一个模样俏皮可爱的丫鬟，丫鬟穿着鹅黄纹彩长裤，外边罩穿着浅罗碧色的纱裙，一边听老人说故事，一边缓缓扇风。

老人突然开口问道："桃芽，风呢，又打盹儿啦? 不是吓唬你，若是在小镇之外的大家宅子，你这样偷懒，可是要挨罚的。"

没有任何回应，对下人一直优容宽厚的老人，正想继续调笑几句，脸色骤变，抬头望向远方，神情凝重起来。原来小院内，不仅是少女丫鬟所持之扇，没有丝毫动静，事实上就连无形的清风也静止了。老人赶紧屏气凝神，默念口诀，坐忘入定，以免在这场光阴长河的短暂逆流当中，白白折损修为道行。老人轻轻叹息，最为恪守规矩礼数的齐静春，也终于破例出手，如此一来，真是山雨欲来风满楼了。

铁锁井，身材魁梧的外乡年轻人蹲在不远处，使劲盯着辘轳车。但是眼角余光，却偷偷瞥向一个丰腴村妇的侧影，村妇正弯腰从井口中提起一只水桶，弧度惊人的臀部，沉甸甸坠下的胸脯，整个人略显夸张的曲线，玲珑毕露，身躯绽放出一股饱满麦穗的野性气息，让原本不过中人之姿的她，也多出一些别样韵味来。当年轻人意识到周围环境出现诡异静止后，他人没有动，只是壮着胆子，正视那幅妇人汲水的美妙画面，年轻人偷偷咽了咽口水，赶紧扭转身体，换个蹲姿。

难怪师父说，山下女子，是出林虎，功力大减了，可要是一旦带上山，就要成为称王称霸的座山虎，是会吃人的。师父喝酒之后，总说天底下的英雄豪杰，全输给自家的入山虎了，没一个例外。但是年轻人觉得出林虎就已经很厉害了，比如眼前那妇人，明明长得普通，却妖娆得让他心痒痒，要是她二话不说给他一耳光，完全不讲道理，年轻人觉得自己也根本不敢还手，说不得妇人一笑，他还会跟着笑呢。

年轻人想到这些，就有些灰心丧气，低头瞥了眼裤裆，骂骂咧咧："没骨头，难怪没骨气！"

泥瓶巷内，宋集薪正在翻阅一本厚重陈旧的地方县志。宋集薪摸索出很多规律，例如大体上是每六十年一增补，所以宋集薪私下将此书取名为《甲子志》。还有就是小镇百姓在年少时被远房亲戚带出去后，几乎就没有人回到过家乡，好像很不喜欢落叶归根，属于墙里开花墙外香，很多家族姓氏就在外面开枝散叶，甚至成长为一棵棵根深蒂固的参天大树，所以宋集薪又将其昵称为《墙外书》。

宋集薪此时正在翻阅一页人物传，描述了一个叫曹曦的人的生平事迹，笔墨吝啬，是这本县志的又一特色。宋集薪翻来覆去看了至少七八遍，对于这本书早已滚瓜烂熟，所以如今闲暇时翻阅，只会拣选一些光怪陆离的人物故事，当作一位说书先生描述的演义传奇，真实性如何无从考据，宋集薪当然也不在意。他只记得那个身穿官服的男人，在赴京述职离开小镇之前，深夜独自来此，男人以一种无比郑重的态度，告诉他要牢记一件事情，就是背诵记住书中每一个出现过的人名，以及成百上千的人数，和他们身后祖辈们在小镇的各自根脚，尤其是跟四姓十族的关系脉络。

此时宋集薪纹丝不动，就像小镇东南那些个破碎不堪的泥塑神像，一座座随意倒在草丛中、泥地里，无论风吹雨打，只是岿然不动。从窗户透过洒在书桌上的光线，保持着一种反常的静止状态。

这栋宅子里，唯一能动的人和物，是婢女稚圭和那条不起眼的四脚蛇，她很早就察觉到异样，脑海中冒出的第一个想法是去隔壁院子，找那个面瘫少女，骂她个狗血淋头，但是当她意识到那柄剑的存在后，便打消了这个诱人的念头。她先是来到自家少爷的房间，斜瞥一眼书页内容，看到"曹曦"两个字就嫌烦，便帮少爷向后翻了几页，看到有关

"谢实"的篇幅后,才开心地笑了笑。只不过很快她就悻悻然了,又将书页翻了回去,以免泄露天机,害得自己露了马脚。这些年来,精明且有城府的少爷不过出于好奇,怀疑过她的身份来历罢了,但从未抓到过真正的确凿证据,她可不想在大功告成之际,功亏一篑。她跟随少爷经常去乡塾,觉得读书人有些话,说得很虚伪混账,比如"舍生而取义者也",有些话则说得还不错,比如"行百里者半于九十",真是把道理给说通透了。

那条土黄色的四脚蛇,正趴在门槛上晒太阳,此时它寂然静止,便恢复了"真身",光线映照下,只见它流光溢彩,晶莹剔透,身躯通体像一块琉璃。

隔壁院子屋内,黑衣少女宁姚陷入一种玄之又玄的胎息状态,不以口鼻嘘吸,如婴儿仍在胞胎之中,神气归根而止念。

雪白剑鞘内,飞剑如获大赦,缓缓出鞘后,在主人四周轻快飞掠,有小鸟依人之温驯亲昵,又有少女衣裙飘逸之美感。它并非胡乱飞行,而是灵犀画符一般,为正在疗伤的主人营造出一块最佳的风水之地,果不其然,四周的气息迅猛涌入没有丝毫呼吸迹象的宁姚体内,宁姚如鲸吞水,疯狂汲取这方天地间的本源灵气。于是这一刻,小镇的死寂沉沉,与这栋宅子的风生水起,形成了鲜明的对比。

小镇外的南方溪畔有个五短身材的汉子,浓眉大眼,锐气逼人,袒胸露腹,手持铁锤正在打铁,一锤下去,火星四溅,满室光辉。无数星星点点的火光,在空旷的屋子里随处乱窜,绚烂壮观。一次抡锤,就能砸出一幅画面。

汉子对面,站着一个扎着条清清爽爽马尾辫的少女,身材娇小,她披了件黄牛皮质的罩袍,防止火星溅射到身上,寻常棉布衣衫,很容易被烧穿出一个个窟窿来。

当一次捶打之后,千万点火星,骤然间在屋内全部停滞。

马尾辫少女皱眉问道:"爹?"

汉子沉声道:"换你来锤打剑条,正好借此机会锤炼你的神意。"

少女放下那根老剑条,拨开身前两侧火星,火星被她随手挥退,牵一发而动全身,本该静止在光阴长河里的火星,不断撞击着火星,一次次相互撞击,使得屋内的光线,显得紊乱无比。

相比小镇内那些好似潜龙在渊的高龄前辈,一个个凝神屏气静心入定,少女的所作所为,实在是过于横行霸道了点。

尤其是换成她来抡锤后,势大力沉,动作迅猛,甚至比起经验老到的汉子还要更加狂野不羁。

每一次捶打溅射出来的火星,在止境当中并不会消失,所以一次次叠加之后,密密麻麻的火星,如璀璨繁星,簇拥在空中。

铸剑之室,火星亿万。

男子死死盯住那根通红的剑坯子,沉声吩咐道:"心中默念《铸剑经》的撼龙篇!"

少女气势骤然下降,低声道:"爹?"

男人恼火道:"干啥子?"

少女气势再降,怯生生道:"中午吃得少了,肚子饿,捶不动了。"

男人更加火大,如果不是在铸剑,差点就要调教骂人:"明明是让你背书就跟要你命一样,找什么借口……他娘的,闺女你这胃口,饿也很正常,还真不是借口……"

少女偷着笑,嘴上说饿,其实手上动作没有丝毫减弱,刹那之间灵犀一动,少女大喝一声后,竭尽全力一锤砸下,鬼使神差道:"给我出来!"

这一次溅射出来的火星极其繁多,尤为刺眼。

汉子脸上不露声色,心中却道:"成了。"

顾璨家的院子,顾氏缓缓醒来,头痛如裂,在顾璨的搀扶下坐回长凳,截江真君刘志茂正在闭目养神,袖中拇指食指缓缓捏动。

妇人顾氏将顾璨按在自己身边坐着,轻声问道:"仙长,怎么回事?"

刘志茂没有睁眼,道:"老夫收了个好徒弟,你有个好儿子。顾氏你就安心等着母凭子贵吧。"

顾氏大喜过望,热泪盈眶,抱住顾璨,细细碎碎呢喃道:"孩子他爹,你听到了没有,我们顾璨一定会有大出息的……"

刘志茂突然咦了一下,惊讶出声,睁眼低头观看掌心纹路,好似岔出来一条新路,自言自语道:"这是为何?不应该啊。少年没死,反倒是那仙家子弟,莫名其妙死了?"

他不得不站起身,在院中缓缓踱步,捏指飞快:"废物!栽在一个市井少年手里,云霞山辛苦积攒下来的千年声望,就此毁于一旦。"

顾氏忐忑不安道:"老仙长,既然我们家璨儿已经拜师了,不如就放过陈平安吧?"

刘志茂怒喝道:"妇人之仁!真要有一副慈悲心肠,你我初见时,就不该起杀心。这个时候来跟老夫装女菩萨,要脸不要脸?"

顾氏被骂得满脸惨白,嗫嗫嚅嚅不敢说半个字。

刘志茂犹不解气,伸手指着顾氏大骂:"乡野村妇,见识短浅!以后顾璨随我返回书简湖后,你们母子相见的次数,绝不可太过频繁,以免妨碍了他的修行,可有异议?"

顾氏赶紧摆手道:"不敢。"

刘志茂眼神阴森。

顾氏愣了愣,很快回过神来,哭丧着脸,可怜兮兮道:"没有异议,绝对没有!"

刘志茂使劲一挥袖子,冷哼道:"气煞老夫!"

先前眼见顾氏还算有些别致风韵,刚刚有了将她收为贴身奴婢的念头,她便表现得如此俗不可耐,活该她错过一份有望步入修行门槛的福气。

刘志茂突然如临大敌，环顾四周，果然此方天地被人为静止为"止境"了。止境是世间诸多小洞天的一种，陆地神仙、金身罗汉也休想开辟而成。

这种大神通，可谓登峰造极，虽说很大程度上归功于那座大阵，但依然让人倍感敬畏。

试想一下，只要身处此方天地当中，任你是仙佛神魔鬼怪，来此皆需向我磕头，那是何种感受？

截江真君刘志茂做梦都想要达到此等高度。术高莫用？去你的鬼吧！刘志茂恨不得有此小洞天之后，将佛陀、道祖、儒教教主这三位的第三代弟子，全部拉进来，不敢说要他们低头弯腰，好歹大家一起平起平坐，同辈相称。

他毫无征兆地吐出一口鲜血，手心也鲜血溅射，像是被人用利器使劲割出一条血槽。另外一只手上，也不由自主地显现出那只白碗，水面波纹混乱，黑线乱窜，四处撞壁。

他没有丝毫犹豫，手心叠放在手背上，身为道家旁门中人，却以儒家方式作揖行礼，一弯到底，虔诚至极，颤声道："书简湖青峡岛岛主刘志茂，恳请齐先生怜悯晚辈赤忱求道之心，若有冒犯之处，还望先生大人……圣人不记小人过！"

良久之后。

"速速离去！"四字如春雷炸响在这个真君耳畔。

刘志茂狂喜道："先生放心，晚辈这就携带顾氏母子离开小镇。"

一直以晚辈自居的他记起一事，小心问道："敢问先生，晚辈身上这两袋子金精铜钱，应该如何处置？"

威严嗓音再度响起："一人一物，刚好是两份机缘，留在院中即可。三十年内，你不许离开书简湖半步。"

刘志茂如释重负，这次总算没有那般谄媚，故意行儒生揖礼，而只是打了个庄重的道家稽首："长者赐不敢辞，齐先生的大恩大德，晚辈铭感五内，没齿难忘！"

在这之后，齐静春的声音并未出现，止境也很快随之消失，刘志茂不废话，立即让顾氏带着顾璨随他离开小镇。顾氏正要说话，被刘志茂一个凶狠至极的眼神瞪过来，吓得噤若寒蝉。刘志茂掏出两只袋子，虽然心中有些恋恋不舍，但是这个志在一个名副其实真君头衔的旁门道人，仍是毫不犹豫地放在了长凳上，只是刚走到小院院门的时候，他突然问道："你们家有没有留下什么老物件？"

顾氏茫然，鬼头鬼脑的顾璨立即提醒道："爹不是留下个多宝椟嘛，就是藏在床底下吃灰的那个。"

刘志茂眼前一亮，二话不说就让顾氏带路，去一探究竟。

既然那位圣人认可了顾璨本身即是机缘，那就意味着这个孩子可以带走属于他自己的机缘。至于这些机缘的最终归属,在小镇上,恐怕天王老子来了,也得听齐静春的,但是到了书简湖,可就不好说了。

终于无人看管的顾璨等到两人进屋后,一手一把抓起两只袋子,轻轻拔出门闩,撒腿飞奔向泥瓶巷另一端。

屋内妇人顾氏跪在地上,探入床底去搬箱子,箱子不大却很沉,有些费劲,搬得她气喘吁吁。

结果她的丰盈臀部被截江真君狠狠踢了一脚,刘志茂调笑道:"顾氏,你亏得后天保养不错,不过就凭这个,在青峡岛做个二等丫鬟,还是有些勉强,不过当个三等丫鬟,绰绰有余。老夫瞧你是瞧不上眼,不过青峡岛上,倒是有几位客卿散人,说不得好你这一口,到时候你可要好好争取,莫要羞怯,白白错失了一桩福缘。"

顾氏身体微微僵硬,她此时大半身体仍在床底,看不清表情。

走到一条巷口,齐静春对陈平安说道:"蔡金简和苻南华,就交由我处置。如今你有了这片祖荫槐叶,就更不要看轻生死,好好活下去,才是对你爹娘最大的回报。至于之后云霞山、老龙城和截江真君三方势力,我不敢说他们永远不会找你的麻烦,但是十年内肯定不会来寻你的麻烦,运气好的话,你就一直是个市井平民,也能够三十年安然无恙。"

齐静春笑道:"也无须对小镇心存忌讳,以后……过不了多久,应该就再没有那些算计了。如果你想要二三十年安稳日子,不妨就在这里找个姑娘娶了,成家立业便是。如果想要去小镇之外,见识一下真正的天地景象,也是好事情。读万卷书,行万里路,是我们读书人必须要做的事情。你以后就会发现,在小镇上是读书难,走路容易,到了外头,很多读书人是买书、看书、藏书都很容易,可就是不喜欢走远路,嫌吃苦,所谓的负笈游学,不过是乘车郊游罢了。"

陈平安惊讶道:"齐先生,走路也算吃苦?"

齐静春开怀大笑:"先不说小镇以外,只说身边好了,你见过福禄街、桃叶巷有几个同龄人,像你这样漫山遍野乱跑的?"

陈平安点头道:"还真是。"

齐静春想了想,伸手拔出插在发髻上的一根碧玉发簪,弯腰递给陈平安:"就当是离别赠礼好了。并非贵重物件,更非仙家物品,放心收下。其实我与你一样,曾是陋巷少年,发奋苦读,经历重重磨难、坎坷,当然也有种种际遇,这才进入山崖书院。拜师求学的那段时光,是我齐静春这辈子最开心的岁月。后来先生出山之时,便交给我这根簪子,算是对我的一种期许和嘱托。只可惜如今回头来看,这么多年来,我做得一直不好,相信如果先生在世的话,一定会失望的。"

　　陈平安哪里敢接下这份礼物。这根碧玉簪子，似乎还蕴含着先生和齐先生的师徒情谊，情意重不用说，何况礼也不轻啊。陈平安再没见识，到底也是烧御用瓷出身的人物，对于一件东西的好坏，还是有些鉴赏力的。

　　齐静春温声道："留在我这里，恩师遗物就要随我一起埋没了，还不如转赠给你。何况你其实是无功不受禄，我在小镇逗留了将近六十年，一直有个小心结，不得解开，可惜恩师已逝，原本以为这辈子都得不到答案，是你无意间帮我解惑了，所以我将这根簪子送你，于情于理于礼，都很合适。陈平安，只能帮你求来一片槐叶，无法给你再多机缘了。"

　　陈平安双手接过那根材质普通的玉簪子，抬头真诚道："先生已经做了很多了。"

　　齐静春一笑置之，眼见着陈平安被自己说服收下簪子，便去了一块心病，簪子确实普通平凡，可到底是恩师遗物，能够赠送给一个不辱玉簪铭文的少年，很好。

　　所以齐静春最后叮嘱道："陈平安，记住，以后不管遇到什么，你都不要对这个世界失去希望。"

第五章
离 别

　　泥瓶巷一栋宅子外头,挂着鼻涕虫的顽劣孩子顾璨正在凶狠踹门,骂骂咧咧,唾沫四溅:"陈平安!再不滚出来,我就找人砍死你,把你家一堆破烂都砸了!我知道你在家里,忙啥呢,难道是在跟宋集薪的小媳妇,跟稚圭在那个啥?大白天的,也不晓得照顾一下宋集薪的感受?好好好,不出来是吧,我走了,我可真走了啊?我这一走,你这辈子就别想见着我啦,我那些宝贝,本来想着都留给你,陈平安!快出来啊!"

　　不知为何,骂到最后,顾璨竟然带着点哭腔,狠狠将两条鼻涕虫抽回了老窝。

　　猛然间他觉得脑壳一阵生疼,赶紧转身望去,看到那张熟悉面孔后,破口大骂道:"陈平安!你大爷的……"

　　陈平安脸色不太好看,顾璨赶紧见风转舵地补了一句:"身体还好吗?"

　　行云流水,转折如意,毫不生硬。

　　习惯了这兔崽子的没心没肺,提着个新陶罐的陈平安没好气道:"好不好,你还不知道?"

　　顾璨意识到自己还有正事,赶紧把陈平安扯到院门口,然后将两只绣工精美的袋子,一股脑塞到陈平安手里,压低嗓音问道:"还记得我去年跟你要的那条小泥鳅不?"

　　陈平安一头雾水,拿着沉甸甸的袋子,东西并不陌生,当时强行买走那条金色鲤鱼的锦衣少年,事后就专程送了一袋子铜钱给自己。陈平安四处张望,泥瓶巷两头并无行人,仍是赶紧开门,把顾璨带进院子,将陶罐放在一旁后,直截了当问道:"有外乡人跟你买那条泥鳅,对不对?!顾璨,我劝你千万别卖!打死都别卖,你不是想着以后让你娘过上好日子吗,你一定要留着那条泥鳅,知不知道?!"

顾璨哇一下就哭出声来,双手抓住陈平安的袖子,哽咽道:"我想把泥鳅还你的,可是娘亲不让,还打了我一耳光。娘亲从小到大都没打过我。还有那个说书先生,不知道是神仙还是鬼怪,吓人得很,先是把我给带到了白碗里,然后那条泥鳅一下子就变得很大很大,比我家大水缸还要粗很多很多……"

陈平安一把捂住顾璨的嘴巴,脸色严肃,瞪眼道:"泥鳅送给你了,就是你的! 顾璨,你还想不想以后让你娘亲过好日子? 能每天都吃上肉,能让你娘用上胭脂水粉,买那种摸上去滑溜溜的绸缎衣裳?"

顾璨抽了抽鼻子,使劲点头。

陈平安松开手,蹲下身,问道:"两袋子钱是怎么回事,是不是你偷拿出来的?"

顾璨眼珠子一转,刚想骗人,陈平安跟他实在是再熟悉不过,小王八蛋刚撅起屁股他就知道要拉什么屎,便直接又赏了顾璨一个爆栗,厉色道:"拿回去!"

顾璨犟脾气也上来了:"就不!"

陈平安被气得脸色铁青,扬起手就要来个货真价实的爆栗,只不过看到顾璨死犟死犟的表情,又有些心软,缓了缓语气,想了想,问道:"到底是怎么回事,你给我说说。"

顾璨就将事情原原本本说了一遍,不否认这个孩子平时让人恨得牙痒痒,但确实早慧得很,从老槐树到铁锁井,再到泥瓶巷院子,把那个说书先生要收他为徒的奇遇,跟陈平安说了个清楚明白。陈平安这一刻心里大致有数了,顾璨多半就是小镇上自己得到祖荫槐叶的人物之一。祖坟冒青烟也好,像齐先生、陆道长所说有机缘福气也罢,顾璨应该会被那个说书先生带离小镇。但是一想到那个截江真君刘志茂,陈平安就心弦紧绷。按照齐先生的说法,此人品行实在低劣,更想将自己除之而后快,且不惜用上了仙家神通来陷害自己和蔡金简,顾璨认了此人做师父,真是好事? 不过退一步说,此人愿意收顾璨为徒,而不是坑蒙拐骗,或强买强卖,是不是可以说明顾璨暂时不会有性命之忧?

鬼灵精怪的顾璨眼珠子急转,趁着陈平安想问题的时候,冷不丁抓起陈平安手里的两只钱袋,一下子砸向屋内,然后转身就跑。结果被陈平安一把抓住后领口,扯回原地。

顾璨双手抱头,模样可怜兮兮的。

陈平安虽然把顾璨强行拽了回来,但是如何处置,犹豫不决,涉及的事情太大,他很怕做出错误的选择,害得顾璨和他娘亲被连累。若只是自己的事,这个无依无靠的草鞋少年,恐怕要干脆利落很多。

宁姚不知何时已经下床,站在门槛后头:"我娘曾经说过,各人有各人的缘法,这个孩子一看就是祸害遗千年,以后也不缺狗屎运的那种人。"

顾璨眼睛一亮,赶紧把两条鼻涕擦掉,咧着嘴,露出缺牙的光景,笑脸谄媚道:"姐姐你长得真俊,长得跟我家二姐一模一样! 这里地方小,去我家坐坐?"

陈平安无奈道:"你娘啥时候改嫁给你爹的?"

被拆穿后的顾璨立即翻了个白眼,换了一种脸色和语气,啧啧道:"陈平安,可以啊,出息了,啥时候拐骗了个婆娘回家? 要闹洞房吗? 可惜我是赶不上了,要不然我一定蹲墙根,听你们在床上神仙打架……"

陈平安一巴掌按在顾璨的脑袋上,对宁姚歉意道:"他就这样,别生气。"

宁姚瞥了眼顾璨:"熊样!"

顾璨正要发挥一下家传本事,察觉到自己脑袋上的手掌悄悄加重了力道,立即病恹恹的,有气无力道:"姐姐你长得这么水灵,说啥都对。"

宁姚没搭理顾璨,转头望向陈平安,含有深意道:"那两袋子铜钱,你最好收下,省得以后反目成仇。而且这孩子将来一旦修道有成,你今天不让他少一些愧疚,极有可能害得他道心不稳,导致外化天魔乘隙而入。"

这话顾璨爱听,对着宁姚伸出大拇指:"头发长,见识也长,果然比隔壁某个小娘们靠谱儿!"

宁姚挑了挑眉头,竟欣然接受。

泥瓶巷远处,响起一声火急火燎的怒吼:"顾璨!"

顾璨脸色微白:"走了走了,陈平安,我走了啊!"

嘴上说要走,其实顾璨自己都没有意识到,他抓住陈平安的五指愈发用力。可能在潜意识里,顾璨早已把陈平安当作娘亲之外唯一的亲人了。

陈平安带着顾璨走出院子,蹲下身,悄悄说道:"顾璨,记得小心你师父。还有,照顾好你娘亲,男子汉大丈夫,你娘亲以后只能靠你了,别总让她担心。"

顾璨嗯了一声。

陈平安又说道:"到了外边,多做事少说话,管住自己这张嘴巴,吃些亏就吃些亏,别总想着嘴上讨回便宜,外边的人,不像我们,会很记仇的。"

顾璨红着眼睛,唱反调道:"我们这边的人,也很记仇的,就你不是。"

陈平安哭笑不得,一时无言。

陈平安猛然惊醒,沉声问道:"顾璨,你有没有拿到一片槐叶?"

如果没有的话,陈平安不觉得顾璨是得了仙家机缘,说不定那说书先生的到来,就是一张催命符。

顾璨一听这个就来气,哗啦一下从兜里掏出一大把,习惯性骂娘道:"不知道哪个挨千刀的混账,偷偷往我兜里塞了这么多破烂叶子,我也是刚才偷溜出家的时候,藏那两袋子钱才发现的。不是赵小胖,就是刘梅那丫头片子! 要是给我娘洗衣服的时候看到,可不又得骂我不省心了!亏得我这就要离开了,不然看我不偷偷往他们茅坑里砸石头……"

顾璨骂得起劲,陈平安先是目瞪口呆,然后如释重负,眼见这家伙要使劲往地上丢,赶紧阻止他的举动,神情无比凝重道:"顾璨,收好它们!一定要收好!如果可以的话,这些槐树叶子,最好连你娘亲也不要给她看到,这很有可能是为了她好。"

顾璨茫然,但仍是点头道:"好的。"

陈平安长呼出一口气,自言自语道:"这下子我是真的放心了。"

顾璨突然身体前倾,使劲用脑门磕了一下陈平安的脑袋,呜咽道:"对不起!"

陈平安揉着他的小脑袋,笑骂道:"傻样!"

顾璨突然在他耳畔窃窃私语。陈平安愣在当场。

顾璨转身跑开,一边慢跑,一边转头挥手:"听那老头子说,要带我和我娘去一个叫书简湖青峡岛的地方,以后你要是混得媳妇也娶不起,就去找我,不是我吹牛,隔壁稚圭这种姿色的臭婆娘,我一送就送你十七八个!"

陈平安站在原地,点了点头,有些伤感。

毕竟这个家伙,就像是他的弟弟,所以什么事情,陈平安都愿意让着顾璨。

陈平安望着顾璨渐渐远去的身影,怔怔出神。

他的人生总是这样,真正在意的人,好像如何也挽留不住。陈平安咧嘴一笑。老天爷挺小气的。

隔壁院门轻轻打开,走出婢女稚圭,她亭亭玉立,如一株池塘里的荷花。

陈平安问道:"先前顾璨说你坏话,都听见了?"

她眨了眨那双秋水长眸,道:"就当没听到,反正我吵架吵不赢他们娘俩。"

陈平安有些尴尬,只好帮顾璨那个兔崽子说好话,打圆场道:"其实他心眼不坏的,就是说话难听了点。"

稚圭面无表情地扯了扯嘴角:"顾璨心眼好坏,我不知道,她那个寡妇娘亲,不是什么省油的灯,我很确定。"

陈平安不知如何作答,只好跟她现学现用,假装什么也没听到。

稚圭突然问了一个莫名其妙的问题:"陈平安,你真不后悔?"

陈平安愣了愣:"啥?"

稚圭见他不像是装傻扮痴,叹了口气,转身返回院子,关上木门。

眼力极好的陈平安一直站在巷中,终于看到远处顾璨家院门打开,走出三人,其中母子二人各自背着大小行囊,缓缓走向泥瓶巷另一头。陈平安甚至清晰看到,那个说书先生转过头,瞥了自己一眼,笑意玩味。

三人身影消失在小巷尽头后,陈平安回到自己院子,看到宁姚竟然已经能够自己坐在门槛上。她的身子骨是铁打的不成?

陈平安先将齐先生赠送的玉簪子,以及顾璨拿来的两袋子铜钱,都放在桌上,然后开始烧水、抓药、煎药,熟门熟路,不像是窑工出身,反而像是在药铺里待了很多年的伙计。

宁姚有些疑惑,却也没有开口询问,百无聊赖的她起身来到桌旁,想了想,又自顾自将陈平安藏在一只瓶肚里的钱袋拿出来。

她坐下后,桌面上摆着三袋钱和一根玉簪,当然还有一把识趣"龟缩"在角落的灵性长剑。

陈平安没阻拦她取钱,但是转头叮嘱道:"玉簪是齐先生送给我的,宁姑娘你小心些。"

大概是生怕宁姚不上心,陈平安又赧颜提醒道:"真的要小心。"

宁姚翻了个白眼。

三袋子金精铜钱,迎春钱、供养钱、压胜钱,很巧,刚好凑齐了。

宁姚一手托着腮帮,一手伸出手指,拨弄着三枚铜钱,随口问道:"你的事情如何了?能不能跟我说说?"

陈平安蹲在窗口那边的墙根,小心盯着火候,时不时翻看一下三张药方,听到问话后,说:"合适说吗?"

宁姚皱眉道:"你都混到这般凄惨田地了,还担心我听了秘密后,被谁杀人灭口?陈平安,不是我说你,实在是你这种滥好人,我劝你这辈子都别离开小镇,否则怎么死的都不知道。"

宁姚很是哀其不幸,怒其不争。

这种古板性格的少年,哪怕是一位兼具罗汉金身、天君道术的强大剑仙,只要丢到她家乡那边,一年之内必死无疑,而且尸骨无存。

陈平安乐呵呵道:"那我就给你说说看?"

宁姚用三根手指按住三枚铜钱,在桌面上抹来抹去:"爱说不说。"

陈平安便将齐先生出现之前的事情经过跟宁姚说了一遍,之后的事情,选择性说了一些。

宁姚听完之后,云淡风轻道:"那截江真君刘志茂,显然是罪魁祸首,不过蔡金简和符南华,也都不是什么好鸟。若不是齐先生出来搅糨糊,你以后就算逃到天涯海角,也逃不出三方势力的围剿捕杀。说句难听的,杀你真的很容易。如果不是在小镇上,别说刘志茂,就是那个云霞山的女子,一根手指头就能将你碾压得魂飞魄散。"

陈平安点头道:"我知道。"

宁姚气呼呼道:"你知道个屁!"

陈平安没有反驳，继续煎药。

她问道："你之所以有这场劫难，全是因为那条泥鳅，为什么不告诉那个孩子真相？"

陈平安这次没有沉默，也没有转头，坐在小板凳上，低头看着青红色的火焰，轻声道："这样做不对。"

宁姚欲言又止，最后望向那个瘦弱背影，感慨道："那你知不知道，你的拳头不硬的话，就没有人会在乎你的对错。"

陈平安摇头道："不管别人听不听，道理就是道理。"

他好像有些不确定，便转头笑问道："对吧？"

宁姚怒目相向："对你个大头鬼！"

陈平安悻悻然重新转过头，继续熬药。

宁姚拿起那根碧玉簪子，凝神望去，发现上面篆刻有一行小字。

她瞥了眼叫陈平安的少年。

簪子上有八个字，便是仅算粗通文墨的他，也觉得极为动人：言念君子，温其如玉。

煎药是一件类似线穿针眼的细致活，陈平安做得有板有眼，沉浸其中，身上散发出一种莫名其妙的快乐。

不过宁姚不是个耐心好的，事实上除去练刀练剑，她对什么事情都不太提得起兴趣。小小年纪便背井离乡，独自游历四方，很粗糙地活着，所以对家徒四壁的少年小宅，她没有任何不适的感觉。实在是她自己风餐露宿得太多了，风里来雨里去，原本再精致讲究的人，也会变得很不讲究。

宁姚问道："你的左手没事情？"

左手用棉布条包扎的陈平安，正用双手端来一碗药，在她接手后，笑道："没事，我回巷子之前，找了些草药捣烂，给伤口敷上了。以前我当窑工那会儿跌打割伤，都用这个，百试百灵，是很久之前杨家铺子一个老人告诉我的秘方。不过我当初答应老人不外传，要不然宁姑娘你走南闯北，说不定用得着。你要是想要，我可以去找找杨家铺子的老人，跟他求一求。只是今天去药铺比较急，也没见着那个老人，只希望他是临时走开了。"

宁姚喝药的时候，那双不似柳叶却似狭刀的长眉，微微皱了一下，但仍是面不改色地喝完了药汤。将瓷碗还给一旁等待的陈平安后，她嘀咕道："滥好人，难怪穷得叮当响，活该被人欺负。"

不等陈平安反应过来，她又添加了一句："别介意，我这个人说话比较直。"

宁姚大概不知道，后边这句话更伤人。

陈平安欲言又止。

宁姚用拇指擦拭掉嘴角的药汤残渍，然后端正坐姿，一本正经道："如今坐镇此方天地的圣人，也就是你所说的那位学塾先生，虽然有心帮你收尾，好让你今后性命无忧，但是你要知道，人力终有穷尽之时，哪怕是圣人也不例外。更何况那位齐先生的处境不太妙，有点泥菩萨过河自身难保的意思，怕就怕他之后管不着你的生死。我宁姚为人处世，滴水之恩，也会涌泉相报，瞪我一眼，就要睚眦必报！"

人力有尽时，涌泉相报，睚眦必报，泥菩萨过河……

此时宁姚内心，充满不为人知的骄傲。听听，我这番话说得是不是很有学问？

只可惜陈平安隔壁，就住着个学识不浅的读书种子，几乎每天清晨黄昏两次，邻居就要诵读圣贤书以明志，按照宋集薪自己的说法是"吾善养浩然气"。所以陈平安没吃过猪肉也见过猪跑，对于读书人文绉绉的那套说法，并不陌生，即便有些晦涩词语，通过上下文来解析，也能猜个八九不离十。

宁姚死死盯着陈平安，试图从他脸上寻找出震惊、仰慕和疑惑，可陈平安偏偏是一脸"我听明白了，姑娘你接着说"的欠揍表情。

宁姚很是灰心丧气，本来意气风发的神采，锋芒锐减，没好气道："比如你救了我一命，我事后自会帮你杀掉老龙城的符南华，或是书简湖的刘志茂，但是你想要两个都杀的话，永绝后患，就得破财消灾。因为咱俩萍水相逢一场，可没那么深厚的情分，所以你需要用一袋子金精铜钱，作为报酬。"

宁姚很快用手指了指那袋子迎春钱："比如这袋，我就很喜欢，其他两袋子供养钱、压胜钱的铜钱样式，不好看，铸文也不讨喜。"

接下来宁姚微微扬起下巴："如果在做成这笔买卖之外，你愿意支付给我两袋子铜钱，我就帮你摆平老龙城和云霞山。当然，如果我早早死在刘志茂手里，一切休提。毕竟我现在修为不高，武道九境，才刚刚跻身第六境，作为纯粹武夫的体魄坚韧程度，还不成大气候。至于修行登山的十五重楼，十五层境界，更是只到达中五境里的龙门境。丹室之内，我有六幅图案，尚未成功画龙点睛，也未让天女飞天……"

这下子陈平安是真的听迷糊了，一头雾水。

宁姚顿时有些恼羞成怒。境界低下，一直被她引以为耻，陈平安这种"姑娘你再给我解释解释"的痴呆模样，无疑是戳中了她的最伤心处。

看到宁姚阴沉的脸色，陈平安就是傻子也知道形势不妙，赶紧转移话题："为何姑娘你先前伤得那么重，现在却像痊愈大半了？"

宁姚眉目低敛些许，双手环胸，嗓音沙哑道："当时的确是快死了，如果陆道长没有救下我，我就要……反正我欠了你一个天大人情，我更不该趁火打劫，让你拿出三袋子金精铜钱。我宁姚的一条性命，哪里是刘志茂之流可以媲美的，所以是我不对，你就当我什么都没有说。等离开小镇之后,我会尽力而为,争取帮你解决那些后顾之忧。但是丑话说在前头,我宁姚只会量力而为,不会心知必死依然去跟人拼命……换命。"

大概是自己低头认错,太过稀罕难得,所以宁姚心情极其失落。

陈平安问道:"供养钱是哪袋子?"

宁姚指了指其中一只金黄绣袋。

陈平安从里头拿出三枚铜钱,握在手心后,用手臂将三只袋子横推到少女身前,笑道:"这些,送给你了。"

宁姚目瞪口呆,久久回神后,问道:"陈平安,你小时候脑子被门板夹过?"

陈平安无奈道:"没有,小时候帮人放牛的时候,经常被牛尾巴甩。"

宁姚蓦地勃然大怒,一拍桌子,质问道:"你是不是喜欢我?!"

陈平安呆若木鸡。

宁姚咧嘴一笑,朝陈平安伸出大拇指道:"眼光不错!"

然后她弯曲大拇指,指向了自己,神采奕奕道:"但是我可不会答应。我宁姚喜欢的男人,一定要是全天下最厉害的剑仙。全天下!最厉害!大剑仙!什么道祖佛陀,什么儒家至圣,在他一剑之前,也要低头,都要让路!"

陈平安涨红了脸,挠挠头道:"宁姑娘你误会了,我没喜欢你啊……"

宁姚一挑眉毛,想了想,身体前倾,眯起一眼,抬起一手,拇指食指之间空出寸余距离,心虚问道:"这么点喜欢,也没有?"

陈平安斩钉截铁,语气坚定道:"没有!宁姑娘你放心!"

宁姚收回手,重重叹了口气,怜悯道:"陈平安啊,你以后就算侥幸娶了媳妇,多半也是个缺心眼的。"

陈平安坐在桌子对面,开心笑道:"只要她人好就行。"

宁姚对此不置可否。

混吃等死,小富即安,飞黄腾达,就像她娘亲说的,是因为各有各的缘法,未必有高下之分。只不过她爹对此有不同意见,命里无时莫强求。可不强求,并不意味着一点都不求,求还是要求一下的,如果最后仍是求而不得,则是另外一回事。当然,这些话她爹是绝不敢跟她娘当面说的。

陈平安随口问道:"宁姑娘也是来咱们小镇求机缘来的?"

宁姚没有任何藏藏掖掖,回答道:"我耗尽所有奇遇积攒下来的家底,加上一个人情,才换来进入小镇的这个名额,不过我跟那些人不一样,我不求什么机缘气数,只是想着让人帮我铸一把剑,最好能够合我的心意。至于锋利不锋利,能否承载海量剑气,是很其次的事情。"

陈平安疑惑道:"铸剑?"

宁姚说道："就是那个打铁的阮师傅，他在你们这儿名声很大，还有个'铁打不动'的规矩，每三十年只铸一把剑，他之所以愿意来此顶替齐静春，就是觉得此地适合开炉铸剑。我去碰碰运气，看他愿不愿意为我铸剑。实在不行的话，我也没辙，就当自己运气不好。"

陈平安笑道："好人有好报。"

宁姚有气无力道："没辙。"

她瞥了眼陈平安："你左手不疼？"

陈平安愣了愣："疼啊。"

她怀疑道："那你怎么看着不像啊。"

陈平安天经地义道："我就算满地打滚，大喊大叫，也不会就不疼了啊。"

宁姚一拍额头："真没辙了。跟我爹一个德行，不过你本事比他差远了。"

陈平安笑着不说话了，安安静静望向屋外的院子。

宁姚将那三袋子铜钱推回去："我不要。"

陈平安收回视线，轻声道："宁姑娘，你有没有想过，我留着它们，不一定是好事情。见过齐先生之后，我更加确定这点。"

一件事情宁姚决定之后，就再也不会更改了，她摇头道："那就是你的事情了，跟我无关。我想好了，救命之恩，我以后一定会偿还，而且绝对不偷工减料，要对得起'宁姚'这个名字！但是你在这些年，一定要好好的，别一不留神就死了。你只要熬过这段时间……"

一直很好说话的陈平安，第一次主动打断宁姚的言语："救你的是陆道长，宁姑娘，所以你不用觉得亏欠我什么。我如果当时不是觉得自己死定了，想着能够让陆道长为我爹娘多做点什么，我根本就不会开门。"

宁姚冷哼道："那是你的事情！"

陈平安笑着重复她的话："那是你的事情。"

大眼瞪小眼。

宁姚竟然率先败下阵来，自顾自头疼道："假如你喜欢我，可我真的不能答应你啊。"

陈平安双手抱住头。摊上这么个一根筋的奇怪姑娘，他也没辙啊。

此时有人从院墙爬入院子，会这么做的人不作他想，肯定是刘羡阳。他小跑到门槛后，正要扯开嗓子，却像是突然给人掐住脖子，一个字也说不出口。

陈平安赶紧起身，来到刘羡阳身边低声道："我这两天能不能去你那边住，这位姑娘可能要住我这里。"

刘羡阳一把推开陈平安的脑袋，如苍蝇搓爪一般，搓手殷勤道："姑娘，我家宅子大，物件也齐全，姑娘不嫌弃的话，去我家住，如何？"

背对两人的宁姚平淡道："嫌弃。"

刘羡阳龇牙咧嘴，看着那个纤细动人的佩刀背影，不死心道："姑娘，你是不晓得，之前就有两伙人在廊桥那边堵住我的路，哭着喊着求我把祖传宝物卖给他们，我都没答应。倒霉催的，那帮人害我差点被阮师傅骂死。姑娘你也是来小镇碰运气的外乡人吧，我刘羡阳虽然也未必卖你，但是让姑娘过过目，开开眼界，肯定没问题啊！"

宁姚依然冷漠道："不需要。"

刘羡阳自顾自坐在原先陈平安的位置上，看到宁姚的容貌后，两眼放光道："姑娘，你别这么见外，我和陈平安挤在这破宅子就是了，姑娘你去我大宅子后，也就不会感到拘束了，好像连手脚都没地方搁放。"

宁姚板着脸回答道："好意心领，人一边凉快去！"

刘羡阳也不觉得尴尬，起身道："得嘞，金窝银窝不如自家的草窝，了解了解。"

刘羡阳把陈平安拉扯到门槛外，用手肘顶了一下陈平安："咋回事？"

陈平安为难道："一时半会说不清楚。你就说我能不能去你那边住？"

刘羡阳白眼道："这有啥能不能的，但是你得答应我，帮我盯着稚圭，千万别让宋集薪那个小畜生强行糟蹋了，到时候你可得帮我保住我未来媳妇的清白！"

陈平安毫不犹豫道："别想！"

刘羡阳拍了拍陈平安的肩膀，语重心长道："就当你答应了。"

屋内宁姚突然转头说道："你知不知道自己是一个天生的剑坯子？买瓷人之所以在你九岁的时候没有带你出去，应该是想让你在这里汲取更多的灵气。这个选择，是对的。所以你在阮师傅那边，一定要抓住机会，让他收你为徒。记住，至少是入室弟子，最好是嫡传门生。至于关门弟子，不用奢望，你的根骨天资，还没有好到那夸张的份儿上。"

刘羡阳笑着使劲点头，嘴上说着好的好的，然后回头望向陈平安，指了指屋里的宁姚，然后指了指自己脑袋。

陈平安说道："她说的是实话，你别不当真。"

刘羡阳不再嬉皮笑脸，沉默下来，低声道："我觉得事情不太对劲，廊桥两拨人，你猜是谁领头带路的？是福禄街卢正淳那个龟孙子！这不是黄鼠狼给鸡拜年吗？我又没掉钱眼里去，凭啥要跟他们做买卖。何况那件铠甲是我家一代代留下的老物件，我要卖了，以后在梦里梦着我爷爷，还不得给他骂个半死啊！"

陈平安听到这一切后如临大敌："你要小心，卢正淳和那些外乡人，不好惹！"

陈平安转头问道："宁姑娘，知道那些人的来历吗？"

宁姚点头道："老人和女娃娃，来自正阳山，算是你们东宝瓶洲的名门正派。老人非人……总之，他比起符南华或是蔡金简，要厉害百倍。妇人和他儿子，也不简单。其实能够结伴进入小镇的，当然不是一般有钱的有钱人。那个妇人城府很深，小男孩也不像是个心思良善的，所以我劝你朋友，赶紧让阮师傅认了弟子，就等于有一张保命符傍身。在小镇上，靠山再高，背景再厚，也还没有人敢跟一位圣人掰手腕。"

陈平安又问刘羡阳："你有没有把握做那个阮师傅的徒弟？"

刘羡阳有些纠结，吞吞吐吐道："这不当时第一天去当学徒帮工，阮师傅看我的眼神，就跟姚老头那会儿差不多，估计是观察我一段时间再做决定要不要收徒弟吧。只是……"

陈平安狠狠瞪眼。

刘羡阳讪笑道："只是阮师傅有个宝贝女儿，特别能吃，把我给震惊到了，于是就稍稍玩笑了几句。没想到那闺女打铁的时候，抡起锤头来，那叫一个生猛霸道，偏偏平时又特别腼腆害羞，我哪里想得到她这么开不起玩笑，当时就把她给惹哭了，又不凑巧给他爹撞了个正着，看我的眼神就不对劲了，认徒弟保准没影了。不过反正我也没想着给人做牛做马当徒弟，伺候过姚老头一个怪脾气的，就够咱们受的了，我这不就想着在铁匠铺那边混碗饭吃嘛……"

陈平安抬头，黑着脸。个子比他高出大半个脑袋的刘羡阳，低着头，不敢正视他。

这一幕场景，让宁姚感到有些疑惑不解。

这也是宁姚第一次看到陈平安真正生气的模样。

陈平安低声问道："你经过老槐树那边的时候，身上有没有莫名其妙多出一些槐叶？"

刘羡阳摇头道："没有啊，倒是那个老喜欢偷瞄妇人的算命道人，跟我说了些晦气话，我差点把他的摊子给砸了。"

陈平安脸色微变，眉头紧皱，转头望向屋内，问道："宁姑娘，作为交换，三袋子金精铜钱，行不行？还有就是，会不会让你有大麻烦，这一点，请你务必事先说清楚。"

宁姚仔细想了想："麻烦不小，但问题不大。不过这两天一定要小心，让你朋友别满大街乱窜，毕竟我眼下情况不太妙。"

她又说道："两拨人，两袋钱。让阮师傅认徒一事，又一袋钱。总之做成几件事，我收几袋钱。放心，我既然答应下来，就算是有保底两袋的收成了。"

陈平安跑进屋子，赶紧将迎春钱在内的两袋钱，火速推给宁姚："收下吧。"

宁姚本就不是拖泥带水的性子，没有拒绝，收起两袋子铜钱后，皮笑肉不笑道："天底下多的是往自己兜里搂钱的人，还有你这种喜欢当散财童子的？"

陈平安这一次没有反驳，点头笑道："钱是很重要，很重要很重要。"

一直被蒙在鼓里的刘羡阳火急火燎道："陈平安，你疯了吧，为啥把钱给她？整整两袋子铜钱，够你花多久了？"

陈平安没好气道："我的钱，你管得着？"

刘羡阳理直气壮道："你的钱，不就是我的钱吗？你想啊，我要是跟你借钱，你有脸皮催债要我还?"

陈平安不说话,陷入沉思。刘羡阳也意识到自己的插科打诨不合时宜,遂闭嘴不言。一时间屋子里的气氛有些沉重。

陈平安开口问道:"宁姑娘,你真的不会因此……"

宁姚瞥了眼桌上的白鞘长剑,点头道:"没问题!"

之后她实在忍不住,说道:"婆婆妈妈,你烦不烦? 你还说你不是滥好人?"

陈平安笑了笑。

刘羡阳想了想,没有说话。

刘羡阳最后把话藏在肚子里,心想姑娘你大概是没见过这家伙的另外一面吧。

陈平安很少有不好说话的时候,可一旦不好说话,真的会很不好说话。

他刘羡阳见过。隔壁的宋集薪应该也见过。

刘羡阳来到泥瓶巷没多久,小巷又来了个稀客——气度翩翩的青衫读书郎赵繇,颇有几分神似教书先生齐静春。

赵繇是小镇四大姓之一赵家的嫡长孙,比起卢正淳那些游手好闲的纨绔子弟,同样出身富贵的赵繇,口碑就很好。小镇许多孤寡老人都受过他的恩惠,若说这是书本上所谓"名士养望于野"的手腕,好像太高估赵繇的心志,有点小人之心度君子之腹,毕竟少年从十岁起,就已是这般与人为善的心性,年复一年,并无丝毫懈怠。哪怕是福禄街看着少年郎长大的老人,也都要伸出大拇指,每次训斥自家子弟,总会把赵繇拎出来作为例子,这就使得赵繇在同龄人当中没有几个交心的朋友。

卢正淳那拨人心性自由,也不爱跟一个成天之乎者也的书呆子打交道。试想一下大伙儿兴致勃勃去爬墙头偷窥俏寡妇,结果有人在旁边念叨非礼勿视,岂不是大煞风景。总之,少年赵繇这些年喜欢跟福禄街以外的人打交道,大大小小的巷弄,他几乎都走过,除了泥瓶巷。因为这条小巷里住着宋集薪,一个让赵繇经常感到自惭形秽的同龄人。

不过真要说朋友的话,赵繇大概只认宋集薪这个棋友,虽说这么多年下棋一直输给宋集薪,但是胜负心归胜负心,想赢棋的执念归执念,对于天资高绝的宋集薪,赵繇其实心底一直很佩服。只不过赵繇有些失落,是因为直觉告诉他,宋集薪虽然跟自己嘻嘻哈哈,平时交往亲密无间,可好像从来没把他看作真正的知己。

赵繇虽然之前没有拜访过宋集薪家,但是当他一眼看到某栋宅子,就知道这里肯定就是宋集薪的家了。这源于门口张贴的那副春联,字极多,且一看就是宋集薪的字,理由很简单,委实是风格太多变了,几乎可以说是字字不同。例如"御风"二字,一气呵成,随心所欲,大有飘然之意。"渊"一字,水字边,尤为深意绵长。"奇"一字,那一大提起,气魄极大,雷霆万钧!"国"一字,又写得中正平和,如圣贤端坐,挑不出半点瑕疵。

赵繇站在院门口,几乎忘了敲门,身体前倾,痴痴望着那些字,失魂落魄,只觉得自己快要没了敲门的胆气。正因为他勤恳练字,临帖众多,才更加知道那些字里的气力之大、分量之重、精神之盛。

赵繇黯然伤神,掏出一只钱袋子,弯腰放在门口,准备不告而别。

这时候院门骤然打开,赵繇抬头看去,宋集薪好像正要和婢女稚圭出门,两人言笑晏晏。

宋集薪故作惊讶,打趣道:"赵繇你行此大礼,所欲何为?"

赵繇有些尴尬地拿起钱袋子,正要开口解释其中缘由,就被宋集薪一把拿走绣袋,笑嘻嘻道:"哟呵,赵繇是登门送礼来啦,收下了收下了。不过事先说好,我是穷苦人家,可没有能让赵兄入法眼的礼物,来而不往就非礼一回吧。"

赵繇苦笑道:"这袋子压胜钱,就当是我的临别赠礼吧,无须往来回礼。"

宋集薪转头对自家婢女会心一笑,将钱袋子交给她:"看吧,我就说赵繇是小镇最懂礼数的读书人,如何?"

稚圭接过钱袋子后,捧在胸口,笑得眯起双眼,很是开心,稍稍侧身施一个万福:"谢过赵公子,我家少爷说过,积善之家有余庆,行善之人有福田,奴婢在这里预祝赵公子青云直上,鹏程万里。"

赵繇赶紧回礼作揖道:"感谢稚圭姑娘的吉言。"

宋集薪摸着后脑勺,打着哈欠:"你们不累啊。"

稚圭笑眯眯道:"若是每次都能拿到一袋子钱,奴婢施一万次万福也不累。"

赵繇有些汗颜道:"要让稚圭姑娘失望了。"

宋集薪大手一挥:"走,喝酒去!"

赵繇一脸为难,宋集薪激将道:"草包一个！读书只读出死板规矩,不读出点名士风流,怎么行?"

赵繇试探性问道:"小酌怡情?"

宋集薪白眼道:"大醉酩酊！"

赵繇正要说话,就被宋集薪搂住脖子拖拽离去。

婢女稚圭锁门的时候,那条四脚蛇想要偷偷溜出来,被她一脚踹回了院子。

经过隔壁宅子的时候,她悄然踮起脚,斜瞥了几眼,看到了刘羡阳的高大身影。后者也发现了她,立即笑脸灿烂起来。刘羡阳正要跟她打招呼,她已经收回视线,快步走掉了。

小镇有酒楼,只是虽然不大,开销却不小。不过赵繇毕竟是赵家子弟,风评又好,出了名的铁公鸡酒楼掌柜,今天也不知道哪根筋搭错了,拍胸脯说不收一文钱,能够让两位读书人赏脸来店里喝酒，是他家酒楼蓬荜生辉了，两位公子收他钱才对。宋集薪立马就笑呵呵伸出手，当场讨要银子。掌柜的悻悻然地给自己找台阶下，说"欠着欠着，明儿就让人给宋公子送几坛子好酒去"。赵繇当时恨不得挖个地洞钻进去。掌柜的素来晓得泥瓶巷宋大少爷的古怪脾性，倒也没真生气，亲自给三人在二楼找了个雅静的靠窗位置。

宋集薪和赵繇说话不多，宋集薪也没劝酒坑人，这让原本视死如归的赵繇反而觉得很奇怪。

从酒楼二楼窗户望去，正好能够看到十二脚牌坊的一块匾额：当仁不让。

宋集薪问道："齐先生真的不跟你一起离开小镇?"

赵繇点头道："先生临时改变了行程，说要留在学塾，教完倒数第二篇《知礼》。"

宋集薪感慨道："那么齐先生是要讲一个大道理了，为儒家至圣传授世人，告诉我们世间最初是没有律法一事的，圣人便以礼教化众生。那时候的君主皆崇尚礼仪，认为悖理出礼则入刑，于是就有了法，礼法礼法，先礼后法……"

赵繇已经微醺，有些口齿模糊，问道："你觉得对吗? 先生又为何不干脆传授最后一篇《恪礼》?"

宋集薪答非所问："走出小镇之前，如山魈水鬼，神仙精怪，信则有，不信则无。至于齐先生怎么教，学生如何听，各安天命吧。"

婢女稚圭也喝了一杯酒，一副晕晕乎乎的俏皮模样，从头到尾都没看那座巍峨的牌坊。

十二脚牌坊，石柱底座分别是龙之九子的九种异兽，之外便是白虎、玄武和朱雀。小镇老百姓世代居住于此，早已见怪不怪了。

赵繇忍不住打了个酒嗝，摇摇晃晃站起身，道："与君一别，希望再会。"

宋集薪想了想，也跟着起身，微笑道："肯定会再见的。赵繇，莫愁前路无知己啊。"

两眼发花的赵繇咬着舌头，诚心诚意道："宋集薪，你也早日离开小镇，天下谁人不识君，你一定可以的!"

宋集薪明显没怎么当真，摆手道："走啦走啦，醉话连篇，有辱斯文。"

赵繇和宋集薪出了酒楼后，就分道扬镳了。赵繇在离开之前，约莫是酒壮尿人胆，问了一句："宋集薪，要不要去窑务督造官的官邸看一看，我能说服门房的……"

宋集薪冷着脸从牙缝蹦出一个字："滚!"

赵繇黯然离去。

婢女稚圭看着那个背影，低声道："少爷，人家也是好意嘛。"

宋集薪冷笑道："世上好人的好心好意，到头来办坏事结恶果，少吗?"

她想了想，好像还真是这么个乏味无趣的道理，便不再坚持。

赵繇所住的福禄街在小镇北面,泥瓶巷在贫户扎堆的西边。宋集薪和婢女稚圭并肩走过牌坊的时候,稚圭抬头看了眼,"气冲斗牛"匾额已如同迟暮老人了。本名王朱的她,笑不露齿。

赵繇回到福禄街的祖宅后,下人告诉他老祖宗在书房等他,他必须马上过去,一刻也不能停。一身酒气的读书郎立即头大,硬着头皮赶往书房。

赵家在小镇不显山不露水,富贵内敛,不像卢家那般气焰外露,而是自诩书香门第,故书房很古色古香。

手持拐杖的老妪正站在一张书案旁,抚摸着桌面,她那张沧桑脸庞,满是伤感的追忆神色。

老妪闻到门外嫡长孙的浓郁酒气后,也不生气,笑着招手道:"繇儿,进来啊,杵在门口作甚?男儿喝点酒算什么,又不是喝马尿,不丢人!"

赵繇苦笑着跨过门槛,毕恭毕敬给老祖宗行礼,老妪不耐烦道:"书读多了,就是这点不好,条条框框的,搞得读书人一辈子都在鬼打墙,腻歪得很。就说你爷爷吧,啥都个顶个拔尖,唯独与我说起大道理来,絮絮叨叨,真是烦人啊。尤其那做派那神态,啧啧,尤为欠打。可我偏偏说不过他,真是让人恨不得一拐杖砸过去……"

老妪突然被自己逗乐了,哈哈大笑起来:"差点忘了,那会儿我可用不着拐杖。"

她笑问道:"怎么,是跟姓宋的小白眼狼一起喝酒了?"

赵繇无奈道:"奶奶,跟你说多少回了,宋集薪很有才气的,悟性很高,学什么都快人一步。"

老妪嗤笑道:"他啊,聪明是最聪明了,只不过你爷爷生前早就三岁看老,看死了那小东西,想知道你爷爷是咋说的不?"

赵繇赶紧答道:"孙儿不想知道!"

老妪才不管宝贝孙子愿不愿意听,自顾自道:"你爷爷说啊,'小小年纪,城府深重,只可惜败祖辈家声者,必此人也'。"

然后她指了指赵繇:"你爷爷还说,'温良恭俭,初无甚奇,培子孙之元气者,必吾孙也'!"

老妪说完后,笑了笑:"死老头子,酸了一辈子,最后总算说了句顺耳的好话。"

有些疑惑的赵繇刚要说话,只听奶奶唏嘘感叹道:"老喽老喽!"

赵繇只得收回话,笑着上前挽住老妪的手臂:"奶奶寿比南山,还年轻得很。"

老妪伸出干枯的手掌,拍了拍宝贝孙子的手背:"比你爷爷强,读书不只会讲狗屁道理,也会说好话给人听。"

赵繇笑道:"爷爷是真有学问的,齐先生也说爷爷治学有道,解'义'字,极有心得。"

老妪立即露出狐狸尾巴了,遮掩不住的扬扬得意,却要故作冷哼道:"那可不,也不看是谁挑中的男人！"

赵繇紧抿嘴唇，忍住笑。

老妪带着赵繇来到书案后的椅子旁，赵繇发现书案上摆放着一尊卧龙木雕，栩栩如生，只是不知为何，仔细观察后，就发现这条青色木龙，有眼无珠。

老妪拿起一支早已蘸满墨汁的毛笔，是一支由老槐枝制成木管的崭新小锥笔，双手捧住，颤颤巍巍递给嫡长孙。

赵繇不明就里地接过毛笔后，肩头一沉，原来是奶奶将手按在了自己肩上，他顺势坐在那张只有赵氏家主才能落座的位置上。

老妪向后退出一步，无比庄严肃穆道："赵繇，落座！今天就由你替赵家列祖列宗，为龙点睛！"

一尊尊破败不堪的泥塑神像，在荒草丛生的地面上，横竖歪斜，无人问津。千百年来皆是如此，甚至会不断有泥像沦落此地。小镇百姓不只是对很多事物见怪不怪，其实见到这些神像也早就没有太多敬意了。

老人偶尔会唠叨几句，让自家孩子不要来这边玩耍，可是稚童们仍是喜欢来此捉迷藏、捉蟋蟀等等。可能等到这些孩子长大成人，再变成了垂垂老矣的老人，也一样会跟孩子们说不要来此嬉戏，一代一代，就这么过来了，也无风雨也无波澜，平淡无奇。

只见这里，滚落的头颅，断裂的躯干，分开的手掌，好像被人勉强拼凑在一起，才堪堪维持大致原貌，但也仅剩下这点颜面了。

陈平安从泥瓶巷那边匆匆忙忙跑到这里，他手心紧攥着三枚供养钱，当他来到这里后，一路绕来绕去，还碎碎念着，然后无比娴熟地找到一尊神像，蹲下身，环顾四周，并无人影，这才将铜钱悄悄放入神像破裂的缝隙中。起身后又去找第二尊、第三尊，皆是如此作为。

陈平安离去之前，独自站在绿意郁郁的草丛中，双手合十，低头默念道："碎碎平安，碎碎平安，希望你们保佑我爹娘下辈子不要吃苦了……如果可以的话，请你们告诉我爹娘，我现在过得很好，不用担心……"

黄昏时分，陈平安返回小镇路过城东门的时候，看门的邋遢汉子还在那里哼着曲子，正唱到"一寸光阴不可轻，荣华富贵皆可抛"。兴许是被陈平安的急促脚步惊扰，他睁开眼，刚好和小跑入门的陈平安对视。汉子看到是这个催债鬼后，扫兴至极，没好气地挥手道："去去去，你小子的光阴值个鸟钱，'荣华富贵'四个字，你要能有一个字沾边，就烧高香吧。"

陈平安跑过之后，高高抬起一只手掌，五指张开，使劲晃了晃。显然是在提醒那看门汉子,他们两人之间,可是有着五文钱的香火情。

看门汉子狠狠吐了口唾沫,骂道:"也不是啥好鸟!"

陈平安身影很快消失,看门汉子抬头看了眼蔚蓝色的澄净天空,就像一层漂亮的釉色。

看门汉子揉着满是胡茬子的下巴,啧啧道:"齐先生说过一句诗,什么来着,好物、琉璃?"

一辆牛车缓缓驶出小镇,车上坐着那位有口皆碑的青衫读书郎赵繇,车夫是个神色木讷的中年汉子。

看门汉子立即招手,大声笑道:"繇哥儿,你先别忙着走,哥哥我有句话掉肚子里了,只记得'好物、琉璃'啥的,其他是如何也想不起来了,你小子学问大,给说道说道!"

神采飞扬的赵繇怀里抱着一只行囊,朗声道:"世间好物不坚牢,彩云易散琉璃脆!"

汉子伸出大拇指:"不愧是繇哥儿,学问顶呱呱,以后出息了,莫忘记回家乡看看老哥,说不得到时候还能代替你先生,给咱们小镇孩子当个教书先生,也很好嘛。"

赵繇愣了愣,随即抱拳微笑道:"承老哥吉言!"

看门汉子一高兴,从袖子里掏出一只绣袋,一抖腕,高高抛给赵繇,咧嘴笑道:"这么多年白让你写了那么多副春联,关键是你小子也厚道,从来不觉得麻烦。老哥看人从来没错,送你点小玩意儿,一路顺风!"

赵繇连忙接住钱袋:"后会有期!"

看门汉子笑着点头,朝赵繇的牛车摆摆手,只是呢喃道:"难喽。"

陈平安向小镇深处走,赵繇的牛车则奔赴小镇以外的天地,彼此擦肩而过。

坐在树墩子上的看门汉子掰着手指头数着:"拎着竹篓金鲤鱼的大隋少年,泥瓶巷顾寡妇的崽子,再加上福禄街的繇哥儿,这就已经三个啦。可是接下来还有那么多人,一头撞进来,还不得只剩下捡破烂的活计? 要不然,我也趁机找个能揉肩敲背的孝顺徒弟?"

看门汉子伸出手扒拉一下皱巴巴的黝黑脸颊,嘿嘿笑道:"若是个盘儿亮、条儿顺的漂亮女徒弟,就最好了。嗯,脸蛋差些也能忍,可腿一定要长!"

这个小镇出了名的光棍汉子,双手抱住后脑勺,仰头望着天空,独乐乐偷着乐呵。在想到这些开心事后,便一下子没了忧愁,只觉得天地之间有大美。

陈平安离开泥瓶巷之前,就跟刘羡阳和宁姚约好了,到时候直接在刘羡阳家的宅子碰头。等到陈平安跑到刘羡阳家,门没锁,他便推门而入,到了正堂,看到刘羡阳正在用洁净棉巾清洗、擦拭那副祖传宝甲。

　　黑衣少女宁姑娘重新戴上了浅露帷帽,腰间佩刀,那柄雪白剑鞘的长剑,则被她随意拎在手里。不知为何,陈平安总觉得宁姑娘好像有些嫌弃这把剑。

　　桌上那件刘羡阳家代代相传的压箱底老物件,说是宝甲,在陈平安看来是真的丑陋吓人。巨大甲胄上,布满了枯树瘤子似的铁筋,更有五条并列的深刻抓痕,从左肩头一路倾斜向下,一直抹到右边腰间。

　　关于这一点,两个少年百思不得其解,实在想象不出,到底得是多么庞大的山林猛兽,才能造就这幅恐怖光景。后来朝廷多次封禁山峰,不让百姓进山砍柴烧炭,陈平安和刘羡阳几乎从不逾越禁例,很大一部分原因便在这里。

　　陈平安有些奇怪,这副黑炭似的铁甲,丑归丑,但是刘羡阳是真打心眼里将它当作了传家宝。哪怕是陈平安这样的交情,这么多年也就只给看了一回,不到半炷香就又小心翼翼搬回朱漆箱子,供奉了起来。

　　不过眼见着刘羡阳时不时偷瞄宁姚的情形,陈平安有些释然,刘羡阳从来就是这种德行,见着好看的女子就管不住眼睛,但他其实不是真的喜欢心动,只是喜欢显摆炫耀。比如以前夏天在廊桥那边,在小溪里光膀子洗澡,若是有提着秧苗或是牵着黄牛的同龄少女经过,刘羡阳是必然要来三板斧的。先火烧屁股般地爬到岸边的大青石上,然后大声咳嗽——宋集薪将此点评为"昭告天下"——最后再一个扎猛子。眼力很好的陈平安,其实能清楚看见远处少女们的眼神、脸色,所以他一直很想告诉刘羡阳真相:那些相貌好看的姐姐们,有翻白眼的,有嘀嘀咕咕骂人的,更多的是根本视而不见,唯独没有眼睛一亮、觉得你是一条英雄好汉的。

　　当然,后来刘羡阳看上了宋集薪的婢女稚圭,莫名其妙就深陷其中。在那之后,刘羡阳好像眼里头就再没有其他的漂亮女子了。哪怕此时此刻跟宁姚摆阔绰,也更多是希望傲气冷漠的宁姚不要小看他:别以为挎着刀提着剑,就能跩得天王老子似的,我刘羡阳的这件传家宝,那也是小镇独一份。

　　宁姚等到陈平安后,环顾四周,最后将长剑横放在一个彩绘戗金花卉的老旧博古柜上。彩漆斑驳翻裂,她为了给长剑腾地方,挪开了许多瓶罐杂物,发现柜子后壁镶嵌有一幅图案:一株金色桂树,正值圆月当空。

　　宁姚转头说道:"剑放在这里,你们不要动它,否则后果自负,我没有开玩笑。"

　　刘羡阳忙着擦拭宝甲,时不时低头呵口气,直接用手指轻轻摩挲,已经真正乐在其中了。

　　陈平安承诺道:"一定。"

　　宁姚对刘羡阳说道:"这只柜子不值钱,但是这幅金桂挂月的镶嵌图案,你别轻易贱卖了。"

　　刘羡阳头也不抬,道:"那玩意儿,我打小就不喜欢,姑娘你要中意,自己刮下来便是。"

宁姚当然不会做此焚琴煮鹤之举,只是好奇问道:"这幅图案的材料是什么?"

刘羡阳回头瞥了眼:"好几百年的物件了,我哪晓得,就连我爷爷也说不出个一二三四来。"

陈平安轻声道:"应该是从小溪滩里捡来的石子,有很多种颜色。不过刘羡阳的长辈,当年肯定是只拣选了金黄色的,先碾碎了再粘在一起。我们把这种石头叫蛇胆石。"

宁姚问道:"石子?溪里多不多?"

陈平安笑道:"宁姑娘你要是想要,我能给你一天捡一大箩筐来。我们这边没谁待见这个,就顾璨喜欢,经常自己一个人去捡。"

宁姚叹了口气,深深望着泥瓶巷的贫寒少年:"住在金山银山上的穷光蛋啊。"

陈平安惊讶道:"这种石子在外边值钱?"

宁姚扶了扶帷帽,说道:"价格高低,也看落在谁手里。除此之外,哪怕落入懂行的人手上,成不成,还要看运气。运气好,一颗就够,运气不好,堆积成一座山的石子也不成事。不过不管如何,是值钱的,而且很值钱。就是不知道能否带出小镇,这点很关键。"

刘羡阳插了一句话:"这石头有一点比较古怪,只要拿出小溪之后,一旦风吹日晒,颜色就会变淡,尤其是下过雨雪之后,掉色掉得更厉害。除此之外,就没啥了。"

宁姚惋惜道:"果然如此。"

陈平安犹豫了一下:"要不然我明天去捡一大箩筐回来,试试看?万一有例外的呢?"

宁姚摇头道:"对我来说,没有意义。"

刘羡阳已经将那具宝甲搬回屋内藏好,此时斜靠着房门,笑道:"陈平安是个大财迷,说不定今晚就去小溪摸石头去了。"

宁姚撂下一句:"走了。"

她走到门口的时候,转头问道:"簪子和药方,我会替你妥善保管。不过明天还是需要你去泥瓶巷,帮着熬药。"

陈平安点头道:"没问题。"

她想了想,脸色凝重,提醒道:"跟我差不多时候进入小镇的这拨外乡人,最厉害的,应该就是正阳山的那个老头子,这趟是专程护送小女孩的,接下来才是打伤我的那个大隋宦官,之后是带走顾璨的刘志茂,那个笑里藏刀的妇人也别小觑。所以你们只要遇上正阳山那老家伙,尽量别争执,可一旦起了冲突,只管拖延时间,不许跟人动手,不要有任何侥幸心理,一定要拖到我出现为止。"

刘羡阳低声道:"在咱们地盘上,这些个人生地不熟的外地佬,真敢杀人不成?"

陈平安看了他一眼,点头道:"敢。"

刘羡阳咽了咽口水。

陈平安突然问道:"还记得陆道长……也就是那个摆摊的算命先生,是怎么跟你说的吗?"

刘羡阳一阵头大,使劲回忆之后,抓耳挠腮道:"这我哪里记得清楚,只知道是些不好听的晦气话,反正就是说什么有大祸、要烧香之类的,乱七八糟。我当时只当他是胡说八道,坑人骗钱……"

陈平安转头望向宁姚。

宁姚恶狠狠道:"他自己记不牢签文,我怎么给他解签? 真当我是神仙啊!"

陈平安有些摸不着头脑,想不通宁姑娘为何突然如此恼火。

宁姚大步离开宅子,比来时的慢慢悠悠,雷厉风行了许多。

宁姚走在宽敞巷弄,心想是不是回头抽空找几本书啃啃?

她一想到自己以后行走四方,干脆利落地飞剑斩头颅之后,再来几句慷慨激昂的即兴诗词,哪怕四下无人,也觉得真的很帅气啊!

正当宁姚充满憧憬的时候,一个熟悉身影飞一般擦肩而过。

"宁姑娘明天见啊。"

嗓音落地的时候,身影几乎已经在小巷尽头了。

草鞋少年,背着箩筐,健步如飞。

宁姚呆若木鸡,喃喃自语:"真有这样的财迷啊?"

陈平安一路踩着细碎星光,出了小镇一直往小溪去,虽然是在夜幕里,可是陈平安跑得不比白天慢。他刻意绕开了水位最深的廊桥位置,那边的溪水要远远高出其他地方。陈平安拣选了一段溪水仅仅没过膝盖的溪流,摘下背后那只竹编大箩筐,弯腰拿起藏在里头的一只小竹篓,紧紧系挂在腰间,脱掉草鞋,卷起裤管,这才下水去摸石子。

他左手被碎瓷割破的伤口还在刺心地疼,自然不能浸水,就只能用右手在小溪里翻翻拣拣。其实干涸河床的石子最容易拾取,但是就像刘羡阳说的那样,颜色会褪得厉害。如今陈平安从宁姚那边粗略知晓了其中玄机,并不难理解,觉得这些石子,其实就像是早年自己跟随姚老头翻山越岭,四处嚼尝过的各座山头的土壤。看似平常的泥土,有些地方哪怕只隔着一座山头,到了嘴里,也是截然不同的滋味。

姚老头说这叫树挪死人挪活,泥土挪窝成了佛。一把抓在手里的泥,只要离开了原本的土地,很快就会变味。

小溪没有名字,小溪里那些大如拳头、小若拇指的石子,五颜六色。可小镇百姓,世世代代见惯了它们静静躺在清澈的溪水当中,自然没谁觉得是什么稀罕玩意。谁要是往家里搬这些石头,肯定要被当成傻子,吃饱了撑的,有这份气力,不去多干点农活,不是傻子是什么。

弯腰蹚水的陈平安不断搬开、翻动溪底的大石块，已经捡了七八颗石子放入竹篓，大小不一，颜色各异，石子皮色有的像秋天高挂枝头的金黄橘子，也有的白皙细嫩得像是婴儿的肌肤，还有的一团漆黑，而且黑得发亮，还有的鲜艳得像是大红桃花，又以虾背青的颜色最多，不一而足。

这些村野俗名叫蛇胆石的石子，多半不大，握在手里滑腻沉重。如果是白天在阳光下高高举起，或是深夜里用烛光映照，石头内在的肌理纹路，纤毫毕现，隐约如丝，如细微的蛇鱼蜿蜒，稍稍拉开一段距离观看，皮色又如闪闪发光的鱼鳞、蛇鳞。

将近一个时辰，陈平安腰间鱼篓差不多已经装满，他原路回到安放笋篁草鞋的溪畔，先去岸边拔了几大把芦苇、野芹和狗尾巴草，垫在笋篁底部，这才将石子一颗颗放入笋篁。拎着草鞋，系着鱼篓，背着笋篁，上岸而行，到了之前折返处的小溪岸边，再次放下草鞋笋篁，下小溪继续翻挪石头。

捡了半篓后，陈平安直起腰，仰头望着星空，希冀着能够看到流星划过夜空，只不过今晚显然没有这么好的运气。陈平安回神后，继续凭借依稀星光和过人眼力，做一个财迷该做的事情。

每次成功翻拣出石子，陈平安就油然生出一股喜悦。对他来说，每颗石子，都像一份希望。

不知不觉，陈平安已经拣了大半笋篁石子，总计八十余颗，其中最大的一颗比他拳头还大，几乎没有瑕疵裂纹，色彩极为醒目，如同凝结成团的鸡血，色艳而正，丝毫没有给人不舒服的感觉。此时陈平安走在岸上，走向下一段溪流，手里正把玩一颗中等大小的蛇胆石，浅绿色，比起小镇瓷器里的梅子青要淡许多，石子圆润光滑，十分可爱，陈平安一眼就喜欢上了。

陈平安走向岸边的巨大青石崖，崖下溪水尤其深，最深的一个坑得有两个陈平安那么高，是这条小溪水深仅次于廊桥下深潭的地方。小镇孩子在炎炎夏日多在这段溪水洗澡，水性好的少年，最喜欢在这里比拼谁在水坑底下待的时间长。

陈平安之所以选择这个深坑，是因为他以前和刘羡阳在这里洗澡的时候，发现坑底的蛇胆石极其繁多。刘羡阳有次为了显摆自己水性出众，甚至故意腋下夹着一块蛇胆石上浮。陈平安记得那块石头最少得有顾璨的脑袋那么大，石头微白透明，里头竟然有鲜红色的细细点点，就像被冰冻起来的桃花瓣。

刘羡阳当时觉得此举颇有意义，便让陈平安帮他把那么大块石子扛回家，结果到了小镇上，没个定性的刘羡阳又觉得没劲，就让陈平安自己解决掉石头。陈平安那次刚走进泥瓶巷，就发现隔壁的稚圭莫名其妙地跟在自己身后，也不说话，一直死死盯着他怀里那块石头，眼神就跟陈平安每次瞧见杏花巷贩卖的肉包差不多。陈平安实在扛不住她的眼馋，就将石头送给了她，结果她一开始还搬不动，差点砸了脚，陈平安只好干脆搬到宋集薪家的院子里去,至于之后石头的最终下落,陈平安便不得而知了。

石头清白如水,桃花漂浮其中。就像桃叶巷那边的雨后桃花,雾色葱茏。

哪怕今天之前,陈平安根本不晓得这种石头的玄妙,他也始终打心底觉得那块大石头是真的好看。

陈平安叹了口气,突然停下脚步。

三十步外,溪畔青色石崖上,坐着个青衣少女,腮帮鼓鼓的,可她还在往嘴里塞东西。

陈平安脑子里的第一个想法是,少女应该是饿死鬼投胎吧,才会大半夜饿得这么可怜兮兮。

陈平安想了想,就不再走近了,生怕打搅了少女吃宵夜的心情。只不过也没掉头就走,毕竟他已经打定主意,今晚一定要去那个水坑碰碰运气。陈平安水性没刘羡阳那么好,但也不算差。每次摸一两块石头上岸便是,次数多了,总能成功。再者这个水坑里的蛇胆石,比起小溪其他地方,更大,色彩似乎也更加鲜艳。

陈平安没有想到那陌生少女吃完了一样,又从身边拿起一样吃食,就没有空闲停歇过,腮帮就没有不鼓胀的时候。陈平安背着大半箩筐沉甸甸的石头,想着等下下水摸石也是体力活,就侧过身摘下箩筐放在地上。

陈平安低估了那个青衣少女的听力,只是这轻轻一放,少女就蓦然竖起耳朵,眼神瞬间直接扫过来。

陈平安又不好说姑娘你慢慢吃便是了,只好尴尬笑着。

少女表情有些呆滞,接连打了两个饱嗝,然后她好像噎到了,赶紧挺起胸膛,伸手使劲拍打胸脯。

陈平安这才发现她年纪不大,但脖子往下那边的风景真是壮观,胸前衣衫紧绷得厉害,竟然完全不输很多生养过孩子的妇人。

陈平安赶紧收回视线,没有任何邪念遐想。

青衣少女这才想起自己带了水壶,不忘侧过身背对着陈平安,仰头灌了一大口水,呼吸这才顺畅了。

拎着草鞋的陈平安,当时其实只有一个简单念头:这位姑娘身上衣裳的布料一定不是便宜货,否则吃不住这么大劲。

青衣少女继续吃东西,这次含蓄了许多,至少腮帮子没那么夸张,低头小口小口啃咬,时不时拿眼光斜瞥奇奇怪怪的小镇少年。一双桃花似的狭长眼眸,眼尾微微上翘,让她天生就像一头年幼狐魅。

她好像在用眼神询问陈平安:你咋回事,继续赶路啊。

陈平安满脸无奈,只得伸手指了指青色石崖外的溪水,喊道:"我不是路过这里,我要到你那边去溪里。"

少女看着清瘦的陈平安,就是不说话。

陈平安赶紧从箩筐里拿起一块石子,继续解释道:"我要去溪里捡这些石头。"

少女像是突然记起要紧事情的模样,伸出手指竖在嘴边,示意陈平安不要说话,然后她挪了挪位置,显然是让陈平安过去,表示她不会妨碍他下水捡石头。

陈平安只得背起箩筐,硬着头皮走过去,好在青色石崖很大,能站十多个人,而且少女已经主动坐到边缘,不像之前双腿伸直了,而是规规矩矩盘腿而坐。她膝盖上放着一个打开的包裹,里面堆满了形形色色的糕点小吃,像一座小山。目前为止,才被少女吃掉一个小山头而已。

陈平安放下草鞋、箩筐和竹篓,原本是想着三更半夜的,可以赤膊下水,现在就别想了。旁边就坐着个陌生的黄花大闺女,且不说她会不会尖叫,这要是给她家长辈看到或是听到,陈平安估计自己被人打断两条腿,还不冤枉。

陈平安来到石崖边,一个扎猛子,冲入水坑底部。很快就摸上来一块石头,手掌大小,可惜不是蛇胆石,只得抹了一把脸,继续下潜。三次过后,终于摸起一块青黑色的蛇胆石。陈平安浑身湿漉漉地爬上石崖,将石子放入箩筐,然后继续扎入水中。

从头到尾,少女都背对着这边,忙着吃东西。

不到半个时辰,陈平安就已经摸出七八块石头,除了第一块颜色偏暗,其余石头皆是个大且鲜艳。

最后一次扎猛子下去,他却没有拿石头上岸,而是抓了条手掌长短的活鱼上来,小镇俗称石板鱼。这鱼肉味极美,但一遇见人就喜欢躲藏在石块下,一般不过是比手指稍长,很少有陈平安手中这尾这么大的。陈平安之前其实也在坑底石头缝隙摸到过几条,只不过当时为了石头,给放了。这次是灵光一现,突然觉得若是今夜能够抓个十来条鱼,明天炖锅鱼汤给宁姑娘,也挺不错。

陈平安上岸后,将鱼随手丢入竹篓。

第二次抓鱼上岸的时候,陈平安突然发现那个少女就蹲在鱼篓旁边,看着躺着孤零零一条鱼的鱼篓,能看得她满脸神采焕发,就跟当年稚圭在巷子瞧见那块石头差不多。

陈平安把第二条石板鱼丢入竹篓。

少女缓缓抬起头。赤着脚的陈平安已经转身快步走去,又下了小溪。

少女听着陈平安扑通一声后,迅速从竹篓一手抓起一条鱼,低头望着还在蹦跳的它们,神情严肃,点头道:"厉害的厉害的!"

青衣少女知道这座小镇有很多怪异的景象,杏花巷的那口水井,所挂铁链不知有多长;不远处的廊桥,前身其实是一座横跨小溪三千年的石拱桥,桥底有一把锈迹斑斑的铁剑,剑尖所指,是一座深不见底的碧绿水潭。还有那座长着十二只脚的螃蟹牌坊;祠堂外草丛里横七竖八的破败泥像;北方有座瓷山,堆积着历朝历代被督造官亲笔判定为残次品的瓷器,一律被敲碎打烂;等等。

她甚至知道大半缘由。

她很小就跟随爹走南闯北,所以属于当之无愧见过大世面的。

但是当陈平安第三次抓着石板鱼上岸后,双手已经空空的少女,依旧蹲在鱼篓旁,只是两只手还在偷偷擦拭着衣角。她仰头看着陈平安走近,就像老百姓看待神仙的眼神。

陈平安被她的古怪眼神看得浑身不对劲,试探性问道:"你想要这些鱼?"

少女下意识使劲点头。

陈平安笑道:"那这三条就都给你好了。之后我再抓。"

少女眨了眨眼睛,然后开心地笑了,狐魅且狐媚。

陈平安很熟悉这种眼神,和自己小时候看待刘羡阳是一般无二的。那会儿的刘羡阳,是杏花巷、泥瓶巷这一带的孩子王,抓蛇捕鸟捞鱼,好像天底下就没有他刘羡阳不会的事情。到后来,原本跟在刘羡阳屁股后头当跟班的同龄人,有些去了龙窑当学徒,更多是散入小镇各个杂货铺子当伙计,或是给亲戚帮忙管账,也有如宋集薪所说,最没出息的人,才会去庄稼地里刨食吃,最后还跟刘羡阳混在一块儿的,就只剩下他了。

陈平安将送给少女的三条石板鱼,用几根狗尾巴草穿过鱼鳃串在一起,递给少女。少女接过这串鱼,拎了拎,有些轻,感觉不像是能凑足一碟青椒炒鱼的,她便歪头瞥了眼小溪水坑,满是期待。陈平安心领神会,歉意道:"接下来抓起的鱼,我要熬汤给朋友补身体,不能送给你了。"

少女指了指不远处那只打开的包裹,示意可以用那些糕点来换鱼,陈平安摇头笑道:"不行,糕点好吃,也能填饱肚子,但是不如鱼汤养人。"

少女点点头,没有强人所难,默默坐回原位,小心翼翼将鱼放在脚边,然后继续她"坐吃山空"的大业。

陈平安虽然好奇她的身份,但也没有多嘴询问,看她穿着打扮,不像是福禄街、桃叶巷那边的大家闺秀,倒有些像隔壁邻居稚圭,秀里秀气的,也不爱说话。陈平安突然有些担心,她不会是偷了家里东西出来吃的小丫鬟吧,听说那些大宅里的规矩厉害得很,刘羡阳和宋集薪两人总喜欢反着说话,唯独在这件事情上是个例外。只不过刘羡阳的说法很吓人,说是丫鬟婢女在那些院墙高高的宅子里头,一个走路姿势不对,就会被眼神跟捕蛇鹰一样锐利的管家派人打断腿,丢到墙外的街上等死。宋集薪则说刘羡阳以讹传讹,才没那么夸张,只不过大家门户里的丫鬟嬷嬷,确实走路都跟猫似的,听不着半点声音。当时刘羡阳瞥见一旁偷着乐的婢女稚圭,立即就恼羞成怒了,大骂宋集薪:"鹅什么鹅,你家的鹅能说话啊?"

陈平安最后抓上来七八条石板鱼,竹篓被它们撞得摇摇晃晃,脸色惨白的少年知道自己差不多已经到极限了。春天的水冷,是往骨子里钻的那种冷,最主要的当然还是受伤的左手经不住。陈平安最后一次上岸后,快步跳下青色石崖,钻入溪畔草丛里,发出一阵窸窸窣窣的声响,没过多久就拔出三四样草,不少草根带着泥土,握在手心里有一大把。他捡了块普通石子,回到石崖后,找到石崖一处手心大小的天然小坑洼,擦干抹净后,开始轻轻捣捶草药。草药很快就变成了一团青色的糨糊,汁水散发出春季水畔野草的独有芬芳。

背对着少女,陈平安深吸一口气,咬紧牙关,开始拆解左手上的棉布,他额头上很快渗出汗水,一下子覆盖了从头发滑落的冰冷溪水。血肉模糊的伤口,虽然比起包扎前的白骨可见,已经好了一些,但仍然称得上触目惊心。陈平安来时并没有想到左手会触碰溪水,所以没有准备棉布条,之前满脑子都是蛇胆石可以挣钱以及抓鱼炖汤两件事,这时候才意识到自己犯了一个大错。他正有点蒙,突然一只手掌出现在眼前,手上摊放着几条干燥洁净的布条,原来是青衣少女不知何时撕下了一截袖管。陈平安惨然一笑,顾不得跟少女客气,往手心伤口涂抹上草药后,靠近嘴边,用牙齿咬住一端,右手扯紧,绕手背两圈后打结,一系列动作,有条不紊,又如蝴蝶绕枝,让旁观者眼花缭乱。

绑扎完毕后,陈平安缓缓抬起右臂擦拭满脸的汗水,两条胳膊颤抖不止,根本不受控制。

蹲在附近的青衣少女,朝陈平安伸出一根大拇指,满脸你很厉害的表情。

陈平安右手指了指自己眼睛,苦笑道:"其实痛得我眼泪都流出来了。"

少女转头瞥了眼陈平安自己编织的大箩筐和青竹鱼篓,有些疑惑。

陈平安神色尴尬:"那些石头能挣钱的,而且抓鱼也很重要。"

少女懵懵懂懂,但仍是没有开口说话,两眼有些放空,扭头怔怔望着波光粼粼的溪水。潺潺溪水摩挲着那些露出水面的石头,哗啦啦作响。

那一刻,星空璀璨,天地寂寥,人间好像唯有一双少年少女。

陈平安的身体逐渐安静平稳下来,原先急促的呼吸,开始下意识放缓,转为悠远绵长。就像从山洪暴发的小溪,变成了春秋枯水期的溪水。

这种悄然转变,陈平安自己根本没有在意,浑然天成,水到渠成。

陈平安知道自己一身湿漉漉的,不能被初春的冷风吹太长时间,得赶紧回到小镇换身衣衫去。陈平安自然不会懂医书上的那些养生和病理,但是这辈子最怕生病一事的他,对于四季节气变换和自身身体的适应,早就培养出一种敏锐直觉。所以他很快穿上草鞋,在腰间系上鱼篓,背起箩筐,跟青衣少女挥挥手,笑道:"我走了,姑娘你也早些回家。"

陈平安一边走下石崖，一边忍不住转头提醒道："廊桥那边水特别深，千万小心别脚底打滑啊。回家的时候，最好靠着水田这边，哪怕摔倒了，一身泥总好过掉溪里去……"

陈平安说着说着，突然意识到自己说的话有些不吉利，听着不像是好话，反倒是泥瓶巷顾璨他娘最擅长的那种咒人的混账话，所以很快就闭上了嘴巴，不再唠叨，加快脚步，向北跑向小镇。

箩筐很沉，可是陈平安格外开心。

解开那个近乎死结的心结后，陈平安第一次觉得自己要好好活下去，好好的。

比如说要有钱！能买得起带着独特墨香的春联、彩绘门神，吃得上毛大娘家铺子的肉包子，最好再买一头牛，像隔壁宋集薪那样能养一窝鸡……

青衣少女依然还在孜孜不倦地"挖山"，神色认真严肃，每次拿起一样新糕点，都像是在对付一个生死大敌。

她正在跟一块桃花糕较劲的时候，突然身体僵硬，意识到大事不妙后，不是逃跑，而是张大嘴巴，囫囵吞下大半块糕点，然后拍拍双手，坐在原地束手就擒。

不知何时多出一个汉子，身材不高，但给人一种敦厚结实的感觉，可也不会让人误以为是个村夫庄稼汉，因为男人的眼神实在太过刺眼，让人不敢正视。

男人看着只剩下"山脚"的那个碎花纹包裹，满脸无可奈何，想要开口教训两句，又舍不得。默默看着自家闺女那种我犯错就认罚的倔强模样，他更是心疼得一塌糊涂，好像自己才是犯错的那个人。

男人很想说些缓和气氛的话，比如闺女你饿了，就在剑炉茅屋那边吃便是，吃完了明天爹再给你去小镇买。可是话到了嘴边，生性内敛的男人又说不出口，仿佛一字千钧，死死压住了舌头，无论如何也不知道怎样安慰女儿。

这一刻，男人觉得自己还不如那个草鞋少年有本事，好歹女儿不用那么紧张兮兮的。

青衣少女突然抬起头，问道："爹，当时为啥不收他当学徒？"

闺女主动说话，让男人如释重负。

男人虽然板着脸，但已经一屁股坐在女儿身边，解释道："那娃儿后天性情挺好，但是根骨太差了，就算爹收下他，他也会一下子就被师兄弟们拉开距离，再努力，也只能眼睁睁看着差距变大，万一到时候又多出一个柳师兄来，何必呢。"

青衣少女脸色黯然，不知是听到那个"柳师兄"的缘故，还是草鞋少年的擦肩而过。

男人犹豫了一下，还是不打算藏掖，以免她误入歧途或是坏了圣人的谋划："再者，这个少年太平凡了，在小镇上，反而显得很特殊。秀儿，你大概不知道，这娃儿的本命瓷器很早就被人打碎了，所以就成了孤魂野鬼一般的货色，不受祖荫的庇护，与此同时，又会有种种不易察觉的怪事发生，这也是宋集薪和那女子选择做他邻居的原因，要不然以宋集薪的身份，会连福禄街也住不得？显然是不可能的。"

少女认真思考了一番："爹，你是说他有点像是鱼饵？"

男人摸了摸她的脑袋："差不多。"

然后他笑道："若我们父女二人不是天底下最不讲究外物、机缘和气数的剑修，说不得爹也会让他留在身边，看能否让你多一些好处。"

青衣少女有些闷闷的，心情不太好。

男人感慨道："秀儿，爹话糙理不糙，别嫌不好听。"

青衣少女还是病恹恹的模样，提不起精神。

男人想了想，指向远处如黑龙横在溪水之上的廊桥："那座廊桥的建造，是大骊王朝耗费无数心血的大手笔，只为镇住那柄不起眼的铁剑。试想一下，一柄元神残破、流逝殆尽的无主之剑，在足足三千余年后，为了压制它仅剩的那点威势，一个王朝仍是需要付出那么巨大的代价，所求之事，不过是让它休憩片刻……"

少女哦了一声，耷拉着脑袋，眼睛余光一直在瞥那个"山脚"，心不在焉地附和道："厉害的厉害的。"

男人哭笑不得，揉着额头。

天大地大，吃饭最大。可是孩子她娘也不是这样的女子啊，那么这闺女到底是随了谁的性子？

男人拍了拍女儿的肩头，柔声道："爹去见个人，你自己吃吧，慢些吃，没人跟你抢。"

少女猛然抬起头，抓住男人手臂，她手腕上一只赤红手镯，熠熠生辉，呈现出头尾衔接的蛟龙之姿，如一条鲜活的火焰小蛟缠绕于手腕。

男人欣慰道："总算还有点良心。行了，别担心，爹是去见齐先生。"

少女松开手，立即抓起糕点，狼吞虎咽起来。

男人气不打一处来，千辛万苦忍到现在，终于忍不住嘀咕道："吃吃吃，姓刘的兔崽子欠揍不假，可是还真没有说错话，迟早有一天要吃成一个肥嘟嘟的胖妞！到时候谁敢娶你当媳妇！难道爹还要抢个上门女婿不成？"

少女停下吃东西，双手捧着糕点，泫然欲泣。

男人落荒而逃，背对自己闺女的他不忘给自己一巴掌。次次都是这样，功亏一篑。

大半夜的，陈平安一路跑回刘羡阳家的宅子，开门的时候，就能听到那家伙打雷一般的鼾声。

心真大。换成是他陈平安的话，今夜绝对睡不安稳。

先将箩筐和鱼篓都放到搭建在院里的灶房，去到刘羡阳给他倒腾出来的右边偏屋，陈平安抓紧时间换了一身衣服后，这才回到院子中的灶房，开始对付那些石板鱼。

开膛剖肚，洗干净后放在一只干净瓷碟里，再用另外一只碟子覆上，以免勾引来蛇鼠虫。

陈平安又从箩筐里，挑出五六颗最有眼缘的蛇胆石，搬到自己睡觉的偏屋里。

顺便看了眼宁姑娘之前放在柜子上的那把长剑，长剑还在那儿安安静静地横躺着。

做完这一切后，陈平安终于能够躺在被窝里了，身体渐渐温暖起来，但是他两眼发亮。一方面是左手刺疼，一方面也是没有困倦睡意。但是真正的原因，还是陈平安比刘羡阳更知道那些外乡人的"不讲道理"。

陈平安不敢睡死过去，于是他一宿没睡，始终留心院门和屋门两个地方的动静。

到了拂晓时分，陈平安起床来到灶房，挑起担子，准备去杏花巷的铁锁井那边挑两桶水回来。

睡眼惺忪的刘羡阳躲在被窝里，只露出一颗脑袋，听到轻微声响后，迷迷糊糊喊道："陈平安，起这么早？你干啥去？"

陈平安没好气道："挑水！"

刘羡阳又喊道："要是碰到稚圭，替我问一声好。"

陈平安懒得理睬这家伙。

正要走出小院，陈平安突然听到刘羡阳说道："陈平安，你只要肯帮忙，回头我就帮你去水坑摸石头！"

陈平安灿烂一笑："好嘞！"

刘羡阳翻了个白眼，连脑袋都缩进被子，嘀咕道："没义气的家伙，就知道这招才管用。"

廊桥石阶上，独自坐着一位中年儒士，他枯坐到天明。

当天开青白出现第一缕曙光时，他抬头望去，轻声笑道："千年暗室，一灯即明。"

第六章
敲 山

　　陈平安挑着水桶来到铁锁井的时候，中间经过杏花巷的几家早点铺子，肚子不打声招呼就饿了起来，只是囊中羞涩，他只能硬着头皮排队挑水。前面还有三户人家，轮到他的时候，稚圭突然拎着只小水桶横插一脚，后边的人立马不乐意了。虽不至于骂骂咧咧，可话也说得不好听，尤其有个佝偻老妪，人称马婆婆，两个儿子都很出息，各自拥有一座龙窑，虽然极小，在三十几口龙窑里头垫底，可在杏花巷这边自然算是顶天高的富贵门庭了。但是不知为何，老妪和两个儿媳妇的关系都处不好，儿子儿媳早已搬到桃叶巷那边去了，老妪就一直独居在杏花巷的祖宅里。在陈平安、刘羡阳这一辈人眼中，马婆婆一直是很可怕的长辈，骂人极狠，尤为小气吝啬，大冬天院门外的积雪，她都恨不得往自己家里搂，若是有孩子打雪仗用了她家门口的雪，或是拔掉她家屋檐下的冰锥子，她能拎着扫帚追着打骂几条街也不累。

　　以前小镇西边这些巷子，应该就只有顾璨他娘亲能够压得住马婆婆的气焰。如今顾寡妇据说跟着她那死鬼男人的远房亲戚投奔了夫家的家乡，这些年原本已经稍稍慈眉善目一些的马婆婆，立刻就生龙活虎、重返江湖了，逮着谁都瞧不顺眼。这不，宋集薪的婢女来这么一出，马婆婆立即开始阴阳怪气地说话，嗓门不大，皮笑肉不笑，故意跟身边妇人拉家常，说："有些姑娘家家的，总算可以开脸绞面啦，反正走起路来双腿都没法子并拢了，这是大喜事，终于不用小姐身子丫鬟命，可以光明正大被人喊夫人喽。"

　　陈平安听得头皮发麻，又不好把有错在先的稚圭赶走，毕竟这么多年的邻居了。两桶水装满后，陈平安赶紧给稚圭也拎上来一桶，想着早点离开这个七嘴八舌的婆娘堆。马婆婆见宋家那小贱婢竟然假装听不到，一时间更加恼火。

高手过招便是如此，最怕对方根本不接招，空有一身好武艺，却无处落脚。

马婆婆以往跟顾寡妇那个骚狐狸吵架，输归输，但每次事后都觉得自己功力见长，下次吵架肯定能找回场子，哪像这个泥瓶巷的小浪蹄子，次次故意闷不吭声，但是每次离开时候的眼神，又透着股让她极其不舒服的意味，真是让马婆婆恨得牙痒痒，很想上前就抓她个满脸花，省得附近几条巷子的少年和青壮汉子，人人恨不得把魂都挂在那不要脸的婢女的腰肢上。

尤其是她那个孙子，虽然在外人眼中一直是个傻子，可最近就连她这个奶奶，也觉得这孩子真真正正是失心疯了，一天到晚都说些胡话，总说以后要把这个泥瓶巷的婢女娶回家当媳妇，然后要把这老天一拳打出个窟窿来。

见可恨至极的婢女没反应，马婆婆就把主意打到了贫寒少年身上，啧啧道："没出息的贱泥坯，害死了爹娘也有脸活在世上，知道自己注定没本事娶媳妇，就觍着脸勾搭别人家的婢女，真是天造地设的一对狗男女，干脆在一起好了，反正泥瓶巷就是住垃圾贱种的地儿，以后生出来的孩子，说不得真能在泥瓶巷称王称霸呢。"

陈平安想了想，弯腰刚要放下肩上的担子，稚圭已经早早放下水桶，大步走向那个有恃无恐的马婆婆。她二话不说就是一巴掌，打得马婆婆整个人原地转了一圈，晕晕乎乎，给旁边妇人们搀扶住才没跌倒。稚圭不等马婆婆回过神，又是上前一步，劈头盖脸就是一耳光甩下去，骂道："老不死的东西，忍你很久了！"

马婆婆晃了晃脑袋，气得七窍生烟，正要还手，不知是不是错觉，身边两位妇人的搀扶，太过尽心尽力，让她一时间无法挣脱开，结果惨遭第三次羞辱，那婢女第三次出手，弯曲着手指在她额头往死里一敲："以后再敢骂人，就把你这个长舌妇的舌头拔出来，你骂一个字，我就用针刺你一次！"马婆婆吓得不轻，竟忘了还嘴，更别提还手。

稚圭转身快步离去，发现邻居陈平安已经帮她提着水桶，她笑了笑，跟他一起向回走。

不等陈平安说话，稚圭就把话说死了："别谢我啊，我骂人跟你没关系。"

陈平安无言以对。

两手空空的稚圭，自己在那边嘀嘀咕咕，反正没想过要从陈平安手里拿回水桶。

铁锁井辘轳车旁边，马婆婆坐在地上干号："挨千刀的小贱婢，要遭天谴啊……我的命好苦啊，老天爷不长眼，怎么不劈个雷下来，砸死这个小浪蹄子啊……"

稚圭脚步轻快，双手一下一下向天空撑起，手势很古怪。

好在陈平安跟她做了这么多年邻居，并不觉得奇怪。

两人经过早点铺子的时候，陈平安看到了一个熟悉的背影。姑娘个子不高，身穿青色衣裳，正在买刚出炉的肉包子，肉包子热气腾腾，香味飘荡整条街。

陈平安会心一笑,有句家乡谚语,能吃是福。

今天清晨,不知何时已是云层低垂的景象,格外厚实,像富人家的一条大被褥铺在那边晒太阳。

轰隆隆,小镇头顶雷声大作。

铁锁井那边的马婆婆麻溜站起身,匆匆忙忙跑回家去了,小水桶摇摇晃晃,一路洒出不少水,估计到家后,不会剩下半桶。

约莫是马婆婆心知肚明,老天爷若真是开眼,第一个雷劈下来,多半就要落在她头上。

陈平安听到雷声后,抬起头望去,有些疑惑,不像是下雨的迹象。

稚圭笑眯眯道:"我家少爷说他在书上看到过,传闻每逢初春,就会有天庭正神身披金甲,擂鼓于云霄,辞旧迎新,震慑万邪,以报新春。"

陈平安点头道:"你家少爷读书确实多。"

稚圭叹了口气:"我家少爷什么都好,就是懒散了些,再就是喜欢骂老天爷,我觉得这样不好。"

陈平安没有背后说人是非的习惯,对此没有说什么。隔壁宋集薪有个坚持很多年的怪脾气,就是骂老天爷,跟马婆婆是一个路数。不过读书人也有读书人的讲究,风雪夜,雷雨天,天边挂满彩霞的时候,这是宋集薪的三不骂,说他是要趁着老天爷打盹的时候,骂他一骂,老天爷听不到,便不会生气,而他宋集薪也能解气舒坦,一举两得。

见陈平安不搭话,稚圭就看似漫不经心地说道:"你昨晚没回家,去刘羡阳那边啦?"

陈平安点头道:"家里有客人,不方便。"

稚圭冷不丁问道:"对了,齐先生是不是跟你见过面,说了什么啊?"

陈平安反问道:"为啥这么问?"

稚圭天真无邪笑道:"随便问问,因为今天我出门打水的时候,刚好碰到齐先生说是清晨散步,还问我你在不在家呢,我便如实回答了。"

陈平安笑道:"之前无意间遇上了齐先生,先生就跟我说了几句家常话,大致意思是当年我应该和刘羡阳一起去学塾读书的。我只能说家里穷,没法子的事情,要不然我也愿意读书。"

稚圭疑惑道:"就这样吗?"

陈平安望向她的那双眼眸,笑问道:"要不然你以为?"

她一笑置之。

两人在街角分开,稚圭接过水桶去往泥瓶巷,陈平安返回刘羡阳家,在这之后,还要去城东门那边取家书信笺,一封一文钱,要是早早拥有这份生意,就凭陈平安跑遍方圆百里山头的脚力,估计媳妇本都已经攒够了。

泥瓶巷口子上,稚圭看到自家少爷站在那边,打着哈欠。

她快步走去,好奇道:"公子,你怎么出来了?"

宋集薪缓缓伸展身体,懒洋洋道:"待着也无聊。"

她小声问道:"公子,新任督造官什么时候回小镇啊? 那之后咱们是不是就能去京城啦?"

宋集薪想了想:"也就一旬之内的事情吧。"

稚圭犹犹豫豫,手里的小水桶也跟着晃晃荡荡。

宋集薪笑问道:"咋了,有心事?"

她怯生生道:"公子,那本地方县志能借给我瞅瞅不? 就一两个晚上,我好认字,省得到了那啥京城,给人瞧不起,到时候连累公子给人看笑话。"

宋集薪哑然失笑,略作思量后:"这有啥不好意思开口的,不过记得翻书之前,洗干净手,别在书页上沾上污垢,再就是小心蜡烛油滴上去,其他也没什么需要注意的,一本'到此为止'的破书而已。"

稚圭灿烂笑道:"奴婢谢过公子!"

宋集薪乐了,开怀大笑道:"来来来,公子帮你提水。"

稚圭躲闪了一下,正色道:"公子! 不是说好了君子远庖厨吗? 这些杂事,公子哪里能沾碰,传出去的话,我可是会被街坊邻居戳脊梁骨的!"

宋集薪气笑道:"规矩、道理、礼法这些东西,糊弄吓唬别人可以,公子我……"说到这里,这位生长于陋巷的读书种子,不再说下去了。

稚圭好奇道:"公子是什么?"

宋集薪恢复了玩世不恭的笑容,伸手指了指自己:"公子我啊,其实也就是个庄稼汉,把一块田地给一垄垄、一行行,划分出来,然后让人撒种,引水灌溉啊,我就坐等收成,年复一年,就这样!"

稚圭迷迷糊糊。

宋集薪哈哈大笑。

宋集薪突然收敛笑意,一本正经道:"稚圭啊,姓陈的是不是帮你提了一路的水桶?"稚圭点点头,眼神无辜。

宋集薪语重心长道:"有一位圣贤曾经说过,愿意把陌生人的些许善意,视为珍稀的瑰宝,却把身边亲近人的全部付出,当作天经地义的事情,对其视而不见,这是不对的。"

稚圭更加懵懂疑惑:"啊?"

宋集薪揉了揉下巴,自言自语道:"竟然没有听出我的言下之意,让少爷我怎么接话才好? 难道到了京城,要换一个更聪明伶俐、善解人意的漂亮水灵小丫鬟?"

稚圭忍不住笑出声,根本不把自家少爷的威胁放在心上,揭穿真相道:"少爷其实是想等我问,谁是这位大学问的圣贤吧?少爷,我知道啦,是你嘛!"

宋集薪爽朗大笑:"知我者,稚圭也!"

学塾书屋内,齐静春正襟危坐,他眼前棋盘上的所有黑白棋子,皆在春雷声中化作齑粉。

小镇孩子们在小溪抓石板鱼,有一种法子,是手持铁锤重击溪中石块,就会有躲在石底的鱼被震晕,浮出水面。与书上所谓的敲山震虎,有异曲同工之妙。

可若是要警告一方圣人,莫要逆天行事,背离大道,那么天地间与之身份匹配的重器,大概就只有威势浩荡的天雷了。

陈平安挑水回到刘羡阳家院子,将水倒入灶房水缸里,然后跑到房门口喊道:"刘羡阳,我用一下你家的柴火油盐,要给宁姑娘炖鱼汤补补身体,可以吧?"

美滋滋睡着回笼觉的刘羡阳被惊醒后,怒吼道:"姓陈的!你烦不烦,老子刚梦到稚圭对我笑了!快赔我一个稚圭!"

陈平安摇了摇头,记起一事,歉意道:"刚才还真在铁锁井那边遇上稚圭了,不过被马婆婆打岔,忘了帮你捎话。等会儿我去给宁姑娘送鱼汤的时候,保证帮你把话带到。"

刘羡阳一个鲤鱼打挺,迅速穿上衣服,跑到正房大堂外的门槛上坐下,看着灶房里忙碌的消瘦身影,嘿嘿笑道:"等下我跟你一起去送鱼汤。对了,今天稚圭是不是穿那件大红色的石榴裙?还是浅绿色那条?唉,回头等我再攒两百文钱,就能买到那个百余辗龙银粉盒。我知道她看中它很久了,就是舍不得买。都怪宋集薪那个臭穷酸,实在小气,自己穿得挺像是福禄街的阿猫阿狗,可怜稚圭一年到头也没几件新衣裳,换成我是她家少爷,保准让她看中啥就买啥,比福禄街的千金小姐还富贵,做那万金大小姐!"

陈平安没理睬刘羡阳的痴人说梦,他实在不理解为什么刘羡阳偏偏就喜欢稚圭,当然不是看不起她作为宋集薪婢女的出身,也不是觉得稚圭长得不好看,只不过总觉得她和刘羡阳,怎么看都不像是有姻缘的。

陈平安好奇问道:"你怎么也喊她稚圭,不喊王朱了?"

刘羡阳咧嘴笑道:"晓得原来你也不知道'稚圭'两个字怎么写之后,我就无所谓了。"

陈平安无奈道:"你跟我比有啥用,跟宋集薪比啊,稚圭又不是我的丫鬟。"

刘羡阳嘻笑道:"那个家伙也不是样样比你好的,比如他这辈子喊过谁'爹''娘'不?没有吧,这不就不如你陈平安啦?也难怪顾璨他娘,还有马婆婆那些婆娘们嘴巴毒,宋集薪那家伙,本来就算不得什么清清白白的人家,不然为啥不光明正大住在那座督造官衙署，反而要去你们泥瓶巷过苦日子？这家伙竟然还敢狗眼看人低，所以活该给人泼脏水，骂野种。"

陈平安站起身走到灶房门口："刘羡阳，虽然我和宋集薪根本算不上朋友，但是你这么说人家……"

刘羡阳急忙举起双手，坚决不让陈平安继续絮叨下去，狡猾道："我不说了，行了吧？陈平安你这认死理的烂脾气，随谁呢？我爷爷可说过，你爹娘都是很好说话的，尤其是你娘亲，说话细声细气的，还喜欢笑，那脾气好得真是没话说。我爷爷还说早年马婆婆，几乎骂遍了附近巷弄的人，唯独见着你娘亲，非但不挑刺，还会有些笑脸呢。"

陈平安笑得合不拢嘴。

刘羡阳挥手赶人："赶紧给你家小媳妇炖汤去。"

陈平安翻了个白眼："有本事你当着宁姑娘的面说？"

刘羡阳笑道："你傻我又不傻。"

不久之后陈平安捧出一只小陶罐，两人锁好屋门院门，一起走向泥瓶巷。到了院门口，看到陈平安在那儿傻乎乎敲门，刘羡阳才知道原来这家伙，把家门钥匙全留给了宁姚，刘羡阳觉得陈平安是真无药可救了。

宁姚在家的时候并不戴帷帽，开门的时候露出一张清清爽爽的容颜。刘羡阳心底有些害怕这个不苟言笑的少女，他甚至都不知道原因，要说性子冷淡，隔壁稚圭有过之而无不及，刘羡阳一样有胆子死皮赖脸；若说宁姚悬佩刀剑的缘故，也不对，刘羡阳对上福禄街的膏粱子弟，哪怕几次围追堵截，像一条丧家犬逃窜，但他内心其实从头到尾都没怵过。可他就是有点怕这名叫宁姚的外乡小娘。

宁姚坐在桌旁打开罐子后，闻着香味，微微眯起那双狭长眼眸，点头柔声道："谢了。"

陈平安的观察细致入微，知道这应该就是冷漠少女心情很好的意思了。

陈平安先帮她煮上一锅粥，让她自己注意火候，然后对刘羡阳说道："你自己等着稚圭出门？我得去送信。"

刘羡阳正坐在门槛上，竖起耳朵聆听那边的动静，唯恐被他听出一点神仙打架的声响。心情正糟糕的他不耐烦道："你忙你的！"

陈平安离开院子，即将跑到泥瓶巷口的时候，突然发现前方视线昏暗下来，抬头一看，原来是一位身穿一袭雪白袍子的高大男子一手负后，一手搭在腹部的白玉腰带上，放眼远望。大概是意识到自己挡住了狭窄巷弄的去路，男人微微一笑，主动侧身给陈平安让路。

陈平安一肚子疑惑，加快步子离开，回望一眼，男人已经缓缓走入泥瓶巷。

先前哪怕是匆匆一瞥，陈平安也看到一尘不染的雪白袍子上，胸前后背两处，皆绣有疏淡的金丝，隐隐约约，构成两幅图案，好像有活物游走于山雾云海之中，很是奇妙。

陈平安不再深思,只当是符南华那般的外乡人,又要来泥瓶巷寻找机缘了。那天和齐先生一起走过老槐树之后,他已经不太担心,总觉得只要有齐先生在小镇,退一万步说,哪怕真出了事情,好歹也能求到一个公道。

陈平安小跑路过杏花巷的时候,看到昨夜遇到的青衣少女,还在那边一家馄饨铺子坐着,一手一根筷子,竖立在桌面上,轻轻敲打,整张略带稚气肥嫩的圆乎乎脸庞神采奕奕。她满眼都是那边热锅里煮着的馄饨,根本没注意到五六步外的陈平安。对青衣少女而言,美食当前,天塌下来也要吃完再跑路!

陈平安由衷佩服这个陌生的姑娘,也不打搅她,笑着继续跑向小镇东边。

某些人和事,哪怕是路边的风景,可是只要看一眼,依然会让人觉得很美好。

陈平安来到东边栅栏门的时候,那邋里邋遢汉子站在树墩子上,踮起脚尖向东边眺望,好像在等待重要的人物。

陈平安以前在老槐树那边听老人闲聊,说起现任督造官大人第一次进入小镇的时候,就有很大的排场,四姓十族的祖祠老辈们几乎倾巢出动,在城东门这边"接驾"。只不过大太阳底下等了几个时辰后,最后一名官署管事火急火燎跑到东门,说督造官大人在衙署后院午睡刚醒,让众人直接去衙署会晤便是,把那帮富贵老爷气得一佛出世二佛升天,不过据说进了衙署大门后,没谁敢放一个屁,一个比一个笑得像人家的乖孙子。

陈平安一直感到奇怪,那些个老人怎么说得跟自己亲眼见到似的,每次说起福禄街、桃叶巷的小道消息,比真的还真。例如说起卢家二姨奶奶跟护院教头成了相好,给人撞破房门的时候,连二姨奶奶慌乱之下,如何收拾衣裳遮挡丰硕胸脯的一大串细节,也说得半点不差。说故事的人,简直就像是那护院教头本人。

刘羡阳每次都听得咽口水,宋集薪偶尔也去,不会带着稚圭,笑得比刘羡阳含蓄些,但跟着众人一起偷偷起哄的时候,格外卖力,比早晚两次读圣贤书还要大声。

陈平安蹲在树墩子旁边,耐心等着小镇看门人。

看门汉子骂了句娘,跳下树墩子,瞥见陈平安后,也不说话,去黄泥茅屋拿了一摞信过来,六封家书,只给了五枚一文的铜钱。

陈平安大略翻了下书信地址,也没说什么,因为有两封信是福禄街的隔壁邻居,陈平安也不愿意占这便宜,当然如果汉子破天荒发善心,起先就给六文钱,陈平安也绝不把钱往外推。

陈平安想好送信的顺序后,随口问道:"等人?"

看门汉子瞥了眼东边的宽敞大道,气咻咻道:"等大爷!"

陈平安不想留下来当出气筒,赶紧跑路。

看门汉子气笑道:"哟呵,还是个有点眼力见儿的。"

看门汉子看了眼天色,滚滚雷声早已没有,原本几乎压到屋檐的低垂云层,已经渐渐散去。

看门汉子一屁股坐在树墩子上,叹息道:"神仙打架,凡人遭殃啊。"

六封信,福禄街那边的卢、李、赵、宋四大姓各有一封,还有两封在桃叶巷,其中一封很凑巧,还是先前那位和蔼老人的家书,更巧的是开门收信的还是老人。看到是陈平安后,老人认出了草鞋少年,就玩笑道:"孩子,真的不进来喝口水?"

陈平安腼腆一笑,摇摇头。

老人没有觉得意外,只是从袖子里摸出一把铜钱,递给陈平安,笑呵呵解释道:"今天家里有好事,这点喜钱,见者有份,图个吉利而已,不多,就十几文钱,所以你就放心拿着吧。"

陈平安这才接过铜钱,笑道:"谢谢魏爷爷!"

老人点点头,突然说道:"孩子,最近啊,没事的时候,可以经常去槐树底下坐坐,见到地上有槐叶、槐枝啊什么的,就拿回家去放着,能够防蚁虫蜈蚣,多好,还不用你花钱。"

陈平安在台阶下,向老人鞠躬致谢。

老人微笑着:"去吧去吧,一年之计在于春,少年多活动筋骨,肯定是好事。"

陈平安跑着离开青石板街面的桃叶巷。

老人久久站在家门口,看着两边的桃树,一个身材婀娜的妙龄丫鬟来到老人身旁,小声道:"老祖宗,看什么呢? 外边天冷,可别冻着。"

丫鬟服侍老人有些年数了,知道老祖宗菩萨心肠。丫鬟对老人有敬无惧,就笑脸嫣然,俏皮问道:"老祖宗,该不是想起少年时遇见的姑娘了吧? 那位姑娘当时就站在桃树下?"

白发苍苍的老人笑道:"桃芽,你跟那送信少年一样,亦是'有心人'啊。"

丫鬟得了表扬,娇憨笑着。

老人突然笑道:"这两天有个远房亲戚要登门拜访,到时候桃芽你就跟随家里那几个孩子,一起离开小镇。"

丫鬟愣了愣,眼睛一下子红了,哭腔道:"老祖宗,我不想离开这里。"

一向极好说话的老人挥挥手:"我再看一会儿巷子风景,你先回去。桃芽,听话,否则我会生气的。"

丫鬟只得怯生生离去,一步三回头。

桃叶巷的桃叶郁郁,尚无桃花。

老人轻轻呼出一口浊气,跨过门槛,走下台阶,走向最近的一棵桃树,站在树底下,伤感道:"桃之天天,灼灼其华。真的是再也见不到啦。"

老人回望一眼自己的宅子,呢喃道:"小镇的得天独厚,本就不合大道,当初被圣人们硬生生改天换地,享受了整整三千年大气运,历代走出小镇之人,多在整个东宝瓶洲开枝散叶,可是老天爷何等精明,所以是时候来秋后算账、跟咱们收取报酬喽。你们这些孩子,不赶紧离开这里,难道跟随我们这些本就破碎不堪的老朽旧瓷,一起等死吗?要知道,死分大小,咱们小镇几千口人,这一死,是大死啊,连来生也没了。

"所以啊,如今趁着老天爷还睁一只眼闭一只眼的时候,能多走一人是一人。"

老人伸出干枯手掌,扶住桃枝:"有心人有心人,希望真能天不负吧。"

不知何时,读书少年郎赵繇的奶奶、挂着拐杖的老妪已经走近这边:"都快入土的老头子了,还这般天真,如老娘们涂抹胭脂,真是尤其面目可憎。这场灭顶之灾,是你那点好心肠就能改变丝毫的?"

老人眼神有些恍惚,看着同样满头雪白的老妪,莫名其妙说了一句:"你来了啊。"

老妪先是一愣,然后立即恼羞成怒,一拐杖就打了过去:"老不羞的贼坯子,一大把年纪了,还敢嘴花花?!"拐杖雨点般落在身上,老人只得落荒而逃,不过哈哈大笑。

老妪站在桃树下,犹然气恼不已,后悔自己不该心软,鬼使神差走这趟桃叶巷。最后,老妪抬起头,看着抽出嫩芽的桃枝。

老妪一步一步走回福禄街,拐杖在青石板上一次次敲响。

一座繁华千年的安详小镇,不承想到最后,皆是没有来生来世的可怜人。

当真就没有一线生机吗?

溪水渐浅,井水渐冷,老槐更老,铁锁生锈,大云低垂。

今年桃叶见不到桃花。

陈平安又一次看到青衣少女,她默默跟在一个中年男人身后,低着头啃着一张葱油鸡蛋饼。那男人一脸生无可恋的模样。

见到陈平安后,男人停下脚步,问道:"你是不是上次那个被我赶走的家伙?"

男人后背被重重一磕,撞了"墙壁"的青衣少女,抬头后一脸茫然,突然看到陈平安,她刚想笑,猛然转身背对着陈平安,手忙脚乱地擦拭嘴角。

陈平安忍住笑,对男人点头道:"阮师傅,你好。"

看样子,那个姑娘多半是阮师傅的女儿了。

不过父女的长相是真不像,也幸好不像。

被陈平安称呼为阮师傅的男人,正是那个到了小镇没多久,就迁往南边小溪畔的铁匠。他继续问道:"刘羡阳这两天怎么没去打铁?"

陈平安刚要帮刘羡阳解释，男人已经冷声道："你去告诉那小子，今天要是再见不着他这位大爷的面，明儿就不用去我家铺子了。"

陈平安急匆匆道："阮师傅，他家里出了点急事……"

男人打断陈平安，很不客气道："那是他的事情，关我屁事？!"

陈平安本就不是擅长言辞的人，愣在当场，急得满脸涨红，又不知如何开口，生怕自己帮倒忙。阮师傅的耿直脾气，他可是切身领教过的。

青衣少女试图帮陈平安说点好话，结果被知女莫若父的男人提前教训道："吃你的饼！"

满腹委屈的少女突然加快脚步，一脚狠狠踩在男人脚背上，然后脚下生风，瞬间就一溜烟没影了。

男人哀叹一声，把陈平安晾在一边，继续前行。

陈平安也叹息一声，跑去早点铺子买了一笼六只包子，赶往泥瓶巷。

到了自家宅子，结果看到刘羡阳蹲在墙头上，半边身体倾向宋集薪家院子，偷听得很是聚精会神。

陈平安有些时候也会觉得，刘羡阳确实是挺欠揍的。他只得提醒道："刚才见到了阮师傅，让你今天就去铁匠铺子帮忙，还说要是今天见不着你，就把你辞退。"

刘羡阳心不在焉道："急啥，我这种既手脚利索又吃苦耐劳的学徒，打着灯笼也难找。阮师傅就是放狠话，明儿再去也没关系。"

陈平安摇头道："我确定阮师傅绝对没有开玩笑。"

刘羡阳烦躁道："等会儿就去，别耽误我干正事。"

陈平安给宁姚送去早餐，直接给刘羡阳拿去三个，自己只咬着一个。

刘羡阳三下两下就解决掉了所有的肉包，一边抹嘴一边小声道："刚才宋集薪家来了个客人，一看就是了不得的大人物。如果我没有看错的话，应该就是现任窑务督造官大人。那次他穿着官服去咱们龙窑的时候，姚老头嫌你们这帮不成材的学徒碍眼，根本就没让你们露面长见识，我不一样，姚老头还让我给那位大人演示了一下何谓'跳刀'。"

陈平安笑道："现任督造官比较照顾宋集薪，是小镇所有人都知道的事情，你在这里疑神疑鬼做什么？"

刘羡阳忧心忡忡道："宋集薪这种小白脸，是绝对争不过我的，可是万一稚圭喜欢上这位气度不凡的官老爷，我胜算就不大了啊！到时候你的未来嫂子就跟人跑了，我咋办？你咋办？"

陈平安直接走回屋子，留下刘羡阳蹲在墙头自怨自艾。

宁姚坐在桌旁，腰杆挺直，一手握住刀柄，如临大敌。她的额头渗出汗水。

这是陈平安第一次看到她如此神情，虽然身体紧绷充满戒备，但是眼神发亮，跃跃欲试。

陈平安退回到门槛那边，她问道："知道隔壁客人的身份吗？"

陈平安答道："听刘羡阳说是咱们小镇的现任窑务督造官，人挺和气的，刚才在巷口那边，还给我让了路。"

宁姚冷笑道："这种人才可怕。"

陈平安疑惑不解。

她问道："人走在路边，看到蚂蚁，会踩上一脚吗？"

陈平安想了想，回答道："顾璨肯定会，他经常拿水去浇蚂蚁窝，或是用石头堵住蚁窝的出路。刘羡阳心情不好的时候，估计也会。"

宁姚无言以对。

陈平安咧嘴一笑："宁姑娘的意思，其实我懂了。"

她讶异道："真的假的？"

陈平安点头道："我觉得姑娘你说了两层意思。一层意思是我们小镇的老百姓，在你们这些外乡人眼中，都是脚底爬来爬去的蚂蚁。第二层意思是外人当中，又分高低，符南华、蔡金简是顾璨这样的稚童，才会觉得掌握蚂蚁的生死，会有趣，或者会觉得碍眼。但是来到我们泥瓶巷的那位官老爷，不一样，说话做事，都会符合他的身份，所以显得特别客气。宁姑娘，对吧？"

宁姚问道："怎么琢磨出来的？"

陈平安玩笑着回了一句："捡了条命回来后，好像脑子灵光了些。"

宁姚郑重其事问道："临死之前，你看到了什么？"

"我没看到什么啊。"陈平安有些疑惑，不过仍是诚实回答，"其实在那条巷子里，我从头到尾都没多想什么。这个问题，宁姑娘问符南华和蔡金简比较好，他们说不定能看到什么。"

宁姚冷哼道："哟，口气真大！"

说完这句话，她没来由死死盯着陈平安。

陈平安给看得心慌："咋了？"

宁姚皱紧眉头，有些懊恼，用家乡方言自言自语道："我家的剑学，无论是剑诀心法，还是用以淬炼体魄神魂的法门，都是独门独路的不传之秘，我学都没学全，哪敢教别人啊。而且我也没学过那些别处天下的粗浅东西，要不然也能给他指条明路，就算只是用来强健体魄、延年益寿也好。现在让我去哪儿找本门槛最低的入门秘籍来？"

宁姚眼睛一亮："打劫？不对不对，不是打劫，是找人借一本秘籍，有借有还的嘛。"

可惜她很快脸色黯然，恨恨道："该死的老宦官！给我等着，看我不把你们皇宫掀个底朝天。"

她哭丧着脸，忧伤道："难道真的只能去找姓阮的铸剑师？砍人我还凑合，有我娘的四五分真传了，可是求人，我真的不擅长啊。"

陈平安坐在门槛上，看着那个名叫宁姚的少女，自说自话，脸色变化不定，就像是天边的云彩。

白袍玉带的英俊男子站在宋集薪的房间里，环顾四周，微微皱眉："姓宋的他就给你安排了这么个寒酸地方？"

宋集薪嘴唇抿起，没有说话。

婢女稚圭早已识趣地躲到自己的偏屋去了。

按照小镇流传最广的说法，前任督造官宋大人，业务不精，没能造出让朝廷满意的御用贡瓷，靠着那点苦劳，留下一座廊桥，就回京任职了，当然也留下了宋集薪这个私生子，只给他买了个贴身丫鬟照顾起居，再就是"托孤"给好友，即顶替他位置的新任督造官，听说也姓宋。但是事实真相如何，是当局者迷，旁观者未必清。

宋集薪自己也不清楚眼前这家伙跟那个姓宋的男人，到底是何种关系。关系莫逆的官场同僚？昔年求学的同窗好友？还是京城庙堂其他山头派系的对头？姓宋的离开之前，略微提到过几句，说新任督造官到了小镇之后，很快就会带他们主仆二人离开小镇，赶赴京城，对那位大人，要求宋集薪必须极其礼敬，不得有丝毫怠慢。

宋集薪对眼前这个气势凌人的京城男人，大概是恨屋及乌的缘故，并无半点好感。

他在婢女稚圭那边流露出来的胸有成竹，对于接下来离开家乡的从容不迫，不过是他的自尊使然。

男人笑道："罢了，那姓宋的酸秀才，历来就是谨小慎微的性格，不像大老爷，倒像是个娘们，否则也不会让他来这边看顾你。"

宋集薪眉宇间阴沉沉的。男人漫不经心地瞥了眼宋集薪储藏物品的大箱子，撇撇嘴，不屑一顾的神色，缓缓道："来这里之前，我已经见过老龙城的苻南华，真是个倒霉秧子，在这里都会差点道心崩碎。你与他的买卖，照旧进行便是，你小子盈亏自负，我不掺和这种芝麻绿豆大小的破烂事。不过离开之前，你必须跟我去趟廊桥，磕几个头，之后就没你什么事情了。跟我回家，做你该做的事情，坐你该坐的座椅，尽你该尽的本分，就这么简单，听明白了没？"

"听当然听明白了，宋大人的言辞并不晦涩。"

宋集薪讥笑道："只不过凭什么？"

男人笑了，转身第一次正视宋集薪，反问道："姓宋的娘娘腔说你天资卓绝，这评价也真是不怕闪了舌头，你不妨猜猜看，觉得我凭什么？"

若是细看,就会发现两人之间,竟然有几分形似和神似。

宋集薪怒气更重,只是始终隐忍不发。

男人不再卖关子,玩味道:"凭什么?当然凭本王是个天字号的大倒霉秧子,竟然会是你小子的亲叔叔。"

宋集薪内心剧震,脸色微白。

白袍男人对此视而不见,双手扶住那根玉带,望向窗外的天空,微笑道:"也凭本王是大骊王朝武道第一人。"

其实这句话换成另一个说法,更为震慑人心,只不过男人宁做鸡头不做凤尾,觉得只要是居于人后,哪怕是仅仅一两人之后,也根本不值得宣扬。

男人想起那个坐镇此地的儒家圣人,嘴角满是鄙夷,冷哼一声。

假若不是身处此方天地,老子一只手,就能捶杀你齐静春之流的三教神仙。

学塾茅屋内,齐先生正襟危坐,正在听蒙学稚童们的琅琅书声。

真正意义上的正襟危坐,宋集薪和赵繇这些读书种子,也难以领略其中精髓。

儒教有一部"立教开宗"的经典,名为《大礼》,其中《修身篇》有专门讲到,君子当坐如尸,因为尸者神像,坐姿如尸,则其庄重肃穆,可想而知。

此时此刻,齐静春好像一五一十听到了白袍男人的心中默念,云淡风轻,微笑道:"武夫掌国,了不得了不得。只不过,白龙鱼服,非是吉兆啊。"

宋集薪家门口那边传来脚步声,刘羡阳刚想要跳下墙头,但未见其人,先闻其声,有人温声笑问道:"你小子是不是宝溪窑口姚老头的徒弟?姓刘?"

是那位身穿白衣腰系玉带的窑务督造官,大步走出门槛,向墙头这边笑脸望来。

刘羡阳随之身体僵硬,发现自己竟然没了力气跳下墙头,心虚干笑道:"回大人的话,是我。当时大人去咱们龙窑开窑的时候,师父让我给大人演示过几样活计。"

男人点了点头,打量了一眼刘羡阳,开门见山地问道:"少年,想不想去外边看看?比如投军入伍,上阵厮杀,我保证你只要熬得过十年,就能当上大官,到时候我亲自给你在京城摆酒庆功,如何?"

站在男人身后的宋集薪脸色阴沉似水,握紧那块符南华赠送的老龙布雨玉佩。

这个顶着"私生子""野种"头衔很多年的读书种子,如今已经知道身边男人的真实身份,所以才更加明白男人所说言语的分量,"亲自摆酒"这四个字,将会是一张大骊最厉害的保命符,是一架官场最长的青云梯。

刘羡阳绞尽脑汁想出一些酸文醋字,结结巴巴道:"谢过督造官大人厚爱,不胜惶恐……只是小的已经答应要做阮师傅铁匠铺的学徒,实在不好反悔,还望大人不要……

大人不计……"

刘羡阳想说的话一下子卡在喉咙那里,死活都记不得了,急得满脸通红。

宋集薪看似善解人意地提醒道:"是大人不记小人过。"

白袍男人一笑置之,不以为意:"无妨,等你哪天有机会走出小镇,可以去最近的丹阳山口,找到一个叫刘临溪的武人,就说是京城宋长镜举荐你来此投军,他若是不信,你就跟他讲那个叫宋长镜的人说了,你刘临溪还欠他三万颗大隋边骑的头颅。"

刘羡阳痴痴点头道:"好的。"

男人笑着离去,宋集薪送到院门口就想止步,男人好似算死了他的心思,没有转头,直接说道:"随我去趟督造官衙署,我领你见个人。"

宋集薪两只脚如钉子一般扎根地面,黑着脸道:"我不去!"

那个于小镇百姓而言门槛极高的地方,对于听着流言蜚语一年年长大的宋集薪而言,却是一座龙潭虎穴,是一道过不去的心坎。

在外边一向行事雷厉风行的宋长镜,没有恼火宋集薪的不识时务,也没有停下脚步,但是语气放缓了许多:"根据衙署谍子眼线的记载,你已经见过那个姓高的隋朝皇子了吧?你知不知道,隋朝高氏与我们大骊宋氏,是有着不共戴天之仇的千年宿敌。同样是皇子,他敢来到这座位于敌国大骊腹地的小镇,而你宋集薪,同样是皇子,却不敢在自己家的江山版图上,去一座小小的官邸?"

宋集薪第一时间不是咀嚼这番话的深意,而是瞬间转头望向刘羡阳,只见高大少年正坐在墙头那边揉手敲腿,好像完全没有听到宋长镜说话。

走在泥瓶巷里的大骊白袍藩王嘴角翘起,他收获了一点意外之喜。不愧是我们老宋家的种。

不过一想到宋集薪还是那个女人的儿子,身为大骊第一武道宗师的权势藩王,也觉得有些心烦和棘手。

宋集薪一咬牙,回头跟站在屋门口的稚圭说道:"我去去就回,午饭不用管我。"

宋集薪刚走出院门,又转头笑道:"拿上我床头那兜碎银子,去杜家铺子买下那对龙凤香佩,反正以后咱们都不用攒钱了。"

稚圭点点头,打了一个小心的哑语手势。宋集薪开心一笑,潇洒离去。

等到宋集薪走远,坐在墙头上的刘羡阳小心翼翼问道:"稚圭,宋集薪跟督造官到底啥关系?"

稚圭用怜悯的眼神看着刘羡阳。

刘羡阳最受不了她这种眼神:"干啥,不过是认识个管烧瓷的官老爷,了不起啊?"

稚圭扯了扯嘴角,自顾自回屋取了食物来,开始喂养老母鸡和那群毛茸茸的小鸡崽子。

刘羡阳没来由觉得灰心丧气,跳下墙头对屋内嚷嚷道:"姓陈的,咱们去铁匠铺!不受这窝囊气了。"

稚圭背对着一墙之隔的邻家院子,嬉笑道:"佛争一炷香,人争一口气,可惜窝囊废就只有一肚子窝囊气。"

刘羡阳热血上涌,连耳根子都通红了,走到黄泥墙边,一拳重重砸在墙头上:"王朱!有本事你再说一遍!"

稚圭丢掉所有玉米、菜叶,拍拍手,转头笑眯眯道:"你以为你谁啊,让我说就说?"

刘羡阳看着身姿正在抽条、越来越明艳动人的稚圭,说不出话来,感觉空落落的,就像心里有一只瓷碗摔在了地上。

陈平安其实早已站在门槛那边,看到这一幕后快步走到院子,轻声道:"走吧。"

两个少年并肩走在小巷里,刘羡阳突然问道:"陈平安,我是不是很没有出息?"

陈平安想了想,认真说道:"巷子里的街坊邻居都说我娘亲很好,又说我爹是出了名的闷葫芦,所以我觉得喜欢不喜欢谁,跟有没有出息,可能关系没那么大。"

刘羡阳哭丧着脸:"那我更惨啊,就算以后自己打拼出来一座龙窑,或是把阮师傅的手艺都学到手,她岂不是也一样不喜欢我啊!"

陈平安识趣地闭嘴不言,以免火上浇油。

陈平安走在熟悉的小巷里,突然想起一幕场景。早年跟随姚老头沿着溪水进入深山,看到一头小麋鹿在溪边饮水,见到他也不惧怕,麋鹿喝过水后,就低头望着溪水,久久没有离去。溪水水面除了麋鹿的倒影,水中还有一尾徘徊不去的游鱼。

走出祖宅前,宁姑娘建议他既然有了一片槐叶,就早点离开小镇,有了祖荫槐叶的无形庇护,便不至于有太大的意外,最好不要在小镇逗留太久,因为她不知道刘羡阳一事会不会殃及他。但是陈平安坚持要亲眼看到刘羡阳被阮师傅收为徒弟,才能安心离开。因为当年要是没有刘羡阳,他早就饿死了。

当然,陈平安内心也希望能够看到那位宁姑娘在他家里把伤养好了,只不过当时他没敢说出口,怕被她认为是轻薄。

陈平安突然问道:"你爷爷留给你的那件宝甲,是不是绝对不会卖给外人?"

刘羡阳一脸天经地义道:"废话,当然死也不卖!"

他一拳捶在身边的陈平安肩头,玩笑道:"我又不是你这种财迷。"

刘羡阳双手抱住后脑勺:"有些东西暂时没有,可以用钱挣来,可有些东西没了,这辈子就真的没了。"

陈平安自言自语道:"懂了。"

快走到泥瓶巷巷口的时候,刘羡阳爆了一句粗口,陈平安随之收起思绪,抬头望去,顿时有些心情沉重。

是福禄街的卢家大少卢正淳,当年就是此人带着一帮狐朋狗友,把刘羡阳堵在这条巷子里,差点把他活活打死,如果不是陈平安跑去喊那几嗓子,家中已无长辈亲戚的刘羡阳,恐怕就真要被扔去乱葬岗了。

宋集薪当时蹲在墙头上看热闹,还不停地推波助澜,之后又跟心有余悸的陈平安说,卢正淳他们那种行为,在小镇外叫作"为气任侠"。

卢正淳拦住刘羡阳的去路,挤出笑脸道:"别紧张,我今天不是来跟你算旧账的,而是……"

刘羡阳打断卢家公子的话语:"还来?好狗不挡道,给老子起开!"

卢正淳脸色尴尬,强颜欢笑道:"刘羡阳,我这次是真的有事情跟你商量,上回那事儿,你不等我们把话说完,就直接跑了,这样不好。你好歹听听看我这边给出的条件,对不对?真要说起来,咱们哥们也算不打不相识,没必要闹得那么僵,我和那些客人,是很有诚意的!"

刘羡阳歪了歪脑袋,讥讽道:"怎么,你给人牵线搭桥还上瘾了不是?我就奇了怪了,你说你卢正淳,好歹是咱们小镇最阔绰人家的孙子,咋就那么喜欢给外人当狗腿子?"

卢正淳脸色铁青,却依然要维持住脸上的笑容,整个人显得很滑稽可笑,近似哀求道:"刘羡阳,只要你开口,不管要什么,他们都会尽量满足你,比如说铜钱?要不然你说个数目,如何?例如……一百五十贯钱?便是……两百贯,我也能帮你还价去,两百贯啊,这都能让你在咱们福禄街买下半栋宅子了。"

刘羡阳凝视着眼前此人的眼神和脸色,鄙夷道:"两百贯,你打发叫花子啊?还诚意?劝你就别跟我在这儿虚头巴脑的了,老子还要忙活正事,你滚一边去!"

泥瓶巷外拐角处,粉雕玉琢的小女娃娃骑在魁梧老人肩头,身穿一袭大红袍子的男孩被妇人牵着手,本该天真烂漫的岁数,脸上已经有了与年龄不符的阴鸷神色,用自家家乡那边的言语说道:"这个卢家人是不是太蠢了些?要来何用……"

妇人摇头柔声笑道:"施恩于人,要懂得斗米恩升米仇,谈买卖,想要获利最大,就该如卢正淳这般,先试探对方心理价位的底线所在。"

男孩疑惑道:"跟这些土人贱民做生意,也需要如此麻烦?"

妇人笑道:"人性复杂,人心阴暗,并不以修为高低来分多寡。小地方的人物,哪怕见识短浅,可是也不全是傻子。你若作此想,迟早有一天会吃亏的。"

男孩哦了一声:"娘亲熟稔人心,为何不直接出面谈?"

妇人耐心解释道:"看看咱们的穿着,任你去哪家店铺买东西,只要是稍微精明的卖家,都忍不住会宰客的。"

男孩叹了口气:"只是我们如此扭捏,也太不舒心了。"

妇人蹲下身，双手扶住孩子的脸颊，望着那张酷似他爹的容貌，正色道："记住，修心，亦是修行之一。顺境修力，逆境修心，缺一不可。"

男孩晃了晃脑袋，挣脱开妇人的双手，没好气道："又来这套空泛道理，烦死了。"

妇人有些无奈，却也没有继续语重心长传授道理，只觉得自家孩子天资好、根骨好，又有两个姓氏的家世作为靠山，所以未来的路还很长，虽说性情稍显偏执阴沉，但是大可以文火慢炖，拔苗助长才是最大的不妥。

听着小巷里的无趣对话，女童有些忧愁："猿爷爷，要是那人死活不愿意卖，我们怎么办啊？"

双手及膝如猿猴的老人笑了笑："那就让他去死好了。老奴来此，本就是为了应付这种最坏的情况，要不然那笔钱，就等于打了水漂，连个响儿也没有。不过到时候小姐的安危，会有些麻烦，估计得托付给宋家，或是李家才行。"

抛开其他不说，若是杀人，虽然老人会被圣人驱逐出境，但是比起无声无息打了个水漂，就算是往水里投下一颗石子，好歹有点水花溅起。只不过不到万不得已，老人绝不会出此下策，毕竟那部剑经意义再大，正阳山再视若珍宝，比起自己肩头上这位小姐的长生大道，终究是远远逊色的，至少对老人而言，是如此认为。

小镇四姓十族，以卢氏为首。但如果放在外边，恰恰相反，实则是卢氏垫底。这源于由卢氏主支当国执政的一个王朝，被大骊两大边军联手覆灭后，卢氏在东宝瓶洲的地位，已是岌岌可危。

巷子那边，刘羡阳听卢正淳说着什么高官厚禄、腰缠万贯、美女如云，就像是对着一个掉书袋的宋集薪，格外恼火，上前一步，指着卢正淳的鼻子斩钉截铁道："那铠甲是我刘家的祖传，跟钱没关系！你就算今天就让我搬到你家去住，从今以后你卢正淳每天喊我爷爷，我也懒得理你！姓卢的，听清楚了没？！"

孤零零站在泥瓶巷口子上的卢正淳，死死盯着眼前这个混不吝，摆明了光脚的不怕穿鞋的刘羡阳，一头撞死在这里的心都有了。

之前自己在廊桥那边担任说客，挡住刘羡阳去往铁匠铺子的路，结果出师不利，回到福禄街的宅子，爷爷招待过了那些高高在上的贵客，不露声色地将他喊到密室，没有说任何狠话，也没有说任何家族人业的人话，只是指着白布下的尸体："正淳啊，爷爷没有其他要求，只希望别让你弟弟死不瞑目，希望到了头七那天，你已经走出小镇，就当是替他看看外边的风景。"

卢正淳突然眼眶湿润，哽咽颤声道："刘羡阳，算我求你了，好不好？"

刘羡阳目瞪口呆。

这个锦衣玉食的年轻人，愈发脆弱无助，嘴唇颤抖，泣不成声道："好不好？我给你下跪，我给你认错，行不行？"

扑通一声，卢正淳结结实实跪在泥瓶巷的泥地上，开始磕头。

男儿膝下有黄金。但卢正淳磕头磕得很不含糊，砰砰作响。

泥瓶巷外墙根那边，小女孩脚丫一下一下轻轻踢着老人胸膛，想着这一路行来，相中了哪些入眼的山峰，想着挑选哪一座搬回家乡才好。

男孩有些幸灾乐祸，随口问道："娘亲，这个姓卢的是不是失心疯了？以后咱们难道真要带着个疯子离开小镇，那多丢人现眼啊？"

妇人神色复杂，想起许多亲眼目睹的奇人异事，欲言又止，最后摇头道："不会的。"

刘羡阳有些手足无措。他打破脑袋也想不到卢正淳会如此作为。一个小镇最富裕门户的嫡长孙，就这么跪在自己脚边磕头？

刘羡阳脸色纠结，就在此时，一直在观察刘羡阳和卢正淳的陈平安，突然扯了扯他的袖子，对他轻轻摇头。刘羡阳于心不忍道："这也太不像话了……"

陈平安眼神坚毅，不言而喻。

大大咧咧的刘羡阳，已经有心软的迹象。可是在宁姚眼中滥好人的陈平安，此刻反而显得极其铁石心肠。

陈平安的直觉告诉他，如果刘羡阳在卢正淳下跪之前，答应下来这笔买卖，说不定最多吃些苦头，但是性命无忧。可是现在刘羡阳，已经陷入自己之前遇到的困境，当时若非齐先生插手，自己的命运就是杀死符南华，然后被杀，或是被云霞山的人，或是被老龙城的人。而且更致命的是，按照宁姑娘告诉他的"规矩"，卢正淳本身就是小镇人氏的话，他或者卢家要杀刘羡阳，齐先生极有可能是无法管束的。

陈平安心思一转，趁着卢正淳还在拼命磕头，压低嗓音跟刘羡阳说道："实在不行就假装答应他，咱们先见到阮师傅，等你被收为徒弟再说。"

刘羡阳点了点头，对卢正淳说道："哥们儿，你还是先起来吧，起来说话！你他娘的这么整，算哪门子事！"

卢正淳没有起身，抬起头，红肿额头上沾满泥土。

刘羡阳无奈道："不过你需要先回去，跟他们好好合计合计，商量出一个公道价格才行。别再糊弄我了，我又不是傻子，什么两百贯铜钱，且不说我会不会亏到姥姥家，只说那帮贵人不嫌掉价吗？"

卢正淳缓缓起身，笑道："是这个理儿！只要你肯松口就好。刘羡阳，以后我卢正淳就是你兄弟了！你认不认我都没关系，反正我认你！"

刘羡阳走过去，跟卢正淳勾肩搭背，一起走向巷口，安慰道："老卢啊，以后可要带着兄弟一起享福。回头等到这笔买卖谈成了，我怎么都该请你喝顿好酒。"

卢正淳一边擦抹额头，一边欢畅笑道："喝酒还不简单，这有什么难的，而且我来请，哪能让你破费，就这么说定，不然老哥我可就生气了。"

刘羡阳哈哈笑道:"就知道老卢你是厚道人,以后跟你混准没错!"

陈平安跟在两人身后,稍稍偏向小巷墙壁一侧,死死盯住巷口那边的动静。

宋长镜带着少年宋集薪,在年迈管事的领路下,赶往督造官衙署后厅。

管事说那位远道而来的书院崔先生在此等候了小半个时辰后,说要动身去学塾拜访一位儒门长辈。

宋长镜对此不置一词,只是问道:"死在小巷的那个刺客,查出来是哪方势力的棋子没?"

管事有些犹豫。

宋长镜皱眉道:"嗯?"

年迈管事赶紧弯腰惶恐道:"正是福禄街的宋家。"

宋长镜冷笑道:"也不知道给本王一点点惊喜!"

年迈管事汗如雨下。

宋集薪默不作声,眼神炽热。

学塾内,齐静春轻轻放下书本,转头望去,门口那边站着一位面容英俊的年轻人,高冠儒衫,笑而不语。齐静春面容沉静,不苟言笑。

小镇上,一个身穿古怪衣服的光头男人,赤脚而行,神色枯槁,来到铁锁井旁,望向深井,双手合十,闭眼轻声道:"佛观一钵水,十万八千虫。"

小镇外,一座山峰之巅,有人立于一株参天古树的粗壮树枝上,眺望小镇轮廓,腰悬一枚虎符,背负一柄长剑。

此方天地之外,一条倾斜向上、仿佛通天的漫长道路上,四周云雾缭绕,看不到任何风景。有年纪轻轻的黄冠道姑,身骑白色麋鹿,缓缓登高。她身旁又有一位面如冠玉的道士,步伐轻灵,如行云流水,一红一青两条长须大鱼,在他四周萦绕游弋。

儒释道兵,三教一家,即将齐聚于小镇。

小镇南边溪畔的铁匠铺,父女打铁,火星四溅如一场绚烂火雨。

男人手持剑坯,对正在抢锤的马尾辫少女说道:"这段时日,不要去小镇了。"

少女手上的力道立即弱了一大截,感觉全身力气都随着小镇上的吃食点心溜走了。

男人气笑道:"出息!"

少女化悲愤为力量,重重一锤,使劲砸在通红的剑条上。璀璨火花映照之下,少女如一尊火神降世。

刘羡阳和陈平安走出泥瓶巷后,发现两拨人马分别站在左右两边,小女孩骑在魁梧老人的脖子上,身穿鲜艳红袍的倨傲男孩站在仪态雍容的妇人身边。刘羡阳从中走过的时候,泰然自若,落在白发老人眼中,倒也算有几分大将风度,陈平安竭力隐藏的那份谨慎拘谨,则相当不入法眼。

卢正淳和两人告别后,战战兢兢留在原地,小心翼翼禀报道:"刘羡阳提议诸位仙师给出一个适宜价格,下次他便忍痛割爱,卖了传家宝。"

妇人望向正阳山的那位白发老人,笑问道:"猿前辈意下如何?"

老人略作思量,沉声道:"事不过三。在这之前,就按照刘羡阳所说,给他一份滔天富贵便是,正阳山能够给这少年一个山门真传弟子的身份,除此之外,我还会私自借他一件法宝,为期百年。至于你们清风城许家,自己看着办。"

妇人震惊道:"正阳山真传身份,已经尊贵至极,猿前辈竟然还要拿出一件法宝?难道这个刘姓少年,还是一位九岁时被买瓷人放漏的修行天才?"

老人置若罔闻,只是对小主人笑道:"小镇好些铺子,各有渊源来历,小姐可以逛逛,说不定就能捡漏。"

小女孩童心童趣地嚷着"驾驾驾",身为正阳山首席供奉的老人哈哈大笑,慢跑起来,如山岳移动。

男孩笑道:"正阳山真是好大的威风!"

妇人示意卢正淳先行打道回府,她自己带着儿子随意走在街道上,给他解释其中渊源:"正阳山除去那条普通的登山主路,还有专门的'剑道',传承至今,已经开辟出六条登顶之路,这就意味着正阳山涌现过六位货真价实的证道剑仙。"

男孩嗤笑道:"老皇历再厚有何用,吃老本能吃几年? 能够进入小镇的各方练气士,就连比我们后来的那几拨,家家户户,谁家祖上没阔过?"

妇人牵着男孩的手,笑道:"那你知不知道,最近百年,有两条崭新剑道即将到达正阳山之巅? 那个跟你同龄的小女孩,出奇之处,在于她可以在那座剑气纵横的'剑顶'之上,进退自如,逗留时间之长,甚至比正阳山几位老祖也不逊色。"

男孩愣了愣,随即停下脚步,无比恼火道:"既然那蠢丫头这么身世不俗,娘亲你为何不早就告知我,我就不会一路上跟她针锋相对,惹得她有事没事就顶撞我。若是让我过几年娶了她做媳妇,以后再顺势结成道侣,对于我们清风城岂不是一桩大利好?!"

妇人看着那张犹带稚气的漂亮脸蛋,怒气冲冲,像一头雏虎,她不怒反笑:"你与那小女孩,都是有望登上'上五境'的修行巨材,所以你们的姻缘线,就会更加复杂多变,一意孤行,刻意为之,反而不美。你真的以为现在那丫头,只是全心全意讨厌你?"

男孩皱眉道:"不然呢?"

妇人柔声道:"顺其自然吧。"

男孩突然一本正经道："娘亲，我不喜欢跟在刘羡阳身后的那个家伙。从第一眼起，就很不喜欢！"

妇人好奇问道："这是为何？"

男孩用心思考片刻，回答道："这个家伙，有些奇怪，他跟什么都明白的卢正淳，还有什么都不懂的刘羡阳，都不一样。还有，我尤其讨厌他那双眼睛！"

妇人只当是儿子又开始耍孩子气，便劝解道："小镇之内，不可随心所欲，但是你要想啊，这里所有人在此方天地崩塌之后的下场，你心里是不是就舒服很多了。"

男孩点了点头，下意识重复说了初见陈平安时的两个字："蝼蚁！"

出了小镇，陈平安和刘羡阳很快就见到了那座廊桥。刘羡阳随口问道："你说宋集薪他老子，为啥要盖这座廊桥？盖也就盖了，又为啥偏偏要将以前那座石拱桥给覆住，听说石拱桥也没拆，就像穿了件衣服似的，不晓得到了夏天会不会热，哈哈哈……"说到最后，刘羡阳被自己逗乐了。

廊桥这端悬挂一块金字匾额，是一块不知出自谁手笔的"风生水起"四字匾额，字极大。

两个少年走上台阶的时候，刘羡阳狠狠跺了几脚，神秘兮兮道："姚老头有次跟我说，这台阶底下有古怪。说刚刚建造廊桥那会儿，有天深夜，宋集薪他爹命人在这里挖了个大坑，埋下一只等人高的大瓷罐。你怕不怕？"

陈平安没好气道："这有什么好怕的。"

两人走入阴凉的廊桥，刘羡阳低声道："你说会不会是因为桥底下的那个深潭，淹死过好几个人，需要请和尚道士来作法镇邪？"

陈平安从不妄言鬼神之事。刘羡阳得不到答案，也就没了兴致。

这座新建没多久的木制廊桥，如今还泛着一股淡淡的木香和漆味，主要梁柱的木头，全是从封禁无数年的深山老林里砍伐而来，极难搬运出山。绕山而行的小溪平时水位不高，远远不足以浮起那些巨大木料，只好挑选暴雨时分，但那时节山路泥泞湿滑，一个不小心就会掉入洪水当中，可谓极其危险，所幸那一次并无青壮百姓落水身亡。有人说那趟运木出山，学塾先生齐静春亲自前往帮忙，手把手教人如何运作，所以是托了齐先生的福，这才万事平安。

到了北边的廊桥台阶，刘羡阳突然一屁股坐在巨大的长条青石上，陈平安只得跟着他蹲在一旁。

刘羡阳笑道："如果不是因为我，你和宋集薪会不会成为很要好的朋友？"

陈平安摇头道："可能关系好一些，但也好不到哪里去。"

刘羡阳好奇问道："为啥啊，你们俩街坊邻居的，又是差不多岁数。说实话，宋集薪是喜欢掉书袋,说话也难听,可好像也没做啥伤天害理的事情啊,你又是好相处的脾气,怎么就不行?"

陈平安笑道:"不聊这个,等下咱们到了铁匠铺,你千万别吊儿郎当的,能不能保住你家的宝甲,就看你能不能当上阮师傅的入门徒弟了。"

"知道啦知道啦,陈平安,说实话,你这喜欢叨叨叨的脾气,以后真得改改,要不然能被你烦死。"

刘羡阳向后倒去,后脑勺搁在廊桥最上边的台阶上,望着蔚蓝天空,道:"你跟着姚老头走得很远,爬山也爬得很高,那到底能看到多远的风景啊?"

陈平安随手拔出一根甘草,掸去尘土后就放在嘴里咀嚼,含糊不清道:"最远一次,应该是大前年的时候,我跟姚老头来回一趟,大概是一旬时间,光是封禁的山头就绕过十多个,最后走到一座很奇怪的山,高到吓人,说出来你可能不信,爬到半山腰的时候,你一眼看去,就已经全是云雾了,最后我和姚老头好不容易才到了山顶,结果……"

刘羡阳等了半天,一直没等到下文,转头笑道:"没你这么拉屎拉一半,就提起裤裆的啊!"

陈平安有些感伤,轻声说道:"你也知道,姚老头对我印象很差,几乎从来没有跟我说过道理,也不愿教我烧瓷的真本事。每次进山,姚老头都不爱说话,往往从进山到返回龙窑,加在一起,都没几句话。可是那次到了山顶之后,姚老头大概是心情好,便多说了一些,说让我看看那边的风景,看到就算了,下山之后别多嘴,做人就该埋头做事,如果光耍嘴皮子,以后就算出了小镇也是丢人。"

刘羡阳安慰道:"不是我给姚老头说好话,他不喜欢你,可也不讨厌你,他对谁都是那副臭脾气,也就到我这边稍微好点。"

陈平安点头道:"所以其实我心底一直很感激姚老头。"

刘羡阳突然怒道:"扯了这么多,你还没说到底看到啥了!"

陈平安伸手指向东边:"我们爬的那座山已经很高了,但是我在山顶看去,最东边还有一座山,更高,我都说不出来它到底有多高。"

刘羡阳骂骂咧咧道:"这不就是看到一座高山嘛,我他娘的还以为你看到腾云驾雾的神仙了!"

陈平安想了想,充满憧憬道:"说不定那座山上,真有神仙呢?"

刘羡阳笑问道:"陈平安,那你觉得神仙也需要吃喝拉撒不?"

陈平安揉了揉下巴:"如果神仙也要拉屎的话,比较不像话啊。"

刘羡阳一巴掌狠狠拍在陈平安脑袋上,然后站起身就跑:"这不神仙就拉屎在你头顶啦!"

刘羡阳下手没轻没重,这一下把陈平安打得有点晕乎,他也没想着追打刘羡阳,起身后自言自语道:"打雷,是不是神仙们在睡觉打鼾?下雨的话,总不应该是神仙撒尿吧,那咱们也太惨了……"

陈平安加快脚步,很快就追上了刘羡阳。

打打闹闹,终于来到溪畔那座铁匠铺,连同黄泥屋和茅舍在内已经搭建了七八栋,在陈平安眼中,这些都是大把大把的铜钱啊。

有一大拨小镇少年和青壮年正在打井,同龄人多是刘羡阳这般的龙窑学徒出身,没了皇帝老爷赏赐的那口瓷饭碗后,能够在铁匠铺继续混个铁饭碗,已经算运气很好的了。不过按照刘羡阳的说法,这些帮忙的人当中,多是临时打杂干活的短工,阮师傅说他最多只收几个入室弟子,其余人最多成为长工。

刘羡阳挥手道:"你在这儿等着,我去跟阮师傅打招呼去,看能不能带你见识见识打铁的光景。啧啧,你要是看到他闺女抢锤打铁的模样,我保证能吓死你!"

陈平安站在原地,没有随意走动。

环顾四周,已经有七口水井的雏形了,井口还留着辘轳架子和围栏,有些井口,不断有人用头顶着簸箕钻出来。

看着忙碌打井的众人,陈平安习惯性蹲下身,捏起一把泥土,在指尖缓缓摩挲。摸上去比较湿润,但其实并不是水性土,恰恰相反,而是火性土,不过属于火性土的最后一种,按照姚老头的说法,这叫"七月流火壤",土性会自行转为温凉,不算太燥,可塑性强,而且这意味着加固井壁的时候,不易塌方,是好事情。

显而易见,铁匠阮师傅即便不是挖凿水井的行家,也绝对不是外行人。只是陈平安不太明白这么点大的地方,凿出这么多口水井做什么。

陈平安转头望向小溪方向,咧嘴一笑。现在这条无名小溪,落在他眼里,那就是一座躺着金银铜钱的宝库。

只不过今夜摸完蛇胆石之后,陈平安要偷偷去趟泥瓶巷,按照顾璨离开小镇之前的悄悄话,去他家那只大水缸底下挖东西。顾璨当时走得火烧屁股,也没说啥,只说是他家的宝贝,连他娘亲也不晓得东西被藏在那里了。

陈平安一想到那个鼻涕虫,就想笑。

以前陈平安是刘羡阳屁股后头的跟屁虫,跟着刘羡阳抓鱼捕蛇掏鸟窝,陈平安成为少年之后,自己身后也多出一个小跟班。

对无依无靠的陈平安来说,一个是他的哥哥,一个是他的弟弟。一个需要他报恩,一个需要他照顾。所以这么多年下来,陈平安活得很艰辛,但是不苦。

第七章
拳　谱

　　刘羡阳很快背着一只箩筐跑回来，陈平安正在水井旁边观看凿井运土的情景，刘羡阳对着陈平安屁股就是一脚，踹得陈平安差点来一个狗吃屎，回头瞧见是刘羡阳后，便没计较。刘羡阳大大咧咧道："事情成了，阮师傅说让我这些天，老老实实在这边别乱跑，白天挖井，晚上打铁，一旬半之后，我就算他在小镇这边的第一个徒弟，叫啥开山弟子来着。我给你弄了个箩筐过来，帮你摸石头去，从铁匠铺这边摸上去，摸到廊桥那边为止。事先说好，青牛背那个地方的水坑，我是帮不了你的忙了，阮师傅说我这些天敢跨过廊桥以北、以西两个地方半步，就打断我的腿。"

　　刘羡阳一把搂过陈平安的脖子，窃窃私语道："阮师傅说小镇是不会丢东西的，还说那些外乡人，遵守一条很古怪的规矩，做得了公平买卖的商贾，也做得了坑蒙拐骗的骗子，甚至连捡破烂的乞丐也能做，唯独做不了鬼鬼祟祟的窃贼小偷。在这儿，老天爷不会打盹不会闭眼，就盯着咱们看呢，你说瘆人不瘆人，反正我瘆得慌。"

　　刘羡阳突然威胁道："姓陈的，我家宅子你可以继续住着，可是别等我回去，你已经把我家的那件宝甲给卖了啊！"

　　陈平安一拳捶在刘羡阳胸口，捶得刘羡阳连忙松手，使劲揉了几下才缓过气来，骂道："瘦竹竿似的小毛猴子，哪儿来这么大的力气！难道跟姚老头隔三岔五走个一百里山路，或是在深山里砍柴烧炭几个月，就能往死里长气力？"

　　陈平安笑道："反正我背着一筐石头，还能比你先跑回小镇。"

　　刘羡阳斜眼道："那咱俩比比谁在水底憋气久？"

临近溪畔,陈平安弯腰卷起裤管,随口道:"只比一口气的事情,我才不干。"

下水之前,陈平安拔了许多溪畔春草垫在笋筐里,还唠叨说每捡二十块石头后,就要再垫些草。刘羡阳烦得要把背后笋筐甩给陈平安,陈平安不答应:"换成我背笋筐的话,按照你那种毛躁性子,一定会直接丢石头进笋筐,我会心疼。"刘羡阳差点当场就要撂挑子,这些个花花绿绿的石头,千百年来始终一文不值,怎么到了你陈平安这边就金贵娇气起来了? 还敢嫌弃刘大爷的手法不够温柔?

只是到最后,刘羡阳仍是不情不愿地下水摸石,陈平安与之一左一右,打算将这条小溪彻底扫荡一遍。这边溪水依然多是膝盖高低,一些个稍高处,才会水位及腰,偶尔也有等人高的小水坑,多是巨石聚拢的落脚处,到了这些地方,就是刘羡阳大显身手的时候了。他先将笋筐摘下递给蹲在巨石上的陈平安,然后一口气潜到水底,从庞然大物的大石缝隙,或是层层叠叠的石堆里,掏出他想要的蛇胆石。当然,陈平安也做得到,只是会很辛苦,耗时耗力远远超过刘羡阳。

还没有摸到廊桥,笋筐就满了七八分,其中有一块墨绿色的蛇胆石,刘羡阳在一处深坑水底摸了三次,才好不容易摸出来。它大如手掌,夹杂有金色的星星点点,有水波状纹路,石质坚细,入手极沉,当陈平安以手摩挲时,竟然烁烁然溅起锋芒之感。只要不是瞎子,就知道这块石头很不一般。

最后两个少年肩并肩坐在一块溪中巨石上,刘羡阳双手撑在石面上,望着缓缓流淌的溪水,问道:"陈平安,你想过以后要离开小镇吗?"

陈平安回答道:"暂时没想过,出远门总得有钱吧,而且离开之后,宅子怎么办,也没人帮着收拾,万一哪天垮了咋办? 而且我爹娘坟头那边,也需要我经常去拔杂草。"

刘羡阳无奈道:"你怎么总想这么多没用的事情,没意思啊,难怪宋集薪说你就是鬼打墙的命,在这么个屁大的地方兜兜转转,一辈子都走不出去。"

陈平安转头笑问道:"你还记得上次我跟你说过的事情吗,就是那棵树。"

刘羡阳没好气道:"坟头长了一棵树,也值得大惊小怪的? 再说了,那也是陈氏另外一支老祖宗的坟头,跟你陈平安没有半枚铜钱的关系!"

陈平安盘腿而坐,轻声感慨道:"不知道小镇以外,姓陈的人多不多啊。"

刘羡阳拆台道:"小镇以外的我不知道,我只知道在小镇上,姓陈的只有小猫小狗三两只,而且除了你之外,好像全是那四姓十族的家生子,世世代代的奴婢身份。好笑的是,这些人在宅子里头当牛做马,低头哈腰,可只要出了那些大宅子,见到所有人都立即换了面孔,最喜欢狗眼看人低。所以姚老头说得对,要是你陈平安哪天也去给他们当下人,那你们这一支没有迁出小镇的陈氏,就算全军覆没喽。"

按照姚老头的说法,姓陈的人最早在小镇有两支,只不过其中一支很早就迁了出去,陈平安这一支,以前也旺盛过,只不过这个"以前"实在是太久了,就连姚老头也说不清楚是几百年。五百年？八百年？还是一千年？后来又分成好几房，人丁越来越稀少，运气大概是都给外迁的那支带走了，香火经常断，以至于许多坟头都渐渐没人看管了，加上大部分坟墓所在的山头，陆陆续续被朝廷派来的督造官下令变成了一座座封禁之山。

姚老头最后一次带陈平安进山，经过其中一座山头的时候，指了个地方给他看，说那是陈氏另外一支的老祖宗下葬的地方，坟墓就在那座山上，风水很好。至于陈平安这一支的，姚老头说神仙也找不着了。近几百年来，这一支姓陈的子孙都没出息，尽是些破落户，除了死撑着没给四姓十族当奴做婢，一无是处。

陈平安有次偷偷去找过那座陈氏老祖的坟头，结果到了地方，只是杂草，还看到了许多狐兔，就是没看到坟头，其中有一棵认不得的树，不高，比镇上的老槐树要矮很多。杂草丛生，狐兔出没，孤苦伶仃，一树独茂。

陈平安摇头道："我娘走之前，要我发过誓，可以当要饭的，哪怕饿死，也不许我给那些大户人家当下人。"

刘羡阳脱口而出道："那你娘亲死前，不是还要你发过誓，绝对不可以去龙窑当学徒？"

陈平安脸色黯然，没有反驳，也没有被揭短后的恼羞成怒。

刘羡阳有些愧疚，但他又不是那种做错事后愿意说"对不起"的脾气，只假装什么都没有发生，起身道："走了走了，挖井去。对了，我再跟阮师傅磨一磨，争取让你来这边当个短工学徒，到时候想要摸石头也容易。"

陈平安说道："不急，等那两拨人死心离开小镇再说，这段时间我帮你看家。"

刘羡阳好奇问道："你说为啥我跟阮师傅拜师学艺，就能逃过一劫？"

陈平安想了想，不确定道："就像突然下雨，你总得找个屋檐躲躲吧？"

刘羡阳转头望向剑炉铁铺："你说阮师傅到底是谁啊，看着不像是多厉害的人嘛，压得住那两拨人吗？"

陈平安安慰道："人不可貌相。"

刘羡阳转头说道："你陈平安看着像是穷人，那你是不是穷人？"

陈平安咧咧嘴，无话可说。

刘羡阳站起身，问道："要不要帮你背到廊桥那边？"

陈平安摇头道："不用，也不重。"

"记得下次把箩筐还我。"刘羡阳说完这句话后，直接跳下巨石，在溪水中快步前行，溅起水花无数。

陈平安背起箩筐，小心翼翼下了巨石，上岸后，缓缓向廊桥那边行去。

陈平安走了一段路程后，就听到身后传来一阵脚步声，转头望去，是刘羡阳。

初春的和煦阳光下，刘羡阳抢过陈平安的箩筐，自己背起，转头讥讽道："远远看你背着箩筐，就跟小蚂蚱背大石头似的，真是可怜，就发发善心，帮你背到廊桥那边再说。"

春风里，两个少年一起走着。

"姓陈的，以后我要是学艺有成，一定要出去看看，娶到比稚圭还要好看的媳妇，喝最贵的好酒，住最大的宅子，还要骑最快的马！

"我要去看跟天一样高的山，去看比咱们小溪大上无数的大河。

"总之，我刘羡阳绝对不会这辈子都待在这里等死。"

春风里，刘羡阳憧憬着未来，陈平安细嚼着草根，一个说，一个听。

陈平安将一箩筐石头背回刘羡阳家院子，依然是拣选出最心仪最有眼缘的几块石头拿到偏屋，其余依旧留在灶房那边。锁好屋门和院门后，跑向泥瓶巷，到了自家院子，看到宁姚正坐在院子里晒太阳，陈平安打过招呼后就开始煎药。

隔壁院子不断传来劈砍声，这很奇怪，宋集薪虽说过着外人眼中没爹没娘的日子，但这么多年一直衣食无缺，甚至手头始终很宽裕，不敢说比四姓宅子里的少爷过得好，比起十族嫡系子弟确实不差，文房四宝，案头雅玩，书房清供，许多陈平安没见过也没听过的奢侈物件，隔三岔五，一样样往宋集薪屋子里搬。其实宋集薪那边从来没有真正的脏累活和体力活，腌菜太臭，宋集薪不许婢女稚圭去做；砍柴太累，宋集薪每年都是直接买来一捆捆的柴火、一袋袋上等木炭。

陈平安给宁姚端去药汤的时候，隔壁院子竟然还在断断续续劈柴，陈平安在宁姑娘喝药的时候，忍不住走到院墙旁，踮脚望去，发现稚圭正拎着把菜刀，在砍杀"一个人"——是木头制成的坯子。陈平安烧瓷多年，见过的好东西不少，砍过的树木更是不计其数，所以一眼就看出大致深浅，那木头色泽如玉，肯定是很老的物件，而且木偶身上布满密密麻麻的红点黑点，木偶已经被稚圭连砍带剁，给劈成了好多截。

稚圭突然转头，发现了陈平安，满脸汗水和污渍的她抬起手臂，抹了把脸，牵强笑道："你回来了啊，我先前想跟你借一把柴刀来着，可是你家那位客人，不愿意给我开门。"

陈平安愣了一下："我这就给你拿柴刀去，一开始别太用力，柴刀不比菜刀，容易打滑，别伤到自己。"

稚圭坐在小板凳上，精疲力竭，挥手道："知道啦，快点去拿呀。"

陈平安取来柴刀，稚圭已经站在院墙那边，笑问道："你知道那是什么东西吗？"

陈平安摇头道："不知道。"

稚圭也不给出答案，转身继续坐在小板凳上，使劲劈砍。

她那些生疏凝滞的动作，以及种种吃力不讨好的错误姿势，看得陈平安很着急，只不过人家既然没要求帮忙，陈平安就不自作多情了，转头一看，发现宁姑娘已经不在院子。陈平安记起一事,快步走向屋子,将一样东西放在桌上,放到宁姚对面。

那是块蛇胆石,刚好能一手握在手心,如同一块冻结凝固的蜂蜜,纹理细腻,颜色极正。

宁姚有些奇怪。

陈平安笑道:"宁姑娘,送你的。"

刀不离身的宁姚突然问道:"你最喜欢这块?"

陈平安有些难为情:"这块……大概排第四吧,最好的三块,我已经藏起来了。"

宁姚这才收下那块石头,双指拈住,举过头顶,光线透过窗户进入屋子,映照在石头之上。

她仰起头,眯起眼眸,仔细观察石头的微妙纹路。

她看着石头。

陈平安看着她。

深夜里,陈平安偷偷潜入泥瓶巷,如野猫夜行,无声无息,悄悄来到顾璨家的院子。他找到那口摆在院子角落里的大水缸,蹲下后,发现原本堆砌得整整齐齐的蛇胆石,已经被人翻拣得七零八落,好像此人比他还要更早知晓石头的价值。顾璨是小镇唯一一个喜欢收集蛇胆石的怪胎,而且不管在小溪里找到多少,每次只拿一块回家,孩子只挑选最顺眼的那块石头,日积月累,才攒下五六十块石头,被他用来遮挡水缸底部的空隙。

陈平安挪开许多色泽已经暗淡的蛇胆石后,看到水缸底部并无挖掘痕迹,这才松了口气。

他开始用右手一点一点刨土,最后当他碰到黄油纸的时候,心头一震,放缓了速度。

最后他取出由黄油纸包裹的物件,看样子,像是一本书。

藏入怀中后,陈平安重新将土填回去,再仔细看过了那些蛇胆石,剩下来的石头,都"死"了,比起陈平安这两次从小溪里新捡起的石头,无论是颜色、纹理还是重量,都截然不同,眼前这些石子,就像死气沉沉的老人,而陈平安捞起的那些,就像初生的婴儿,朝气勃勃。

陈平安想了想,打算从自家宅子那个方向离开泥瓶巷。

他走到宋集薪家院门口的时候,听到吱呀一声,屋门打开,陈平安只得装模作样去敲自家门,喊道:"宁姑娘,睡了吗,我回来拿点东西。"

屋内很快灯光亮起,宁姚给陈平安打开院门。

隔壁那边,婢女稚圭慢悠悠走出屋子,怀里捧着一本大部头泛黄书籍,到了院子后,看到陈平安那边的影影绰绰,她摇头晃脑,嘴里啧啧啧,像是恰巧抓到了一对狗男女。

她独自一人走在泥瓶巷里,蹦蹦跳跳。她那金黄色的重瞳,在夜幕下小巷里,显得格外冰冷和神圣。纤细婀娜的她,如同一条游走在狭窄石缝里的蛟龙,好像只要走出了小巷,就要走江化龙。

宁姚虽然让陈平安进了院子,甚至进了屋子,但是她的脸色很不好看,坐在桌旁,一条胳膊贴靠在刀鞘上,手指轻轻敲击刀柄。

陈平安在确定稚圭走入小巷后,这才尴尬解释道:"我是去顾璨家拿东西,结果她刚好要出门,我只好来这里躲一躲,宁姑娘你千万别多想。"

宁姚问道:"什么东西?"

陈平安犹豫了一下,掏出那黄油纸包:"我现在也不知道。"

宁姚转过身,道:"你先自己打开看看,再决定要不要让我知道。"

陈平安点点头,坐在桌对面,打开一层层黄油纸,不断有泥屑滚落在桌面,最后的的确确露出一本古书。

古书封面唯有二字,陈平安只认识其中一个字——山。

他将古书放在桌面上,掉转方向,推向宁姚,好奇地问道:"宁姑娘,这个字读什么?"

宁姚重新转过身,低头瞥了眼,说道:"撼。"

书名"撼山"。

撼山?

宁姚皱了皱眉头,伸手就要去拿那本古书,不承想陈平安向后挪了挪。宁姚在这一刻,身体僵硬,怒火中烧,好像从没如此被人羞辱过。

堂堂宁姚,爹娘皆是十二境之上的大剑仙不说,她自己自诞生起,便被誉为最顶尖的剑仙坯子,哪怕离家出走这么多年,也只是与人比剑或是斗法输过,从来没有人会如此侮辱她的人格。一本破书,还需要她宁姚以下作手段去翻阅、偷窥、占有?

宁姚握紧刀柄,眯起那双尤为瞩目的狭长双眉。

细眼朱唇,大概就是形容这位姑娘的了。

其实细看之下,宁姚容颜极美,只是浑身通透的英毅之气,全然压过了脂粉气。

但是陈平安下一句话,拥有一种化腐朽为神奇的效果,让宁姚差点憋出内伤来。

"宁姑娘,这书是从顾璨家拿来的,虽然我觉得这不算偷,但以后还是要还给顾璨的。不过我们是朋友了,所以不管这本书上写了什么,希望宁姑娘看过之后,自己知道就好。"

宁姚深呼吸一口气,一拍桌子瞪眼道:"看什么看,自己看去,我不稀罕!"

陈平安下一句话,更是让宁姚感到哭笑不得:"宁姑娘,我不认识字啊,你教教我?"

宁姚心思一转,嗤笑道:"就不怕我占了你大便宜? 你想啊,顾璨明摆着是承受大量祖荫的家伙,就连天然剑坯的刘羡阳也比不上,小镇千年以来,也没几个人能够媲美。那么他小心翼翼珍藏起来的传家宝,能差到哪里去? 你就不怕我见财起意? 独占了这本价值连城的秘籍?"

一盏灯火微微摇曳的油灯,昏黄光线下,陈平安微微笑着,也不解释什么。

宁姚冷哼一声,挪了挪位置,示意陈平安坐到自己身边,结果对面的陈平安半天没抬屁股。宁姚气笑道:"我宁姚一只手能打一百个你……"

说到这里的时候,宁姚自顾自笑起来:"难不成你是怕我占你便宜?"

陈平安坐在宁姚身边,有些忐忑,也有些紧张。

少女宁姚还沉浸在先前那句话的语境里,越陷越深,自言自语道:"一只手打一百个陈平安,嗯,这个说法,适用范围很广啊,见到谁谁谁,切磋之后,如果败于我手,就撂下一句,'你才三千个陈平安的实力,也敢与我一战',感觉不错唉;遇见一头洪荒凶兽、一条大泽恶蛟,就告诉自己'这条孽畜相当于三万个陈平安,快跑',哈哈,可以可以……"

陈平安只觉得莫名其妙,肩并肩坐着的宁姚,突然就傻呵呵笑起来。

宁姚笑得家徒四壁的陈平安突然觉得自己像个有钱人。

而陈平安和宁姚,此时此刻更不会意识到,"一只手打一百个陈平安"这句玩笑话,在将来漫长岁月里展现出来的份量和力气。尤其是当陈平安不再是少年之时,越往后越是如此。

宁姚终于回过神来,咳嗽一声,挺直腰杆,拿过古书,快速翻了几页,然后她合上书,一根手指在封面上点了两下,转头对陈平安淡然道:"这是一部拳谱,拳法名'撼山',如果按照江湖人的规矩,你可以称之为《撼山谱》。"

陈平安满脸期待:"然后呢?"

宁姚强忍着翻白眼的冲动,尽量让自己郑重其事地翻开一页,那根嫩如青葱的纤细手指,指向扉页序文,一边向下滑动,一边念道:"家乡有小虫名为蚍蜉,终其一生,异于别处同类,皆在搬运山石入水。

"我的拳法,分生死,不分胜负,重神意,不重招式,将此拳六式练至炉火纯青之时,杀力巨大,动辄伤人肺腑至深……

"虽然《撼山谱》一直不曾跻身当世拳谱之清流高品,但我始终坚信,遍观天下武学,必有此拳一席之地。希望有缘人,将其发扬光大……"

宁姚熬着性子,把序文一句句读给陈平安听。

薄薄一本册子,整部拳谱的拳法才六式,序文篇幅倒是不小。

宁姚读完序文之后,把拳谱推到陈平安身边,拍了拍陈平安的肩膀,敷衍道:"好好收着啊,别遭了贼。"

陈平安点了点头,小心翼翼伸出双手按住那部古老拳谱。宁姚看得一直想笑,这么本书搁在桌面上，还能自己长脚跑了啊，还是你陈平安怕它会摔跤？

陈平安右手在衣襟上狠狠搓了搓，这才翻开书页，序文一字字看过去，之后图文并茂，反正他看得云里雾里。

宁姚侧身而坐，手肘抵在桌面上，望着陈平安的侧脸，调侃道："是不是觉得自己发大财了？以后砍柴要用金斧头、吃饭要用金饭碗？"

陈平安没有抬头，仔细琢磨那些图画和天书一般的文字内容，直言不讳道："其实方才我看到你的眼神，就知道这本拳谱不会太好，不过没关系，对我来说，它已经足够好了。"

宁姚挑了一下眉头，也开门见山道："我见识过或者听说过的东西，确实是很好的东西，但是在这之外，我只分得出好东西坏东西，可好东西有多好，坏东西有多坏，就很难说了。"

陈平安抬起头："那这本《撼山谱》，是属于'好，又不算太好'的行列喽？"

宁姚没好气道："我是不知道该如何描述，这部破拳谱到底有多糟糕！"

陈平安眨眨眼，嘴角有些笑意。显然早就心里有数，只是跟宁姚打趣罢了。

宁姚伸手推刀出鞘寸余，威胁道："想被砍是不是？"

陈平安低头看了眼她腰间的绿鞘长刀，由衷赞赏道："很好看。"

宁姚坦然受之："我宁姚亲自拣选的刀剑，当然不孬！"

陈平安看着她，有些羡慕和佩服她的那种自信，哪怕她与自己同龄，还身处于人生地不熟的异乡，但是无论何种处境，她都像是一轮朝阳，冉冉升起，势不可挡。这一点，从陆道长跟她打交道时候的小心谨慎，心思敏锐的陈平安就感受得到。

陈平安情不自禁地说道："如果阳光可以换铜钱多好！"

宁姚不明就里，讶异道："陈平安，你是不是想钱想疯了？"

陈平安连忙转移话题，翻到第一招拳谱："宁姑娘，能不能帮我读一遍这幅图画的文字？"

宁姚想了想，没有拒绝，只是问道："知道为什么我第一眼，就判定这部拳谱不怎么样吗？"

陈平安摇头道："我也很奇怪。"

宁姚笑了笑，干脆在长凳上面向陈平安，盘腿而坐，指了指那部摊开的拳谱，耐心解释道："武人的武学秘籍和修行之人的炼气之法，一般都有三种记载方式，第一种就是这部《撼山谱》，用普通材质的纸张书页，能够保存多少年，看运气，兵灾人祸不说，经过漫长岁月的潮湿、蚁害等等，也会逐渐损毁消失，对吧？"

陈平安恍然，点了点头。

宁姚继续道："所以，在这种以实物承载文字的方式当中，就出现了一条不成文的规矩，就是注重材质的珍稀程度，即承载文字的东西，与文字内容的价值能够相匹配，这就像你不会用榆木打造的盒子，去盛放一枚镇国玉玺。"

陈平安若有所思。

宁姚略作犹豫，仍是对陈平安打开天窗说亮话："接下来一种是不立文字，讲究言传身教。这些多是宗门帮派的压箱底本事，往往秘不示人，或者有传男不传女等繁缛规矩，甚至许多所谓的嫡传弟子、入室弟子，也未必能够尽得真传。真传真传，便在于此。"

宁姚叹了口气："至于最后一种，是只可意会，不可言传，连说也说不得，说也无法说。打个比方，这趟进来小镇的两股势力，云霞山的蔡金简，她的云霞山，有'观云海'一事，云海滔滔，云雾霞光尤为特殊，蕴藉灵气，被你们东宝瓶洲练气士誉为'天上尤物'，有些能够自行幻化成历代祖师爷，若有机缘者，就能与之会晤交流。而正阳山之巅的浓郁剑气，据说阴差阳错，因缘际会，也会出现正阳各峰老祖的剑灵，演化剑道，至于能否看到，只看福分大小，不看身份贵贱，不看修为高低。"

宁姚最后说道："当然了，三种方式也无绝对高低划分。第一种方式，若是将文字刻在玉碟之上，或是七十二福地之一的竹海福地，专门出产一种玄之又玄的洗字竹，就要另当别论了。除此之外，还有不计其数的古怪物品，你只要走得够远，就总能遇到惊喜。大千世界，无奇不有。你以后，最好还是要出去走走，不说奢望离开东宝瓶洲，离开这座天下，好歹争取走到大骊王朝的版图边境上。"

陈平安嗯嗯嗯着，明显心思都牵挂在那部拳谱上，他指向一个字："宁姑娘，这个念啥？"

宁姚气不打一处来："滚！"

陈平安一脸怀疑，宁姚怒目相视，指着那串文字："真念'滚'！此拳悟自大骊观雨，拳势滚走之势，拳罡如泼墨大雨，跌落人间后，滚走于大骊皇宫之龙壁，倾泻直下！"

陈平安凝神望着那几幅一气呵成的拳势图，排兵布阵一般，挤在一页之内，所以每个挥拳小人的图画都不大，加上炭笔画工并没有如何精细，也亏得是陈平安眼力好，在昏暗灯光下依然看得纤毫不差。他听到宁姑娘那些听不太懂的话语后，呢喃道："听上去这一式拳法很威猛啊。"

宁姚微微凑过脑袋，看着那几幅画谱，点头道："有一招拳法，在江湖上传了几千年，都没有失传，跟这一招拳谱有几分神似啊。"

陈平安转头好奇问道："怎么说？"

昏黄灯火中，宁姚长眉微弯，如春风压弯了一束桃枝。

她忍住笑意道："江湖上有套老少咸宜的拳法，叫王八拳，一顿瞎抡，保管能够乱拳打死老师傅。"

陈平安无奈道："哪有你这么说的。"

陈平安在脑海中想象了一番，这可不就是顾璨的拿手好戏和成名绝学吗？记忆当中，顾璨他娘亲在很多年前，好像有过一场不那么美好的争执，是在杏花巷的一间脂粉铺子门口。那时候顾璨才刚刚会走路，顾璨他爹因为是外乡人的缘故，又多年不在家，早已被泥瓶巷的街坊邻居忘记。那时候妇人们开始忧心，忧心自家男人在经过顾氏寡妇家门口的时候，就会不由自主地放慢脚步，仅仅是竹竿上晾晒着的妇人衣物，就轻而易举将男人的魂魄勾走了。后来有一次，马婆婆便召集五六个妇人，联袂去堵顾氏的院门，顾氏在那一战当中，吃了不少亏，但是马婆婆她们也没占到多大便宜，两败俱伤。只不过越到后边，顾氏终究势单力薄，双拳难敌四手，就连衣衫也被扯碎。她衣衫本就单薄，一时间难免春光乍泄，更让那些自惭形秽的妇人们失心疯，抓挠撕咬，无所不用其极，看得巷子周围的男人们一个个咽口水。

好在当时陈平安恰巧从龙窑回到小镇，这么多年一直得到顾氏照拂，就上去帮顾璨他娘挡下许多阴险招式。从头到尾，陈平安没敢还手，他不是怕惹麻烦，而是怕自己一拳就打死人。

那个时候的他，在姚老头的呼喝声、谩骂声中，已经走过无数山和水，才十二三岁，就走了很多小镇老人几辈子的路。

那会儿，他和顾氏坐在院门口，顾璨始终被关在门内，大概是她不希望孩子看到他娘亲的狼狈模样。

陈平安转头望去，给顾氏指了指嘴角位置。顾氏随意撇了撇嘴，然后伸出大拇指，重重擦掉嘴角的血迹。

顾璨在院子里哭得撕心裂肺，一声声喊着娘亲。

顾氏先是对陈平安笑了笑，然后哗啦一下，眼泪就滚出了眼眶。

第二天，陈平安身边，就多了一个不情不愿的拖油瓶。

宁姚的问话打断了陈平安的幽幽思绪："你想什么呢？"

陈平安问道："你说顾璨和他娘离开小镇后，随了截江真君去了那座书简湖，真能过上好日子吗？"

宁姚反问道："你觉得他们母子在泥瓶巷过得不好？"

陈平安想了想："顾璨那小子没啥良心，年纪又小，肯定没觉得日子难熬，不过顾璨他娘……应该不会觉得小镇是个好地方，尤其是泥瓶巷和杏花巷的女人，她一个都不喜欢。而且我觉得顾璨他娘吧，好像天生就不该在小镇这边，她总觉得很不甘心。如果按照姚老头的话来说，就是心不定，男人心不定，叫志在远方；娘们心不定，就要红杏出墙。可我觉得这话说得不太对……"

宁姚猛然直起腰，一拍桌子："扯什么扯，还要不要学拳谱？！"

陈平安吓了一跳："宁姑娘你继续说。"

宁姚没好气道："与你说修行，并无意义，因为你注定无法修行。所以我只能跟你说武学，说武道。"

陈平安刚想说什么，宁姚已经兀自往下说去："天下武道分九境，当然有人也说其实九境之上，还有第十境，就像各大王朝都会豢养一群棋待诏……"

说到这里，宁姚心情又好了许多，笑眯眯问道："陈平安，知道什么叫棋待诏吗？"

陈平安当然老老实实摇头。

宁姚脸上光彩流溢："围棋高手，九段品秩最高，就等于官场的一品大员吧，但是有一些百年一遇的天才，会被誉为'十段国手'，然后这些人就会有各种花哨的独有头衔，你们大骊王朝的棋待诏啊，特别丢人，据说你们的九段，只等于隋朝的七段实力，整个大骊，也就一个绰号'绣虎'的家伙，被隋朝棋坛真正视为敌手。哦，对了，你知道啥叫围棋吗？"

陈平安点头道："知道，规矩也懂些，就是自己不会下。宋集薪和稚圭家里就有棋盘和棋子。"

宁姚满是失落："这样啊。"

宁姚绕了半天，陈平安仍是不晓得"九境"到底是个啥。

宁姚似乎也意识到自己有点不靠谱，咳嗽一声，郑重其事道："我娘说过，武道九境，一步一台阶，但是哪怕等你登顶第九境，最后的景象，就像身处一座山，抬头望向远处的另外一座山，却只看到了半山腰。"

陈平安若有所思："我懂了。"

因为他亲眼见识过这幅画面。

宁姚也不在意陈平安是否真懂，说道："武道九境，分炼体、炼气和炼神，各有三层境界，步步登顶，一步差不得，更错不得，走得越坚实越好，走得快慢与否，反而没有那么重要，这与修行是不太一样的。

"炼体三境界，第一层泥胚境，听意思就知道，跟你宅子所在的这条泥瓶巷一样，粗糙不堪。不过修至巅峰圆满，自身如一尊泥菩萨，虽是泥塑，却也有几分不俗气象，气沉丹田，不动如山，算是在武道一途真正入门了。总之，这一层的精髓在于一个'散'字，以及一个'沉'字。习武之人的天赋高低，悟性的好坏，领路的师父一下子就能看出来。

"第二层木胎境，寓意你的体魄开始由粗渐细，大成之时，肌肤纹理精密有序，如通体篆刻符箓，就像……对，就像这块从溪里摸出来的蛇胆石，跟一般的鹅卵石，内里其实已经截然不同。这一层境界的深意，为'开山'，拓宽经脉，把一条狭窄如羊肠小道的经脉，变成能够容纳马车通行的阳关大道。习武之人的根骨好坏，会在这个境界当中高下立判。"

说这些话的时候，宁姚高高举起那颗陈平安赠送的石子。

她凝视着灯火映照下的漂亮石头，轻声道："炼体最后一境界，名为'水银境'。血液浓稠如水银，重量却更加轻盈，气血凝聚合一。突破门槛，需要渡过一劫，叫'泥菩萨过江'。能否成功走过最后一个门槛，鲤鱼跳龙门，就得看习武之人的运气了。"

陈平安听得懵懵懂懂，痴痴地望着那盏油灯，灯火摇曳，心神随之摇曳。

宁姚打了个哈欠，趴在桌子上，懒洋洋道："说到这里就差不多了，炼体三境界，已经将八成入品武人挡下来了，再难更进一步。要知道穷学文富学武这个道理，除了我家乡，其余天下皆然。按照你的家底，以及你的悟性，我估摸着这辈子能够到达第二层境界，就该烧高香了。"

陈平安问道："那这本拳谱怎么练？"

宁姚挑了一下眉头："明天再说，我有些困。"

陈平安嗯了一声："那我拿箩筐去捡石头了，明天再来找宁姑娘。"

宁姚说道："如果你放心的话，拳谱留下来，我再看看有没有纰漏，会不会是陷阱之类的。"

陈平安笑道："好的，可是宁姑娘记得小心些，这本《撼山谱》，我以后还要原原本本还给顾璨的。"

宁姚转头皱眉道："你要说几遍才放心？！"

陈平安笑着去角落背起箩筐，离开屋子的时候不忘提醒道："宁姑娘别忘了锁院门。"

宁姚趴在桌子上，没有转头，摆摆手，有气无力道："知道啦知道啦，你怎么比我爹还话多啊。"

陈平安身轻如燕，身影没入小巷。

等到陈平安约莫着已经离开泥瓶巷，宁姚立即直起身，以视若仇寇的眼神，狠狠盯着那部《撼山谱》，然后整个人瞬间垮了下来，再次趴在桌上，愁眉苦脸，自言自语道："这玩意儿怎么教啊，我生下来就是世间第一等的剑仙之体，哪里需要走这些山脚的路程。我连三百六十五座窍穴的名字也记不全，气息如何自然流转，我打从娘胎起就会了啊……"少女双手挠头，悲愤欲绝。

突然有一个嗓音在门外怯生生响起："宁姑娘？"

宁姚身体僵硬地缓缓转身，看到一张极其欠揍的黝黑脸庞。她板起脸，不说话。

陈平安咽了咽口水，歉意道："我是怕你忘了锁门，就来提醒一声。再就是如果宁姑娘晚上肚子会饿的话，我可以先去刘羡阳家做些宵夜，给宁姑娘拿过来，之后再去小溪那边。"

宁姚大手一挥，陈平安立即跑路。

一路上，陈平安脑海中都是拳谱第一式的图画。

拳走人动，脚不离地，如蹚烂泥，势如大雪及膝，缓缓而行。

陈平安自己都没有察觉到,当他试图按照图谱去练习拳架后,他不由自主转变了每次呼吸的快慢长短。

陈平安甚至异想天开,在溪水当中练拳,岂不是更好?

齐静春身前放着两枚印章,由最上等蛇胆石雕刻而成,皆不大,且都尚未篆刻印文。

白天,那位气质温润如玉的读书人,造访学塾,之后两人私下对话,远道而来的儒家君子问了他一个问题:"先生可想继承某人遗愿,继续为万世开太平?"

齐静春当时回答道:"容我考虑考虑。"

这显然不是一个令人满意的答复,不过那位享誉半洲的年轻君子,没有咄咄逼人,与慕名已久的齐先生,聊了聊小镇的风土人情和小镇之外的风云变幻,然后就告辞离去了。

从头到尾,年轻君子都没有询问那块玉牌如何处置。

但是齐静春心知肚明,东宝瓶洲儒教书院的这位君子可以忍,道教宗门的那对金童玉女,佛教大小禅寺的护经师、那位蜚声海外的苦行僧,以及兵家的代表人物,这三方势力都不太可能会顾忌山崖书院的颜面,尤其不会听从他齐静春的意愿,肯定会毫不犹豫取回各自势力的压胜之物。

不过这些都是意料之中的事情。

齐静春正襟危坐,手握刻刀,破天荒有些为难,不知如何刻写印章的篆文。"杀身成仁,舍生取义",对这个孩子来说,好像太大了一些,不妥当,也不吉利。"安心在平,立身在正",是不是太虚了一些? 可如果是两枚随手凿就的急就章,好像又显得太没有诚意了。

齐静春转头望向窗外的夜空,夜幕当中,星星点点,如一颗颗夜明珠悬挂于一张黑幕之上。

齐静春怔怔失神,良久才回过神来,一手拿起印章,开始下刀。

最终刻出"静心得意"四个古朴篆文,尤其以为首之"静"字,最为神意饱满,包罗万象。

齐静春轻轻放下手中印章,底款这面朝上,如释重负。

这位两鬓霜白的儒士心意微动,便随手挥袖,只见桌面上很快"风生水起",山川起伏,依次展开。最后齐静春凝神望去,看到小镇陌巷的破落祖宅当中,陈平安和宁姚并肩而坐,聊着武道九境的概况。

武道九境之上,有第十境。

齐静春早就读书破万卷,对于庙堂江湖更不陌生,自然晓得武道之事。

齐静春那张近乎古板的脸庞上浮现出一些笑意。

于是这位坐镇一方天地的儒家圣人，开了一个无伤大雅的玩笑。他在第二枚私章上篆刻三字:陈十一。

陈平安想着以后若是白天摸石头的话，可以从刘羡阳那边摸起，一直往上游，到那座廊桥为止，所以今夜就选了第一次下水位置的更上游，会远离廊桥，以及那个被土话称为青牛背的青色石崖，即陈平安初次见到青衣少女的地方，他也因此错过了与宋集薪和督造官的见面。

廊桥那边，高高挂着"风生水起"四字匾额。

白袍玉带的男人名义上是窑务督造官，实则是大骊第一权势藩王，在他的带领下，宋集薪来到廊桥台阶底部。来之前，宋集薪不但在官署沐浴更衣，还悬佩香囊，和一枚材质普通的龙形玉佩，色泽黯淡，毫不起眼。反倒是那块无论质地、品相还是寓意，都要更为出彩的老龙布雨玉佩，被宋长镜强令摘掉，绝对不许悬佩。

宋集薪手里捧着三炷香，站在台阶下，不知所措。

大骊藩王宋长镜转过身，伸出一手，双指在三炷香顶部轻轻一搓捻，香便被点燃了。

宋长镜随意道:"跪下后，面朝匾额，磕三个响头，把香火往地面上一插，就完事了。"

宋集薪虽然满腹狐疑，但仍是按照这个从天而降的"叔叔"所说，捧香下跪三磕头。

虽然宋长镜说得云淡风轻，可是宋集薪跪下后，他脸色凝重，极为复杂，看着宋集薪磕头的那处地面，流露出隐藏极深的憎恶。

将三炷香插在地面，起身后，宋集薪问道:"在这里上香，没有关系?"

宋长镜笑道:"也就是走个仪式而已，不用太上心。就从现在开始，先学会逢场作戏吧，要不然以后你可能会忙得焦头烂额。"

宋长镜收起笑意:"只不过也别忘了，这座廊桥是你的……龙兴之地。"

宋集薪嘴唇乌青，不知是不是倒春寒给冻伤的。他故作轻松道:"这四个字，不好随便乱用吧?"

宋长镜一手拍打肚子，一手扶住腰间那根白玉带，哈哈笑道:"到了京城自然如此，在这里便无妨了。既无庙堂家犬，也无江湖野狗，不会有人逮着本王一顿乱咬。"

宋集薪好奇问道:"你也怕被人非议?"

男人反问道:"本王在大骊王朝，已经打遍山上山下无敌手，如果再没有一点怕的东西，岂不是比那个坐龙椅的人还舒坦? 小子，你觉得这像话吗?"

宋集薪略作思量，犹豫之后，仍是下定决心开口问道:"你是在韬光养晦，还是养寇自重?"

男人哑然失笑，伸手指了指锋芒毕露的宋集薪，摇头道："这些大逆不道的言语，你也真敢说，太不知轻重利害了。以后到了京城也好，还是去山上某座仙家府邸，暂避风头，本王劝你一句，别如此言行无忌，否则肯定会倒大霉的。"

宋集薪点头道："我记住了。"

宋长镜指向金字匾额："'风生水起''风生水起'，本王问你，'水起'，怎么个起法？"

宋集薪干脆利落道："不知。"

宋长镜嘀咕了一句："知之为知之，不知为不知，是知也。什么狗屁话，读书人就是花花肠子，放个屁也要来个九曲十八弯。"

不过面对宋集薪，宋长镜要稍稍文雅一些："如果本王没有记错，你们小镇三千年来，不管发多大的洪水，这条小溪的最高水位，从来没有高过锈剑条的剑尖。"

宋集薪疑惑道："家住杏花巷铁锁井那边的老人，确实经常在槐树底下，跟我们念叨这个说法。这其中，当真有玄机？"

宋长镜伸手指向极远处，是小溪离开群山之出口处，笑道："山林之间，蛇有蛇道；屋舍之内，鼠有鼠路。至于这江河溪涧之中，则是蛟有蛟道。"

宋长镜缩回手指，耐心解释道："大骊王朝众多地方，其实也有许多桥下挂剑的习俗，只不过那些铜钱剑、桃木剑或是符箓剑，往往挡得住一次山蛟林蟒入江，再也挡不住第二次。甚至许多悬挂法剑之人道行浅薄，一次走江的威力也经受不住，反而惹恼了洪水当中的蛟龙之属，故而洪水一过，本来可以不用倒塌的桥塌了，剑更是没了踪迹。唯独这一处的这一把剑……"

宋长镜话说了一半，就沉默下去了。

宋集薪一直忍着没有追问。

宋长镜叹了口气，道："唯独这把剑，从悬挂在桥下的第一天起，就不是针对什么蛟龙走江的，而是被圣人用来镇压那口锁龙井的出口。所谓出口，也就是桥底下的那口深潭，防止龙气流溢涣散过快，以免将这一方小天地给强行撑破。"

宋集薪一针见血问道："天底下最后那条真龙，到底有没有死？"

宋长镜笑道："三千多年前那场屠龙之战，死了不计其数的练气士，就连三教圣人和百家宗师，也多有陨落，你小子是当他们所有人都是脑子有坑，还是圣人一大把岁数都活到狗身上了？故意留着最后一条真龙，当作一般的花鸟鱼虫来豢养啊？"

宋集薪反驳道："说不定是无法彻底杀死那条真龙呢？只能用上缓兵之计和蚕食之法。我虽然不知数千年之前的圣人的初衷和谋划，但是我猜得出那条真龙绝对不简单！"

宋长镜摇头之后，又点了点头："你说对了一半，真龙是已死无疑了，至于它的真实身份和象征意义，'不简单'三个字可绝对承载不起。"

宋集薪欲言又止。

"总之，大骊所有谋划，付出无数心血，只是为了'风生水起'，为了将来的南下大业。"

男人率先走上台阶，缓缓道："你要是问本王，三千多年前圣人们为何要屠龙，本王不好回答你。可你要是问为何把你丢在这里，你又为何是大骊嫡出的尊贵皇子，本王倒是可以一五一十告诉你真相。"

宋集薪低着头，看不清表情。

宋集薪不问，宋长镜自然也就不自作多情，当他走到台阶最高一层后，转身面向小镇："以后气量大一些，跟刘羡阳之流做意气之争，甚至还起了杀心，你也不嫌掉价？"

宋集薪坐在台阶顶部，与宋长镜一起望向北方，问了一个风马牛不相及的问题："我们大骊在东宝瓶洲的最北端？"

宋长镜点头道："嗯，被视为北方蛮夷近千年了。如今不过是拳头够硬，才赢得一点尊重。"

宋集薪依然低着头，只是眼神炙热。

宋长镜平淡道："到了京城，要小心一个绰号'绣虎'的人。"

宋集薪一头雾水。

宋长镜笑道："他如今便是我们大骊的国师，更是你那位同胞弟弟的授业恩师。我大骊能够在近五十年当中，由开国七十郡、八百城，变成如今的一百四十郡、一千五百城，疆土扩张如此之大，此人有一半功劳。"

宋集薪猛然抬头望去。

宋长镜笑了："小子，你猜得没错。"

宋长镜也坐在台阶上，双手撑在膝盖上，举目远眺。

另一个为大骊开疆拓土的功勋，显而易见，远在天边近在眼前。

宋集薪这一刻，浑身颤抖，头皮发麻。

两两无言，长久之后，宋集薪突然说道："叔叔，我虽然对刘羡阳有杀心，之前甚至考虑过跟老龙城的符南华做交易，让他想办法杀掉刘羡阳。但是，我心里从来没有觉得一个刘羡阳，有资格跟我平起平坐，哪怕他拥有一份历史悠久的家族传承。我杀他，只是觉得杀了他，我也不用付出多大的代价，仅此而已。"

宋长镜有了一些兴致："如此说来，你另有心结？"

宋集薪摸了摸脖子，沉默不语。

三更半夜，万籁寂静。

小镇竟然还有人走在街道上，她身影纤细，衣衫单薄。当她走过杏花巷铁锁井的时候,有些咬牙切齿;当她经过牌坊楼的时候,还狠狠踹了一脚石柱;最后她来到那棵枝繁叶茂的老槐树下。按照老人的说法,这棵树不知道活了多久,而且无论什么时候掉落枯枝,从不会砸到人,极有灵性。

大摇大摆来到树底下的稚圭,当然对这些说法相当不屑一顾。

她打开那部从自家公子那里借来的古书,开始"按图索骥"。

她一个一个报名字过去,像是沙场秋点兵的大将。

等到有些口干舌燥的时候,她停下点名,一手拿着那本被宋集薪称为"墙外书"的地方县志,一手指向槐树,仰头骂道:"给脸不要脸是不是?!"

悄然无声,并无答复。

稚圭立即跺脚,破口大骂:"四姓十族,先从四姓开始,卢、李、赵、宋,你们四大姓,识趣识相一点,赶紧的,每个姓氏最少掉三片槐叶下来,少一片槐叶,我王朱这辈子就跟你们没完! 出去之后,一个一个收拾过去,管你们是少年青壮,还是妇孺老幼,反正都是一群养不熟的白眼狼,忘恩负义还有理了?!"

她骂得气喘吁吁,一手扶住腰肢,犹然骂骂咧咧:"姓宋的,大骊王朝能跟你们姓,最大的功臣是谁? 你们心里没数? 跟我装傻是不是? 信不信我一出去,就让大骊姓卢姓赵姓什么都行,就是不姓宋?!

"十大家族,每个姓氏两片槐叶,其余普通姓氏,最少一片。当然,谁若是有魄力押注,多多益善,回头我一定让他赚个盆满钵盈!

"十族里的曹家,对,就是出了个王八蛋曹曦的曹家! 这兔崽子当年什么恶心事不做,穿着开裆裤的时候就一肚子坏水! 你们除了两片槐叶之外,必须多给我一片,作为补偿,否则我王朱发誓出去之后,一定要让曹曦断子绝孙! 竟然敢往井里撒尿,这种缺德鬼,是怎么当上一国真君的?!

"还有那个谢家,你们家族出了一个叫谢实的家伙,对不对? 嗯,我跟他有点交情,当初如果不是我,他早就给洪水冲走了,所以你们不多给一片槐叶,说得过去?"

远处,齐静春安安静静望着槐树下的景象,不言不语。如一位只会打板子教训子女的严父,看待一个越大越骄纵的子女,有些无奈。

只是当看到稚圭不断翻书,然后那一片片离开枝头的槐叶,纷纷飘落到一页页书之间时,齐静春又有些欣慰。

千言万语,齐静春最后只是呢喃道:"离家以后,要好好的。"

稚圭似乎有所感应,蓦然回首,并无人影。

她怅然若失,晃了晃脑袋,不再深思,回头继续骂槐。

陈平安背起箩筐上岸后,往青牛背那边走去,不知道是不是错觉,他觉得小溪水位好像下降了一些。

临近青色石崖，他突然停下脚步，因为他清晰地看到不少人站在那边，每人的容颜几乎纤毫毕现，之所以如此，并非星光璀璨的缘故，而是那座青牛背上，站着一头雪白麋鹿，通体晶莹，散发出丝丝缕缕的白色光线，如同小溪里随水摇晃的水草。

白色麋鹿低下头颅，一个身穿大红棉袄的小女孩，则使劲踮起脚，伸手抚摸它的鹿角。

之外是两个身穿道袍的年轻男女，不知道是不是白色麋鹿光线映照的关系，男女两人肌肤胜雪，晶莹剔透。打个比方，若说小镇百姓是泥坯子捏的土人，那么这两个外乡道人就是烧造而成的精美瓷器，真真正正有着天壤之别。

男女道袍的样式，跟摆算命摊子的陆道长有些像，又有很多细节不同，道冠是最不一样的，陆道长是莲花冠，这两人头顶的道冠，则形若鱼尾。

陈平安怔怔望去，只觉得站在白色麋鹿旁的男女，宛如神仙挂像里走出的人物，仿佛下一刻就会飘然飞升而去，摘星拿月唾手可得。

另外两人稍稍站得远一些，一人陈平安认识，正是铸剑师阮师傅的女儿，青衣少女这次没有携带装满食物的包裹，一手托着块小绣帕，上面只放着几块玲珑可爱的糕点。她低着头，很犹豫的模样，不知道从哪一样吃食下手。她身边之人，三十来岁，背负长剑，腰悬一枚怪异佩饰。

陈平安看到他们的同时，几乎所有人也察觉到他的突兀出现，年轻道姑有些讶异，便弯下腰揉了揉红棉袄小女孩的脑袋，一边指向陈平安这个方向，一边窃窃私语。小女孩竖起耳朵听那位神仙姐姐的问话，使劲睁大眼眸，定睛望去，依稀认出陈平安的模样后，就开始竹筒倒豆子，应该是在给白色麋鹿的主人，那位神仙姐姐解释陈平安的身份来历。

这一刻，陈平安也认出那个八九岁的小女孩了，最早见面，是他去龙窑烧瓷之前，曾经就在泥瓶巷遇到过的一个扎羊角辫儿的小女孩，年纪很小，手里拿着一只纸鸢，两条瘦竹竿似的纤细小腿，跑得却跟风一样，让陈平安尤为记忆深刻。后来又断断续续见到过几次，有次小女孩趴在铁锁井井口，往里头偷偷丢石子，被陈平安无意间撞见，小女孩吓得赶紧跑开，跑出去十数步才记得糖葫芦落在井口上，实在熬不过嘴馋，就又跑回铁锁井。这一去一回，太过仓促，结果啪唧一下，整个人扑倒在地上，站起身后一把抓过糖葫芦，然后猛然停下脚步，张开嘴巴，伸手拔下那颗摇摇欲坠的牙齿，放入兜里，不哭不闹，二话不说继续跑路。那一幕看得陈平安满头冷汗。最后一次见到她，是在荒草丛生的那片神像破败之地，是去年秋天的一个黄昏，陈平安离开龙窑回到小镇，四处闲逛，结果看到忙着捉蟋蟀的她，在草丛里四处打滚、蹦跳、飞扑，她看到陈平安后，显然也认出了陈平安，又是一阵清风远遁而去。

后来陈平安听顾璨说，这个整天脏兮兮的小姐姐，虽然看上去是个无人管束的野丫头，但其实是福禄街李家的人，而且不是仆人丫鬟那种。只不过不知道为啥，她就是喜欢一个人瞎逛荡，家里人也不管。顾璨最后说到她的时候，满满的骄傲和鄙视，说她别看跑得快，人可笨了。有次他们两人凑巧一起在溪水里抓鱼，那个笨蛋忙了一下午，才抓到一只螃蟹，一条石板鱼也没逮着，而且她之所以能抓住那只大螃蟹，还是因为螃蟹的蟹钳狠狠夹住了她的手指。顾璨当时在陈平安屋里说这个，笑得在小木板床上捂住肚子打滚，说她是真傻，竟然还故意扬起手，跟他炫耀，好像抓到一只螃蟹有多了不起似的，关键是当时她明显已经被蟹钳夹得快哭了。

面容英俊的年轻道人瞥了眼白色麋鹿，对年纪轻轻的道姑笑道："贺师姐，让你小心些，不要太宠溺它，不过是不到一旬的时间，再者障眼法而已，也不妨碍它的自由，你偏偏不听。这下给凡夫俗子撞了个正着，如何是好？"

有倾城之姿的道姑在听完小女孩的介绍后，微笑道："顺其自然吧。"

年轻道人皱了皱眉头，再次举目望去，一眼之后，又端详片刻，实在看不出背着箩筐的草鞋少年有什么不俗气象。他们所在宗门，看相望气和寻龙点穴的本事，虽算不得冠绝一洲，但也算是颇为擅长，他既然能够代替宗门来此取回压胜之物，还要负责把那件镇山之宝，安然无恙地带回去，未来还要呈交给上宗，当然绝非池中之物，所以当他没有看出陈平安有太多奇异之后，便没了将其招徕进入山门的心思。年轻道人精于看相，不觉得自己会看错人。

两人所在师门，是东宝瓶洲的道家三宗之一，而且是一洲道统之首宗，尊贵无比。他这次和贺师姐两人联袂出山，作为报酬，每人都有一个为宗门招收真传弟子的宝贵名额，这名弟子同时会被他们各自收为徒弟。所以他可不想随意挥霍，必须慎重对待。

宗门上下皆知，贺师姐重修心一事，所以一句轻描淡写的顺其自然，极有可能就是动了收徒的念头。

他和贺小凉，被誉为东宝瓶洲的金童玉女，一洲道家的天之骄女，便是人间君王遇到他们，也要以礼相待，并且礼仪之重，完全不输大国真君。因为他们是一洲之内，最有望跻身上五境的修行天才。

贺小凉牵起小女孩的手，一起走下青牛背，通灵的白色麋鹿尾随其后，不仅仅是同门师弟的年轻道人感到匪夷所思，那位腰佩虎符、背负长剑的兵家巨子，也流露出惊讶之色。

看到年轻道姑缓缓走来，陈平安有些头大。他现在实在是不愿和这些来自外乡的神仙打交道。因为他知道，他们简单的爱憎喜怒，就会决定自己的生死荣辱。而且陈平安知道自己的运气一向不算太好，所以就更怕招惹他们了。只不过陈平安也不至于因此落荒而逃，相反，他还象征性地向前走了一段路程，如此一来，落在旁人眼中，还算得体。

白色麋鹿微微加快步伐，小跑而至，绕着陈平安走了一圈，最后低下头颅，主动蹭了蹭他。

白色麋鹿回到主人身边，主人动作轻柔地摸了摸它的背脊，下一刻它便变成了一匹马的身姿。

贺小凉望向陈平安，微微叹息，笑着说了一句话，然后低头望向身穿红棉袄的小女孩。

小女孩便将其翻译成小镇方言，怯生生道："贺姐姐说了，'你是惜福之人，可惜你我缘浅，做不成道友'。"

陈平安哑口无言，因为根本不知道说什么才不失礼。

背着箩筐，穿着草鞋，卷着裤管，他的模样，显得格外滑稽可笑。

贺小凉笑问道："你也知道了这些石子的妙用？陈平安，你不用担心，我只是随口一问。"

小女孩照搬，语速飞快，声音清脆。

陈平安犹豫了一下，点头道："有位道长提醒过我，可以常来小溪捡石头抓鱼什么的。"

哪怕陈平安对这个年轻女冠心生好感，可是小心起见，连陆道长的姓氏也没有透露。而且真正泄露天机之人，点破蛇胆石价值不菲的人，是宁姚才对。

贺小凉微笑道："你也认识我们那位陆小师叔？"

陈平安愣了。

贺小凉会心一笑，粗略解释道："陆小师叔，严格说来，并非与我们同宗，只不过陆道长多年之前造访我们宗门，与我们一位师叔平辈相交，待了好些年。我们这些晚辈与他相熟，自然也就习惯了以'小师叔'相称。"

陈平安咧嘴一笑，彻底没了戒心。

对那个陆道长，陈平安心怀感恩，这辈子都不会忘记。

他想起一事，弯腰屈膝放下箩筐，拿起其中一颗之前一见倾心的石子，大如鸡蛋，绿莹莹的，清亮似冰，迥异于其他蛇胆石，递给气质如幽兰的贺小凉，问道："道长，以后见到陆道长的话，能不能帮我把这块石头送给他？"

贺小凉听完小女孩的解释后，略作思量，接过石头，缓缓说道："来此之前，我刚好遇到离开的小师叔，他要去南涧国参加一座道统宗门的重要典礼，下次何时见面，还真不好说，但是只要见到陆小师叔，我一定帮你转送给他。"

陈平安听着小女孩的言语，笑容灿烂，向这位观感极好的年轻道姑弯腰致谢。

对于陌生人的好坏，陈平安一直相信自己的直觉。如苻南华、蔡金简，又如陆道长和宁姑娘。

陈平安又拿出一颗蛇胆石,再次递给贺小凉。

这位在东宝瓶洲年轻一辈当中,被誉为"机缘第一"的道家女冠,也不拒绝,笑眯眯收下了,不忘感谢。

红棉袄小女孩双手拧着衣角,小声说道:"我也想要一块。"

陈平安笑着转身,去箩筐里挑石头给小女孩。

小女孩跑到他身边,小心翼翼说道:"我想要一块大些的,行不行?"

陈平安笑道:"只要你搬得动,就送你块最大的。不过这里到小镇,再到家里,可不近。而且我觉得箩筐里这些大的,不如小的好。"

她想了想,双手趴在箩筐边沿:"好吧,那我要挑块小的,好看的。"

陈平安便给她挑了块藕粉色的小石头,水润可爱,小女孩握在手心,很满意。

她突然歪着脑袋,咧咧嘴,指了指自己牙齿后,然后对陈平安嘿嘿一笑,满脸得意。估摸着她是在显摆自己牙齿长齐了。

陈平安开心道:"下次我们一起去抓蟋蟀。"

小女孩眼睛一亮,但是很快黯然,笑容牵强地点了点头。

陈平安背起箩筐,跟贺小凉告辞离去,朝小女孩挥了挥手,独自小跑返回小镇。

同样是仙子,这位年轻女冠的含金量,远不是云霞山蔡金简能够媲美的,几乎是仙家金精之于世俗金子。

她带着小女孩还有白色麋鹿返回青牛背,年轻道人从陈平安的背影收回视线,盖棺定论道:"缘浅便是福薄,自然不当大用。"

东宝瓶洲的道家门派,多如牛毛,每三十年都会选出一对"金童玉女",他和师姐贺小凉便是这一届的天生道侣。只不过让人惊讶的事情出现了,金童的资质不比以往逊色,但是那位玉女的机缘之好,简直是好到令人发指。出生之时,便有祥瑞之一的白色麋鹿主动走出山野大泽,来到她身边认主,之后涉足修行大道,好像从无坎坷,一路顺风顺水,甚至有人扬言她只有等到跻身上五境之后,才会遇到第一个瓶颈。

师弟对那陈平安的轻视,贺小凉不置可否,一笑置之。

此时,一个矮小少年从廊桥底下的深潭附近,一直来到青牛背底下的水坑,手里只拿着一颗蛇胆石,竟然如先前白色麋鹿一般,在夜色当中大放光彩。

少年手持石头,站在一块露出水面的石头上,如同顶天立地的仙人,手持一轮袖珍圆月。

年轻道人豢养的青红两尾大鱼,不入水中,只在溪水之上,缓缓游走。

如果陈平安看到这个少年,就会知道他正是杏花巷马婆婆的那个孙子。

少年自幼痴呆,很小就被爹娘嫌弃,马婆婆就自己带着孙子。少年很不合群,经常一个人爬到屋顶上去看云彩。

从小到大，跟随马婆婆姓马的少年，被人欺负到最后，觉得踩他一脚都嫌脏鞋子，这个可怜孩子，好像只对泥瓶巷的婢女稚圭笑过。所以马婆婆才会格外记恨那个婢女，认为她就是个不要脸的狐媚子，肯定是她主动勾引自己的宝贝孙子。

贺小凉走到那名背负长剑的男人身边，问道："关于马苦玄，当真没有回旋余地？"

男人语气冷漠道："你们那个小师叔，如果真是想要收这孩子做开山弟子，怎么不自己来？他的名号再响亮又如何？又没跟我打过，凭什么要让给他？他要是不服气，就来真武山找我。赢了，就让他带走这个孩子。"

年轻道人微笑道："无非是让我们小师叔多跑一趟，何苦来哉？"绵里藏针。

负剑挂符的男人眯起眼："哦？"

贺小凉有些气闷，看了一眼同门师弟，年轻道人哈哈一笑，便不与那人针锋相对，自顾自抬头道："今天月色真好。"

她有些无奈。只要涉及自己宗门的那位小师叔，莫说是她和师弟，恐怕一洲之内的所有年轻道士，皆是与有荣焉。

廊桥那边，台阶下，站着一名赤脚僧人，他脸庞方正，有坚韧刚毅的神色。

这个苦行僧没有抬头望向那块金字匾额，而是看着之前宋集薪插香的地面，双手合十，低头悲悯道："阿弥陀佛。"

矮小少年马苦玄上岸，来到青牛背，看了看两个飘飘欲仙的年轻道人，又看了看不苟言笑的背剑男人，最后他死死盯着腰挂虎符的后者，咬牙切齿道："我不要学什么长生大道，你能不能教我杀人？！"

男人傲然笑道："我兵家剑修，自古便是天下杀力第一！"

年轻道人还以颜色，笑道："哦？"

贺小凉摇了摇头，知道大局已定，便觉得辜负了小师叔的托付，心怀愧疚。

一时间溪畔的青牛背上，剑拔弩张，气氛凝重。

李家的红棉袄小女孩，赶紧躲到神仙姐姐身后。

青衣少女刚吃完最后一块糕点，心情正糟糕得很，没好气道："你们有本事找我爹打去！"

跟少女以及她爹大有渊源的男人，不再板着脸，笑道："怎么打？"

年轻道人打趣道："阮秀，这就有些欺负人了啊。你爹可是接替齐先生的下一位圣人，就像是此方天地的主人。"

青衣少女阮秀撇撇嘴，不说话。

僧人缓缓走来，登上青牛背。

贺小凉说道："你们佛门的雷音塔，我们道家的天师印，加上兵家的一座小剑冢，当然还有儒家的山岳玉牌。四位圣人最早留下的四件压胜之物,不说他们儒家自己内部如何钩心斗角,只说我们三方,这次各自取回,虽然名正言顺,但是如果真的跟齐先生一声招呼也不打,是不是不太合适?"

僧人一言不发。

年轻道人忧心道:"是有点不近人情,但是上头的旨意难违,师姐你还是不要画蛇添足了。"

那位兵家之人讥笑道:"我不是来跟谁套近乎的。"

小镇那边,陈平安回到刘羡阳家所在的巷弄,结果看到齐先生就站在门口。

陈平安快步跑去,不等他发问,齐静春就交给他两方私印,微笑道:"陈平安,不是白送给你的,是我有事相求,以后如果山崖书院有难,希望你力所能及地帮上一帮。当然,你也不用刻意打听书院的消息。"

陈平安只说了一个字:"好!"

齐静春点了点头,语重心长道:"切记之前跟你说过的'君子不救',那是我的肺腑之言,并非在试探人心。"

陈平安咧嘴笑了笑:"先生,这个不敢保证。"

齐静春欲言又止,最后还是没有说什么,便要离去。

他原本想说,以后若是山崖书院真有大困局,陈平安你心生悔意,也无须愧疚,只当是没看见没听说便是,不用刻意为之。但是齐静春不知为何,内心深处,偏偏心存一丝侥幸,连他自己也百思不得其解。

思来想去,这位山崖书院的前任山主,只得出一个答案。竟然是因为眼前少年,姓陈名平安。他好像跟谁都不太一样。

你托付他一事,千难万难,哪怕明知道他到最后,拼尽全力也做不到,可是你却能实实在在笃定一件事,他只要答应了,就一定会去做,十分力气做不到,也愿意咬牙使出十二分力气。这就是一件让人感到心安的事情。这本是齐静春苦求多年而不得的事情。这位主动要求贬谪至此的读书人,原先只觉得天地处处是异乡。

在齐静春正要转身的时候,还背着箩筐的陈平安,连忙极为吃力地作揖行礼。巷弄之中,儒家圣人一板一眼地还了陈平安一礼。

夜幕深沉,督造官衙署,宋长镜一人独自返回,少年宋集薪已经去往狗窝一般的泥瓶巷,对此男人没有强求。身为统兵多年的沙场大将,在尸山血海里,尚且能够鼾声大作,所以那个被放养的侄子,这些年日子过得虽没么符合天潢贵胄的身份,但宋长镜没觉得这就是亏欠。能活着返回大骊京城,就不错了。

衙署的年迈管事，一直等候在门口，手里提着灯笼。

宋长镜率先跨过只开了一扇侧门的门槛，大步向前，说道："不用带路。"

年迈管事默然点头，放缓脚步，然后悄然离去。

福禄街上的这栋衙署，建造得并不豪奢，占地远远不如卢、李两姓的宅子。前任那位货真价实的窑务督造官，生活得清苦紧巴，小镇大户们也没觉得如何不妥。

但是宋长镜不一样，当今大骊皇帝的同母弟弟，还立下过开疆拓土的不世之功，更是东宝瓶洲名列前茅的武道宗师。他的到来，就像过江龙闯了一个小湖，地头蛇们哪怕谈不上如何畏惧，面对宋长镜这种人，也都会拿出该有的恭谨姿态。

宋长镜经过一座小院子的时候，看到有人还在房内挑灯夜读，坐姿端正，独处之时，仍是一丝不苟，不愧是一位正人君子。

宋长镜大袖飘摇，快步走过，嘴角泛起讥讽笑意。

昔年有少年求学于观湖书院，书法通神，名动朝野，被南魏国主召入皇宫，于侧殿撰写诏书，正值隆冬大雪，笔冻不能书，帝敕令宫嫔十余人侍于左右身侧，为其呵笔。此事迅速风靡东宝瓶洲，传为美谈。只是无人深思，皇城宫禁何等森严，这种事情，皇帝不说，宦官不说，嫔妃不说，老百姓是如何知道的？

走在幽深小径上，宋长镜蓦然爽朗大笑。

身穿一身素洁衣衫的宋集薪回到泥瓶巷，见院门未锁，推开屋门后，看到婢女稚圭坐在正堂的一张椅子上，半眯着眼，歪着脑袋打瞌睡，当脑袋倾斜到了一个幅度后，就立即坐正，然后继续歪斜。看来稚圭是真的累了。宋集薪弯下腰，轻轻晃了晃她的肩膀，柔声道："稚圭稚圭，醒醒，赶紧回自己屋子睡觉去，小心冻着。"

睡眼惺忪的稚圭揉着眼睛，迷糊道："公子，怎么这么晚才回来啊？"

宋集薪笑道："去了趟廊桥那边，路程有点远，所以晚了些。"

稚圭看到宋集薪的这身陌生礼服，惊讶道："咦？公子怎么换了一身衣服？"

宋集薪不愿在这个话题上多聊："不提这个。那本地方县志借给你后，读书识字怎么样了，要不要我教你？"

稚圭摇头道："不用。"

宋集薪回到自己屋子，漆黑一片，脱掉外袍，踢掉靴子，摸到床上，呢喃道："王朱，王朱，原来如此。"

稚圭回到自己屋子，熄灯睡觉，整个人缩在被窝里，发出一阵阵轻微的动静，像是在偷吃东西，嘴里嚼着些什么。最后她竟然还打了一个饱嗝。

刘羡阳在铸剑铺子这边，虽然还没有正式成为阮师傅的徒弟，但是谁都看得出来，阮师傅对这个高大少年很器重，否则也不会手把手亲自教他如何锻打剑条。那一排铸剑室,如今并不是谁都可以进入的。

正午歇息的时候,有一个烧瓷窑工出身的年轻人跑到刘羡阳跟前,说有人找他,挤眉弄眼,十分玩味。说是一个比福禄街那些夫人还好看的美妇人。

刘羡阳嬉皮笑脸跟着他走去,心情其实一下子沉重起来。

果不其然,在一座水井旁边,站着一个身材修长的妇人,四周许多挖井搬土的青壮汉子干活特别起劲。

如小夫子宋集薪所鄙夷的那样,刘羡阳确实就是个土鳖,但是女子好看与否,跟读没读过书,识不识字,实在是没有任何关系。也许刘羡阳不知道,笼统含糊的好看一说中其实有一种叫妩媚,尤其是端庄且妩媚,尤为动人心魄。

"媚"这个字,若是解字,本就是画眉之女的意思。

眼前这个不知姓名、根脚的夫人,眉毛细巧如蛾虫之须,额头像蝉,广而方正,光洁丰满。

今天她只身一人来此,没有兴师问罪的架势,也不像是要仗势欺人,刘羡阳稍稍松了口气。

刘羡阳不否认,这位雍容华贵的夫人,脸蛋的确好看,如果是以往,说不定在街边遇上,他还会吹几声口哨,可是这并不意味着他就会动心。他心仪的女子,以前是那个泥瓶巷的婢女,如今是,以后也是。

刘羡阳带着美丽妇人走向小溪,语气坚定道:"夫人,你如果是想要说服我,卖给你们那件传家宝,我劝夫人不要开这个口了。"

妇人嫣然笑道:"先别急着拒绝,容我跟你说清楚利害关系,你再来做决定。"

刘羡阳脸色不变,故作轻松,其实一颗心瞬间沉入谷底。

远处,阮秀蹲坐在一间铸剑室门槛上,端着一碗饭。白米饭堆积出山尖尖的模样,高耸出大白碗的边沿。她狼吞虎咽吃掉"山头"后,如愿以偿看到了被她隐藏其中的红烧肉,整个人便洋溢着幸福的光彩。她偷偷背转身,背对着坐在门槛另一端细嚼慢咽的男人,问道:"爹,不管一管那外乡婆姨?"

男人瓮声瓮气道:"不管。"

阮秀忧心道:"他可是你以后在这里的开山大弟子,就不怕走岔路?"

男人淡然道:"那就是那小子没福气。"

阮秀疑惑道:"爹,不会感到可惜啊?"

比如她,看到铺子里那些好吃又精致的糕点,兜里没钱也就罢了,有钱,买了,结果不小心掉地上,真是活该被天打五雷轰。

男人答非所问:"红烧肉好吃不?"

阮秀下意识开心点头:"好吃好吃!"

阮秀猛然绷紧身体,爹下过"旨意",她每天只能吃一份荤菜,所以她假装像是只盛了一碗白米饭,将红烧肉藏在其中。为的就是晚上能够光明正大地吃上一份荤菜。

她尴尬转头,高高抬起白碗,理直气壮道:"只有一块哟,我又没有坏规矩!"

男人呵呵一笑,问道:"那么藏在碗底的那块红烧肉,吃不着,会不会感到可惜啊?"

阮秀微微张大嘴巴,整个人跟被雷劈了似的,心如死灰。

男人还往自家闺女伤口上撒盐:"你要是不多嘴问刘羡阳的事情,爹也就睁一只眼闭一只眼了。"

阮秀闷不吭声,小口小口吃着红烧肉,一看就知道以后肯定要勤俭持家了。

男人吃完饭,望向小溪那边的妇人和少年,说道:"这小子只要一天不登中五境,爹就不会管他的死活。哪怕进入中五境,爹会管一两次,但也绝不会多管,事不过三吧。福祸无门,唯人自召。"

阮秀赌气道:"为啥不管?!"

男人没好气道:"文人收学生,武人收徒弟,都不是江湖帮派招徕小喽啰,不是想着以后跟人起了争执,仗着人多势众来跟人吵架或是打架。归根结底,在我眼中,师生也好,师徒也罢,就是同道中人。何况如今刘羡阳还不是我的徒弟。"

阮秀没说话。

男人感叹道:"傻闺女,只说这偏居一隅的大骊王朝,知道有多少人吗?两千多万户!这么多天下人,这么多烦心事,你管得过来吗?爹会在接下来的六十年里,从齐静春手里接管小镇,你也别成天乱逛,安心在剑炉这边铸剑练剑,要不然惹了麻烦,爹是管还是不管?"

不等男人把话说完,阮秀就冒出一句话:"不用你管。"

她这句话,把男人憋得差点内伤,威力之大,不比某位剑仙的压箱底手笔更弱。

男人真想使劲敲这个傻闺女的榆木脑袋:你的事情,爹能不管?男人有些哀愁。

阮秀一脸"震惊"道:"咦,碗底怎么多出一块红烧肉来。唉,我今天的份额用完啦,还是给你吃吧?爹?"

男人不用转头看,都能感受到傻丫头的蹩脚演技,无奈道:"算了,你吃吧,爹就当你今天只吃了一块红烧肉。记得下午打铁,别再偷懒了。"

这次阮秀的感激,丝毫不作伪:"爹,你真好!"

男人气笑道:"是红烧肉好吧。"

阮秀低下头,扒了一口米饭,轻声道:"爹也好。"

男人绷着脸,好不容易才忍住笑意,想了想,觉得还是生个闺女好啊。

耳边突然响起一个嗓音:"爹,晚上还能再吃一块不?两块和三块,差不太多,对不对?爹你不说话,我就当答应了哦?"阮秀以迅雷不及掩耳之势跑掉了。最后那句话,则是她已经跑出去老远才说的。

男人揉了揉脸颊，自言自语道："我家秀秀以食为天。"

陈平安穿街走巷送完信后，买了一份早点，送去给泥瓶巷的宁姑娘，然后开始熟门熟路地煎药。

宁姚今天穿了一件崭新的墨绿色长袍，干净利落。她本就长得英气勃发，这一身衣饰，加上腰佩长刀，比起福禄街、桃叶巷那边的富家子弟，更有贵气。

宁姚犹豫了一下："就目前而言，你如果真想研习那本《撼山谱》，在学拳势之前，你要先做三件事：站桩、走桩和睡桩。最后一件事，比较讲究窍穴积淀和气息流转，很难用言语描述，先不说它便是。反正前两件事情，无须太考虑天赋根骨，你老老实实按照拳谱上绘画出来的姿势，长此以往坚持下去，终归是有用的，哪怕无法让你在武道上登堂入室，但强健体魄和延年益寿，不是没有可能。"

陈平安说出自己的一个想法："在溪水里练习走桩，是不是也行？"

宁姚点头道："当然。及膝练起，再及腰，最后及脖。"

陈平安顺着她的话问道："最后不是整个人在水里吗？"

宁姚冷笑道："怎么，你是想在水底练习闭气，然后练出一只千年王八万年龟啊？"

陈平安悻悻然不说话。

宁姚想了想："来，我给你演示一下走桩。看仔细了！"

宁姚让陈平安把桌子挪开，然后向前走出六步，步伐为三小三大，当她一脚重重踏下最后一步，整栋屋子的泥地，仿佛都发出了一阵沉闷震动。

宁姚一气呵成，看似轻描淡写，其实行云流水，给陈平安一种说不清道不明的感觉。如一条瀑布直泻而下，天经地义，而且蕴含着巨大的力道。又如树叶在溪水里打了一个旋，圆转如意，轻柔至极。

看到陈平安一脸茫然的神色，宁姚又撤回原位，再次演示一遍。

宁姚站定，转头问道："看明白了吗？来试试看？"

陈平安深呼吸一口气，尝试了一遍。摇摇晃晃，像个醉醺醺的酒鬼。

陈平安站在原地，挠挠头，显然他自己也觉得有点不像话。

宁姚黑着脸，沉声道："再来！"

三遍之后，陈平安已经略有好转，但是宁姚已经脸色阴沉得像要下一场暴雨。

她无法想象，世上怎么会有陈平安这样的笨蛋，练武如此没有悟性，天资如此糟糕！

没办法，宁姚是一个自幼就站在剑道极高处的人，出身、根骨、天赋、眼光，皆是如此。所以她根本无法理解，在距离她有十万八千里之遥的山脚，那些人是如何一步一步登山的，更不会懂得那些人为何要走得踉踉跄跄。

最后宁姚实在没辙，生怕自己一个忍不住，就要拔刀砍人，于是灵机一动，拍了拍陈平安的肩膀，勉强安慰道："陈平安，读书百遍其义自见，习武也是一样的道理，练拳几万下，出不来味道，那就几十万，一百万！你去捡你的石头吧，笨鸟先飞，别灰心丧气，慢慢来，在小溪里一遍遍练习这个走桩。"

陈平安一想，真是这个道理。

以前听宋集薪说过一句话，跟宁姑娘的"读书百遍"差不多意思，叫"读书破万卷，下笔如有神"。不过他觉得更有道理的，还是宁姑娘所说的几万几十万不够，那就练一百万次嘛。

陈平安笑着跑出泥瓶巷，一路上默念三小三大，按照记忆去模仿宁姚的走姿。

陈平安在心中告诉自己的"真相"是，练习一百万次之后，兴许练拳就能小成了。

所以这部《撼山谱》的练拳，起步就是一百万次，在那之后，他陈平安才有资格再来谈其他。

宁姚独自坐在门槛上，自言自语道："为何感觉自己好像挖了一个天大的坑？那家伙会不会爬不出来啊？"

第八章
少年和老狗

小镇来自外乡的生面孔，越来越多，客栈酒楼的生意随之蒸蒸日上。

与此同时，福禄街和桃叶巷那边，许多高门大户里的这一辈年轻子弟，开始悄然离开小镇，多是少年早发的聪慧俊彦，也有籍籍无名的偏房庶子，或是忠心耿耿的家生子，世家子赵繇便在此列。至于泥瓶巷的孩童顾璨，被截江真君刘志茂一眼相中，算是一个例外。

陈平安去刘羡阳家拿了箩筐鱼篓，离开小镇去往小溪，在人多的时候，陈平安当然不会练习《撼山谱》的走桩，出了小镇，四下无人，他才开始默念口诀，回忆宁姑娘走桩时的步伐、身姿和气势，每个细节都不愿错过，一遍一遍走出那六步。

陈平安当时在泥瓶巷的屋子里，第一次模仿宁姚的时候，那么拙劣滑稽，比起常人还不如。其实二人的认知，出现了一个鬼使神差的误差。陈平安一直知道自己有个毛病，从烧瓷窑工开始就发现了——眼疾，手却慢，准确说是由于他的眼神、眼力过于出彩，导致手脚根本跟不上。这就意味着换成别人来模仿宁姚的走桩，可能第一遍就有三四分相似，粗糙蹩脚，但好歹不至于像陈平安这么只一两分相似，这恰恰是因为陈平安看得太明白真切，对于每一个环节太过苛刻，才过犹不及，手脚跟不上之后，就显得格外可笑，而这九分不像之下，则暗藏着一分难能可贵的神似。

这些宁姚并不知道，模仿她这位天生剑仙坯子的走桩，哪怕是九分形似，也比不得一分神似。

当然，话要说回来，莫说只有她的一分神似，就算有七八分，宁姚也不会觉得如何惊才绝艳。宁姚眼中所见，视线所望，只有人迹罕至的武道远方，以及并肩而立之人、屈指可数的剑道之巅。

陈平安坐在廊桥匾额下的台阶休息，大致算了一下，一天十二个时辰，哪怕每天坚持五到六个时辰，重复练习走桩，撑死了也就三百次左右，一年十万，十年才能完成一百万次的任务。他扭头望向清澈见底的溪水，呢喃道："让我坚持个十年，应该可以的吧？"

虽然这段日子里，陈平安不曾流露出什么异样情绪，但是陆道长临行前的泄露天机，将云霞山蔡金简的阴毒手段一一道破，仍是让他倍感沉重。有一件事情，陈平安对陆道长和宁姑娘都不曾提及，那就是在蔡金简对他一戳眉心和一拍心口之后，当时在泥瓶巷子里，他就已经隐隐约约感受到了身体的不对劲，所以他才会在自家院门口停留那么长时间，为的就是让自己下定决心，大不了破罐子破摔，也要跟蔡金简拼命。

毕竟那时候的陈平安，按照年轻道人陆沉的说法，就是太死气沉沉了，完全不像一个本该朝气勃勃的少年。对于生死之事，陈平安当时看得比绝大多数人都要轻。

蔡金简以武道手段"指点"，让他强行开窍，使得陈平安的身体，就像一座没有院门屋门的宅子，确实可以搬进、吸纳更多物件，但是每逢风雪雨水天气，宅子便会垮得格外厉害、迅速。所以陆沉才会断言，如无例外，没有大病大灾的话，陈平安也只能活到三四十岁。

之后蔡金简又在陈平安心口一拍，坏了他的修行根本。心为修行之人的重镇要隘，城门塌陷后，蔡金简等于几乎封死了这处关隘的正常运转，这不单单是断绝了陈平安的修行大道，也愈发加速了陈平安身躯腐朽的速度。

蔡金简这先后两手，真正可怕之处，在于门户大开之后，一方面陈平安已经无法修行长生之法，也就意味着无法以术法神通去弥补门户，无法培本固元；另一方面，哪怕他侥幸在武学上登堂入室，的确能够依靠淬炼体魄来强身健体，但是对陈平安而言，巨大风险也将会一直伴随着他，一着不慎，就会身陷"练外家拳容易招邪"的怪圈，就又是延年益寿不成，反而早夭的可怜下场。

当务之急，陈平安是需要一门能够细水长流、滋养元气的武学，这门武学是不是招式凌厉、霸道绝伦，是不是让人武道境界一日千里，反而不重要。

陈平安的希望全部在宁姚看不上眼的那部《撼山谱》当中。比如宁姚说过，走桩之后还有站桩"剑炉"，和睡桩"千秋"。

但是陈平安不敢胡乱练习，当时只是瞥了几眼，就忍住不去翻看。他觉得还是应该让宁姑娘鉴定之后，确认无误，再开始修习。

走在正确的道路上，悟性再差，只要够勤奋坚韧，每天终究是在进步；走在错误的方向上，越聪明越努力，只会做越多错越多。

这些话是刘羡阳说的。当然，刘羡阳的重点在于最后一句："你陈平安是第一种人,宋小夫子那个伶俐鬼是第二种,只有我刘羡阳,是那种又聪明又走对路的真正天才。"

当时刘羡阳自吹自夸的时候,不小心被路过的姚老头听到,一直对刘羡阳青眼相加、视为得意弟子的老人,不知道被哪句话戳中了伤心处,他破天荒勃然大怒,追着刘羡阳就是一顿暴揍。反正在那之后,刘羡阳再也没有说过"天才"两个字。

陈平安重重呼出一口气,站起身,走上高高的台阶,进入廊桥后,才发现远处聚集着一拨人。四五人或站或立,好像护卫着其中一名女子。陈平安只看到了女子的侧面,只见女子坐在廊桥栏杆上,双脚自然而然悬在溪水水面上,闭目养神,她的双手五指姿势古怪,手指缠绕或弯曲。给陈平安的感觉是,她明明闭着眼睛,却又像是在用心看什么东西。

陈平安犹豫了一下,不再继续前行,转身走下台阶,打算涉水过溪,再去找刘羡阳。今天他背着两只箩筐,一大一小套放着。他要将那只稍小的箩筐,还给阮师傅的铁匠铺,毕竟那是刘羡阳跟人家借来的。

廊桥远处,那拨人在看到一身寒酸相的草鞋少年识趣转身后,相视一笑,没有说话,生怕打破那位"同年"女子的玄妙水观心境。

此法根本,源自佛家,这一点毋庸置疑。只是后来被许多修行宗门采纳、拣选、融合和精炼,最后一条道路上分出许多小路。只不过东宝瓶洲一直被视为佛家末法之地。在数次波及半洲疆域的灭佛浩劫之后,近千年来佛法渐衰,声势远不如三教中的儒道两家。"只闻真君和天师,不知护法与大德",便是如今东宝瓶洲的真实状况。不过受惠于佛法的仙家宗门,确实不计其数。

陈平安卷起裤管蹚水而过,上了对岸,突然听到廊桥那边传来惊呼声和怒斥声,想了想,没有去掺和。

到了阮师傅的铁匠铺,见到的仍是热火朝天的场面。陈平安没有随便乱逛,而是站在一口水井旁边,找人帮忙通知一声刘羡阳。

原本以为要等很久,不承想刘羡阳很快就跑来了,拉着他就往溪畔走去,并压低嗓音说道:"等你半天了,怎么才来!"

陈平安纳闷道:"阮师傅催你还箩筐啦?"

刘羡阳白眼道:"一个破箩筐值当什么,是我跟你有重要的事情要说。你捡完石头回到我家院子后,就等那个夫人去找你,就是那个儿子穿一身大红衣服的妇人,上回咱们在泥瓶巷口见着的那对母子。她找上门后,你什么都不要说,只管把那只大箱子交给她,她会给你一袋子钱,你记得当面清点,二十五枚铜钱,可不许少了一枚!"

陈平安震惊道:"刘羡阳,你疯了?!为啥要卖家当给外人?!"

刘羡阳使劲搂住陈平安的脖子,瞪眼教训道:"你知道个屁,大好前程摆在老子面前,为啥白白错过?"

陈平安满脸怀疑,不相信这是刘羡阳的本心本意。

刘羡阳叹了口气,悄声道:"那位夫人要买我家的祖传宝甲,另外那对主仆,则是要一部剑经,我爷爷临终前叮嘱过我,到了实在没办法的时候,宝甲可以卖,当然不许贱卖,但是那部剑经,就是死,也绝对不可以承认在我们老刘家。我答应卖宝甲给那位夫人,除了谈妥价格之外,还要求她答应一个条件,那就是她得到宝甲之后,还要说服那个魁梧老人近期不要找我的麻烦。其实就是一个拖字诀,等到我做了阮师傅的徒弟,这些事也就都不是事了。"

陈平安直截了当问道:"为啥你不拖着那位夫人? 难不成她还能来铁匠铺找你的麻烦? 再说了,她又不能破门而入,抢走你家的宝甲。"

刘羡阳松开手,蹲在溪边,随手摸了块石子丢入溪水,撇嘴道:"反正宝甲不是不能卖,现在既然有个公道价格,不也挺好,还能让事情变得更稳妥,说不定都不用宁姑娘冒险出手,所以我觉得不坏。"

陈平安也蹲下身,火急火燎劝说道:"你咋知道她现在给的价格很公道? 以后要是后悔了,咋办?"

刘羡阳转头咧嘴笑道:"后悔? 你好好想想,咱俩认识这么多年,我刘羡阳什么时候做过后悔的事情?"

陈平安挠挠头,总觉得哪里不对,可是他口拙,实在不知道如何说服刘羡阳。

刘羡阳这辈子一直活得很自由自在,好像从来没有难倒过他的坎,他也从没有解不开的心结和办不成的事。

刘羡阳站起身,踹了一脚陈平安背后的箩筐:"赶紧的,我拿去还给阮师傅,回头等我正式拜师敬茶,你可以来长长见识。"

陈平安缓缓起身,欲言又止,刘羡阳笑骂道:"陈平安,你大爷的,我卖的是你的传家宝? 还是你媳妇啊?"

陈平安递给他箩筐的时候,试探性问道:"不再想想?"

刘羡阳接过箩筐,后退数步,毫无征兆地高高跳起,来了一个花哨的回旋踢。沉稳落地后,刘羡阳得意扬扬,笑问道:"厉害吧? 怕不怕?"

陈平安没好气地回了一句"你大爷的"。

远离阮家铺子后,心思重重的陈平安下水捡石头,不知是心神不宁的缘故,还是溪水下降的关系,今天收获不大,一直等到陈平安临近廊桥,才捞取了二十多颗蛇胆石,而且没有一颗能够让人眼前一亮、一见钟情的。

陈平安摘下箩筐鱼篓,将它们放在溪边草丛里,深吸一口气,在溪水中转身,开始练习走桩。

一趟来回后，陈平安心头一紧，他看到藏着箩筐鱼篓的地方，蹲着一个矮小少年，嘴里叼着一根绿油油的狗尾巴草。是杏花巷马婆婆的孙子。少年从小就被人当作傻子，加上马婆婆在陈平安这辈少年心中，印象实在糟糕，吝啬且刻薄，连累她的宝贝孙子被人当作出气筒。他之前每次出门，都被人追着欺负，每逢穿新衣新靴，不出半个时辰，铁定会被同龄人或是大一些的少年折腾得满是尘土。试想一下，一双马婆婆刚从铺子里买来的崭新靴子，孙子穿出门后，立即被十几号人一人一脚地踩踏，等孩子回家之后，靴子还能新到哪里去？

这个真名马苦玄、早已不被人记得的傻小子，从来就很怪，被人欺负，却从不主动跟马婆婆告状，也不会号啕大哭或是摇尾乞怜，始终是很平淡的脸色、冷漠的眼神。所以杏花巷那边的孩子，都不爱跟这个小傻子一起玩。马苦玄很早就学会了自己玩自己的，他最喜欢在土坡或是屋顶看天边的云彩。

陈平安从来没有欺负过马苦玄，也从来没有怜悯过这个同龄人，更没想过两个同病相怜的家伙，尝试着抱团取暖。因为陈平安总觉得马苦玄这种人，非但不傻，反而骨子里跟宋集薪很像，甚至犹有过之。

他们好像没有开口说话，但是他们似乎一直在等，好像在跟人无声说着，老天爷欠了我很多东西，迟早有一天我要全部拿回来。欠我一枚铜钱，宋集薪可能是要老天爷乖乖还回来一两银子，马苦玄，甚至是一两金子！陈平安没觉得他们这样不好，只是他自己不喜欢而已。

那个少年不再像之前的那个傻子，口齿清晰，笑问道："你是泥瓶巷的陈平安吧，住在稚圭隔壁？"

陈平安点点头："有事吗？"

马苦玄笑了笑，指了指陈平安的箩筐，提醒道："也许你没有发现，溪水下降了很多，只剩下廊桥底下的深潭和青牛背的水坑这两个地方有好石头了，其他地方都不行。就像你这筐里的，是留不住那股气的，石质很快就会变。有些运气好的，撑死了去做一块上好磨刀石，有些可以成为读书人的砚台。最后这些东西当然还是好东西，卖出高价肯定不难，只不过……算了，说了你也未必懂。"

陈平安笑着嗯了一声，没有多说什么。

马苦玄突然说道："你刚才在小溪里练拳？"

陈平安依然不说话。

马苦玄眼神熠熠，哈哈笑道："原来你也不傻嘛。也对，跟我差不多，是一路人。"

陈平安绕过马苦玄，说了声"我先走了"，然后背起箩筐就上岸。

马苦玄蹲在远处，吐出嘴里嚼烂的狗尾巴草，摇头小声道："拳架不行，纰漏也多，练再多，也练不出花头来。"

马苦玄头也不转:"取回咱们兵家信物了?"

背后有男人笑道:"以后记得先喊师父。"

马苦玄没搭理,起身后转头问道:"能不能给我看看那座小剑冢?"

男人正是背剑悬虎符的兵家宗师,自称来自真武山,他曾经扬言要与金童玉女所在师门的那位小师叔一战。

男人摇头道:"还不到火候。"

然后他有些恼火:"你干吗要故意坏那女子的水观心境,你知不知道这种事情,一旦做了,就是一辈子的生死大敌!"

马苦玄一脸无所谓道:"大道艰辛,如果连这点磨难也经不起,也敢奢望那份高高在上的长生无忧?"

男人气笑道:"你连门也未入,就敢大言凿凿,不怕闪了舌头?!"

马苦玄最后咧嘴,露出白森森的牙齿,笑道:"以后我在修行路上遇到这种破境机缘,会主动告知那女子一声,到时候师父你不许插手,让她尽管来坏我好事。"

男人感慨道:"你知不知道,世间机缘分大小,福运分厚薄,根骨分高低,你若是事事以自己之理衡量众人,以后总有一天会遇到拳头更大、修为更深、境界更高之人,到时候人家心情不好,就一拳打断你的长生桥,你如何自处?"

马苦玄微笑道:"那我就认命!"

男人自嘲道:"以后为师再也不跟你讲道理了,对牛弹琴。"

马苦玄突然问道:"那个泥瓶巷的家伙,怎么晓得水里石头的妙处?还开始练拳了?"

男人突然神色严厉起来:"马苦玄!为师不管你什么性格桀骜,但是有一点你必须谨记在心,我们兵家正宗剑修!修一剑破万法,修一剑顺本心,修一剑求无敌,但是绝对不许滥杀无辜,不许欺辱俗人,更不许日后在剑道之上,因为嫉妒他人,就故意给同道中人下绊子!"

马苦玄伸了个懒腰:"师父,你想多了,泥瓶巷那家伙就算再厉害,只要不惹到我,就与我无关。说到底,小镇这些人成就再高,将来也无非是我的一块垫脚石而已。嫉妒?我感谢他们还来不及呢。"

男人无奈道:"真是讲不通,我估计以后真武山会不消停了。"

马苦玄好奇问道:"你在真武山排第几?"

男人笑了笑:"不说这个,伤面子。"

马苦玄白眼道:"早知道晚些再拜师。"

男人一笑置之。他有句话没跟自己徒弟挑明,世间天才是分很多种的,天赋亦是。先前那个草鞋少年,看似平淡无奇的六步走桩,其实浑身走着拳意。

陈平安没有直接回刘羡阳的宅子,而是先回了泥瓶巷,跟宁姚说了一下刘羡阳的打算。

宁姚听过之后,没有发表意见,只说这是你们之间的事情,她只管收人钱财替人消灾,如果刘羡阳能够不用她出手就躲过一劫,她自会返还那三袋子金精铜钱。陈平安说这不是钱的事情,结果宁姚冷冰冰回了一句:"那你是要跟我谈感情,咱俩到那份儿上啦?"陈平安差点被她这句话噎死,只好蹲在门槛那边挠头。

宁姚瞥了眼桌上陈平安捎来的糕点,有物美价廉的糯米枣糕,也有相对昂贵的雨露团,肯定是陈平安竭尽全力的待客之道了。宁姚破天荒有些心软和愧疚,一时间觉得自己好像有些不厚道,吃人家的,住人家的,遇到难事,哪怕帮不上大忙,也不能火上加油,于是问道:"刘羡阳会不会是在铁匠铺那边,受到了实实在在的人身威胁,才不得不将那件青黑痩子甲卖出去?比如说铺子里藏有四姓十族的爪牙,暗中教训了一顿刘羡阳?"

陈平安思量片刻后,摇头道:"不会,刘羡阳绝对不是那种被威胁就低头认输的人,当年我第一次见到他,哪怕被福禄街那帮人打得呕血,他也没说半句服软的话,就一直扛着,差点真的被人活活打死。这么多年,刘羡阳性子没变。"

宁姚又问道:"血气方刚,意气之勇,重诺言轻生死。其实巷弄游侠儿从来不缺,我一路行来,就亲眼见识过不少。只不过一旦大利当前,换了一种诱惑,他刘羡阳到底能不能守得住本心?"

陈平安又陷入沉思,最后眼神坚定道:"刘羡阳不会因为外人给了什么,就去当败家子,他跟他爷爷的感情很深。除非真的像他说的,他爷爷临终前叮嘱过他,宝甲可卖,但是别贱卖,而那部剑经则一定要留在他们刘家,以后还要留给后人。"

宁姚说道:"就我知道的情况而言,那件痩子甲品相是不俗,但是也算不得太过珍稀。倒是那部剑经,既然能够让正阳山觊觎已久,并且不惜出动两人来此寻宝,摆明了是视为囊中之物了,所以肯定是样好东西。所以卖宝甲留剑经,这个决定,是说得通的。"

陈平安点了点头。

宁姚抚摸着绿色刀鞘,眼神冷冽:"小心起见,我陪你一起去刘羡阳家宅子,先打发了那个妇人。既然是刘羡阳亲口说要卖,那么装载宝甲的箱子搬就搬。之后我再跟你一起去阮家铺子,见一见刘羡阳,问他到底是怎么想的。如果真是他爷爷的临终遗嘱,你我就不需要指手画脚了,家家有本难念的经,不该是你管的,就别瞎管。如果不是的话,便让他说出苦衷,大不了我再将那箱子重新抢回来!"

陈平安担忧问道:"宁姑娘你的身体没问题?"

宁姚冷笑道:"如果是对付正阳山的搬山老猿,肯定会灰头土脸,可要是那个娘们,在这座小镇上,我一只手就够了。"

陈平安好奇道:"搬山猿?"

宁姚敷衍道:"遗留在这座天下的一种上古凶兽孽种,真身为体形大如山峰的巨猿,传言一旦显露真身,能够将一座山岳拔地而起,扛起背走。只不过这些都是传言,毕竟谁也没真正看到过。正阳山这几百年来一直隐忍不发,其实底蕴很厚,虽然宗门在东宝瓶洲名次不高,可是不容小觑,所以咱们能够不跟他们起争执最好,起了争执……"

陈平安小心翼翼问道:"起了争执咋办?"

宁姚站起身,拇指推刀出鞘寸余,一脸看白痴的眼神望向陈平安,天经地义道:"还能咋办?砍死他们啊!"陈平安咽了咽口水。

之后背着箩筐的陈平安,带着重新戴上帷帽、腰佩绿鞘狭刀的宁姚,一起缓缓走向刘羡阳的祖宅。

宁姚扭头瞥了眼陈平安的箩筐,问道:"今天怎么这么少?"

陈平安叹了口气:"马苦玄,哦,就是杏花巷那马婆婆的孙子,跟我差不多岁数,现在好像完全变了一个人。按照他的说法,是小镇风水变了,所以小溪里的这些石头越来越留不住'气'。"

宁姚神情凝重,沉声道:"他说得没错,这座小镇是要变天了。你最好趁早解决掉这档子事,赶紧走出小镇,哪怕离开以后再回来,也比一直待在小镇来得好。"

陈平安不是不撞南墙不回头的一根筋,自小一个人过惯了,反而更加知道人情冷暖和轻重缓急,点头笑道:"会的,只要看到刘羡阳跟阮师傅喝过拜师茶,我就马上离开这里。最好那个时候,阮师傅也答应给你铸剑了。"

看着满脸喜悦的家伙,宁姚纳闷道:"跟你无关的事情,也值得这么开心?说你滥好人,你凭啥不服气?"

大概是认为两人有些相熟了,陈平安说话也没之前那般遮遮掩掩,理直气壮道:"刘羡阳、顾璨,加上宁姑娘你,你想啊,天底下那么多人,我也就在乎三个人的好坏,我咋就滥好人啦?"

宁姚笑眯眯问道:"那三个人里头,我排第几?"

陈平安既诚恳又赧颜道:"暂时第三。"

宁姚摘下佩刀,随便握在手中,用刀鞘轻轻拍了拍陈平安的肩膀,皮笑肉不笑道:"陈平安,你要感谢我的不杀之恩。"

陈平安莫名其妙问道:"煎药你不觉得烦?"

宁姚愣了愣,理解了他的想法:"陈平安,我突然发现你以后就算到了外边,也能活得挺好。"

陈平安一点都不贪心,诚心诚意道:"跟现在一样好就行。"

宁姚不置可否,轻轻摇晃手中绿鞘狭刀,就像乡野少女摇晃着花枝。

到了刘羡阳家的巷子拐角处，一个黑影蓦然蹿出，宁姚差点就要拔刀出鞘，幸好及时忍住。原来是一条黄狗，围绕着陈平安亲昵打转。陈平安弯腰揉了揉黄狗的脑袋，起身后笑道："是刘羡阳隔壁那户人养的，叫来福，好多年了，胆子特别小。以前我和刘羡阳经常带它上山，它就只会跟在我们屁股后头凑热闹，刘羡阳总嫌弃它抓不住山兔山鸡，总说来福连一只猫都不如。像马苦玄家养的那只猫，有人看到它经常能够往家里叼野鸡和蛇。不过来福年纪大了嘛，十来岁了，很老啦。"说到这里，陈平安忍不住又弯下腰，摸了摸来福的脑袋，柔声道："一大把岁数，就要服老，对吧？放心，以后等我赚到了大钱，一定不饿着你。"

宁姚摇了摇头，对此她是无法感同身受的。哪怕这一路行来，她见过很多人很多事。

宁姚也曾对这异乡心怀成见，只是游历多了，成见依旧有，却比最初要小了许多。

有那佛家的行者，在凄厉风雨夜，赤足托钵而行，唱着佛号，步伐坚定。有赴京赶考的穷书生，在破败古寺里，为披着人皮的狐魅温柔画眉，最后重新动身起程之时，哪怕明知自己已是两鬓微霜，也无悔恨。

有顶着天师头衔的年轻道人，在古战场和乱葬岗之中独自穿行，默念着福生无量天尊，不惜消耗自身修为，为孤魂野鬼们引领一条超脱之路。有上任之初亲手禁绝淫祠龙王庙的中年文官，嘴唇干裂渗出血丝，在干涸河床边上，摆下香案，沙哑诵读着《龙王祈雨文》，最后为了辖境内的百姓，面向龙王庙，下跪请罪。

有前朝遗老的古稀老人，不愿带着出仕新朝的儿子，只带着蒙学的小孙子，登高作赋，面对家国破碎的旧山河，老泪纵横，跟心爱孙子说那些已经改了名的州郡，原本应该叫什么。有一叶扁舟在千里长峡中顺流直下，读书人在两岸猿声中，意气风发，读至快目会心之处，仰天长啸。有覆面甲胄的倾国女子，在硝烟落幕后，纵马饮酒最绝色。

一路行来，一路见闻，一路感悟，宁姚的向道之心，始终稳若磐石，没有任何拖泥带水。

现如今，宁姚又多看到一幕。

一个孤苦伶仃的陋巷少年，背着箩筐系着鱼篓，摸着一条老狗的脑袋，少年对未来充满希望。

两人刚到刘羡阳家没多久，就有人敲响了院门。陈平安和宁姚对视一眼，然后陈平安出去开门，宁姚只是站在屋门口，不过她回头瞥了眼那柄安静躺在柜子上的长剑。

敲门之人是卢正淳，自然是以妇人为首，此外还有两名卢氏忠仆。

卢正淳面容和善，轻声问道："你是刘羡阳的朋友，叫陈平安，对吧？我们是来搬箱子的，刘羡阳应该跟你打过招呼了。所以这袋钱你放心收下。除此之外，我们夫人答应刘羡阳的条件，将来也会半点不差交到他手上。"

陈平安接过那袋子钱,让开道路,雍容大方的妇人率先走入院子,卢正淳带着两名下人紧跟其后。妇人亲自打开已经被摆在正堂的红漆木箱子,蹲下身,伸手抚摸那具模样丑陋的宝甲,眼神出现片刻迷离,然后是难以掩饰的炙热和渴望,但是这抹情绪很快就被妇人收敛。恢复正常神色后,她站起身,示意卢正淳可以动手搬箱子了。东西并不沉重,毕竟里头只有一副甲胄而已。

妇人最后一个离开屋子,走到门槛的时候,回头看了一眼陈平安,微笑道:"刘羡阳真的很把你当朋友。"不明深意的陈平安只好一言不发,只是默然送他们这一行人离开院子。

最后陈平安站在门外,久久不肯挪步,宁姚来到他身边。

妇人走在卢正淳三人之后,走到巷子尽头后,转头望去,看到并肩而立的少年少女,玩味笑道:"年轻真好,可是也得活着才行啊。"

那座横跨小溪的廊桥里,高大少年刘羡阳倒在血泊中,身体抽搐,不断吐出血水。

只是这一次,他再没有能够听到某个黑黑瘦瘦的家伙,一遍遍撕心裂肺喊着"死人了"。

廊桥北端桥头台阶那边,人头攒动,议论纷纷,远远看着热闹,唯独不敢靠近刘羡阳,生怕惹祸上身。

有两人快步走入廊桥,男子蹲下身,搭住刘羡阳的手腕脉搏后,脸色愈发沉重。

青衣少女阮秀恨极,咬牙切齿道:"一拳就砸烂了他的胸腔,好狠辣的手段!"

男人不说话。

扎了一根马尾辫的阮秀怒道:"爹!你就眼睁睁看着刘羡阳这么被人活活打死?刘羡阳是你的半个徒弟!"

男人一直没有松开刘羡阳的手腕,面无表情,淡然道:"我哪里知道堂堂正阳山,这回竟然如此不讲规矩。"

阮秀猛然起身:"你不管,我来管!"

男人抬头缓缓问道:"阮秀,你是想让爹给你收尸?"

阮秀大踏步前行,一往无前,沉声道:"我阮秀不是只会吃一件事!也会杀人!"

男人眉宇间隐约有雷霆之怒。小半原因是自己闺女的愣头愣脑,更多自然是正阳山那头老猿的歹毒出手。

男人想了想,既然自己还未正式接手齐静春的位置,那么是不是就意味着,自己也可以不用那么讲道理?

阮秀突然停下脚步,她看到有个消瘦少年,从廊桥那一头,向自己这边疯狂跑来。

她看到那个熟悉的身影,穿着一双草鞋,面无表情,古井不波。

两人一瞬间就擦肩而过，阮秀想要说些什么，却说不出口，没来由，她便觉得很委屈，一下子就流下眼泪。

当陈平安坐在身边，伸手抓住他的一只手时，视线早已模糊的刘羡阳，好像一下子多出几分精气神，试图挤出一个笑脸，断断续续说道："那婆娘说我不交出宝甲，她就能杀了你……她还说，反正她是母子二人来咱们小镇的，一人被驱逐而已，这个代价她出得起。我怕，很怕她真的去杀你……之前我跟你说的，其实不全是假话，我爷爷的确跟我说过那些话，所以我觉得卖了就卖了，没啥大不了的……只是刚才她又让人去找我，说那个老人疯了，一听说我没有剑经，就执意要先杀你，再来杀我，我实在是担心你，想跟你打声招呼……就一路跑到这里，然后就被那老王八蛋打了一拳，是有点疼……"

陈平安低着头，轻轻擦掉刘羡阳嘴角的鲜血，他死死皱着那张黝黑消瘦的脸庞，轻声道："不怕，没事的，相信我，别说话了，我带你回家……"

刘羡阳那股子强撑起来的精气神，渐渐淡去，视线飘忽，喃喃道："我不后悔，你也别怪自己，真的……就是……我就是有点怕，原来我也是怕死的。"

最后刘羡阳死死攥紧他唯一的朋友的手，呜咽道："陈平安，我真的很怕死。"

陈平安坐在地上，一只手死死握着刘羡阳的手，一只手握拳撑在膝盖上。大口喘息，拼命呼吸。

年纪轻轻的陈平安，此时就像一条老狗。

陈平安眼眶通红。当他想要跟老天爷讨要一个公道的时候，就更像一条狗了。

陈平安不想这样，这辈子都不想再这样了！

福禄街卢氏的宅子，小巧玲珑，却别有洞天，便是清风城许氏妇人，也觉得是螺蛳壳里做道场，做到了极致，不能再苛求什么。在一座临湖水榭里，刚刚成功将刘家瘊子甲收入囊中的许氏妇人，满面春风得意，慵懒地斜靠着围栏。大概是心情实在太好，以至于卢正淳那只苍蝇站在水榭台阶上，也觉得不是那么碍眼了。

身穿一袭大红袍子的儿子站在长凳上，往小湖里丢鱼饵，近百尾红背鲤鱼拥挤在一起，红浪滚滚，画面颇为壮观。

许氏对卢正淳吩咐道："你就不用在这边候着待了，等到此间事了，你便随我们去往清风城，除了让我家夫君收你为入室弟子外，也会答应你爷爷那个有些无理的请求，务必保证让你有朝一日能够跻身中五境。要知道，这种承诺，才是最值钱的，所以说你爷爷是只老狐狸。"

说到这里，许氏自顾自嫣然而笑："要我看啊，如果你爷爷是卢氏掌舵人，卢氏王朝未必会这么快崩塌。哪怕是眼高于顶的大骊藩王宋长镜，也坦言能够在一年内就立下灭国之功，功劳簿上有你们卢氏皇室一半。当然了，你们这支小镇卢氏，运气不太好，跟主支卢氏，一荣未必俱荣，一损倒真是俱损，所以这次我们清风城给你这个千载难逢的机会，不要错过了，要好好把握住。"

卢正淳弯腰极低，双手作揖高过头顶，感激涕零道："卢正淳绝不敢忘记许夫人大恩大德，日后到了那座名动天下的清风城，必当为许夫人做牛做马，并且我卢正淳发誓，此生只忠心于夫人一人！"

清风城许氏笑意妩媚，眯起眼眸，柔声道："这种掏心窝子的话啊，可别让我夫君，也就是你未来的师父听到，或者到时候你也可以在他面前重复一遍？"

兴许是在泥瓶巷给刘羡阳下跪后，卢正淳对于此事已经不再心怀芥蒂，听到许氏的诛心言论后，立即跪下，整个人匍匐在水榭外的台阶顶部，颤声道："卢正淳绝不敢忘本！"

许氏笑了笑，随意挥挥手，开始赶人："行了，起来吧。以后到了清风城，修行一事最耗光阴，路遥知马力，你是不是忘本，自然水落石出。"

卢正淳后退着离开水榭，下了台阶才缓缓转身。这个曾经在小镇呼风唤雨的天字号纨绔，在许氏跟前，好像腰杆就从来没有直起过。

小镇之外的卢氏，作为一座大王朝的掌国之姓，在被大骊边军重创之后，可谓大伤元气，一蹶不振，短期之内很难东山再起，从上到下，卢氏嫡系和旁支以及远房，只得夹着尾巴做人。否则，以清风城的家底和声望，绝对不敢如此在小镇卢氏宅子做起鸠占鹊巢的勾当，还敢居高临下，对卢氏子弟呼来喝去。其实就算换成正阳山的那对主仆，都很勉强。如今卢氏龙游浅滩，时局艰辛，实在是不得不低三下四。

红袍男童嗤笑道："真是个天生奴才命的狗腿子，娘亲你收下这种废物做什么？不会真要让我多收他做徒弟吧，而且还答应他一个中五境？中五境什么时候如此廉价了？"

许氏微笑道："卢正淳虽然面目可憎，但并非没有可取之处。此人资质一般，本来成为外门弟子就属万幸，不过说到底，这个年轻人只是那笔大买卖之下的小添头而已，掀不起半点风浪。至于表面上看，娘亲许诺给小镇卢氏这么多，答应卢氏皇室那些逃难的皇亲国戚和金枝玉叶，可以在清风城避难并且扎根，清风城会以礼相待，奉为座上宾，甚至在城内专门划分出一大块区域，作为卢氏的私人地盘，期限为一百年。……"

孩子丢完鱼饵，突然跑出水榭，捡了一大把石子回来，然后趴在栏杆上，朝着那些鲤鱼使劲丢掷石子，玩得不亦乐乎，转头说道："娘亲，咱们来小镇寻觅瘊子甲，是不是就是一个掩人耳目的由头，是咱们清风城许氏借此机会掌控卢氏的障眼法？毕竟百足之虫死而不僵，卢氏那拨浩浩荡荡的丧家犬，听说人数仅皇室成员就有三千多，加上内宦奴婢附庸和不愿依附大骊宋氏的亡国遗老，对于我们清风城的人气增长，帮助很大。如此说来，这里才是落魄卢氏如今真正的消息运转枢纽？"

许氏欣慰笑道："能够想到这一层，说明我的儿子很聪明，但是呢，还是错了。"

男孩皱眉,等着答案。

许氏眨了眨眼睛:"那副瘊子甲,内有玄机,简单而言,就是不比那部剑经差。"

男孩狠狠丢出一颗石头,砸在一尾鲤鱼背脊上,鲜血四溅,可怜的鲤鱼疯狂拍打着水面。

男孩眼神炙热:"我爹最擅长攻伐之道,杀力之大,不比那大骊宋长镜逊色太多,只可惜一直受困于先天身体孱弱,最怕对手和他以伤换伤的无赖打法,这才无法扬名,还沦为笑柄,就连清风城的自家人也敢在背地里取笑我们。娘亲,是不是我爹得了这具宝甲之后,就能够攻防皆备,可以与那宋长镜一较高低了?"

许氏仍是摇头。

红袍男孩重重一拍栏杆,怒色道:"你不要跟我卖关子!"他龇牙咧嘴,择人而噬,就像一头虎豹幼崽。

许氏从来没觉得儿子在自己面前大呼小叫有何不妥,毕竟儿子一出生,就得到过一位高人评价极高的谶语:"虎狼之相,人主资质。"

许氏耐心解释道:"你爹得到宝甲后,一旦参悟成功,能够百尺竿头更进一步,要什么防御,一力降十会,一鼓作气碾压敌人便是。"

男孩哈哈大笑,快意至极:"杀杀杀,到时候让我爹就从咱们清风城内部杀起!自己人做的恶心事,才最恶心!"

男孩笑过之后,很快冷静下来,突然想起一事,问道:"娘亲,你这么戏耍正阳山,真是要猴了,就不怕那只蠢猿万一回过神来,离开小镇后就对我们大打出手?还有一件事,我始终没想明白,那个姓刘的,既然早早有了买瓷人,本身就根骨极好,加上有宝甲有剑经,这样的香饽饽,简直少之又少,就连我也不得不承认,对他需要刮目相看,那么买瓷人为何迟迟不愿露面,使得娘亲你能够浑水摸鱼,还让那正阳山老猿帮咱们解决掉了烂摊子。他一拳打死刘羡阳后,什么都清净了,天大麻烦由正阳山来兜着,至于我们清风城,便有了极大的回旋余地。"

许氏胸有成竹道:"正阳山那只千岁高龄的搬山老猿,脑子不算好用,但还不至于蠢笨到被娘亲任意当猴耍的地步。其实他早已猜出娘亲借刀杀人的手段了。为何老猿愿意捏着鼻子,自己跳入陷阱,其中原因比较复杂,既有正阳山不怕惹祸上身的自负,也有一段不为人知的秘史内幕,你暂时不用管这些。"她陷入沉思,再次将了将思路,试图查漏补缺,以免后患无穷。

少年刘羡阳的买瓷人,曾是鼎力支持卢家王朝的一股势力。王朝覆灭后,赔了一个底朝天,血本无归,在这之前,确实是山下世俗王朝一等一的门阀,否则也不至于在确认刘羡阳的剑胚资质后,仍然能够耗费重金将刘羡阳留在小镇,买下了之后的九年时间。

正阳山不知通过什么渠道知晓此事后，便去找到那个破落户，试图购买刘羡阳的本命瓷。正阳山一位老祖，当面就给出了一个天价，但是那户人家吃错药了一般，死活不愿松口，只说是已经转手卖给其他人了，至于是谁，什么来历，更是守口如瓶。

之后迷惑不解的正阳山，便听到风声，说是正阳山的死敌风雷园抢先抓住机会，趁火打劫，得了先机。那户人家自然不敢当着正阳山剑仙的面，说自己已经把东西卖给了你们正阳山的仇敌风雷园。

至于刘家祖传瘊子甲和剑经一事，以及风雷园接手刘羡阳本命瓷的消息，到底是谁泄露给正阳山的？远在天边，近在眼前。正是清风城许氏，不过当然是躲在幕后的那种。她更是主要谋划之人。这趟亲自赶赴小镇，花费巨大代价，她自然要保证这笔买卖最少能够回本，否则她这一支在清风城的地位，就会一落千丈，岌岌可危，更别奢望独力执掌清风城。

事实上小镇这边，卧虎藏龙，不容小觑，不提日薄西山的卢氏，其余三大姓氏，在东宝瓶洲版图上，谁不是雄踞一方，如日中天？

其实四姓十族，真正的底蕴，不是说盘踞着多少条术法通天的地头蛇。这些家主、老祖宗，其实注定已经离不开。老话说树挪死人挪活，可惜他们早已与桃叶巷的桃树、小镇中心的老槐差不多，属于挪了就死，更无来生一说，所以空有一身大神通，无法施展。

这些家族的底蕴，在于他们能够掌握多少口龙窑，管辖多少门户，因为这将直接决定每年为外边提供多少只本命瓷。一旦出现修行的好坯子，押中宝的买瓷人，只要不是手头太拮据，多半还会额外包一个"大红包"，除此之外，也等于双方结下一份香火情，比起点头之交，当然分量要更重。

许氏突然对自己儿子感慨道："千万不要小觑任何人，哪怕是卢正淳这种弯腰做狗的小人物。你以为来了小镇，就能够轻而易举将那些机缘、宝物拿到手吗？不是这样的。老龙城的苻南华，几乎道心崩碎，云霞山的蔡金简更是人间蒸发，生死不知。还有一名资质不俗的后辈，在廊桥那边看似福至心灵，便作水观，给人坏了心境，无异于在心湖底部，被人硬生生砸出一个大坑，使得湖水下降。这类事情，不会到此为止，接下来反而只会越来越多。所以说，修行路上，无一个逍遥人。"

男孩想了想："小心驶得万年船。娘亲，我会注意的。"

许氏点头道："如此最好。"

男孩丢掷出最后一颗石子，问道："那个齐静春到底怎么回事？"

许氏罕见动怒，厉色训斥道："放肆！尊称齐先生！"

男孩一愣，乖乖改口道："齐先生是不是有了麻烦？"

许氏犹豫片刻，缓缓说道："齐先生的恩师，不但曾经陪祭于那座文庙，而且还是儒教教主的左手第二位。"

男孩目瞪口呆。

这意味着齐静春的恩师,是儒家,或者准确说是儒教漫长历史上的第四人?

这是超乎想象的存在。要是有谁夸下海口,说这类圣人一怒之下,能够一脚将东宝瓶洲最大的山岳彻底踩碎,男孩不敢说全信,但也肯定会半信半疑。

许氏心有戚戚,低声道:"只是那位圣人中的圣人,如今地位却比这座小镇的那些破败神像……也不如了。"

男孩咽了咽口水,随口问道:"刘羡阳那个朋友如何处置?"

许氏想了想:"你是说泥瓶巷那个姓陈的孤儿?"

男孩点点头。

许氏笑道:"你不也一见面就称其为蝼蚁吗? 让他们自生自灭便是。"

督造官衙署来了两位风尘仆仆的客人,两人皆是弱冠之年,玉树临风,如楠如松,头等美质。门房听说是来拜访崔先生后,连身份也不询问,赶紧领进官邸,领到那位崔先生暂居的别院,帮着敲响门扉,门房便恭谨告辞。

开门之人,正是那位代表儒家来此讨要压胜之物的君子,年少时就赢得过呵笔郎的美誉,一直被视为下任观湖书院山主的不二人选。他看到两位年轻人之后,有惊喜也有讶异,望向其中一位斜靠门扉的年轻人,笑问道:"灞桥,你身边这位朋友是?"

被称呼为灞桥的年轻人,嬉皮笑脸道:"这家伙啊,是大雍王朝龙尾郡的陈氏子弟,崔兄你叫他松风就行。这家伙生平不好美色美酒,唯独有石砚之癖,听说这边的小溪有几个老坑,就想来碰碰运气。他还有一位远房亲戚,这次也与我们随行,要不是因为她,我和松风也不会耽搁到现在才进小镇,本该早两天来的。她不喜欢与人打交道,便自己去逛小镇了。唉,可惜了可惜了,来的路上,听说大隋的一个皇子得了天大机缘,赚到一尾金色龙鲤,以后大有希望走江出龙,把我给眼馋得眼睛都红了。崔兄你瞅瞅,满是血丝,对不对?"

年轻人把头向那位儒家君子伸过去,后者笑着用手指推开他的脑袋,提醒道:"刘灞桥,既然已经拖延了行程,就赶紧办正事去,还来我这边空耗做什么? 什么时候风雷园的行事风格,变得如此拖拉了?"

那位龙尾郡陈氏子弟面带歉意,苦笑道:"来的路上,有过一场冲突意外,灞桥兄伤了作为养剑室的脏腑窍穴,只得冒险将本命剑移至明堂窍。若非我修为不济,成了累赘,绝不至于让灞桥兄受伤。"

刘灞桥爽朗大笑道:"几个鬼鬼祟祟的野修罢了,靠着一点歪门邪道,才侥幸伤到本公子,反正已是我剑下亡魂,不值一提! 如果不是急着赶路,本公子就要给他们弄几座衣冠冢,立块墓碑,写下他们于某年某月某日死于我刘灞桥剑下,将来等我成为剑道第一人,说不得还会成为一处风景名胜,对不对?"

儒家君子与这位风雷园天才剑修相识已久,知道他天生不着调的性格。他把两人带进院子,刘灞桥突然压低嗓音:"崔兄,你给我透个底,此方天地是不是马上要塌了?山崖书院那位流徙至此的齐先生,当真要执意逆天行事?"

崔姓读书人置若罔闻。

刘灞桥嘿嘿一笑,指了指崔先生:"我已经懂了。"

那位儒家君子看似漫不经心地说道:"松风,我先前去学塾那边拜访过齐先生,先生说起修身一事,有过'时不我待'的感慨。"

修身齐家治国平天下,这位出自崔氏的圣人种子,却只说到修身便打住了。

陈松风一开始本以为是读书人之间的客套寒暄,只是当他看到对方的眼神之后,灵犀一动,立即心领神会,抱拳道:"崔先生,我去寻一寻那位远房堂姐,回来之后再向先生讨教治国韬略。"

陈松风言语当中,有意无意跳过"齐家"环节,只是提及了治国。

陈松风匆匆离去。崔姓读书人叹了口气,和刘灞桥坐在小院石桌旁。

刘灞桥跷着二郎腿,直言不讳道:"这个陈松风聪明是聪明,一点就透,只不过吃相也太不讲究了,好歹坐下来跟你胡扯几句,再走也不迟,就那么急着去求祖荫槐叶?我看没必要嘛。如今我们东宝瓶洲除了龙尾郡陈氏,还剩下几个上得了台面的姓氏门阀?那些槐叶,不乖乖落入他陈松风口袋,难道还落在小镇土生土长的俗人头上?"

东宝瓶洲的陈氏,以龙尾郡陈氏为尊,虽然沉寂很久,不过瘦死的骆驼比马大,虽然声势不振,但到底是祖上出过一大串枭雄人杰的千年豪阀,因此哪怕是刘灞桥所在的风雷园这样的鼎盛宗门,也不敢小觑,就连刘灞桥这种人,也愿意与之为伍,算是当作半个朋友。

读书人好奇问道:"你来此是找那位阮师,求他帮你铸剑?"

刘灞桥吞吞吐吐,语焉不详。大略意思是为宗门做一件事,如果做成了,风雷园就会出面为他向阮师求情铸剑。至于那件事为何,刘灞桥似乎有些难以启齿。

读书人又说道:"你知不知道正阳山也来人了,而且是主仆二人。"

刘灞桥愣了愣,震惊道:"我根本没听说啊,正阳山是谁来了?"

然后这个在风雷园以跷扈著称的年轻剑修,闭上眼睛,双手合十,碎碎念祷告道:"千万别是倾国倾城的苏仙子,小子我跪求不是苏仙子大驾光临,要不然我出剑还是不出剑?苏仙子看我一眼,我就要酥了,哪里舍得祭出飞剑……"

读书人有些无奈:"放心,不是你心仪的苏仙子,是护山的白猿,他护送着正阳山纯阳剑祖陶魁的宝贝孙女。"

"老崔你真是我的福星！不是苏仙子就万事大吉！"刘灞桥立即活蹦乱跳,哈哈大笑道,"怕他个卵?！我还怕一头老畜生不成?！咱们风雷园谁都可以怕,唯独不惧他正阳山！"

读书人犹豫了一下:"风雷园和正阳山,本是同根同源的剑道正宗,为何就不能解开死结?"

刘灞桥收敛玩笑神色,沉声道:"崔明皇,这种话你以后到了风雷园,千万千万别跟人说半个字。"

崔明皇喟然长叹。

风雷园,正阳山,双方从祖师剑仙到刚入门的子弟,往往不需要什么一言不合,只要是遇到了,直接就会拔剑相向。

官署门房和年迈管事突然火急火燎赶到院门外,崔明皇和刘灞桥同时起身。

管事走入院子,行礼之后,说道:"崔先生,刚得到一个消息,正阳山对一个叫刘羡阳的少年出手了。"

刘灞桥骤然大怒:"哪个刘羡阳?！"

管事对崔先生颇有敬意,至于眼前这位不知姓名的公子,老人其实并不畏惧,淡然回复道:"回禀这位公子,我们小镇只有一人叫刘羡阳。"

刘灞桥脸色剧变,冷笑道:"好一个正阳山,欺人太甚！"

崔明皇神色自若,问道:"齐先生是否出面?"

管事摇头道:"尚未。听说那少年被带去了阮师的剑铺,估摸着就算没死,也只剩一口气了。有人亲眼看到那少年胸腔被一拳捶烂,如何活得下来。"

崔明皇笑了笑:"谢过老先生告知此事。"

年迈管事连忙摆手:"不敢当不敢当,职责所在,叨扰崔先生了。"

在管事领着门房一起离去后,崔明皇看到刘灞桥一屁股坐回石凳,疑惑问道:"你难道正是冲着那少年而来?"

刘灞桥脸色阴晴不定:"算是一半吧。接下来会很麻烦,大麻烦。"

崔明皇问道:"不只是牵涉到风雷园和正阳山的恩怨?"

刘灞桥点点头:"远远不止。"

崔明皇袖手而坐,轻声道:"树欲静而风不止。看来我是该动身去取回那块四方镇圭了,哪怕会被齐先生误认为是我们观湖书院落井下石,也没办法。"

崔明皇站起身:"我去趟学塾,去去就回。"

他离开福禄街的官邸后,途经十二脚牌坊楼,停下脚步,仰头望着"当仁不让"四字匾额。

阳光下,崔明皇伸手遮在额头。他一阵犹豫不决之后,竟是转身返回官署。

福禄街上,魁梧的白发老人牵着瓷娃娃一般容颜精致的女童,并没有进入卢家大宅,反而去了李家。早有人等候在门口,将两人迎入家内,在悬挂"甘露堂"匾额的正堂内,一个气度威严的老人站起身,来到门口相迎,抱拳道:"李虹见过猿前辈。"

正阳山的搬山老猿,对李家家主随意点了点头,松开小女孩的手,低头柔声道:"小姐,老奴在山顶那边等你。"

小女孩坐在正堂门槛上,气鼓鼓不说话。

李氏家主轻声道:"前辈放心,我们李氏一定将陶小姐安然无恙地送出小镇。"

老猿嗯了一声:"此次麻烦你们帮忙照顾小姐,就算正阳山欠你们一个人情。让我与小姐说些话。"

李虹立即离开正堂,并且下令让家族所有人都不得靠近甘露堂半步。

老猿也坐在门槛上,想了想:"小姐,有些话本不该跟你说的,只是事已至此,再隐瞒也没有意思,老奴就一并跟你说了。此次小镇之行,多半是有人精心策划的一个局。那个清风城许家婆娘,跑不掉,只不过她未必是分量最重之人。这个坑,厉害的地方在于哪怕老奴有所察觉,也无法不跳。小姐有所不知,那部剑经的主人,曾经是一个叛出正阳山的剑道孽徒,由他自创而成。依照你爷爷的说法,这部剑经最可贵处,在于虽然写书之人,最终剑道成就不过是摸着剑仙的门槛,但是剑经内容,直指大道。小姐你想啊,与咱们正阳山交好的谢家老祖,何等眼界,仍是给予这部剑经'极高'二字评语。"

接下来老猿的语气冷漠了几分:"而这个欺师灭祖的剑道天才,走投无路之际,投靠了我们正阳山的宿敌风雷园,风雷园也确实庇护了此人大半生。他当了大半辈子的缩头乌龟,后来为了印证剑经,悄然离开风雷园,寻找过数位证了道的大剑仙,例如谢家老祖,哪怕皆对其人品不屑,但是对于剑经所写,的确都赞赏不已。谢家老祖私下曾说,剑经融合正阳山、风雷园两家剑道精神,一旦哪一方有人修成,那么两家的术道之争,鹿死谁手,就该落幕了。"

老猿沉声道:"所以这部剑经,老奴如果能够拿到手,交给小姐你来修行,是最好的结果。退一万步说,就算我们正阳山没有拿到手,如果给什么老龙城、云霞山之流,被那些年轻人得去了机缘,正阳山倒也能忍。唯独一事,绝对不能退让半步,那就是被风雷园的狗杂种们将剑经拿到手!"

老猿脸色铁青狰狞:"小姐,别忘了,风雷园的园子最深处,那座试剑场之上,我们正阳山的那位老祖,也正是小姐你这一脉的祖先。她当初在正阳山最为羸弱之际,毅然挑战那一代的风雷园园主,结果堂堂正正战死后,她的尸首,非但没有被风雷园礼送回正阳山安葬,反而任其曝晒,甚至头颅之中,还插着一把风雷园剑士的长剑,故意任人观摩取笑!"

"三百年了，整整三百年，哪怕正阳山公认英才辈出，竟然始终连风雷园的一把剑也拔不出来！一代代正阳山剑修，承受着这种奇耻大辱。正阳山一日不灭风雷园，便一日是整个东宝瓶洲的笑话。

"为何我正阳山，每一位老祖成就剑仙之尊后，从不愿召开庆典，普告天下?!"

这些陈年往事，小女孩其实早就烂熟于心，耳朵都听得起茧子了。

只不过之前亲人长辈说起，都尽量以云淡风轻的语气提起这段公案恩怨，远远不像搬山猿这般愤懑满怀，直抒胸臆。

小女孩稚声稚气问道："白猿爷爷，那你为何不干脆一拳打死那死犟死犟的少年？虽说他如今已是经脉寸断，气息崩碎紊乱，剑经自然而然就跟着被捣烂搅碎，神仙也没办法复原。可是不怕一万就怕万一，万一有人救了他，万一有人得到剑经，那我们正阳山咋办？"

那部剑经的传承方式极为特殊玄妙，无法言传，当年那个正阳山叛徒，留下一道流转不定的剑意在子孙体内，代代相传，一直在等待天资卓绝的子孙出现，能够驾驭这道蕴含剑经内容的剑意。所以只要刘羡阳死了，他的买瓷人和风雷园也就彻底没戏了。那部从未真正现世的剑经，就此烟消云散。

老猿哈哈笑道："老奴若是当场就打死那少年，就会被瞬间赶出这座小天地，到时候小姐怎么办，难道要小姐独自面对风雷园的人？再者，此地术法一律禁绝，阮师能铸剑能杀人，可是救人的本事嘛，真是不咋的。除此之外，难不成齐静春出手？绝对不会的，如今他已是泥菩萨过河自身难保。再说了，真惹恼了老奴，大不了就现出真身。老奴倒要看看，这方天地撑不撑得起老奴的千丈真身！"

老猿站起身，气势磅礴，道："小姐，廊桥少年一事，已经不用理会，容老奴杀了风雷园的人，就在那座山顶门外等你。那齐静春若是识相，就隔岸观火，若是他敢插手，老奴就敢撞他个支离破碎。便是阮师出手，老奴也要与之一战到底，才算不虚此行！"

小女孩想了想，灿烂笑道："白猿爷爷，你去吧，不用担心我。"

老猿洒然笑道："小姐就更不需要担心老奴了。"

溪畔剑铺一间屋子里，弥漫着一股浓重的血腥味，一盆盆血水被端出去，然后端回一盆盆清水。

一个几乎是被阮秀拎小鸡一样抓来的老人——杨家药铺的掌柜，就坐在窗前小凳上。他伸手洗去满手血迹，额头渗出汗水，抬头后无奈摇头道："阮师，这少年的伤势实在太重了，如果是小镇之外……"

双手环臂的阮师傅板着脸道："废话就别说了。"

杨掌柜只得苦笑。自己确实说了句废话，如果是在小镇之外，根本就用不着他出手。

青衣少女阮秀,死死盯住那片放在病榻少年额头上的槐叶——已经黯然无光,绿色犹然是绿色,却没有半点绿意。她猛然转头,愤怒问道:"不是说好了,陈平安拿出他那片槐叶,刘羡阳就能有一半生机吗?"

杨家铺子老掌柜叹息道:"若是槐叶主人自己遭此重创,然后承受槐叶的祖荫,当然是救活的机会有五成,可是用来给别人消受福荫,就另当别论了。"

阮秀怒喝道:"姓杨的!那你为何之前胡说八道,还说有五成希望?!为什么不早说!"

杨掌柜哭丧着脸,无比委屈:"老夫当时要是不这么说,怕是少年没死,老夫就已经被你活活打死了。"

阮秀气得脸色发白,正要开口骂人,男人沉声道:"秀秀,不得对杨掌柜无礼。"

阮秀咬紧牙关,默不作声。

男人沉默片刻后,瞥了眼呆若木鸡、迟迟没有动静的老掌柜,没来由春雷绽放似的,就开始破口大骂道:"杨掌柜,你他妈的像一根木头杵在这里,作死吗?!"

碰上这么一对父女,杨掌柜真是欲哭无泪,关键是还不敢流露出丝毫不满,只得硬着头皮继续死马当活马医。

从头到尾,陈平安都没有大呼小叫,也没有号啕大哭,只是一次次端水出门再进门,一盆盆血水换成一盆盆清水。

又一刻钟之后,药铺杨掌柜也是烦躁至极,低头看着那盆清水,猛然一巴掌拍在水里,溅起无数水花,然后抬头对阮师傅无比悲愤道:"阮师!你干脆一剑刺死我算了,老子只是个卖药的,不是起死回生的神医!"

打铁汉子一点一点皱起眉头。

杨掌柜立即缩了缩脖子。

陈平安终于出声说话:"杨掌柜,再试试看。"

杨掌柜转头望向陈平安。陈平安眼神干干净净,微微加重语气:"再试试看!"

杨掌柜吐出一口浊气,于心不忍道:"孩子,老夫是真的无能为力啊。"

陈平安艰难挤出一丝笑意:"杨掌柜,求你了。"

杨掌柜满脸疲惫,仍是摇了摇头。

陈平安眼睛里仅剩的最后那点希冀神采,消失不见了。

他蹲下身放下脸盆,坐在床边,握住刘羡阳已经微凉的手,挤出一个比哭还难看的笑脸,轻声道:"我会回来的。"

陈平安起身离开屋子,走到门槛那边,突然转过身,向一直忙到现在的阮家父女和老掌柜三人,鞠躬致谢。

陈平安跨过门槛，阳光有些刺眼，略作停顿后，他大步向前。

老天爷不给公道，没事，我自己去要，能要多少是多少。

陈平安离开屋子没多久，阮秀一跺脚，就要跟上去，却被从阮师变成阮师傅的中年男人喊住。男人正色道："秀秀！你若是现在掺和进去，只会帮倒忙，害了那个陈平安，到时候才真正是万劫不复。"

阮秀没有转身，只是猛然转头，黑亮的马尾辫，在空中甩出一个漂亮弧度。她眼神凌厉，语气近乎苛责道："爹，刘羡阳的事情你也没掺和，结果又如何了？"

男人欲言又止，最后仍是忍住没有泄露天机，沉声道："相信爹，现在的你，对那个少年最大的帮助，是尽量告诉他一些这座小洞天的秘密和规矩，要他争取在框架之内行事，天时地利人和，能够多占一样是一样。"

阮秀似懂非懂，犹豫不决。男人挥挥手，耐着性子叮嘱道："牵一发而动全身，你是我阮邛的女儿。那泥瓶巷的少年，他丢入池塘的石子再大，溅起的水花有限，不会惊扰到水底的老王八，这就意味着万事可以周旋，可是你阮秀不一样。记住喽，每逢大事要静气，要你多读书多读书，总是不听！心性连一个陋巷少年也比不上，亏你还是修行之人。"

男人其实最后这句话一说出口，就有些后悔了。没办法，到了自家闺女这边，汉子总管不住最后一句肯定拆台的言语。好在这回阮秀竟是没有觉得怎么委屈，她快步跑出屋子，留下一个心情复杂的男人。

本名阮邛的男人挑了张凳子坐下，握住刘羡阳的手腕，一团乱麻的脉象，糟糕至极。本就心情不太好的他脸色愈发阴沉，大发牢骚道："齐静春也真是的，正阳山如此投机行事，就算没办法按照规矩将其驱逐出境，好歹也给点教训，杀鸡儆猴，即便杀不得，打几下有什么问题？要不然接下来此方天地不断有新人涌入，更加鱼龙混杂，还不得乱套？怎么，是想着反正没几天就要卸任，大不了就留给我一个稀巴烂的摊子？说好的读书人的担当呢……"

蹩脚老掌柜坐在一旁眼观鼻鼻观心，绝对不插嘴，以免惹祸上身，他只敢在心里不断腹诽，说好的每逢大事要静气呢？

阮邛发完牢骚，最后叹息道："你齐静春如此束手束脚，也是没办法的事情。前边的话，你可以当作耳旁风，这句话，可别漏掉不听啊。"

杨家铺子的老掌柜，其实一直竖着耳朵偷听，闻言后顿时拜服，心想不愧是下一任坐镇洞天的圣人，这脸皮都能挡下飞剑了。

阮邛突然望向杨掌柜，问道："只听说嫁出去的闺女，泼出去的水。这他娘的还没有嫁人啊，就已经胳膊肘往外拐啦？"

杨掌柜实在是憋了半天，忍不住想要说几句良心话了，要不然都对不起自己铁骨铮铮的风骨,于是壮起胆子说道:"阮师,是不是老朽老眼昏花的缘故? 总觉得那少年好像也没多喜欢你家秀秀啊。"

阮邛用一种怜悯的眼神看着杨掌柜,斩钉截铁道:"不用怀疑,你就是老眼昏花了!"杨掌柜也用一种可怜的眼神看着阮邛。两两无言。

水井那边,阮秀赶上陈平安,也不说话,好像是不知道如何开口。

陈平安朝她笑了笑,记得第一次在青牛背那边遇到,还以为她是哑巴,要么就是不会说小镇这边的方言土话。现在才知道原来她只是不爱说话而已。

跟着陈平安的脚步,走向廊桥那边,阮秀终于鼓起勇气说道:"陈平安,我叫阮秀,我爹叫阮邛,是一名铸剑师。我从小就跟我爹打铁铸剑,这次来你们小镇,爹说是碍于宗门托付,加上这里的水土最适宜打造剑炉,所以才来这里蹚浑水。其实我心里清楚,我爹是想为我找一份机缘,我爹这人就是死要面子,就像你的朋友刘羡阳,我爹其实心里很想收这个徒弟。你可能不太知道,我爹如果将来选择在这里开宗立派,开山大弟子的人选,就很重要了,所以他不是见死不救,你别怪他……"

陈平安摇头道:"我没有怪你爹。"说到这里,他停顿了一下,抬起手背抹了抹下巴,苦涩道:"知道不应该怪别人,但其实心里很气,很生气你爹为什么不早点收下刘羡阳做徒弟,生气为什么刘羡阳出事情的时候,没有人阻拦。哪怕知道这不对,但我还是很生气。"

阮秀点点头:"这是人之常情。"

陈平安不愿在这里多耗,问道:"阮姑娘,找我有事吗?"

阮秀小心翼翼问道:"你现在不会是去找正阳山的人报仇吧?"

陈平安不说话,既不否认也不承认。

阮秀本来就不是擅长言辞的人,干脆就想到什么就说什么了:"你别这么鲁莽,正阳山本就是我们东宝瓶洲的名门大派,那只老猿的身份,其实与正阳山老祖无异,哪怕老猿在此地无法使用术法神通,可要是对付你,很简单! 再就是他重伤刘羡阳后,齐先生一定会惩罚他的,所以你至少不用担心这件事情会被当作什么都没发生……"

陈平安打断阮秀的言语,说道:"阮姑娘你所谓的惩罚,是说杀人凶手会被赶出小镇吗?"

阮秀哑然。

陈平安笑了笑,反过来劝慰阮秀,眼神真诚,清澈得如同小溪流水:"阮姑娘,你的好意,我心领了。我当然不会傻乎乎冲上去,直接跟那种神仙拼命。"

阮秀如释重负,习惯性拍了拍胸脯,兴许是觉得自己的举动有些稚气,不够淑雅,不像是大家闺秀,便笑得有些难为情。

陈平安也跟着笑起来,说道:"上次只送给你三条鱼,是我太小气了。"

阮秀有些赧颜，很快忧心问道："你的左手？"

陈平安扬起包扎严实的左手："不打紧的，已经不碍事了。"

阮秀整理了一下思绪，缓缓说道："陈平安，千万别冲动，如今学塾齐先生的处境比较困难，而且齐先生和我爹交接的时候，极有可能小镇会迎来翻天覆地的新局面，是好是坏，目前还不好说，所以宜静不宜动。"

陈平安点头道："好的。"

阮秀有些莫名的着急。归根结底，在于她自己就很焦躁。按照她的性情，这会儿本该杀向那个正阳山老猿了，可如今却要反过来苦口婆心劝说陈平安不要冒险，这是有违本心的。但问题在于，就像她自己所说，大势所趋，确实宜静不宜动，这也是她的直觉。她阮秀莽莽撞撞去找人讨要说法，即便惹出捅破天的麻烦，她爹也不会袖手旁观，而且多半压得下来。可是眼前这个陈平安，只能生死自负。

陈平安和阮秀道别离去，独自跑向廊桥。

才别少女，又见少女。

廊桥南端石阶上，坐着一个刀剑叠放的少女，面容肃穆。她身穿墨绿色长袍，双眉狭长，紧抿起嘴唇，身边放着两只织造华美的金丝绣袋。

陈平安快步跑向廊桥，刚到台阶底下，少女宁姚就抛来那两袋子铜钱，淡然道："还你。"

陈平安站在台阶下，双手接住两袋钱，一时间不知道该说什么。

宁姚板着脸说道："说好了要保证刘羡阳的安全，现在是我没有做到，是我宁姚对不起你陈平安和刘羡阳！"

宁姚心知肚明，在这座小镇上，身躯体魄仍属普通的少年，被仙家人物一拳打烂胸膛，谁都救不了。再者，如果刘羡阳有救，哪怕只有一线生机，以陈平安的滥好人性格，恐怕就是待在铁匠铺那边会被人砍头，也绝对不会擅自离开半步。

陈平安走上台阶，蹲在她旁边不远处，把两袋子钱递还给宁姚，轻声说道："宁姑娘，钱，你留着好了，加上泥瓶巷我家藏的那袋，你全部拿去，我已经不需要了。可以的话，以后希望你能帮忙花钱雇个人，照看我和刘羡阳两家的宅子。"

宁姚没有接过钱袋，气极反笑："那要不要帮你每年春节贴春联和门神啊？"

陈平安脸色认真道："如果可以的话，最好。"

宁姚差点气得七窍生烟，大骂道："小时候被牛尾巴打过脸，了不起啊？！就可以名正言顺地做傻事？气死我了！总之这件事情，陈平安你别管，你以为就你那点三脚猫功夫，能对付一只正阳山的搬山猿？刘羡阳那破宅子，以后你自己管去，你家春联门神，也自己滚去买！我宁姚不伺候！"

陈平安望着宁姚说道："宁姑娘，我虽然认识你没多久，但是我能够肯定一件事，如果你有信心帮刘羡阳报仇,你绝对不会把两袋子钱还给我,至少不是在这个时候。"

陈平安把钱放在两人之间的台阶上:"宁姑娘,现在都什么时候了,你觉得我还有心情跟你说客气话吗?你跟我,还有刘羡阳,只是做一笔生意买卖,又不是诚心坑我们,只是遇上这样的天灾人祸,谁也想不到,哪有让你赔上性命的道理?相信我,不只是我陈平安不愿意看到这样,刘羡阳那个傻瓜也一样不愿意。他如果能说话,只会说爷们的事,娘们别管……"

陈平安突然咧了咧嘴,说道:"我当然不敢这么跟宁姑娘说。"

宁姚双手按在白鞘长剑之上,眯眼道:"我之前话只说了一半,愧疚是一半,再就是自离家出走以来,我宁姚行走天下,从来没有遇到一个坎就绕过去的时候!"

宁姚伸出大拇指,指了指自己心口:"这里也是!"

陈平安想了想:"宁姑娘,你做事之前,能不能先让我找三个人?之后我们各做各的!"

宁姚问道:"需要多久?"

陈平安毫不犹豫道:"最多半天!"

宁姚又问道:"除了齐静春,还有两个是谁?"

陈平安摇头道:"宁姑娘你就别问了。"

宁姚皱眉道:"窑务督造官衙署,可管不了这个,你真以为是偷鸡摸狗、街头斗殴的小事?"

陈平安刚要站起身,宁姚沉声道:"钱拿走!"陈平安只得自己先收起来。

"陈平安!你等下,先转过身去。"在让陈平安转身后,宁姚突然弯下腰,掀起袍子,取下一把绑缚在小腿上的古朴短刀,站起身递给陈平安,语气无比郑重其事道:"这是我们家乡那边独有的压衣刀,每个女子都会有。事急从权,便宜行事,我就不讲究什么乡俗。但是你别忘了,这刀是借给你,不是送给你的!"

陈平安有些茫然,但是伸出一只手去接短刀。

宁姚怒道:"用双手!懂点礼数好不好?!"

陈平安赶紧抬起另外一只手,不过仍是疑惑不解。

宁姚没好气道:"你以为只凭几片碎瓷,就能杀那只搬山猿?蔡金简只不过是修行路上没走多远的角色,更何况正阳山那只老畜生天生异象,最是皮糙肉厚,别说瓷片,就是寻常的仙家兵器,一样伤不到老畜生分毫,撑死了弄出一两条伤痕,有何意义?屁事不顶用!"

双手接刀又不知如何安置它的陈平安,此刻脸色有些古怪。

宁姚瞪眼道:"都要拿刀砍人了,还不许爆几句粗口?!"

陈平安无言以对,不知为何,他坐到了台阶上,抬头望着南方的天空。

宁姚站在他身边。

陈平安最后一次劝说道:"真的会死人的。"

宁姚双手环胸,一侧佩剑,一侧悬刀,脸色漠然:"我见过的死人,比你见过的活人还多。"然后她故意以一种漫不经心的语气说道:"那把压裙刀,回头你可以绑在手臂上,藏于袖中。"

陈平安点头道:"好的。"

陈平安使劲拍了一下膝盖,站起身,突然说道:"认识你们,我很高兴。"

宁姚猛然转身,率先行走于廊桥中。英气动人的少女,雪白剑鞘的长剑,淡绿刀鞘的狭刀。她此时的身影,是陈平安这辈子见过的最美的画面,没有之一。

这一刻,陈平安觉得自己哪怕能够走出小镇,也不会见到比这更让人心动的场景。这辈子不亏。所以原本因为陆道长一席话,变得有些惜命怕死的他,又像以往那样,一点也不怕死了。死就死。

陈平安和宁姚在十二脚牌坊楼那边分道扬镳,陈平安去了泥瓶巷,敲门喊道:"宋集薪,在家吗?"

正在灶房用葫芦瓢勺舀起一瓢水的稚圭,接连打嗝,喝下水后,顿时神清气爽了许多。她放下勺子,从灶房姗姗走出,跑去打开院门,虽然感到有些奇怪,但仍是一板一眼回复道:"我家公子不在。陈平安,你怎么敲门了,以前你不都是站在你家院子,跟咱们聊天吗?"

陈平安隔着一扇院门,说道:"有点事情。"

稚圭打趣道:"稀客稀客。"

她看了眼陈平安的脸色,问道:"找我家公子做啥?如果不着急的话,回头我可以帮忙捎句话。着急的话,估计你就得去督造官衙署找人了,之前你也亲眼瞧见了,我家公子跟新任督造官宋大人关系不错。"

她发现陈平安两脚生根似的一动不动,白眼道:"倒是进来啊,愣在那边做什么?!我家是龙潭虎穴啊,还是进来喝口水要收你一两银子?"说到这里,稚圭自顾自掩嘴娇笑起来:"对你来说,肯定是后者更可怕。"

陈平安扯了扯嘴角,笑容牵强,轻声道:"其实我是来找你的,之前那么喊,是怕宋集薪误会。"

稚圭会心一笑,问道:"那就说吧,什么事情?丑话说在前头,邻居归邻居,交情归交情,可我到底只是一个泥瓶巷寄人篱下的小丫鬟,肩不能挑手不能提的,帮不了大忙。不过你陈平安要是借钱的话,是能用钱解决的问题,算你运气好,我倒是有一点点小法子。"

陈平安苦笑道:"还真不是钱的事情,我就跟你直说了吧,刘羡阳给人在廊桥那边打成重伤了，杨家铺子的老掌柜去看了，也没辙。"

稚圭一脸茫然："我怎么没听说这事儿，刘羡阳惹上谁了？"

陈平安无奈道："是个外地人，来自一个叫正阳山的地方。"

稚圭试探性问道："那你是想托关系走门路，好给刘羡阳找块风水宝地下葬？这倒是不难，我可以让我家公子在督造官那边说一嘴，再由衙署管事门房之类的出面，去桃叶巷请那个魏老头找地方，只要不是在朝廷封禁的地方占个山头，想来不难。"

陈平安本就黝黑的那张脸庞，愈发黑了。

约莫稚圭也察觉到自己想岔了，习惯性一龇牙，露出雪亮的整齐牙齿。她背靠墙壁上的春联，歪着脑袋，笑容玩味，问道："陈平安，你是想要我报答你的救命之恩？可是我就是个丫鬟呀，杨家铺子老掌柜都没办法，我能如何？"

陈平安一番天人交战之后，缓缓说道："王朱，我知道你不是一般人。那年大雪天，我在家门口看到你，就知道你跟我们不一样。后来你也是第一个看出蛇胆石不寻常的人。现在回想起来，你当年看待我们这些街坊邻居的眼神，跟当下那些外乡人看我们，本质上没有区别。"

稚圭咧嘴一笑："其实是有的。"我不光光是看待你们这些凡夫俗子，就是看待那些仙家修士，也一样看不起。只不过这句话，稚圭没有说出口。有些道理，在她这边，本就是天经地义，可在别人那边，就成了目中无人，桀骜难驯。

陈平安问道："我找你，是想问问你，到底有没有可能救回刘羡阳。我用掉一片槐叶，但是只能勉强吊住刘羡阳最后一口气，虽然用处不大，但至少是有用处的。所以我想问，你这边有没有槐叶，尤其是多余的槐叶？"

稚圭指了指自己鼻子，问道："你是问我家公子宋集薪有没有槐叶，还是我，一个无父无母的小婢女？"

陈平安死死盯住稚圭，直截了当道："宋集薪就算有，他也不会给我。我是在问你，王朱。如果有，你愿不愿意借给我，如果没有，你知不知道其他法子来救刘羡阳？"

始终被称呼为王朱的少女，一只手揉着下巴，一只手轻轻拍打腹部，摇头道："没啦，真没啦，不骗你，你要是早些来，说不定还剩下几片槐叶。至于其他法子，当然没有，我又不是神仙，哪里晓得让人起死回生、白骨生肉的手段，对吧？陈平安，你可不能强人所难。唉，我真是看错了你，以为你跟他们都不一样，不是那种挟恩图报的家伙。"

陈平安犹不死心："真没有？不管我做不做得到，你可以说说看。"

稚圭摇头，斩钉截铁道："反正我没有！"

陈平安笑了笑："我知道了。"他转身就走，消瘦的身影很快消失在泥瓶巷。

稚圭站在家门口的巷子里，望着陈平安渐行渐远的背影，神色复杂，有一丝哀其不幸怒其不争的意味，愤愤道："好不容易到手的槐叶，就这么被你挥霍掉了？那你可以跟着刘羡阳一起去死了。反正早死早超生,运气好的话,下辈子继续做难兄难弟吧,总好过那些连来生也没有的可怜虫。"

她走回院子,跨过门槛的时候,不小心又打了个饱嗝,讥笑道:"有点撑。"

她冷不丁加快步子冲向前,一脚重重踩踏下去,然后缓缓蹲下身,盯着那条头顶生角的土黄色四脚蛇,训斥道:"有借有还再借不难,你们这五头小畜生,以后若是胆敢赖账赖账,看我不把你们扒皮抽筋一锅炖!"

她脚底板下的四脚蛇竭力挣扎,发出一阵阵轻微的嘶鸣,似乎在苦苦哀求讨饶。

陈平安离开泥瓶巷后,一路跑到学塾,结果被一个负责清扫学塾的老人告知,齐先生昨天便与三位外乡客人一起去小镇外的深山了,说是要探幽寻奇,一趟来回最少要三天。陈平安满怀失落,转身离去的时候,拎着扫帚的老人猛然记起一事,喊住他,说道:"对了,齐先生去之前,交代过我,如果泥瓶巷有人找他,就告诉那个少年,道理他早就说过了,不管他今日在与不在学塾,都不会改变结局。"

陈平安好像早就知道是这么一个结果,眼神黯淡无光。死水微澜,了无生气。但是他仍然弯腰致谢,道:"谢谢老先生。"

老人连忙挪开几步,站到一旁,摆手笑道:"可担待不起'先生'二字。"

老人看到陈平安缓缓离去,走了一段路程后,好像抬起手臂擦了擦眼睛。

老人轻轻摇头,想起同样是差不多岁数的年轻人,看看另外两个读书种子宋集薪和赵繇,再看看这位,人生际遇,天壤之别。真是有人春风得意,有人多事之秋啊。

陈平安又回了趟泥瓶巷,拿起最后一袋藏在陶罐里的铜钱,带着三袋钱,走入福禄街,找到窑务督造官衙署。

门房一听介绍有些蒙,宋集薪在泥瓶巷的邻居,要找宋集薪和督造官宋大人?

陈平安偷偷递给他一枚早就准备好的金精铜钱,也不说话,门房低头一瞅,一掂量,双指一摩挲,心领神会,却不急着表态。陈平安很快就又递过来一枚金色铜钱,门房笑了,却没有接手,说道:"既然是个懂事之人,我也就放心帮你引荐,否则因你丢了这份差使,我就真是冤大头了。你手里这枚铜钱先收着,如果府上管事答应你进衙署,再给我不迟,如果不答应,我也爱莫能助,就当这枚铜钱与我无缘,你觉得如何?"陈平安使劲点头。

没过多久,年迈管事和门房一起赶来,门房对陈平安使了一个眼色,暗示他千万别这个时候掏出一枚铜钱来,公然受贿,罪名可不小。好在少年没有做出那种傻事来,只是跟着年迈管事一起往衙署的后堂走去。

门房叹了口气,有些奇怪,为何管事一听是泥瓶巷姓陈的少年,就点头答应了。什么时候衙署的门槛这么低了?

门房有些心虚,其实他方才见着管事,言语当中明里暗里,都劝管事多一事不如少一事,别让那少年进衙署,只不过他没直说,相信以老管事在公门修行这么多年的高深道行,肯定心知肚明。

年轻门房原先打的小算盘,当然是想着白拿一枚铜钱,又不用担风险,而且拿得心安理得。现在他只希望那穷酸少年可别是什么惹祸精。

在衙署后堂正厅,身穿一袭白色长袍的宋长镜,坐在主位上正在喝茶。

宋集薪坐在左边客人椅子上,单手把玩一柄竹制折扇,不断将其打开合拢,笑望向被带进来的陈平安。

乌黑的椅子,雪白的袍子,很鲜明的反差。

管事退去,主位上的宋长镜放下茶杯,对陈平安笑道:"陈平安,随便坐。之前我们其实已在泥瓶巷见过面了,只不过当时我没有认出是你,否则早该打招呼的。"

宋集薪觉得有些好笑,只有他才知道这个男人,在自称"我"的时候,明显会有些拗口。

陈平安坐在宋集薪对面的椅子上。

宋长镜开门见山地问道:"陈平安,你来这里,是关于刘羡阳被打伤一事?"

陈平安站起身说道:"我希望宋大人能够严惩正阳山的凶手,而不只是将他驱逐出境。"

宋长镜笑了笑:"其实小镇这边是'无法之地',意思是说这里没有任何王朝律法。本来督造官就比较尴尬,是无权过问地方事务的。再者,小镇这边历来奉行民不举官不究,无论是大门大户里打死了丫鬟奴仆,还是小门小户的斗殴伤人,也没有来这座督造官衙署击鼓鸣冤的风俗,所以,陈平安你是提着猪头走错庙,拜错菩萨了。"宋长镜言行举止,和颜悦色,身上没有半点颐指气使的倨傲姿态。

陈平安掏出三袋子铜钱,放在椅子旁边的高凳上,然后对那个神色自若的男人说道:"宋大人,我知道你很厉害,我想知道你能不能救下刘羡阳,哪怕不能救,能不能给他一个公道,不让杀人凶手杀了人,只要离开小镇就好像什么事情都没有了。"

宋长镜哈哈笑道:"我很厉害?是你家那个黑衣少女告诉你的吧?嗯,由此可见,她的武学天资极好,比你那个叫刘羡阳的朋友还要好。实话告诉你好了,我只会杀人,救人实在不擅长。再说了,我凭什么要为了一个只有一面之缘的少年,坏了这里奉行千年的大规矩?"

宋长镜说到这里,指了指那三袋子铜钱:"没了宝甲剑经的刘羡阳,他的命,根本值不了这么多钱,至于想要买下我的人情,这些钱,又远远不够。我大骊跟正阳山闹掰,就为了三袋子钱?绝对不可能的。传出去会是整个东宝瓶洲的笑话。陈平安,你可能暂时不太理解这番话,但是以后如果有机会,你出去走走,就会明白这是大实话。"

陈平安咬牙说道:"宋大人,你能不能说出如何才能出手?哪怕你觉得我死也做不到,但是宋大人可以说说看。"

宋长镜不觉得自己有蛛丝马迹流露出,这位权势藩王眼神中出现一抹讶异之色,微微笑道:"陈平安,我不是瞧不起你,故意刁难你,恰恰相反,我觉得你这个人有意思,才愿意花时间,心平气和跟你讲道理,做买卖,明白吗?"陈平安点了点头。

宋集薪坐姿不雅,盘腿坐在椅子上,用合拢的折扇轻轻拍打膝盖。隔岸观火,事不关己,高高挂起。

宋长镜不计较宋集薪的不着调,小镇之上,这位藩王掌握情报之多,仅仅输给齐静春而已,他终于一语道破天机:"陈平安,你根本不用太过愧疚,误以为你朋友因你而死。其实刘羡阳早就身陷一个死局,只要他不肯交出剑经,就只能是一个死结,因为正阳山一定会要他死的。不管是齐静春还是阮师,谁也拦不住,倒不是说没人打得过那老猿,而是需要付出的代价太大,不划算不值当。"

宋长镜喝了口茶,悠然道:"陈平安,你有没有想过,为何连最不该得到祖荫福报的你,都有了一片槐叶,可是刘羡阳天赋根骨那么好,竟然没有得到一片槐叶,你有没有想过这个问题?"

陈平安说道:"打扰宋大人了。"

陈平安收起三袋子铜钱,向眼前这位督造官大人告辞离去。

宋长镜虽然没有挽留,但竟是亲自起身相送。宋集薪刚想要不情不愿站起来,却看到这个叔叔微微摇头,他顺势一屁股坐回,舒舒服服靠在椅背上。

走到门槛的时候,宋长镜毫无征兆地说道:"有两件事,我做得到,却无法去做,所以只要你做成其中一件,我倒是可以考虑帮你教训那只老猿。"

陈平安赶紧停下脚步,转过身,满脸肃穆。

宋长镜淡然道:"一件事是找机会,绑架老猿身边的正阳山小女孩,乱其心志,迫使老猿强行滞留在小镇。还有一件事是夜间偷偷砍倒那棵老槐树,然后拔出铁锁井的那条铁链。你可以两件事都做,也可以只做一件事。一件事做成了,我出手帮你重伤凶手,两件事一并做成了,我就替你杀了正阳山老猿。"

宋长镜微笑着承诺道:"一言既出,决不食言!"然后权势滔天的大骊藩王说了一句莫名其妙的言语:"陈平安,我相信你感觉得到一句话的真假。"

陈平安默然离去。

没有看到听到陈平安使劲拍胸脯的大放厥词,宋长镜反而觉得很正常,站在门口,背对着屋内的宋集薪,问道:"你跟他比较熟,觉得他会不会去做?"

宋集薪摇头道:"不好说。如果正常情况下,要他去做违心的事情,很难很难,但是为了刘羡阳的话,估计就有点悬了。"

宋长镜负手而立,望向天空,问道:"假设少年真的给人意外之喜,本王借此机会插手其中，不管是和正阳山交好，还是与风雷园结盟，自然只可取其一，甚至难免会与另一方结怨。相较于本王袖手旁观，任由大骊跟这两方势力始终不咸不淡，老死不相往来，对于我大骊来说，你觉得哪一种结果更好？"

宋集薪站起身，用折扇拍打另外一只手的手心，缓缓踱步，思量之后说道："太平盛世选后者，适逢乱世选前者。"然后笑道："无论小镇外的天地到底是盛世还是乱世，看来至少叔叔你已经做出了自己的选择。"

宋长镜嗤笑道："我辈沙场武人，在太平盛世里做什么？做一条给读书人看家护院的太平犬吗？"

宋长镜转头看着神色僵硬的宋集薪："本王已经看出来了，这个少年，才是你真正的心结所在，而且你短时间内很难解开，一旦留下这个心结离开小镇，这将不利于接下来的修行。所以你可以亲眼看看，一个原本赤子之心的单纯少年，是如何变得一身戾气和俗气的。到时候，你就会觉得跟这种人怄气，很没有意思。"

宋集薪张了张嘴，没有反驳什么，只是陷入了沉思。

宋长镜走回屋子，坐在主位上，仰头一口喝光杯中茶水："最重要的是，本王玩弄这种无聊的小把戏，除了随便找个蹩脚理由，以便浑水摸鱼之外，也是想让你明白一个道理：在你接下来要走的修行路上，谁都有可能是你的敌人……例如你的亲叔叔，我宋长镜。"

宋集薪愕然。

宋长镜冷笑道："心结魔怔，如果不是亲手拔除干净，后患无穷，如荒原野草，春风吹又生。"

又讥讽鄙夷道："即将贵为大骊皇子殿下的宋集薪，你是不是满怀悲愤？可是你现在能怎么办？所以你觉得自己，比起被玩弄于股掌之中的陈平安，能好到哪里去？"

宋集薪死死盯住这个满脸云淡风轻的男人，抓住折扇的五指筋骨毕露。

宋长镜端坐椅上，眼神深沉，望向屋外，仿佛在自言自语："以后你看到的人越多，就越会发现一件有趣的事情，什么善恶有报，快意恩仇，匹夫一怒血溅三尺，什么才子佳人，有情人终成眷属，都是废物们臆想出来的大快人心。所以啊，你自己的拳头一定要硬，靠本王？靠你的亲生父母？我劝你趁早死了这条心。不然带你离开小镇，无异于带着你的尸体去乱葬岗，帝王之家，何尝不是生死自负。"

宋集薪汗流浃背，颓然坐在椅子上。

虽然他在得知自己的真实身份后，将那份志得意满隐藏得很深，在衙署待人接物并无半点异样，可是落在藩王宋长镜眼中，如手持照妖镜，照见一头刚刚化为人形的精魅，故而能够在谈笑之间，让其灰飞烟灭。

宋长镜望向远方，视线好像一直到了东宝瓶洲的最南端，到了那座遥远的老龙城。

这个藩王不知为何，想起一句话："人心是一面镜子，原本越是干净，越是纤尘不染，越是经不起推敲试探。"

宋长镜觉得庙堂上的读书人，虽然絮絮叨叨神憎鬼厌，可是有些时候说出来的大道理，他们这些提刀子的武人，真是活个一千年也想不出说不透。

宋长镜收起思绪，伸手指向南方，如手持枪戟，锋芒毕露："宋集薪，如果你觉得本王今天说得不对，可以，但忍着。只有将来到了老龙城，咱俩换个位置坐，本王才会考虑是不是要洗耳恭听！"

大骊皇子宋集薪已经恢复正常，笑道："拭目以待。"

衙署门口，陈平安如约递给门房第二枚铜钱。

十二脚牌坊楼，陈平安看到宁姚的身影，快步跑去。

宁姚就站在"气冲斗牛"的匾额下，开口问道："怎么样？"

陈平安摇头道："三个人都找过了，其中两人见着面了，齐先生没能看到，不过我一开始就知道答案了。"

君子不救。齐先生确实在此之前早就说过。

宁姚皱眉不语。

陈平安对宁姚说了一句"小心"，就狂奔离开了。

先到了杨家铺子，用一枚金精铜钱跟知根知底的某位老人，买了一大堆治疗跌打和内伤的药瓶、药膏和药材，这些东西如何使用和煎熬，陈平安熟门熟路。龙窑烧瓷是一件靠山吃饭的活计，经常会有各种意外，姚老头虽然看不顺眼只能算半个徒弟的陈平安，但是不得不承认这个少年腿脚利索，人也没有心眼，所以许多跑腿以及花钱的事情，都是让陈平安去做，比如给窑口的伤患们买药以及煎药。

陈平安回到泥瓶巷祖宅，关上门后，先开始煎药，是一服治疗内伤的药，在看着火候的空隙，将一件洗得发白却依旧干净的衣衫摊放在桌上，撕成一条条绑带，以吝啬小气著称的陈平安，此时没有半点心疼。然后除了将那把宁姚借给自己的压衣刀子绑在手臂上之外，还在自己小腿和手腕上，都捆绑上了一层层的棉布细条。

陈平安摘下墙壁上那张自制的木弓，犹豫了一下，仍是暂时放弃携带它，反而从窗台上取回弹弓和一袋子石子。

之所以明知不可为而为之，接连三次碰壁也没后悔，这是他独有的犟劲。不去试试看，怎么都会不甘心，就像他在铁匠铺那边，最后一次求老掌柜一定要再试试看，是一样的道理。

先找身份古怪的稚圭，是希望能给刘羡阳找回一线生机；再找齐先生，是心存侥幸，希望他能够主持公道；最后找宁姚所谓的武道宗师、督造官宋大人，是摆明了倾家荡产去做一笔买卖。

陈平安一开始就想得很清楚，所以这时候虽很失落，但也没觉得如何撕心裂肺。

其实藩王宋长镜和邻居宋集薪，根本不懂陈平安。有些事情，死了也要做。但有些事情，是死也不能做的。

陈平安蹲在墙角，安安静静等待药汤出炉，这一罐子药，很古怪，没有别的用处，就是能止痛。曾经龙窑窑口有个汉子，患了一种怪病，在床上熬了大半天，半死不活不说，关键是整个人痛苦得整张脸和四肢都扭曲了。后来杨家铺子就给出这么一服方子，最后那个汉子很快就死了，但是走得并不痛苦，甚至有力气坐起身，交代遗言后，还在姚老头的搀扶下，去最后看了一眼窑口。

陈平安觉得自己应该也用得着。

他看到桌上还有一些碎布片，便脱下脚上那双破败草鞋，拿出一双始终舍不得穿的崭新鞋子，搬来陶罐，拿出其中的碎瓷片。

约莫半个时辰后，做完一切事情的陈平安打开屋门，悄无声息地走出泥瓶巷。

临近黄昏，阳光已经不刺眼，天边有层层叠叠的火烧云，无比绚烂。

陈平安走向福禄街。青石板街道上，已无路人，少年独行。

第九章

天 行 健

陈平安这些天经常往福禄街、桃叶巷送家书，几乎家家户户的门房都认识了这个送信人，所以并不显得突兀，加上他神色自若，像往常一般小跑在青石板街道上，哪怕有行人看到也不会当回事。陈平安来到一栋宅院，门前摆放有一尊用以镇邪止煞的石敢当，半人高，武将模样，他知道这里是李家大宅。大富大贵的福禄街上，几乎家家户户的辟邪法子都不一样，就连大门张贴的门神都分文武，所以很容易分辨。

陈平安迅速环顾四周，继续前行，再往前就是宋家，宋家过后便是窑务督造官衙署了，在李、宋两家毗邻的大宅交界处的外墙边生长有一棵槐树，老干虬枝，枝繁叶茂，虽然比不得小镇那棵老槐的沧桑气象，但也让人一见便觉不俗。

在老一辈人嘴里，这棵槐树与小镇中心地带那棵参天老槐，是一脉相承的，那棵被称为祖宗槐，陈平安眼前这一棵则被喊作子孙槐。

陈平安之所以来李家，而非卢正淳所在的小镇头姓卢家，是因为离开衙署的时候，一路相送的年迈管事，有意无意聊了一些家长里短，什么这条街上赵家的那位读书种子赵繇已经离开小镇，以后指定是状元郎当大官的命；什么隔壁宋家有位小姐，到了出嫁岁数，连女红也做不好，只喜欢舞刀弄枪，哪里像一位千金小姐，你说好笑不好笑？老人在一大堆鸡毛蒜皮的趣事里，夹杂了一个微不足道的消息：李家宅子刚到了一位身份尊贵的客人，小女娃娃长得粉雕玉琢，跟一件御用瓷器似的，以后只要别女大十八变，肯定是个俊俏美人，也不知道以后哪家有福气，能把这么个儿媳妇娶进家门。

先前离开衙署后堂后一开始只听不说的陈平安，有意无意走得很慢，而且始终在仔细观察衙署的建筑布局,最后偶尔问一两句题外话,像是穷光蛋好奇那些大姓豪族的阔绰富贵。年迈管事知无不言言无不尽,以隔壁宋家和更远些李家作为例子,与少年说了大户人家的庭院分布和种种规矩。管事的真正用意,陈平安心知肚明。只不过陈平安从头到尾,就没想着要按照他们的意愿行事。

此时,沿着街边缓缓小跑向前,陈平安眼见四下无人,骤然发力,突然加快脚步,笔直跑向那棵老槐树,纵身一跃,竟是接连在树干上向上踩踏了四步,才有下坠的迹象,只不过那个时候身形矫健的他,已经足够伸手抓住槐树的一根枝杈。刹那之间,深山猿猴般灵活的陈平安就坐在了横出的枝干上,然后稳稳站起身,继续向前攀缘。几个眨眼工夫,陈平安就蹲坐在了一根倾斜的槐枝上,槐枝堪堪高过两丈高的院墙,他将身体隐藏在郁郁槐叶之后,屏气凝神,眯眼望去,根本不急于潜行入内。

在和宁姚从廊桥返回小镇途中,陈平安问了许多问题。比如那只正阳山老猿,在小镇地界上,正常情况下,到底能跑多快,跳多高? 他的身体到底有多坚韧,是怎么个铜皮铁骨? 如果说我一拳打过去,无异于给老猿挠痒,那么换成弹弓或是木弓的话,在二十步和四十步距离上,分别会造成多大的伤害? 正阳山老猿这种所谓的"神仙",有没有存在致命缺陷,比如说眼珠、裆部、喉咙? 如果说对手拼了受伤,也要全力杀人,我会不会必死无疑? 那会儿宁姚差点被他问得只恨自己不是聋子哑巴。

按照宁姚的说法,无论是练气士,还是纯粹武夫,越是境界高深的修行中人,在此地受到的压力就越大,就像铁骑叩关只能死守,全靠一口气绵绵不绝支撑着,一旦开口,就要经受海水倒灌一般的伤害。试想一下,面对迅猛洪水冲来,然后你在堤坝之上开一个小口子试试看? 但是最后宁姚的盖棺定论,仍是他跟正阳山老猿捉对厮杀的话,没有一丝一毫的胜算。

槐荫当中,陈平安眼神坚毅,脸色冷漠,碎碎默念道:"不要让老猿接近十步以内,十步,至少至少拉开这段距离。"

宁姚说过,只要老猿不狗急跳墙,就有活命的机会。可是陈平安回答说,就是要逼得老猿朝自己痛下杀手,否则没意义。

一定要逼得正阳山老猿发火生气,让这只老猿不惜运用体内真气,才能真正折损消耗他丁年辛苦积攒下来的修为。也许老猿觉得他和刘羡阳这样的小镇百姓,命根本不值钱,但是陈平安很想知道,到时候老猿眼睁睁看着那些消逝的修为道行,会不会心疼,还觉得值不值钱。当然,一切的前提是,自己不要被人一个照面就一拳打死了。

他俯视着大宅里的人来来往往、穿廊过栋,喃喃道:"哪怕跑不掉,也一定要多挨几拳。"

陈平安根本就没有想过能杀掉老猿,更没有想过自己能活下来。

李家大宅，那个来自正阳山的小女孩，作为陶家老祖的嫡孙女，被李家上上下下当菩萨供奉了起来，李家在别院安排了多位一、二等丫鬟。这些身为家生子的少女，手脚干净利索，最重要的是知根知底，身世清白，可能从祖辈起就对李家忠诚不贰。

别院位置居中，不贴靠福禄街的街道。

小女孩名叫陶紫，昵称桃子，是正阳山那几位剑仙老祖的开心果，当然不是靠着天真可爱的模样脾性，而是她未来的剑道高度，有资格让正阳山不惜成本地砸入海量资源。

五百年以来，陶紫的根骨、天赋、性情和机缘四样，在历代正阳山各大山峰老祖当中，都算名列前茅。简单来说，就是小女孩陶紫，会是一个长板很长，却没有任何短板的神奇存在。这才是真正名副其实的百年一遇，而不是烂大街的礼节性夸赞。

陶紫当下没了搬山老猿在身边，独自置身于一个完全陌生的地方，谈不上怕生或是怯场，只是有些无聊，还有些遗憾，听猿爷爷的口气，好像是没有办法从这里搬走一座山峰了。这让她很灰心丧气。正阳山的苏姐姐，在跻身中五境的时候，就被老祖赠送了一座山峰作为赠礼，成为苏姐姐的私人领地。那座山峰，正是猿爷爷万里迢迢亲自将其背负回来，安置在正阳山东北方位，虽然不大，但是陶紫一直很羡慕。

她觉得书房内有些闷，就走到正堂，双手负后，老气横秋地仰头看了半天匾额。她身后始终贴身跟着两个清秀丫鬟，其中一人自幼被李家发现天资不俗，便被重点栽培成了武道中人，已小有成就。其实对于李家嫡系而言，这种行径，跟豢养花鸟鱼虫无异，倒并非希望那名少女以后能够成为一位武道宗师。大户高墙之内，奴大欺主的事情，不是没有，更何况升米恩斗米仇，奴婢仆役的眼界太高，潜力太大，对于家族下一代的传承，未必是好事。

陶紫走向大门，在院子里蹦蹦跳跳打转。她倒是没有擅自离开院子，让下人们为难。猿爷爷提醒过她，风雷园的人也到了小镇，在他摆平之前，她不要离开这座院子。陶紫虽然年幼，但是从小耳濡目染山上修行的波谲云诡，危机四伏，而且家教极严，故而不是那种让长辈不省心的顽劣孩子。

百无聊赖的陶紫最后趴在石桌上，桌上放着一个鸟笼，里面装了一只好像叫捕蛇鹰的鸟。鸟儿耷拉着脑袋，病恹恹的，羽毛灰不溜秋，一点都不好看。之前不管怎么逗弄，这只捕蛇鹰都不搭理她，所以她也觉得无趣，现在实在是没事找事，才对着那只扁毛畜生吹口哨玩。

笼内有两个李家龙窑私下打造的瓷器鸟食罐，小巧精致，一只素雅的装水，一只鲜艳的装食物。只是那只捕蛇鹰在被人抓获之后，便滴水不沾，粒米不进，已经快两天了。

在小镇上，捕蛇鹰极少被人抓到过，偶尔有几次，无论是年幼雏鸟还是成年鹰，无一例外都是绝食而亡。如何也养不活，更熬不成供人驱使的猎鹰。

吹口哨的陶紫见那只捕蛇鹰仍是没反应，终于彻底没了耐心，站起身，转身就走。

砰然巨响，鸟笼内的一只鸟食罐轰然粉碎。

陶紫先是出现片刻呆滞，然后几乎本能地一把拽过一名高挑丫鬟，让她挡在自己身前。

身材高挑、体态丰满的婢女，只觉得自己手腕被铁线死死箍紧一般，疼痛得差点就要尖叫出声。倒是那名矮小一些的丫鬟，眼神锐利，第一时间就自己站在陶紫身前，迅速环顾四周。

笼内第二只鸟食罐又轰然炸裂，如同爆竹声在桌上响起。

"有刺客，在清馨院那边的屋顶上！"习武有成的婢女这次总算捕获到那个身影，在隔壁院落的屋脊之上，有一个半蹲的身影。

这个婢女开始助跑，别院墙壁不高，她踩蹬而上，双手抓住墙沿后，凭借出众的臂力迅速爬上墙头。一时间她有些犯难，这座别院和对面清馨院相隔不远，但是那名刺客位于清馨院主屋屋顶，而清馨院就靠近福禄街，那人很容易翻墙而出。所以她几乎是电光火石之间，就做出了决定，没有跳下墙壁跑向那座清馨院，而是沿着墙头猫腰而奔，跃上自家别院的屋脊。这期间婢女始终留心那名刺客，以防偷袭。很奇怪，那名刺客既没有阻扰她的脚步，也没有马上撤退的意思。

两座院子的屋檐之间，大概隔着三丈距离。婢女一边盯着那名刺客的动静，一边在屋檐上悄然后退，最后快速地深吸一口气，准备助跑。

婢女心头剧震，与自己遥遥对峙的刺客，竟是一个穿着寒酸的消瘦少年?! 少年腰间捆绑着两只小行囊，手上看不到行凶的器物，应该是已经藏起来了，婢女觉得是弹弓的可能性最大。

她也很疑惑，若是击中自己的头颅，不敢说当场毙命，但是绝对受伤不轻，以少年近乎恐怖的准头，两次有意为之地击碎鸟食罐，当真射不中自己或者那个正阳山的小姑娘?

院子里，陶紫愤怒道："蠢货! 小心调虎离山之计! 赶紧回来!"

抓住刺客，严刑逼供当然很重要，但是以防不测，保住性命更要紧。

陶紫松开那高大丫鬟的手臂后，扬起手掌，一巴掌把吓傻了的少女狠狠打醒："还有你，赶紧去通风报信! 知不知道，我要是死了，你们这栋宅子里的全部都要死!"

屋顶上那名婢女没有第一时间跳入院中，而是高声喊道："有刺客!"然后她开始狂奔，在屋檐边缘起跳，然后整个人开始飞跃向对面清馨院的屋脊。

凭借婢女一连串攀缘奔跑的动作，大致判断出她臂力、脚力和气力的刺客少年，蹲下身捡起两块瓦片，右手甩出，正好砸向婢女脑门。还在空中的婢女，下意识双臂交错格挡在脑袋前，只听砰砰两下，被砸得刺骨疼痛不说，力道之大，远远超乎她的想象。婢女整个人前冲的势头，顿时被阻，而就在她后悔逞强之际，原本勉强落在对面屋檐上的她，腹部被人一拳砸中，只砸得她后仰摔去。只不过那名刺客莫名其妙拽住了她一只脚踝，微微停顿后，才松开手。婢女算不得安然落地，不过好歹没受重伤。她整个人脑袋一团糨糊。

少年眼角余光一直在打量四周情况，发现四周出现黑点后，开始转身跑路。速度之快，步伐之大，节奏之好，尤其是配合恰到好处的一次次呼吸吐纳，如果那名婢女能够看到，一定会觉得少年跟她一样，习武多年，浸淫已久，绝对不是什么门外汉。

屋脊上少年身影很快消逝不见，像一只轻盈的飞鸟、出笼的捕蛇鹰。

大概一炷香后，魁梧老猿匆忙赶回李家大宅，杀气腾腾。

从李家家主李虹，到别院丫鬟，个个大气都不敢喘，尤其是那名习武婢女，跪在地上，脸颊两边红肿得厉害。婢女一言不发，不敢有丝毫怨怼神色。

心情已经平静如常的陶紫看到老猿后，叹了口气，摇头教训道："猿爷爷，李家的人，好像全是一群废物啊。你怎么敢把我托付给他们呢？"

搬山猿单膝跪地，仍是比陶紫要高，愧疚道："小姐，是老奴错了。"

老猿转过头，沉声道："李虹！"

李氏家主粗通东宝瓶洲的正统雅言，凑巧正阳山修士的言语就是如此，这位在家族内一言九鼎的男人，只得苦笑赔罪道："这次确是我李家的过失，不容推脱。按照目前我们得到的情况来看，是一个少年，多半并非修行中人，衙署那边暂时并未给出有用的谍报，只说会加派得力人手，日夜守护宅子。"

陶紫想了想，说道："那个刺客倒也不像是来杀我的。"然后补充了一句："至少今天不是。"

李氏家主刚要落下的心，立即重新悬到了嗓子眼儿。

老猿皱眉问道："那少年是不是身材瘦弱，皮肤黝黑，个头差不多只到这个高度？"跪在地上的婢女使劲点头。

老猿咧嘴一笑，眼神阴森："好家伙！原来是示威挑衅来了！"

他摆摆手道："这件事情，你们不要插手了，我晓得那刺客的底细，是泥瓶巷的一个普通少年。"

陶紫低声道："猿爷爷，别掉以轻心呀。"

搬山猿犹豫了下，站起身对李氏家主吩咐道："那就让衙署拿出一份户房档案到李家府上，把那少年的祖宗十八代的底细都翻查清楚，护卫这栋院子的人手方面，易精而少，不易杂而多！"

老猿悄然加重语气，冷笑道："李虹，劝你把你家坐镇此处的定海神针也给请出来，别不当回事情,我家小姐真要在这里有了三长两短,连我这个你们眼中的老畜生也扛不起,你这李氏偏支扛得起?"

李虹连忙作揖致歉,惶恐不安道:"猿老祖这是折煞李家啊。"

正阳山老猿陷入沉思,呢喃道:"是风雷园那小子借机寻衅?还是衙署宋长镜的谋划?"最后摇了摇头,只觉得荒唐可笑:"不管是谁怂恿他来送死,竟不晓得找个好一点的过河卒子。一只没几两肉的小蚂蚱,塞牙缝啊?也好,正愁没机会杀人,这个由头不错,先杀那泥瓶巷的土坯子,再将你这个风雷园的小杂种,一并解决干净了便是!"

老猿对陶紫笑道:"小姐,老奴这次一定帮你收拾好烂摊子,绝对不会再有意外了。"

陶紫灿烂一笑,扬了扬拳头,为这只正阳山老猿鼓舞士气。

老猿离去之前,看了看李氏家主李虹,后者苦笑道:"我这就去请老祖宗出山,亲自为陶小姐担任贴身扈从。"

老猿点点头,大踏步离去。

老猿大大咧咧咬住鱼饵,直截了当地顺着鱼线往泥瓶巷而去。摆明了我已上钩,你来杀便是。

若是在小镇之外,这只正阳山搬山猿还不敢如此目中无人,但是此方天地,术法神通和法宝器物一律禁用,他反而拥有巨大优势,这也是为何正阳山没有出动一位剑仙老祖的缘由。

老猿一路行去,临近泥瓶巷,才意识到一点:"巷中少年该不会单纯是为了给朋友报仇吧?"

在这之前,老猿一直是往深了想,涉及草蛇灰线、伏脉千里的阴谋,现在突然意识到这种可能性后,就觉得尤为荒诞不经。

老猿笑了,很快想明白其中道理:"若是如此,倒也说得通。也对,不是修行中人,反而没那么怕死,反正只是一条贱命而已。"不过小心起见,老猿仍是没有大摇大摆从这一端走入泥瓶巷。

不管如何,这趟注定都不会白走,那个被风雷园器重的小杂种,无非是比泥瓶巷的小泥腿子多活一会儿。

绕了一大圈,老猿从靠近顾璨家的小巷拐角走入泥瓶巷。其实老猿很怀疑那刺客少年,到底有没有胆识留在祖宅等死。如果聪明胆小一点,倒是可以死在风雷园的年轻人之后。老猿咧嘴一笑,然后笑容瞬间僵硬。

黄昏里的泥瓶巷,小路已经显得阴暗模糊。魁梧老猿猛然抬头,一个清瘦少年不知如何就那么站在小巷前方的高处,双脚踩在两边墙壁刚挖出没多久的窟窿里,正好能够借力。陈平安身背箭囊,手持一张拉满的木弓,箭尖直指老猿的一颗眼珠。他整个人无声无息,拉弓如满月不说,好像就连最细微的呼吸都消失了。以至于这个正阳山的护山祖师,只能凭借对危险的敏锐嗅觉,才察觉到头顶少年的存在。

不给老猿更多的反应机会。那支箭矢激射而至,呼啸成风,势大力沉。陈平安在射出一支箭矢后,根本不做第二选择,脖子一缩,迅速将那张木弓斜挂在肩头,脚尖发力,在两边墙壁上交错借力攀上屋檐,转瞬即逝。

老猿缩回那只挡在额头的手掌,只见那支箭矢钉入手心,不深,依稀可见有伤口绽裂。但是老猿一阵后怕。如果在小镇之上,他被人在咫尺之间,一箭射中眼珠子,那就真是叫天天不应、叫地地不灵的惨剧。

随手拔出箭矢,将其折断,丢在泥瓶巷中。老猿双拳紧握,仰头望向小巷天空,脸色铁青,喉咙鼓动,发出一阵低沉压抑的声响,像一头愤怒至极的远古凶兽。老猿手脚并用,瞬间就攀缘到了屋顶,只是刚一冒头,就有第二支箭矢瞬间赶至。已经有防备的老猿只是随手抬起,任由其钉入手臂些许而已,狞笑着大踏步前行。再次收起木弓的陈平安转身就跑。

泥瓶巷一侧的连绵屋檐之上,响起一大串碎裂声响。老猿终究是步子远远大过陈平安,逐渐拉近距离,不出意外,很快就要追上那个身形其实已经足够灵活的消瘦少年。老猿瞬间发力,整个人腾空而起,向前扑杀而去,一只仿佛蒲扇大小的巨手伸向陈平安的脑袋。陈平安好像身后长了眼睛,就在千钧一发之际,竟是腰杆一拧,整个人一猫腰,然后转身跃向小巷对面的屋顶。轻轻落地后,继续撒腿狂奔。老猿的动作亦是极其敏捷迅猛,同样硬生生折向右手边的泥瓶巷另一侧屋顶。陈平安猛然停步。老猿意识到不对的时候,已经晚了。

原来那座屋顶无人居住,年久失修,早已破败不堪,哪里承受得起老猿这两百多斤重的一跳。哗啦啦,连人带瓦一起摔入屋内。

老猿轰然落地,一手扶住地面后,脑袋一扭,躲过了那支刁钻阴险的箭矢。箭矢直接钉入地面。可见不是陈平安膂力不够强大,而是老猿实在太过皮糙肉厚。

陈平安站在屋顶大洞边缘,动作娴熟地收起木弓,对老猿竖起中指,骂道:"老畜生! 干你娘!"

陈平安突然脸色古怪起来,突然就给了自己一巴掌,嘀咕道:"还不是自己吃亏!"

老猿猛然起身,陈平安又已远去。

一堆破碎瓦砾当中,老猿耳朵微动,听到细微动静,咧咧嘴,弯腰拿起一块破瓦,掂量一番后,起身迅猛砸出,瓦片如刀切豆腐一般,轻而易举穿透墙壁和屋顶,带着风雷之声破空而去,瓦片去向之处正是那阵声音发起之地。

只可惜老猿没有看到陈平安的踪迹。他脚尖一点,魁梧身躯拔地而起,一脚踩在一根旧屋栋梁上,借着反弹之力高高跃出屋顶窟窿,落在屋脊上。

老猿看到极远处，背负木弓的陈平安站在一处屋脊翘檐处，神色凝重地望向白衣老猿。老猿也知道自己失算了，方才丢掷瓦片出手，动静过大，估计已经打草惊蛇，让那个泥瓶巷的小泥腿子意识到不妙，彻底没有了依靠弓箭那点距离优势来占便宜的心思。老猿笑着摊开双手，示意自己手中并无物件，然后伸出手指勾了勾，示意陈平安大可以继续玩花哨手段，他愿意奉陪到底，继续舒展筋骨。

　　若说是老猿要耍诈，还真冤枉了这只正阳山搬山猿。千年修行，千丈真身，其身法手段，便是被赞誉为顶天立地也不为过。

　　在搬山猿修行路上的漫长岁月里，尤其是在正阳山开山立派的早期，弱小山门，四面树敌，虎狼环视，正阳山的开山鼻祖战死之后，作为头号大将，老猿什么样的死战血战没有经历过？今日这场小巷中屋顶上的"小打小闹"，跟以前的厮杀，其实有着异曲同工之妙。当年那些荡气回肠的大战之中，顶尖修士和大练气士们，也是以法宝重器遥遥牵制老猿，根本不敢正面搏杀，如人间俗世沙场上来去如风的大羌轻骑，绝对不会直接撞上大骊的重甲武卒，而是快刀子慢割肉，一点一点寻找契机，慢慢削去铁桶战阵的表层。

　　如今老猿算是藩王宋长镜之外，被此地天道压制最多的角色之一。那名悬佩虎符的兵家宗师，因为身份特殊的缘故，被此方天地"青睐"，故而虽然修为极为不俗，但是影响并不明显。

　　此时此刻，面对一个异于寻常小镇百姓的矫健少年，老猿竟然找到了一丝当年浴血奋战的快意。

　　老猿不否认，少年给了自己很多意外惊喜，会计算人心，会设置陷阱，会发挥地利，当然，最重要的是胆子还不小。

　　老猿抬头看了眼天色，西日下坠，暮色已至，视线将会越来越受到影响，而他对于小镇的地理形势，完全不熟悉，这大概就是那个少年的凭仗之一，马马虎虎能算是一张护身符。

　　老猿开始狂奔，势若奔马，一步就能跨出丈余距离，骇人听闻。

　　陈平安在老猿动身的瞬间，就已转身飞奔，没有沿着连绵不绝的巷弄屋脊去往北边，毕竟那里有福禄街和桃叶巷，大户扎堆，藏龙卧虎，万一有人为老猿出头，陈平安不觉得自己有本事逃出围剿。所以他果断往西边逃，因为南边廊桥方向，视野开阔，无处藏身，按照两人脚力对比，陈平安估计自己一旦失去障碍遮蔽，很难逃过搬山猿的追杀。

　　出了小镇往西，就是深山老林，那里草木葱茏，许多隐秘小径上还放有不少猎户下的套子。

　　山路难行，若是不依循旧有道路，更是极其艰辛，这一点陈平安比谁都清楚。他想得没有错，只是他错估了老猿，要知道老人作为正阳山的搬山猿，对于山川之事，了解之深,远比他深刻长远。

当陈平安跃下最后一座屋顶,落地之时,双膝弯曲,巧妙卸去一部分下坠力道,快速扭头瞥了眼后方景象,继续弓腰前冲。在奔跑途中,那副木弓和箭囊皆不知所终。

山林之中,一旦陈平安选择抛弃祖祖辈辈踩踏而出的小路,去"慌不择路",那么它们必然会成为累赘。

眼见着那少年就要泥鳅入水,老猿心情有些烦躁,回望了一眼福禄街李家宅子的方向。其实一旦入山,老猿不敢说占尽地利,但是绝对比在小镇跟着那个小兔崽子东跑西窜,要来得更加游刃有余。

老猿下定决心,迅速权衡利弊,深呼吸一口"新鲜之气",不多不少,如无太大偏差,刚好能够杀人。只见老猿脸色泛起一阵阵青紫涟漪,魁梧身形,毫无征兆地轰然拔地而起,脚底下那座可怜宅子被他一脚踩塌了大半。好在小镇西边住着的都是穷人,宅子远比福禄街那边的要单薄,比如屋梁柱子所用的木头,就很不禁看。那宅子一家四口人,不幸中的万幸,此时都没有待在屋内。

老猿高高跃起,在空中划出一道巨大的弧度,落地之时,刚好位于陈平安身侧,双脚立足之地,出现两个大坑,松软春泥四处飞溅。

老猿一拳砸向陈平安后背心处。

人之后背,有诸阳经所在,所以不论经脉脏腑,皆与背相通。尤其是后背心之处,距离心脏真正是不过咫尺,最是脆弱不堪。

命悬一线之际,听到身旁动静的陈平安骤然发力,比起先前引诱老猿踩踏腐朽屋顶那次,身形竟然还要快出两三分!这至少意味着陈平安从头到尾,始终在隐藏气力。这使得老猿那一拳,非但没能洞穿他的后背心,没能成功打烂一颗心脏,反而只是"擦"了一下他后背心下边一寸的背部。虽然没有硬扛下这一拳,陈平安仍是被大槌撞钟一般,撞得整个人双脚离地飞扑出去。

下一幕景象,陈平安身上那令人叹为观止的矫健灵活,得到了淋漓尽致的表现。只见嘴角渗出血丝的他,在被一拳打飞后,并没有落得头朝地摔个狗吃屎的下场,而是向前伸出双手,撑在地面的瞬间,手肘先弯曲再发力,整个人便一气呵成在空中翻转,变成双脚落地后,又借着向前的惯性,以毫不减速的身姿继续狂奔逃亡。哪怕是见多识广、身经百战的搬山猿,看到他的坚韧,也难免有些牙疼。

老猿抬起手,手背上鲜血模糊。这点伤不算什么,老猿一笑置之。不过对陈平安的必杀之心,愈发坚定。

至于为何受伤,原因并不复杂。

春寒料峭,原本衣衫单薄的陋巷少年,今天出现在老猿眼前的时候,明显要穿得厚实许多。除了自己的衣衫之外,他还找了一件刘羡阳的宽大旧衣,套在最外边,两件衣衫之间,另有玄机。原来陈平安给自己做了一件"木瓷甲",六块长条熟木板分别钻孔,以丝绳串联系紧,胸前三块后背三块,最重要的是这副简陋至极的木甲之上,镶嵌有密密麻麻的小碎瓷片。

老猿这个时候感觉很糟糕,就像是达官显贵不小心踩到了一坨臭狗屎,而且一时半会儿还很难甩掉。

老猿双拳紧握,屏气凝神,站在原地,强压下体内汹涌磅礴的气机翻转,脸上紫青涟漪转为紫金之色,一闪而逝。

老猿勃然大怒,原来就在此刻,一颗石子从树林当中激射而至。老猿伸手握住那颗指甲盖大小,尤其坚硬的石子。

然后一阵窸窸窣窣的声响,显示陈平安正往深处逃窜。

老猿脸色阴沉至极,转头看了眼夜幕下的小镇。生怕这才是对方真正的调虎离山之计。但是直觉告诉老猿,最好将那少年迅速击毙在山中。

福禄街那棵子孙槐,之前刚遭受过少年刺客的攀缘,当下能够承受一个人重量的最高枝上、位置高出屋顶许多的地方,又坐着一个不速之客,往下一些,还站着一人。

这两人的突兀出现,却让风声鹤唳的李家宅子,不得不捏着鼻子装看不见,因为坐在那里的白袍男人,正是督造官大人。他带着宋集薪来到子孙槐上,说是要带他看一出好戏。只不过当时已经是黄昏尾声,宋集薪眼力不够,只能听宋长镜为他讲述那场起始于泥瓶巷屋顶的可笑追杀。

宋长镜一手撑膝,一手托腮,望向远处。在讲述追杀过程的间隙,会时不时穿插一些不为人知的小镇秘事,或是一些随心所欲的修行感悟。

"如果不谈机缘,只说实打实的器物法宝,那部传闻已久的著名剑经,当下能够在小镇排进前三。若是拉长时间线的话,放入整个小镇三千多年的历史,估计前十有点悬,但是前二十肯定没问题,别觉得这个名次很低,事实上很高了。"

"再加上那副瘊子甲,如果姓刘的小家伙能够消化掉这些,在本王看来,他的机缘,半点都不比你们五个人差了。"

宋集薪没有抬头,因为有个家伙直接就把脚悬挂在他头顶。宋集薪好奇问道:"那他为何还被正阳山老猿一拳打死了?"

宋长镜淡然笑道:"运气太好了,遭人嫉妒,又没有靠山,很难理解吗?"

宋集薪满脸疑惑,问道:"那你当时在泥瓶巷,为什么不拉拢得更加彻底一些?"

宋集薪头顶的大骊藩王哈哈大笑,快意至极,笑了很久才说道:"本王对于那些山上的修行天才……总之等你出去之后,听说过本王的某个绰号,就会明白其中缘由了。"

宋长镜突然站起身,望向远处,神色微变,一只手轻轻摩挲着腰间玉带,眼神炙热。

在这位近乎"山登绝顶我为峰"的武道大宗师眼中,小镇最西边,随着搬山猿坏了规矩,刹那之间气机激荡不止,以至于那一块区域的气息紊乱,如同炸裂飞溅的破瓷器。

宋长镜缓缓道:"你可能很奇怪,为何那些外乡人,都有一种视他人如蝼蚁的眼神,你当真以为这只是他们天性自负,眼睛长在天上? 性格是一小部分原因,更多是大势使然,你不曾走出过小镇,不知道这些仙师在外边天地间的超然地位。"

宋集薪回答道:"我可一点都不奇怪。"

"跟读过书的人聊天就是费劲。"宋长镜不感到意外,自顾自继续道,"因为有一条线,摆在你们和他们之间。这条线说大不大,对有些人,比小水沟还不如,只要遇到它,就能够一跨而过,像你和之前的刘羡阳,还有那个被别洲道家大宗相中的读书种子赵繇,皆在此列。但是说小也不小,小镇绝大多数人,看着那条线,就像对着一条天堑,连跨过去的欲望都生不出来。"

"被那条线隔开的两拨人,差距之大,其实就像……人与草木吧,无异于阴阳之隔,甚至更大。"说到这里的时候,大骊藩王宋长镜突然咦了一声,有些讶异,然后幸灾乐祸笑道:"那头老畜生这次运气有点背啊,偏偏惹上这么个小刺猬,隐藏很深啊。宋集薪,本王现在有点理解你了,谁摊上这么个对手都难受,除了干净利落一拳打死之外,实在是一件挺恶心的麻烦事。"

宋集薪脸色不悦。

不远处的李家大宅,呼喝声大振,更有暗处的定海神针愤然出手。

陈平安果然有援手呼应,而且还不是一般人。

宋长镜笑了笑,哪怕那道刺客身影从子孙槐下一闪而过,这位藩王也根本没有要阻拦的意思。

视野之中,老猿的魁梧身影从西边大步而回,不断在小镇上"起起落落",至于落地之时会不会踩塌屋舍、会不会坏了别人院落的布置,根本不在意。那正阳山老猿似乎认定了一个出气筒。

宋长镜突然皱起眉头,继而释然,然后是瞬间爆发的战意昂扬。

大骊武夫宋长镜,此生喜好三事:筑京观,杀天才,战神仙。

下一刻,宋集薪瞪大眼睛,不知何时头顶的宋长镜已经落在福禄街上,向远处飞奔而来的魁梧老猿,简简单单近乎蛮横地对撞而去。

大骊藩王,搬山老猿,一人一拳互换,砸中各自胸口。

宋长镜不退反进,向前踏出一步,老猿则后退一步。又是各自一拳,这一次砸在各自额头眉心。

宋长镜大踏步向前,这一次只有他出拳了。一步向前重重踩地,双膝微蹲,左手向前伸出,右手握拳后撤。

他一身雪白长袍,大袖飘摇,脚下则是满地碎裂的青石板。一拳直直去,老猿只得伸出一只手掌,挡住宋长镜的拳头。天地之间,似乎先后两次隐隐响起崩裂声响。老猿倒滑出去十数丈,青石板地面被犁出一条触目惊心的沟壑。

宋长镜轻轻挥袖,一手负后,一手扶住腰间白玉带,笑眯眯道:"齐静春,你这也不出面拦阻? 难道真要破罐子破摔了? 别啊,再多撑一会儿。"

老猿吐出一口浊气。

宋长镜竖起一只手掌,摇了摇,笑道:"等本王出去之后再打,现在先各忙各的。"

老猿咧嘴一笑:"宋长镜,那你到时候最好能打赢我,否则大骊南方边军会不太好受。"

宋长镜微笑道:"如你所愿。"

老猿冷哼一声,独自进入李家大宅,见小姐陶紫安然无恙,甚至连惊吓都算不上,老猿便知不过是拙劣的伎俩,略作思量,便狞笑着赶往小镇西边。

入山打猎。

夜色里,陈平安逃向深山,撒腿狂奔,没过多久,便跑入一片泥土格外松软的竹林,他开始故意放重脚步。

约莫半炷香后,即将跑出竹林边缘地带,陈平安突然攀缘上左手边的一根竹子,晃荡向不远处另外一根竹子,比那正阳山的搬山猿更像一只猿猴,重复数次后终于轻飘飘落地,蹲下身用手抹去脚印。转头望去,距离第一根竹子有五六丈远,他这才开始继续奔跑。

不到一炷香的工夫,已经可以依稀听到溪水声,大步狂奔的陈平安非但没有停步,反而一个高高跃起,整个人坠入溪水当中,很快他便站起了身,原来他落在了一块巨石之上。对这一块土地山水无比熟稔的陈平安,竭力睁大眼睛,凭借着过人的眼力和出众的记忆,在小溪当中的石头上跳跃,往下游方向一路逃跑。如果一直这么下去,就能到达小镇南边的溪畔青牛背,然后是廊桥,最后则是阮师傅的铁匠铺。不过陈平安没有太过接近青牛背,而是在小溪出山之后,蓦然收束如女子腰肢的一个最窄的地方靠右上岸。

很快就听到宁姚轻声喊道:"陈平安,这边。"

陈平安飞快蹲下身,气喘吁吁,伸手擦了擦额头上的汗水。

宁姚低声问道:"真能把老猿往山上骗?"

陈平安苦涩道:"尽力了。"

从小镇福禄街同样绕路赶来会合的宁姚,问道:"受伤了?"

陈平安摇头道:"小伤。"

宁姚心情复杂,愤愤道:"敢这么玩,老猿没打死你,算你走狗屎运!"

陈平安咧嘴笑道:"老畜生坏过一次规矩了。不过你如果出手再晚一点,我估计就悬了。"

宁姚愣了愣,然后开怀道:"还真成了?可以啊,陈平安!"

陈平安嘿嘿笑了。

宁姚翻了个白眼,问道:"接下来?"

陈平安想了想:"咱俩之前定下的大方向不变,不过有些地方的细节,得改动改动,老猿太厉害了。"

宁姚一巴掌拍在陈平安的脑袋上,气笑道:"你才知道?"

陈平安突然说道:"宁姑娘,你转过身去,我要往后背敷点草药。顺便帮忙看着点小溪那边。"

宁姚大大方方转过身去,面朝小溪上游。

陈平安脱掉那件原本属于刘羡阳的外衫,摘下那件"木瓷甲",从腰间一只布囊拿出杨家铺子的瓷瓶,倒出一些浓稠药膏,倒在右手手心,左手提起衣衫,右手涂抹在后背上。

很能扛痛的他,也不由得冷汗直流。

宁姚虽然没有转身,仍是问道:"很疼?"

陈平安笑道:"这算什么。"

宁姚撇撇嘴,逞什么强啊。

小镇最西边的宅子,有妇人坐在地上号啕大哭,不断使劲拍打胸脯,摇摇晃晃,单薄衣衫有随时炸裂开来的迹象,她那一双满身脏兮兮的年幼子女,不知所措地站在娘亲身边。有个憨厚汉子蹲在屋外,唉声叹气,满脸无奈,屋顶莫名其妙多出个窟窿,春天的寒气还没退尽,自己身子骨熬得住,可接下来自家婆娘和崽子们咋过?

不远处的街坊邻居聚在一起,指指点点,有人说是之前就听到了自家屋顶有声响,一开始以为是野猫捣乱,就没当回事。也有人说今儿小镇西边就不太平,好像有孩子看到一个身穿白衣的老神仙,飘来荡去的,一步就能当老百姓十数步,还会飞檐走壁,也不晓得是土地爷跑出了祠堂,还是那山神出了山。

有位风雷园年轻剑修独自蹲在一处,脸色沉重。刘灞桥之前在督造官衙署陪着崔明皇闲聊,听说李家大宅的动静后,就闻着了腥味,不过这位风雷园的俊彦翘楚,再自负也没敢登门挑衅一只搬山猿,就是寻思着能不能隔岸观火,如果有机会阴一把老猿,更是大快人心。所以刘灞桥摸到了一处大宅书楼翘檐上,俯瞰小镇,寻找老猿的动向,结果很快就发现城西泥瓶巷那边的异样动静，于是生性胆大的刘灞桥就开始悄然盯梢。

在正阳山搬山猿不惜运转气机的瞬间，刘灞桥受伤后，那把不得不挪窝温养在明堂窍的本命飞剑，蠢蠢欲动，几乎就要"脱鞘"而出。因为在这方古怪天地里，修为高低与天道镇压力度成正比，按照刘灞桥的估算，搬山猿并不轻松，哪怕能够强行运气换气，并且事后利用强横体魄或是无上神通，反过来压制天道引发的气海沸腾，但是这种"作弊"的次数，也绝不会太多，否则就要担负起洪水决堤的巨大风险，到时候千年道行毁于一旦，也不是没有可能。退一步说，每次以此方天地之外的"神仙"身份出手，就是一种折损，其实就等于世间俗人的折寿了。但是当刘灞桥看到老猿踩塌屋顶后的这个落地处，自己现在立足之处的两个大坑，这个风雷园剑道天才开始庆幸自己没有轻举妄动，否则必会引火上身。以老猿当时那股新鲜气机的浑厚程度，若非发现福禄街李家大宅的动静，不得不去确定正阳山小女孩的安危，追杀那个狡猾似狐的少年，不一定有十成把握，但是追杀自己刘灞桥，绝对是一杀一个准。

当然，老猿不是瞎子更不是傻子，在自己本命飞剑将出欲出之际，肯定已经察觉到了自己的存在。只不过刘灞桥虽鬼门关前转悠了一圈，后怕归后怕，对于老猿这个存在本身，谈不上如何畏惧。风雷园对正阳山，双方无论实力如何悬殊，不出手还好，一旦有一方选择出手，那就要到不死不休的境地，而且修为低下之人，绝不会向对手磕头求饶。这是两座东宝瓶洲剑道圣地五百年来，用无数条人命证明过的事实，何况刘灞桥在小镇又不是没有后手。

刘灞桥缓缓站起身，没有径直返回衙署，而是走向那栋最西边的破落小宅，站在低矮黄泥墙外，使劲"喂"了一声，在男人和他媳妇都转头望向他之后，他随手丢出一枚金精铜钱，抛给那个梨花带雨的妇人，笑道："大姐，求你就别号了，我在那么远的地方都觉得瘆得慌！"

妇人接过金色铜钱，低头瞥了眼样式，跟铜钱差不多，就是颜色不同，她有些呆滞，小声问道："金子？"

刘灞桥哈哈笑道："不是。不过比金子值钱多了……"

妇人先是一愣，然后暴怒，狠狠将那枚金色铜钱砸向刘灞桥，站起身，叉腰骂道："滚一边去！是金子我还有点相信，还比金子值钱？你当老娘没见过世面啊?！老娘也是亲手摸过银子的人。毛没长齐的小王八蛋玩意儿，也不扒拉扒拉裤裆里的小泥鳅，就敢来老娘这边装大爷，我家男人还没死呢！"说到这里，妇人更火大了，快步走去，不比水桶纤细多少的粗壮腰肢，竟然也能被她拧得别有风情，她对着蹲在地上一言不发的男人就是一脚，踹得男人斜倒在地上。男人别说还手，就是还嘴也不敢，摸爬着猫腰跑远，然后继续蹲着，眼神幽怨。

妇人指着自家汉子骂道："没出息的孬种，跟死了没两样，出了事情就知道装死，成天就知道瞎逛,捞鱼抓蛇,跟穿开裆裤的孩子差不多,比你儿子还不如!小槐好歹知道偷……捡点东西回家。你一个当爹的,为啥杨家铺子的伙计不愿意做,是富得流油还是咋的,非要跟银子较劲?一年到头也不知道干点正经事……"说到这里的时候,胸脯风光当得起"壮观"二字的妇人,突然笑了笑:"要不是晚上还算能折腾人,老娘乐意跟你过日子?!"

周围看戏的街坊邻居哗然大笑,也有青壮男人吹口哨说荤话。

妇人终于重新将矛头对准那个罪魁祸首,吼道:"还不滚,没断奶是不是?!"

刘灞桥哪里见过这样的乡土气,不但不觉得鄙陋,反而觉得颇为有趣,这份热闹看得津津有味,哪怕被妇人骂得挺惨,却不怒反笑。自己在师门风雷园每次吵架后,都会有一种寂寞,觉得空有一身好武艺,却没有旗鼓相当的对手,不承想今天终于有了用武之地,便来劲了,嬉皮笑脸道:"没断奶咋的,大姐你能帮忙啊?"

妇人挑了一下眉头,讥笑道:"我怕一不小心把你给憋死。你啊,可以找杏花巷的马婆婆去!管饱!"顿时笑声震天。

刘灞桥虽然不知道马婆婆是何方神圣,但是从四周听众看客的反应,可以得知自己这一仗是惨败。

刘灞桥伸出大拇指,笑容灿烂道:"大姐,算你狠。"

然后他双指夹住那枚金精铜钱,晃了晃:"真不要?"

妇人明显有些犹豫狐疑。

就在此时,远处有人无奈喊道:"灞桥,崔先生让你赶紧回去。"刘灞桥闻声转头望去,是龙尾郡陈氏子弟陈松风,身边站着一个身材高挑的冷峻女子,两手空空,并没携带兵器。女子模样不出挑,身段倒是没得说,一双大长腿,很对刘灞桥的胃口。她正是陈松风的远房亲戚,至于怎么个远法,陈松风没有主动提起过,女子对陈松风也从来是直呼其名。一路同行,三人平时相处,刘灞桥也没觉得女子如何倨傲,就是天生性子冷了一些。

既然是崔明皇发话,刘灞桥不敢多待,便跟着两人赶往福禄街,只是离去之时,下意识多瞥了眼那个愁眉苦脸的中年汉子。

夹杂在人流当中的一个邋遢汉子,犹豫片刻,在街坊邻居陆续散去之后,独自走向院子。

妇人正要带着那对子女去娘家住,又实在是不情不愿。娘家人尽是势利眼,对她挑中的男人那叫一个狗眼看人低,所以这些年除了逢年过节,已经很少来往,但是遭到这种飞来横祸,妇人实在是没办法,她倒是想要硬气一些,带着儿子女儿去客栈酒楼住几天,当一回阔绰媳妇,没奈何囊中羞涩,穷得叮当都响不起来,只得厚着脸皮回娘家挨白眼了。所以越想越气的妇人在离去之前,狠狠拧着自己男人的腰肉,直到拧得男人整张脸都歪了，这才罢休。两个孩子是见惯这幅场景的，非但不担心爹娘吵架，还使劲偷着乐呵。

妇人眼尖，看到躲在门口那边鬼鬼祟祟的邋遢汉子，顿时骂道："姓郑的，又来叼走老娘的衣裤？你属狗的是吧？兔子还不吃窝边草，老娘再怎么不愿意承认，终究还是倒了八辈子霉，是你的嫂子，你咋就下得了手偷呢？"

邋遢汉子欲哭无泪，想死的心都有了："嫂子，天地良心啊，我不过是忘了给你家小槐买糖吃，他才故意这么说啊，嫂子你怎么就真信了？"那个小男孩一脸天真。

妇人当然是更相信自家孩子，抬起手就要一巴掌甩向那汉子。那汉子赶紧缩脖子跑到一边去，对蹲地上的男人嚷嚷道："师兄，你也不劝劝嫂子！"

男人瓮声瓮气撂下一句话："不敢劝。"

邋遢汉子哀叹不已："这世道没法让老实人混了。"

妇人一手牵着一个孩子，走向院门，突然扭头丢了个媚眼，笑眯眯道："姓郑的，下次多带些钱，嫂子卖给你，一件只收你五十文钱，咋样？"

邋遢汉子眼前一亮，怯生生道："稍稍贵了点吧？杏花巷铺子的新衣裳，布料顶好的，也就这个价格……"

妇人翻脸比翻书还快，骂骂咧咧："还真敢有这坏心思？！去死，活该一辈子打光棍！烂命一条，哪天死在东门外都没人替你收尸……"

妇人和孩子们走后，邋遢汉子轻轻往后一跳，坐在了院墙上，愤愤道："师兄，不是我说你，你真是猪油蒙了心，才挑了这么个泼辣娘们当媳妇。"

原来这邋遢汉子便是小镇东门的看门人，姓郑，光棍一条。

院子里还蹲在地上的憨厚汉子蹦出一句："我乐意。"

负责向外乡人收钱的小镇看门人，沉默片刻后，说道："师父他老人家让你在近期忍着点，别跟人动手。"

看门人抬头瞥了眼可怜的屋顶，突然笑起来："师父还说了，实在忍不了，就找你媳妇泄泄火。反正嫂子也不怕你折腾，她就好这调调。"

十棍子也打不出一个屁的汉子抬起头，看着矮墙上的邋遢汉子，后者赶紧改口道："得得得，是我郑大风说的，师父没说过这种话。"

憨厚汉子站起身，五短身材，青铜色的肌肤，双臂肌肉鼓胀，把衣袖绷得厉害。

他还有些驼背，对那个小镇看门人没好气道："师父愿意跟你说超出十个字的话，我跟你姓。"

看门人心中默念师父的叮嘱，然后扳手指算了算，还真没到十个字！这个邋遢汉子先是骂了一句娘，然后很是泄气，有些伤感，竟是破天荒的真情流露，所以显得尤为可怜。

佝偻汉子问道："还有事吗？"

看门人点头道："师父说让你对付那个人。"

佝偻汉子皱了皱眉头，又习惯性蹲下身，面朝破败的屋子，闷闷道："凭啥？"

看门人郑大风白眼道："反正是师父交代的，你爱做不做。"

汉子想了想："你走吧。下次要是让我看到你偷嫂子的东西，打断你三条腿。"

邋遢汉子郑大风暴怒道："李二！你给老子说清楚！谁偷你婆娘衣物了?！这种混账话你也相信？你脑子进水了吧？"

李二转过头，看着暴躁愤怒的同门师弟郑大风，黑着脸默不作声。

郑大风像是一个饱受委屈的幽怨小娘，悲愤欲绝道："我以后再也不敢了。行了吧?！"

这个看门人站起身，脚尖一点，如一片槐叶飘入街道，离得远了，这才胆敢破口大骂道："李二，老子这就找嫂子买她的贴身衣物去！"郑大风一边撂狠话，一边跑得比狗还快。只是李二根本就没起身的意思，吐出一个字："孬。"

三人回到衙署，那个观湖书院的儒家君子崔明皇坐在正厅等候已久。见到陌生女子后，崔明皇起身点头致意，女子也点了点头，脸色依然冰冷，用刘灞桥私底下的话说，就是一副"全天下都欠了她大把银子"的表情。

崔明皇在三人落座后，对刘灞桥笑道："亏得你忍住没出手，要不然肯定会捅出大娄子。你是没有看到，刚才咱们督造官宋大人和那正阳山搬山猿，在福禄街硬碰硬对了三拳，动静不小。说实话，接下来不管你遇到如何千载难逢的机会，我劝你都不要出手，不要觉得有机可乘。"

刘灞桥好奇问道："难不成那老畜生三拳干翻了宋长镜？宋长镜如此绣花枕头不济事？不是都说他摸着了第十境的门槛吗，只差半步就能一脚跨入那个境界？"

崔明皇无奈道："咱们好歹借住在宋大人这里，你能不能说话客气些？"

陈松风感慨道："是宋大人占了一些优势。"

哪怕与那位大骊藩王八竿子打不着，可只要是修行中人，听闻这种壮举之后，无法不心神往之！

一个纯粹武夫，只以肉身就与一只搬山猿硬扛到底！关键是此人还能够占据上风！

女子坐在一旁闭目养神，双手自然而然摊放在膝盖上。听到此事后，手指微动。她也是被陈松风匆忙找到的，原本她打算在小镇一直逛荡下去。之所以没有执意坚持，而是跟随陈松风一起去找刘灞桥，再返回衙署，只是入乡随俗罢了。至于陈松风能否从那棵老槐树那里讨到便宜好处，能够得手几片祖荫槐叶，同样姓陈的女子，并不上心。不过陈松风找到她的时候，她仍然能够清晰感受到，陈松风那种刻意压抑的兴奋激动，多半是收获颇丰，落下槐叶的数量，应该是出乎龙尾郡陈氏老祖的预期了。

刘灞桥突然捧腹大笑："老畜生这次栽了个大跟头，痛快痛快，竟然被一个普通少年遛狗耍猴，被牵着鼻子走了半座小镇，哈哈，这个天大的笑话，够我在风雷园说上十年了！到时候以正阳山那帮土鳖的脾性，肯定要急着跳出来说，这些都是咱们风雷园血口喷人了，有本事拿出证据来啊！我拿你大爷的证据，要不是小镇禁绝术法，坏规矩的代价太大，否则我死也要把这一幕原原本本'拓印'在音容镜当中。"

崔明皇突然脸色微变，对刘灞桥沉声喊道："灞桥！"

女子几乎同时睁开眼睛。

刘灞桥刚想问干啥，蓦然闭上嘴巴。

很快有一个白袍男子缓缓而至，跨过门槛后，对刘灞桥笑眯眯问道："什么事情这么好笑啊？独乐乐不如众乐乐，不如让本王也乐呵乐呵？"

崔明皇早已站起身，正想要开口说话，意思是要将那张主位椅子让给这个大骊藩王，宋长镜对这个观湖书院的读书人，笑着摇摇头，示意不用如此繁文缛节，他随手拉过一把椅子，坐在刘灞桥身边，与陈松风和女子两人，分列左右相对而坐。

刘灞桥虽然给人印象是混不吝的惫懒性格，不过如此近距离，面对一个极有可能跻身传说第十境的武夫，尤其这家伙可谓恶名昭彰，筑京观一事也就罢了，嗜好斩杀天才一事，真是让人毛骨悚然。所以别看这个大骊藩王不在的时候，刘灞桥一口一个宋长镜喊着，这会儿心却虚得很。好在脸皮一事，刘灞桥向来不甚在乎，赔笑道："宋大宗师，我正在说你老人家与正阳山老畜生的巅峰一战呢，真是惊天地泣鬼神。王爷你老人家拳出如龙，若非拳下留情，那搬山猿定会在福禄街上当场死无全尸。宋大人武道之高，武德之好，实在是让晚辈拍马难及！"宋长镜笑着不说话。刘灞桥额头渗出冷汗，后背浸透汗水，终于说不出一个字来，悻悻然彻底闭嘴。

宋长镜突然转头望向对面那名女子，眼神玩味，饶有兴致，问道："你也是龙尾郡陈氏子弟？"

女子摇头，缓缓道："不是。"

宋长镜哦了一声，若有所思。

气氛尴尬，直到宋集薪出现在门口。他见到屋内并无椅子座位，便随意坐在门槛上，望向屋内众人。

宋长镜对此不以为意，对刘灞桥笑道："其实少年能活下来，你是恩人之一。"

若非搬山猿一开始认定陈平安寻衅，是受人指使，而在这座小镇当中，敢给正阳山下套的家伙，都非蠢人，皆是擅长谋而后动之辈，所以老猿觉得螳螂捕蝉黄雀在后的那只黄雀，一定身份不低，身手不弱，这才使得不愿流露出丝毫破绽的老猿，在泥瓶巷那一带显得颇为狼狈。所以一直到小镇最西边的宅子，老猿确定四周并无刺客潜伏后，这才稍稍放开手脚，给了那陈平安后背心一拳。

刘灞桥干笑道："虽然事实如此，但是这种恩人我可不想当。"宋长镜一笑置之。

女子转头瞥了眼坐在门槛上的俊逸少年。宋集薪对她微微一笑。女子转过头，面无表情。宋集薪撇撇嘴，开始正大光明欣赏她的那双长腿。女子二十五六岁，姿色尚可，但是宋集薪觉得她挺有味道的。

女子转过头，眼神冷冽，沙哑道："你找死？"

宋集薪指了指自己，一脸肤浅至极的无辜，很欠揍的表情："我吗？"然后指了指大骊藩王宋长镜："那你得先问过他才行。"

女子刚要起身，宋长镜瞬间眯眼。大堂之内，一阵磅礴威压如暴雨狠狠砸在众人头顶，躲也无处躲，所有人的肌肤，竟然产生了实质性的针刺疼痛，唯独门口那边的宋集薪浑然不觉。

陈松风艰难开口，只是语气不弱："王爷，这位姑娘并非我们东宝瓶洲人氏，所以希望王爷慎重行事！"

女子笑了，站起身："你敢杀我？就不怕你们大骊被灭国吗？"

崔明皇正要阻拦，却只见女子已整个人倒飞出去，身后那张椅子在空中化作齑粉不说，女子高挑身躯全部陷入墙壁，几乎像是嵌入墙壁的一样物件。

宋长镜神出鬼没地站在墙壁下，负手而立，微微仰头，看着七窍流血的女子，笑道："小丫头，是不是觉得你的老子或是老祖很厉害，所以就有资格在本王面前大放……那个字怎么说来着？"

这个藩王转头笑望向自己侄子，宋集薪笑眯眯道："厥，大放厥词。"

宋长镜笑了笑，转头继续望向女子，后者虽然满脸痛苦，但是眼神坚毅，没有丝毫示弱祈求。宋长镜说道："下辈子投胎，别再碰到本王了。"

陈松风肝胆欲裂，满眼血丝，整个人处于复杂至极的情绪当中，大愤怒、大恐惧兼有，正要开口说话，崔明皇已经抢先上前一步，作揖致歉，低头诚恳道："王爷，能不能给在下一个面子，不要跟她一般见识。"宋长镜嘴角扯了扯，满是讥讽。与大骊藩王对视的女子，突然认命一般闭上眼睛。

就在此时，门槛那边的宋集薪哈哈笑道："叔叔！算了。欺负一个娘们，传出去有损你的名声。"宋长镜身形略微停顿，细微到了极点，哪怕是崔明皇和刘灞桥，也只觉得那个杀神根本就是纹丝不动。宋长镜歪了歪脑袋，伸出双指，随意一弹，好似掸去肩头灰尘。风雷园年轻一辈中的第一人刘灞桥呆若木鸡，崔明皇如释重负，陈松风如坠云雾。

宋长镜对刘灞桥笑道："小子，不错，本王看好你。"

女子睁开眼睛，把自己从墙壁里"拔出来"，落地后，身形一晃，对那个背影说道："今日赐教，陈对铭记五内。"

宋长镜不予理会，对刘灞桥说道："离开小镇之后，去大骊京城找本王，有样东西送给你，就看你拿不拿得动、搬不搬得走了。"

刘灞桥脱口而出道："符剑！"

修行之人，都知道符剑是道家主要法器之一，但是如果一把剑，能够直接冠以"符剑"之名，并且世人皆知，可想而知，这把剑会是如何惊艳。

宋长镜和宋集薪走出这栋别院，宋长镜笑道："心胸之间的那口恶气，出完了没？"宋集薪点头道："差不多了。"

之前关于陈平安一事，这个家伙竟然连自己亲侄子也坑，宋集薪当然一肚子愤懑怨怼。

宋集薪突然皱眉问道："那女子一看就来头极大，叔叔你不怕打了小的，惹来大的，揍了大的，惹来老不死的？ 如果地方县志没骗人，我可知道那些老王八的厉害，到时候咱们大骊真没问题？"

宋长镜一句话就摆平了宋集薪："你太低估宋长镜这三个字了。"

大堂内，崔明皇坐回位置，不露声色。

刘灞桥颓然靠在椅背上，心有余悸道："乖乖，七境、八境和这第九境就相差这么多吗？"

风雷园七境、八境武夫各有一人，而且与刘灞桥关系都不错。

崔明皇摇头道："围棋当中，同样是九段国手，也分强弱，相差很大，何况宋长镜本就是第九境里的最强手。"

然后崔明皇望向名叫陈对的女子，关心地问道："陈姑娘你没事吧？"

陈对也是狠人，虽然脸色苍白，但仍是坦然笑道："无妨。"

陈松风仿佛比这位局中人的远房亲戚，更加惶恐不安。

崔明皇心中一叹，龙尾郡陈氏，恐怕很难在接下来的大争乱局之中脱颖而出了。

刘灞桥啧啧道："一弹指，就能够将我飞剑弹回窍穴，还能不伤我半点神魂，实在是匪夷所思。"

崔明皇打趣道："现在知道山外有山、人上有人了吧？"

刘灞桥狗改不了吃屎，坏笑道："人上有人？ 崔大先生你真是一点也不君子啊！"

崔明皇哭笑不得，懒得理睬这浑人。

刘灞桥想了想，出声安慰那名字有些古怪的女子，免得她一时想不开，铁了心要以卵击石，去找宋长镜的麻烦，到时候这一屋子的人都吃不了兜着走："陈大姐，虽然我这么说很长他人志气灭自己威风，但是碰到宋长镜，低低头，退一步，不丢人。"陈松风欲言又止。但是陈对嗯了一声，淡然道："宋长镜确实有这个资格，我没有不服气，只是心有不甘而已。"刘灞桥没心没肺道："其实不甘心都不用，看看我，现在就贼高兴，以后回到风雷园，又有十年牛皮可以吹了。竟然与大骊宋长镜交过手，哪怕只有一招，但我刘灞桥到最后毫发无损啊！当然了，如果我真能拿到那把大骊京城的符剑，吹一百年都行！"

陈对思绪转向别处。她没来由想起那个坐在门槛上的少年，那个能够一句话阻止宋长镜出手杀人的少年。

杨家铺子的老掌柜回到小镇后，直奔自家铺子后边的院子。院子不大不小，正好够店里三个长工伙计居住。

掌柜推开后院正屋，看到一个老人坐在椅子上，正在捣鼓他的老旱烟杆子呢。掌柜的关上门后，喊了声"老杨头"，老人赶紧放下老竹烟杆，倒了一碗茶，笑问道："掌柜的，有人急着用药？需要我摸黑上山？"

年迈掌柜看着这个看上去差不多岁数的老头子，摇摇头，端起茶碗，叹了口气道："今儿给阮师那边看了位病人，是个姓刘的少年，给外乡人一拳打了个半死，我这心里不得劲儿，就想着来你这边坐坐，缓一缓。"

满脸皱纹如老槐树皮的老杨头笑道："掌柜的，只管坐便是，都不是外人。"

杨掌柜的突然想起一事："对了，老杨头，你很多年前帮过的一个孩子，就是泥瓶巷那个，小小年纪就给他娘亲抓药的可怜娃儿，他是不是叫陈平安？"

老杨头有些讶异，点头道："对啊，那孩子他娘最后还是走了。如果没记错，没能熬过那个冬天。在那之后，跟孩子还见过几次，次数不多就是了。我当年实在看不下去，还给过孩子一个不值钱的土方子来着，咋了？是这孩子给人打伤啦？"

杨掌柜的喝了口茶，苦笑道："刚刚我不是说了嘛，那少年姓刘。老杨头，你也真是的，啥记性！"

老杨头哈哈大笑，不以为意。

老掌柜小心翼翼试探性问道："老杨头，咱们铺子要不要做点啥？"

老杨头拿起那根小楠竹制成的老烟杆，摇了摇："掌柜的，啥也不用做就行。"

老掌柜像是吃了一颗定心丸，点头道："这就好这就好。老杨头，那你忙你的，我先走了。"

老杨头刚要站起身相送，老掌柜赶紧劝道："不用送不用送。"

老掌柜走下台阶后，回首望去，老杨头正要关门，对视后老杨头咧嘴笑了笑，老掌柜的赶紧转头离开。

老掌柜中年接手铺子的时候，病榻上弥留之际的父亲，最后遗言，竟是一些古怪话："'铺子遇到大事情,就找老杨头,照他说的去做。'这句话,好像是你爷爷的爷爷那会儿,就传下来了。以后你把铺子传给下一辈的时候,一定别忘了说这些,一定不能忘!"老掌柜当时使劲点头答应下来,老父亲这才咽下最后那口气,安然闭眼逝去。

夜色渐浓,老杨头点燃一盏油灯。哑巴着旱烟,他想起了一些陈年往事,都是注定无人在乎的小事而已。

一栋代代相传的祖宅,收拾得整整齐齐,一点不像是泥瓶巷里的人家。

一个敦厚老实的男人蹲在院门口,看着一个清清秀秀的孩子,笑问道:"儿子,过完了年,是不是大人了?"

孩子扬起一只手,活泼稚气道:"爹,我五虚岁,是大人啦!"

男人笑了笑,有些心酸:"那以后爹不在的时候,娘亲就要交给你照顾了哦,能不能做到?"

孩子立即挺直腰杆:"能!"

男人笑着伸出一只布满老茧的大手:"拉钩。"

孩子赶紧伸出白皙小手,开心道:"拉钩上吊一百年不许变!"

爷俩小指拉钩,拇指上翻后紧紧挨着。

男人松手后,缓缓站起身,转头看了眼在正屋忙碌的那个婀娜身影,猛然大踏步离去。

身后孩子喊道:"爹,糖葫芦好吃。"

男人嘴唇颤抖,转过头,挤出一个笑脸:"晓得了!"

孩子到底是懂事的,眨了眨眼睛:"小的更好吃一些。"

男人迅速转过头,不敢再看自己儿子,继续前行,喃喃道:"儿子,爹走了!"

杨家铺子,一个隔三岔五就来买药的小孩子,这一天被一名不耐烦的店伙计推搡出铺子,那年轻伙计骂道:"跟你说过多少次了,这么几粒碎银子,连药渣子也买不了!哪有你这么烦人的,能堵在这里大半天,我们这是药铺,要做生意的,不是寺庙,没有菩萨让你拜!要不是看你年纪小,老子真要动手打人了,滚滚滚!"

小孩子死死攥紧那个干瘪钱袋子,想哭却始终坚持不哭出声,仍是那套翻来覆去无数遍的说辞:"我娘亲还在等我熬药,已经很久了,我家真的没有钱了,可是我娘真的病得很厉害……"

年轻伙计随手抄起一把扫帚,作势要打人。站在门槛外的小孩子吓得蹲下身,双手抱住头,那只左手仍是不忘死死握住钱袋。许久之后,孩子抬起头,发现一个板着脸的老爷爷站在那里,与他对视。年轻店伙计已经悻悻然放下扫帚,忙活自己手头的事情去了。

老人伸出一只手："买东西给钱，生意人赚钱，是天经地义的事情，至于赚多赚少，得看良心，但万万没有亏钱的道理。所以你把钱袋子给我，那几粒银子我收下，今天你娘亲治病需要的药材，我先赊账给你，但是你以后得还钱，一分一毫也不许欠铺子。小家伙，听不听得懂？"小孩子眨眨眼，懵懵懂懂，但仍然把钱袋子递了出去。最后，老人有些费劲地趴在柜台上，才能看着那个几乎瞧不见脑袋的小孩子，问道："知道怎么熬药吗？"

小孩子小鸡啄米："知道！"

老人皱眉："真知道？"

孩子这次只敢轻轻点点头。

那年轻伙计在远处笑道："咱们刘师傅当时去过一趟泥瓶巷，给他娘看病后，教过孩子一回。后来不放心，又亲自看着这孩子煎熬，奇了怪了，屁大点孩子，竟然还真没啥差错。是刘师傅亲口说的，应该没错。"

老人对孩子挥挥手："去吧。"

孩子欢天喜地提着一大兜黄油纸包起来的药材，飞快跑回泥瓶巷。

孩子蹑手蹑脚进入屋子后，发现躺在木板床上的娘亲还在睡觉。孩子摸了摸娘亲额头，发现不烫，松了口气，然后悄悄把娘亲的一只手挪回被褥。

孩子来到屋外那座灶房，开始用陶罐熬药，趁着空隙开始烧菜做饭。这些孩子需要踩在小板凳上才能做。

孩子使劲翻动锅铲，被热腾腾的水汽呛得厉害，还不忘碎碎念道："一定要烧得好吃，一定要！要不然娘亲又要没胃口了……"

一个才五虚岁的孩子，背着一个几乎比他人还大的箩筐，往小镇外的山上走去。

这是孩子第二次进山，第一次是杨家铺子的老杨头带着。照顾到孩子的孱弱脚力，老杨头走得很慢，加上老人只是教了孩子需要采摘哪几种草药，而且箩筐也是由老人背着，所以那一趟进山出山，对孩子来说其实还算轻松。今天就不一样了，孩子顶着烈日，背着箩筐，后背传来一阵阵灼烧般的刺痛。孩子一边哭一边走，咬着牙向前走。

那一趟，孩子是天黑才回到杨家铺子的，箩筐里只有一层薄薄的药材。老杨头勃然大怒。孩子带着哭腔说，他家里只有娘亲一个人，他怕娘亲饿了，要不然不会只有这么点药材的，他可以明天早起进山。老人默不作声，转身就走，只说再给他一次机会。之后不到两个月，孩子的手脚就都是老茧了。

有天，一场突如其来的暴雨，使得上山采药忘了时间的孩子，被隔在溪水那边。

看着汹涌的洪水,孩子在大雨中号啕大哭。最后当孩子实在忍不住,打算往溪水里跳的时候,老杨头突然出现在对岸,一步跨过小溪,又一步拎着孩子返回。黄豆大小的雨点砸在身上,孩子在下山路上,却一直笑得很开心。

出了山之后,老人说道:"小平安,你帮我做一根烟杆,我教你一个怎么才能够爬山不累的小法子。"孩子伸手胡乱抹着雨水,咧嘴笑道:"好嘞!"

孩子蹦蹦跳跳回到泥瓶巷,今天他采到一株很稀罕的名贵草药,所以杨家铺子多给了一些娘亲需要的药材。

一天没吃饭的孩子走着走着,突然感到肚子一阵绞痛。那一刻,孩子就知道在山上吃错东西了。

疼痛从肚子开始,到手脚,最后到脑袋。孩子先是小心翼翼蹲下身,摘下箩筐,然后深深呼吸,试图压抑下那股疼痛。但是一阵火烧滚烫,一阵冰冷打摆子,孩子最后只能疼得在小巷子里打滚。从头到尾,孩子不敢喊出声。不管脑袋怎么胡乱撞到小巷墙壁上,孩子最后也没有喊出声。离家太近了,孩子怕躺在床上的娘亲担心。那个过程里,意识模糊的孩子,只感受到自己心脏的跳动声,就像近在耳边的擂鼓声,轰隆隆作响。

杏花巷,一个孩子又蹲在糖葫芦摊子不远处,每次都蹲一会儿,时间不久,但让摊子主人记得了那张黝黑的小脸庞。终于有一次,卖糖葫芦的男人摘下一支糖葫芦,笑道:"给你,不收钱。"孩子赶紧起身,摇摇头,腼腆一笑,撒腿跑了。那之后,卖糖葫芦的男人再也没有看到孩子的身影。

那个冬天,病榻上的女子已经骨瘦如柴,自然面目干枯丑陋。

刚刚从破败神像那边祈求归来的孩子,去杏花巷铁锁井那边挑来了水。孩子来到床边,坐在小板凳上,发现娘亲醒了,便柔声问道:"娘,好些没?"

女子艰难笑道:"好多了。一点也不疼了。"

孩子欢天喜地:"娘亲,求菩萨们是有用的!"

女子点点头,颤颤巍巍伸出一只手,孩子赶紧握住娘亲的手。

女子极其艰辛痛苦地侧过身,凝视着自己孩子的脸庞,受尽病痛折磨的女子,突然洋溢着幸福的光彩,呢喃道:"天底下怎么就有这么好的孩子呢,又怎么刚好是我的儿子呢?"

那年冬天,女子终究还是没能熬过年关,没能等到儿子贴上春联和门神,就死了。

她闭眼之前,小镇刚好下起了雪,她让儿子出去看雪。

女子听着儿子跑出屋子的脚步声,闭上眼睛,虔诚默念道:"碎碎平碎碎安,碎碎平安,我家小平安,岁岁平安,年年岁岁,岁岁年年,平平安安……"

从那一天起,陈平安就成了孤儿,只不过从孩子变成了少年。

图书在版编目(CIP)数据

剑来1：少年起微末 / 烽火戏诸侯著 . —杭州：
浙江文艺出版社，2020.4（2025.9重印）
ISBN 978 - 7 - 5339 - 6059 - 9

Ⅰ.①剑… Ⅱ.①烽… Ⅲ.①长篇小说—中国—当代
Ⅳ.①I247.5

中国版本图书馆 CIP 数据核字（2020）第 042536 号

策划统筹　柳明晔
责任编辑　关俊红
营销编辑　俞姝辰　徐轶暄
封面绘图　白衣巷九
责任印制　张丽敏

剑来1：少年起微末
烽火戏诸侯　著

出版　*浙江文艺出版社*
地址　杭州市环城北路 177 号
邮编　310003
网址　www.zjwycbs.cn
经销　浙江省新华书店集团有限公司
印刷　杭州杭新印务有限公司
开本　710 毫米×1000 毫米　1/16
字数　308 千字
印张　15.75
插页　2
版次　2020 年 4 月第 1 版
印次　2025 年 9 月第 24 次印刷
书号　ISBN 978-7-5339-6059-9
定价　40.00 元